그리스 신화

인문학 클래식 5

그리스 신화

아폴로도로스
강대진 옮김

민음사

차례

도서관 2권

도서관 3권

요약집

책머리에

아마도 몇몇 독자들은, 시중에 나와 있는 신화 관련 서적을 보다가, 도대체 이 이야기들은 다 어떻게 전해졌을까 하는 의문을 품은 적이 있을 것이다. 지금까지 전해지는 희랍' 신화들의 원천은 대체로 세 가지라 할 수 있다. 가장 기본이 되는 것은 호메로스와 헤시오도스의 서사시, 그리고 아테나이 세 시인의 비극 작품 같은 문학 작품들이다.

이것들은 지금 전해지는 신화들의 가장 큰 원천일 뿐 아니라, 신화에 관심을 갖는 독자들이 최종적으로 읽어야 하는 것들이다. (일일이 다 꼽자면 한이 없겠지만, 조금만 더 얘기해 보자면 「호메로스의 찬가」, 「칼리마코스의 찬가」, 「핀다로스의 우승 축가」 등도 신화 전승에 매우 중요한 작품들이니 기억해 두기 바란다.)

다음으로 중요한 것은, 일반인들에게는 잘 알려져 있지 않지만, 이 문학 작품들에 대한 주석들이다. 그 주석들은, 호메로스 서사시에 대한 에우스타티우스의 주석이나, 베르길리우스에 대한 세르비우스의 주석, 뤼코프론에 대한 체체스의 주석처럼, 자체로 독립된 하나의 작품으로 남아 있는 경우도 있지만, 더 많은 것은 문학 작품들의 사본 여백에 적혀 전해지는 고대 주석 '스콜리아(Scholia)'들이다. 그 사본을 읽던 사람들이 어려운 구절 옆에 설명글을 조금씩 붙인 것이 쌓이고 쌓여 지금까지 전해지는 것이다.

마지막 원천은 바로 지금 여러분이 앞에 들고 있는 것과 같은 신화집들이다. 이 신화집들은 문학 작품들에 나온 내용을 정리하는 한편, 고대 주석들과는 서로 영향을 주고받았다. 본문을 읽어보면 알겠지만, 이미 아폴로도로스의 시대 이전에도 여러 신화집이 존재했었는데, 그것들은 다 사라졌고, 지금까지 전해지는 '신화집'으로는 오비디우스의 『변신 이야기(μεταμορφώσεις)』와 휘기누스의 『신화집(Fabulae)』, 그리고 지금 여러분이 들고 있는 아폴로도로스의 책 정도가 있다.[2]

작품 구성에 대하여

이 신화집은 두 부분으로 되어 있다. 앞부분은 아폴로도로스의 글이 대체로 그대로 전해지는 부분인 「도서관(Bibliotheka)」이다.[3] 그런데 이 「도서관」은 테세우스 이야기를 하는 도중에 그냥 끝나고 만다. 그 뒷부분이 사라져 버린 것이다. (현재 전해지는 10여 종의 사본이 모두 그런 것으로 보아, 이 사본들은 모두가 원래 불완전한 판본 하나를 모본(母本)으로 삼고 있는 것으로 보인다.)

하지만 다행히 19세기 말에 「도서관」의 요약본 사본이 두 종류 발견되었다. 그것을 이용하여, 현재 전해지는 「도서관」 내용 중 사본 훼손으로 문장이 불분명한 곳들을 제대로 교정할 수 있었고, 또 사라진 부분의 내용이 어떤 것이었는지도 알 수 있게 되었다.

이 번역본에서는 「도서관」 내용이 제대로 남아 있는 부분은 그것을 그대로 싣고, 원본이 사라진 부분은 그 요약본을 실었다. 그 요약본은 보통 「요약집(Epitome)」이라고 부르므로, 이 책은, 앞부분은 「도서관」, 뒷부분은 「요약집」이 되는 셈이다.

작가에 대하여

아폴로도로스에 대해서는 알려진 것이 아무것도 없다. 9세기 교부 포티우스의 글(Bibliotheca, 142a, 37, ed. Bekker)에 그가 '문법학자 아폴로도로스'라고 소개되고 있고, 전해지는 「도서관」의 사본들에도 "아테나이인, 문법학자 아폴로도로스"라고 쓰여 있는 것으로 보아 이들은 「도서관」의 저자를 기원전 2세기 중반에 활약했던 아테나이의 문법학자 아폴로도로스와 같은 사람으로 보는 듯하다.

그렇지만 요즘은 몇 가지 이유로 해서 이런 주장이 힘을 잃었다. 우선 이 두 사람의 시각과 방법이 전혀 다르다는 점이다. 문법학자 아폴로도로스는 「신들에 대하여」라는 글을 썼는데,

전해지는 몇몇 단편들과 그의 글에 대한 보고들을 보면 그는 합리주의적 관점을 취하여 신들을 자연력의 인격화나 죽은 사람을 높인 것으로 보고 있다. 반면에 「도서관」의 저자는 전통적인 신화 내용을 충실히 전할 뿐, 그것을 설명하려거나 비판하는 모습은 보이지 않는다.

그런데 이러한 시각의 차이보다 더욱 결정적인 것은 「도서관」의 내용 중에 기원전 1세기 중반 사람인 카스토르가 인용되고 있다는 사실이다. 키케로와 동시대인이었던 이 사람은 기원전 61년의 사건까지 담긴 역사를 썼으며, 왕가(王家)의 사위가 되었다가 살해되었기 때문에 연대가 비교적 확실하게 정해져 있다.

이렇게 「도서관」의 저자가 옛날에 알려졌던 대로 문법학자 아폴로도로스가 아니라는 것이 분명해지자, 누군가 그 학자의 명성을 이용하기 위해 이름을 빌려온 것으로 보고 이 저자를 '거짓 아폴로도로스(Pseudo-Apollodorus)'라 부르는 사람도 있다. 그렇지만 저자 자신이 그 문법학자의 이름을 도용했는지 어쨌는지는 불분명하니, 그냥 이 둘이 동명이인이었다고 하는 정도로 충분하겠다.

우리의 관심사는 이름 도용 여부보다는 연대를 확정하는 것인데, 「도서관」의 내용은 작가의 연대를 밝히는 데 전혀 도움이 되지 않는다. 이 작품의 특징 중 하나는 로마가 전혀 언급되지 않는다는 점으로, 이것만 보면 이 책의 저자는 로물루스가 그 도시를 세우기 전에 살았다고 해야 할 판이다.

가령 헤라클레스가 게뤼온의 소 떼를 데리고 올 때 로마 지역을 거쳤으니 이 대목에서 로마에 대해 뭔가 암시를 할 만도 하건만 아무 말도 없고, 트로이아 전쟁에 갔던 필록테테스가 캄파니아로 떠밀려 와서 그곳 사람들과 전쟁을 했었다는 대목에서도 그냥 무심히 지나친다. 트로이아가 멸망할 때 아이네이아스가 탈출했다는 것은 언급했으니, 그가 라티움으로 가서 로마인의 조상이 된다는 사실을 잠깐 언급할 수도 있었을 텐데 말이다.

이렇게 아폴로도로스가 로마를 무시해서 그런지, 로마와 후대의 저자들도 그를 무시해서 그에 대한 언급이 처음 나타난 것은 앞에 말한 9세기 포티우스의 글이고, 다음이 12세기 뷔잔티온(비잔티움)의 문법학자 체체스이다.

그 밖에는 2세기 하드리아누스 황제 때 사람인 제노비우스의 격언 모음에 아폴로도로스의 글들이 저자 이름은 언급되지 않고 끼어 들어가 있다는 사실, 그리고 여러 작가의 고대 주석(스콜리아)에 아폴로도로스가 언급되었다는 사실이 있을 뿐이다. 그러나 이러한 '끼워 넣기(interpolation)'와 고대 주석 작업은 언제 이루어졌는지 전혀 알 수 없으니, 이 역시 연대 확정에는 아무 도움이 되지 않는다.

결국 외적 증거들로 보면, 이 작가의 시대는 기원전 1세기 중반부터 서기 9세기 사이의 아무 때나 될 수 있다는 것이다. 남은 방법은 그의 문장과 표현들을 살피는 것인데, 그의 문장들은 상당히 정확하고 분명하여 아주 후대의 것으로 보이지는 않으며, 그가 쓰는 표현들 중 일부는 후대의 것이지만, 그것들도 (좀 드물긴 해도) 옛 저자들의 표현에서 선례를 찾을 수 있는 것들이다. 사실 이렇게 문체를 보아 시대를 정하는 것은 항상 어려움이 있는데, 한 시대 사람들이 모두 같은 식으로 글을 쓰지는 않기 때문이다.

그래서 우리 저자의 경우도 학자마다 결론이 다른데, 유력한 것은 1세기 전반에 태어나 하드리아누스 황제의 동시대인이라는 설이고, 좀 늦춰 잡는 것으로는 3세기 알렉산데르 세베루스 때라는 설이 있다. (잠시 후에 소개하겠지만) 우리 번역 대본의 편집자이자 해설자인 제임스 프레이저(J. Frazer)는 조금 느슨하게 1세기 또는 2세기의 어느 때라고만 하고 있다.[4]

그가 태어난 곳에 대해서도 확실한 근거는 없지만, 아테나이를 누가 차지할지를 놓고 아테나와 포세이돈이 다투었다는 이야기에서 아크로폴리스에 남아 있는 유적들을 상당히 자세히 묘사하는 것으로 보아 아테나이 출신이 아닐까 하는 추정이 있다.

번역에 대하여

번역 대본은 하버드대학교 출판부에서 나온 '로엡 고전 총서(Loeb Classical Library)'의 1921년판을 사용하였다. (요즘은 무조건 새것이 좋은 것으로 되어 있으니, 내가 '낡은' 판본을 이용했다고 상을 찌푸릴 분도 있을지 모르겠다. 그런 분께는 내가 이용한 책이 2001년에 나왔다는 사실을 위로 삼아 전하고자 한다. 한 번 좋은 판본이 나오고 별 불편이 없다면 그 판본을 그대로 사용하는 것이 고전학의 한 전통이다. 새로운 판본을 만드는 일이 워낙 힘들고 비용이 많이 들기 때문이다.) 이 판본은 바그너(R. Wagner)의 1894년 토이브너(Teubner) 판을 제임스 프레이저가 조금 고친 것이다. 그 판본에는 '한도를 넘는' 주석이 달려 있어서 독자들에게 큰 도움을 줄 수도 있을 텐데, 사정상 다 옮길 수는 없고 하여 아주 긴요한 것만 조금 주석에 옮겼다.

프레이저의 주석 내용은 대체로, 각 부분의 신화 내용이 어떤 작가의 어떤 글에 나오며 어떤 점이 같고 다른지에 대한 것인데, 아직 우리나라에 그 책들의 번역이 거의 나와 있지 않고, 독자들이 (아마도) 처음 듣는 작가, 작품도 많이 있어서 그 주석을 그대로 옮기는 것이 사실 그리 큰 의미는 없을 것이다. 정 관심이 간다면, 그런 분은 로엡 판을 구해 보시기 바란다.

번역은 '매끄러움'보다는 '정확함'에 중점을 두었다. 물론 우리말과 희랍어의 구조가 다른 만큼, 완전히 직역을 할 수는 없었고, 또 어쨌든 우리말로 읽히도록 문장을 만들어야 하는 만큼 원래의 표현에서 조금 멀어진 곳도 없지 않다. 그럼에도 내가 애써 유지하려던 원칙은, 중심 동사의 시제는 가능한 한 원래대로 살리자는 것이었다.

이 원칙 때문에 가끔 과거시제와 현재시제가 뒤섞이는 경우도 생겼고, 문장들의 연결이 조금 어색한 느낌을 주는 곳도 있게 되었지만, 이를 양해하고 읽어주시기 바란다. 하지만 현재와 과거가 뒤섞여 너무 이상한 곳은, 나로서는 아쉬운 일이지만 현재시제를 '역사적 현재'로 간주하여 그냥 과거시제처럼 옮겼다.

혹시 희랍어 원본과 대조하며 읽으려는 열심 있는 독자들이 있을지도 몰라 어떤 점이 원문과 달라졌는지를 미리 밝히자면 이렇다. 우선 능동태와 수동태의 문제. 우리말에는 수동태가 많이 쓰이지 않아 원문대로 수동태를 쓰면 문장이 너무 어색해져서 능동태로 바꾼 곳이 몇 있다.

그리고 분사구문의 문제가 있다. 아폴로도로스 문체의 특징 중 하나는 분사구문을 매우 많이 사용한다는 것이다. 이것도 되도록 살리고자 했으나, 그래도 모두 따라갈 수는 없고, 또 되도록이면 앞에 나온 말은 앞에 옮기자는 것이 원칙이어서, 때때로 분사로 나온 것을 중심동사처럼 옮기기도 했다.

마지막으로 접속사의 문제. 아폴로도로스가 사용하는 접속사는 거의가 'δέ'와 'καί'뿐으로, 전체적으로 '나란히 이어 붙이기(parataxis)' 문체라 할 수 있다. 이것을 그대로 따라가다가는 거의 모든 문장이 '그리고'와 '그런데'로 이어질 터인지라, 이 접속사들은 상당히 '유연하게' 옮겼다. 사실 이것이 제일 마음에 걸리는 점인데, 혹시 희랍어 원문과 대조하면서 읽는 독자들께서는 관대하게 봐주시기 바란다.

중간에 〔 〕로 묶인 구절은, 전해지는 사본들에는 있지만 여러 정황으로 보아 빼는 것이 옳아 보이는 구절들이고, 〈 〉로 묶인 구절은, 사본들에는 없지만 학자들이 거기 들어가야 한다고 생각하는 내용이다. (문헌학에서 전통적으로 쓰이는 기호들이니, 이 기회에 알아두기 바란다.) 그리고 사본들이 훼손되어 알아볼 수 없는 부분은 〔……〕으로 표시했다.

이름 표기는 원문에 나온 대로 적는 것을 원칙으로 했다. 가령 여신 '아테네'는 아폴로도로스의 원문 표기에 따라 '아테나'로 적었다. (전자는 보통 희랍어를 전문으로 삼는 사람들이 '표준어'로 여기는 기원전 5세기 앗티케 지방의 표기 방식이다. 각주에서만이라도 '표준어'를 사용하고 싶었지만, 혹시라도 독자들께 혼란을 줄까 걱정이 되어 역시 '아테나'라고 적었다.)

희랍어의 윕실론(υ)은 '위' 발음으로 표기했고(예를 들면, 'Τηθύς'는 '테튀스'로), 시그마(σ)나 타우(τ)가 두 번 겹치는 경우 앞의 것은 받침으로 처리했다. (예를 들면 'Θεσσαλία'는 '텟살리아'로, 'Αττική'는 '앗티케'로.) 다른 자음들이 잇달아 나오는 경우에도, 가능한 한 앞의 자음은 그 앞 음절의 받침으로 처리했다. 다만 agr-같이 앞의 자음을 받침으로 하면 발음하기 어색한 것은 독립된 음절이 되도록 나눠 적었다. (그래서 'Ἄγριος'는 '악리오스'가 아니라 '아그리오스'로 적었다.)

작품에 대하여

이 책은 문학 작품이라기보다는 자료집의 성격이 강하기 때문에 특별히 설명할 것은 없다. 그저 독자들에게 도움이 되도록 두 가지 정도만 지적하고자 한다. 하나는 이 책의 여기저기에 이름들의 목록이 나오는데, (물론 관심 없는 분들은 그냥 지나가면 그만이지만) 현대인에게는 매우 지루할 이러한 목록들이 옛 사람들에게는 큰 관심의 대상이었고, 많은 재미를 제공하던 부분이었다는 점이다.

여기 나오는 이야기들은 대개 사람들이 알고 있는 내용이기 때문에 한 이야기의 등장인물들이 소개되면 당시 사람들은 거기 어떤 이름이 나올지를 예상하며 기대를 가지게 되고, 그것이 정말로 나올 때 희열을 느꼈을 것이다.

게다가 희랍어 이름들은 대개 뜻이 있기 때문에 그 뜻을 새기며 읽거나 들으면, 그 즐거움은 훨씬 더 커졌을 것이다.

(우리 판소리에서 목록들이 나오는 비슷한 예를 들자면, 「춘향가」에서 어사또의 남행(南行)길 소개라든지, 「흥보가」에 나오는 '제비 노정기', 아니면 흥부의 자식들이 먹고 싶은 음식을 죽 열거하는 장면이나, 박에서 나온 옷감들의 목록, 보물이 나온 후 옷치장한 모습의 묘사 같은 것이 되겠다.) 솔직히 현대의 우리로서는 그런 즐거움에 동참하기 힘들겠지만, 그런 목록이 들어가 있는 연유를 이해하길 바라는 것이다.

다른 지적할 점은, 이 책의 내용들이 매우 축약된 것이라는 점이다. 그래서 오비디우스라면 수십 행으로 묘사할 사건을 한두 문장으로 언급하고 지나가는 경우도 종종 눈에 띄는데, 이것은 이 책이 이미 여러 차례 들어서 얘기를 잘 아는 사람들을 독자로 상정하고 쓴 책이기 때문이다.

우리는 이와 비슷한 사례를 『오뒷세이아』에서도 발견할 수 있는데, 가령 오뒷세우스가 라이스트뤼고네스 사람들을 찾아갔을 때의 일이 그렇다. 오뒷세우스가 파견한 정탐꾼들이 그곳 왕인 안티파테스의 집에 갔을 때, 그는 아내의 부름을 듣고 회의장에서 돌아와 이들을 잡아먹는데, 조금 전까지 회의장에 있던 이 거인이 겨우 두 줄 밑에서는 벌써 점심 준비를 하는 것으로 되어 있다.

그다음의 사건 진행도 마찬가지여서, 이 거인족들이 바위를 던져 배를 부수는 것이 묘사되다가 바로 다음 줄에 벌써 사람을 작살에 꿰어 식사용으로 가져가는 것으로 되어 있다.(『오 뒷세이아』10권 80행 이하.)

이러한 급박한 사건 묘사는, 원래는 좀 더 긴 판본인 것을 연결하여 새로 이야기를 짜면서 그 앞에 비슷한 식인 거인 퀴클롭스 이야기가 들어가게 되자, 비슷한 이야기를 되도록 줄이느라 그렇게 되었다는 것이 한 설명이다.

물론 이 책에서는 그런 구성상의 고려보다는 독자들이 다 아는 내용을 굳이 길게 얘기할 것 없이 그저 골자만 간추리고 지나가자는 의도에서 그렇게 되었겠지만 말이다. 그러니 독자들은 호흡이 너무 급하다 싶은 곳에도 이유가 있다는 점을 이해하기 바란다.

사실 나는 바로 이 점 때문에 이 책이 우리나라 독자들에게 긴요하다고 생각하는데, 그동안 시중에 나온 신화책이라는 것들이 대체로 너무 묘사에 치중하여 분량이 많아지고, 전체를 빨리 간추리기 힘들다는 문제가 있었다. 그래서 나도, 희랍 신화를 얼른 공부하기에 어떤 책이 좋으냐는 질문에 항상 대답이 궁했었는데, 이 책이 한 답이 되리라 생각한다.

그리고 그동안 국내에 나왔던 책들이 주로 2차 문헌에 의존하여, 작가들이 (때로는 너무 지나치게) 자유로이 풀어 쓴 것들이었고, 그런 의미에서 발디딤이 확실치 않았던 데 반해, 이 책은 어느 학자나 거듭 인용하는 원전으로서 앞으로 신화

논의에 확실한 근거를 제공하리라 생각한다. (그래서 독자들이 부담스러워할 것을 예상하면서도 굳이 장절 구별을 넣었다. 쉽게 찾아보고, 또 널리 인용하라는 뜻이다.)

대체로 이성적인 논의들 끝에 이런 감정적인 부분을 덧붙이는 것이 좀 그렇지만, 달리 어디 끼워 넣을 자리가 없으니 이 자리에다 헌사를 넣어야겠다.

나는 이 변변치 못한 번역서를 내게 희랍어를 처음 가르쳐 주신 고(故) 박윤호 형(전 경남대 교수)께 바치고자 한다. 항상 순수하고 성실한 모습으로 공부하는 사람의 모범을 보여 주던 형은, 이미 학위도 받았고 대학에 자리도 잡았건만, 이에 만족지 않고 영국으로 건너가 또다시 학위 과정에 등록했는데, 또 하나의 박사 학위를 눈앞에 둔 시점에 갑작스러운 병으로 세상을 떠나고 말았다. 이런 형을 두고 바보라고 할지, 아니면 원대로 공부하다가 죽었으니 행복하다고 할지는 사람마다 생각이 다르겠지만, 나로서는 그저 선뜻 후자를 취하지 못하는 것이 부끄러울 뿐이다.

2022년 가을
강대진

도서관

1권

1장

우라노스와 게의 자식들[1]

1. 우라노스(하늘)가 처음에 온 우주(κόσμος)를 다스렸다. 그는 '게(γῆ)'(땅)와 결합하여, 우선 팔이 백 개인 존재(헤카톤케이르들, 헤카톤케이레스)라 불리는 것들을 낳았다. 그들은 브리아레오스, 귀에스, 콧토스로서, 크기에 있어서 능가할 이 없으며, 힘에 있어 으뜸인 자들이었다. 그들은 각각 팔이 백 개요, 머리는 각각 쉰 개씩이었다.

2. 이들 다음에 게는 우라노스에게 퀴클롭스들을 낳아주었다. 그들은 아르게스, 스테로페스, 브론테스로서, 이들 각각은 이마에 눈을 하나씩 갖고 있었다. 그러나 우라노스는 이들

을 묶어서 타르타로스로 던져버렸다. 이곳은 하데스에 있는 암흑의 장소인데, 땅으로부터, 땅과 하늘 사이의 거리만큼 떨어져 있다.

3. 우라노스는 다시 게로부터 티탄이라고 불리는 아들들을 낳는다. 즉 오케아노스, 코이오스, 휘페리온, 크레이오스, 이아페토스, 그리고 전체 중 막내인 크로노스였다. 또 그는 티타니데스라고 불리는 딸들을 낳았는데, 이들은 테튀스, 레아, 테미스, 므네모쉬네, 포이베, 디오네, 테이아였다.

티탄들의 반란과 크로노스의 지배

4. 가이아는 타르타로스로 던져진 자식들의 파멸에 앙심을 품고 티탄들로 하여금 아버지를 공격하도록 설득한다. 그리고 크로노스에게 강철로 된 낫을 준다. 그래서 오케아노스를 제외한 다른 자식들이 우라노스를 공격하고, 크로노스는 아버지의 성기를 잘라 바다로 던진다.

그 흐르는 피의 방울들로부터 에리뉘에스가 생겨났다. 즉 알렉토, 티시포네, 메가이라였다. 그런데 티탄들은 아버지를 권좌에서 몰아내고 나서 타르타로스에 던져졌던 형제들을 다시 끌어올리고, 권력을 크로노스에게 넘겨주었다.

5. 그렇지만 크로노스는 그들을 다시 묶어 타르타로스에

가두고, 자매인 레아와 결혼하였다. 그러나 게와 우라노스가 그에게, 자기 자신에게 권력을 빼앗기게 되리라고 예언하자, 그는 태어나는 자식들을 계속 삼켜버렸다. 그래서 맨 처음 태어난 헤스티아를 삼켰고, 또 데메테르와 헤라를, 이들 다음에는 플루톤과 포세이돈을 삼켰다.

6. 레아는 이들 때문에 분노하여 크레테로 간다. 그때 그녀는 제우스를 잉태하고 있었다. 그러고는 딕테의 동굴에서 제우스를 낳는다. 그리고 그를 쿠레테스들[2]과, 멜리세우스의 딸들인 요정(뉨페) 아드라스테이아와 이데에게 기르도록 준다.

7. 그래서 그녀들은 아이를 아말테이아의 젖으로 길렀고, 쿠레테스들은 무장을 하고서 동굴에서 아기를 지키면서 창으로 방패를 두드렸다. 아이의 소리를 크로노스가 듣지 못하도록 하기 위해서였다. 한편 레아는 돌을 강보에 싸서, 태어난 아이인 양 크로노스에게 삼키도록 주었다.

카를 프리드리히 쉰켈, 「우라노스(하늘)」(1845년경)
우라노스(하늘)가 처음에 온 우주(코스모스)를 다스렸다.

「두 어깨로 하늘을 받치고 있는 아틀라스」(1655년)
아틀라스는 두 어깨로 하늘을 버티고 있다.

2장

티탄들과의 전쟁

1. 제우스가 다 자랐을 때, 그는 오케아노스의 딸인 메티스를 협력자로 삼는다. 그녀는 크로노스에게 약을 주어 마시게 한다. 그는 이 약을 먹고 우선 돌을, 그다음으로는 자신이 삼켰던 아이들을 토해낸다. 제우스는 이들과 더불어 크로노스와 티탄들에게 대항하는 전쟁을 시작했다.

그들이 10년 동안 싸우고 있는데, 게가 제우스에게, 타르타로스에 갇힌 자들을 동맹자로 하면 승리하리라고 신탁을 주었다. 그래서 제우스는 그들의 감옥을 지키던 캄페를 죽이고, 그들을 풀어주었다. 그러자 퀴클롭스들은 제우스에게 천둥과 번개와 벼락을, 플루톤에게는 투구를, 포세이돈에게는 삼지창을 준다.

이들은 이것으로 무장하고서 티탄들을 제압한다. 그리고 그들을 타르타로스에 가두고 헤카톤케이레스를 지킴이로 세웠다. 한편 자신들은 권력을 놓고 제비뽑기를 하는데, 제우스는 하늘에서의 지배권을, 포세이돈은 바다의 지배권을, 플루톤은 하데스의 지배권을 배당받는다.

티탄의 자손들

2. 그런데 티탄들에게는 자손들이 있었다. 오케아노스와 테튀스에게서는 오케아니데스가 태어났다. 그들은 아시아, 스튁스, 엘렉트라, 도리스, 에우뤼노메, 〔암피트리테〕, 메티스였다. 또 코이오스와 포이베에게서는 아스테리아와 레토가, 휘페리온과 테이아 사이에서는 에오스와 헬리오스(해)와 셀레네(달)가, 크레이오스와 폰토스(바다)의 딸 에우뤼비아 사이에서는 아스트라이오스와 팔라스와 페르세스가 태어났다.

3. 이아페토스와 아시아 사이에서는 아틀라스가 태어났는데, 그는 두 어깨로 하늘을 버티고 있다. 또 이들에게서 프로메테우스와 에피메테우스, 그리고 메노이티오스가 태어났는데, 이 메노이티오스를 티탄과의 전쟁 때 제우스가 벼락으로 쳐서 타르타로스로 보내버렸다.

4. 또 크로노스와 필뤼라 사이에서는 두 형태를 가진 켄타우로스 케이론이, 에오스와 아스트라이오스 사이에서는 바람들과 별들이, 그리고 페르세스와 아스테리아 사이에서는 헤카테가, 팔라스와 스튁스 사이에서는 니케(승리)와 크라토스(힘)와 젤로스(열심)와 비아(폭력)가 태어났다.

5. 그런데 하데스의 바위로부터 흐르는 스튁스의 물을 제우스는 맹세의 대상으로 삼았다. 그녀가 자식들과 더불어 티

프란시스코 데 고야, 「아들을 잡아먹는 크로노스(사투르누스)」(1820-1823년)
게와 우라노스가 아들 크로노스를 향하여 그 역시 자식에게 권력을 빼앗기리라 예언하자,
크로노스는 태어나는 자식들을 계속 삼켜버렸다.

탄들에 대항하여 그의 동맹자로서 싸우면서 해준 일들에 대한 보답으로, 이것을 명예의 선물로 준 것이다.

6. 폰토스와 게 사이에서는 포르코스와 타우마스, 그리고 네레우스, 또 에우뤼비아와 케토가 태어났다. 그런데 타우마스와 엘렉트라에게서 이리스와, 하르퓌이아인 아엘로〈와〉오퀴페테가 태어났다. 한편 포르코스와 케토에게서는 포르키데스〈와〉고르고들이 태어났다. 이 고르고들에 대해서는 페르세우스에 대한 이야기를 할 때 다루겠다.

7. 네레우스와 도리스 사이에서는 네레이스들(네레이데스)이 태어났다. 그들의 이름은, 퀴모토에, 스페이오, 글라우코노메, 나우시토에, 할리에, 에라토, 사오, 암피트리테, 에우니케, 테티스, 에울리메네, 아가우에, 에우도레, 도토, 페루사, 갈라테이아, 악타이에, 폰토메두사, 힙포토에, 뤼시아낫사, 퀴모, 에이오네, 할리메데, 플렉사우레, 에우크란테, 프로토, 칼륍소, 파노페, 크란토, 네오메리스, 힙포노에, 이아네이라, 폴뤼노메, 아우토노에, 멜리테, 디오네, 네사이에, 데로, 에우아고레, 프사마테, 에우몰페, 이오네, 뒤나메네, 케토, 림노레이아였다.[3]

3장

제우스의 자식들

1. 제우스는 한편 헤라와 결혼하여, 헤베와 에일레이튀이
아와 아레스를 낳는다. 그렇지만 또 많은 인간 여성들과, 그리
고 불사의 여성들과도 몸을 섞는다. 그래서 우라노스의 딸 테
미스로부터는 딸들인 호라이들,[4] 즉 에이레네(평화), 에우노미
아(좋은 통치), 디케(정의)를 낳는다. 또한 모이라들(운명의 여신
들), 즉 클로토, 라케시스, 아트로포스를 낳는다.

또 디오네로부터는 아프로디테를, 오케아노스의 딸인 에
우뤼노메로부터는 카리테스들(단수는 카리스), 즉 아글라이에
(빛남), 에우프로쉬네(좋은 생각), 탈레이아(축제의)를 낳고, 스
튁스로부터는 페르세포네[5]를, 므네모쉬네(기억)로부터는 무사
여신들(무사이)을 낳았다. 이 무사이 중에서 칼리오페가 맏이
고, 그다음은 클레이오, 멜포메네, 에우테르페, 에라토, 테릅시
코레, 우라니아, 탈레이아, 폴륌니아이다.[6]

무사 여신들의 자식들

2. 칼리오페와 오이아그로스 사이, 그렇지만 명목상으로

는 그녀와 아폴론 사이에서 리노스가 태어났는데, 그를 헤라클레스가 죽였다. 또 키타라 반주 노래를 만들어낸 오르페우스가 그들에게서 태어났는데, 그는 노래로써 돌들과 나무들도 움직였다.

그런데 그의 아내인 에우뤼디케가 뱀에 물려 죽자, 그는 그녀를 다시 데려오고자 하데스로 내려갔고, 그녀를 돌려보내도록 플루톤을 설득했다. 플루톤은 그 일을 이루리라고 약속했다, 오르페우스가 자기 집에 도착할 때까지 길을 가며 뒤돌아보지 않는다는 조건으로.

그렇지만 그는 그 말을 따르지 않고 뒤돌아 자기 아내를 보았고, 그녀는 저승으로 되돌아가 버렸다. 이 오르페우스는 디오뉘소스의 비의(秘儀)도 만들어냈으며, 마이나데스들에게 찢겨 죽은 후 피에리아 근처에 매장되었다.

3. 클레이오는 마그네스의 아들 피에로스를 사랑하게 되었는데, 이것은 아프로디테의 분노에 의한 것이었다. 왜냐하면 그녀는 아프로디테가 아도니스를 사랑하는 것을 비난했었기 때문이다. 클레이오는 마그네스와 결합하였고, 그로부터 아들 휘아킨토스를 낳았다.

그런데 그를, 필람몬과 요정 아르기오페 사이에서 난 타뮈리스가 사랑하게 되었다. 그는 남자를 사랑한 최초의 남자였다. 그렇지만 휘아킨토스는 아폴론의 애인이 되었는데, 후

안젤름 포이어바흐, 「오르페우스와 에우뤼디케」(1869년)
오르페우스는 죽은 아내를 데려오기 위해 하데스로 내려갔다.
그러나 뒤를 돌아보지 말아야 한다는 조건을 어겨 아내를 다시 저승에 빼앗긴다.

에밀 레비, 「오르페우스의 죽음」(1866년)
오르페우스는 마이나데스들에게 찢겨 죽은 후에
피에리아 근처에 매장되었다.

에 아폴론의 실수로 원반에 맞아 죽었다.

한편 아름다움에 있어, 그리고 키타라 음악에 있어 뛰어났던 타뮈리스는 무사이들과 음악 실력을 겨루었다. 자신이 더 나은 것으로 판명되면 그녀들 모두와 결합하고, 만일 자신이 진다면 그녀들이 원하는 것을 빼앗기는 조건이었다. 그렇지만 그녀들이 승리하여 그에게서 두 눈과 키타라 음악을 빼앗았다.

4. 에우테르페와 스트뤼몬 강 사이에서 레소스가 태어났는데, 그를 트로이아에서 디오메데스가 죽였다. 그런데 몇몇 사람은 말하기를, 그가 칼리오페에게서 났다고 한다. 한편 탈레이아와 아폴론 사이에서 코뤼바스들(코뤼반테스)이 태어났고, 또 멜포메네와 아켈로오스 사이에서는 세이렌들(세이레네스)이 태어났는데, 이들에 대해서는 오뒷세우스 이야기에서 언급하겠다.

헤파이스토스의 탄생

5. 한편 헤라는 결합 없이 헤파이스토스를 낳았다. 그렇지만 호메로스에 따르면, 헤라가 이 신도 제우스에게서 낳았다 한다. 그런데 묶여 있는 헤라를 도우려던 그를 제우스가 하늘에서부터 던져버린다.

왜냐하면 헤라클레스가 트로이아를 함락시키고는[7] 배를 타고 떠나가는데, 헤라가 폭풍을 보냈고, 그래서 제우스는 올림포스에서 그녀를 매달았던 것이다. 그 헤파이스토스가 렘노스에 떨어져 다리 불구가 된 것을 테티스가 구해주었다.

아테나의 탄생

6. 제우스는 메티스가 동침하지 않으려고 여러 모습으로 변화하는데도 그녀와 결합한다. 그녀가 임신하자 제우스는 앞질러 그녀를 삼켜버린다. 〈게가〉 말하기를, 그녀가 딸을 낳을 것이고 그다음에는 아들을 낳을 텐데, 그 아들이 하늘의 지배자가 되리라고 했기 때문이다. 제우스는 이를 두려워하여 그녀를 삼켰던 것이다.

그런데 출생의 때가 되자, 프로메테우스가, 혹은 다른 이들의 말에 따르면 헤파이스토스가 제우스의 머리를 도끼로 쳤고, 그의 머리로부터 무장을 갖춘 채로 아테나가 튀어나왔다. 트리톤 강가에서였다.

피에르 디 코시모, 「렘노스섬에서 헤파이토스 찾기」(1490년경)
어린 헤파이스토스가 렘노스 섬에 떨어져 다리 불구가 되었는데,
테티스가 찾아서 구해준다.

「아테나의 탄생」(1936년)
제우스는 자기 아이를 임신한 메티스를 삼켜버린다.
그런데 프로메테우스 혹은 헤파이스토스가
제우스의 머리를 도끼로 치니까,
그의 머리로부터 무장을 갖춘 아테나가 튀어나왔다.

4장

레토의 자식들

1. 코이오스의 딸들[8] 중에서 아스테리아는, 제우스와의 결합을 피하느라, 메추라기 모습을 취하여 바다로 뛰어들었다. 그래서 전에는 그곳의 도시가 그녀의 이름을 따서 아스테리아라고 불렀었는데, 이것이 나중에는 델로스라고 불리게 된다.

한편 레토는 제우스와 결합한 후, 헤라에게 쫓겨 온 땅을 두루 다녔다. 그러다 마침내 델로스에 이르러 우선 아르테미스를 낳는다. 그리고 그녀의 산파술에 도움을 받아 다음으로 아폴론을 낳았다.

아르테미스는 사냥에 전념하여 처녀로 남았다. 반면에 아폴론은, 제우스와 휘브리스의 자식인 판으로부터 신탁의 기술을 배워 델포이로 갔다. 그때는 테미스가 거기서 신탁을 주고 있었다. 신탁소를 지키던 뱀 퓌톤이 그가 바위틈[9]으로 다가가지 못하도록 방해하자, 아폴론은 그를 처치하고 신탁소를 차지한다.

한편 얼마 지나지 않아 그는 티튀오스도 죽이게 된다. 그는 제우스와, 오르코메노스의 딸인 엘라레 사이의 아들이었다. 제우스는 그녀와 결합하고 나서는, 헤라를 두려워하여 그녀를 땅속에 숨겼다. 그러고는 잉태되어 있던 엄청난 크기의 아이 티튀오스를 빛으로 끌어 올렸다.

이자는 퓌토로 가고 있는 레토를 보고는 욕망에 사로잡혀 그녀를 끌고 갔다. 그녀는 자식들을 외쳐 불렀고, 그들은 그를 쏘아 죽였다. 그는 죽은 뒤에도 벌을 받고 있다. 하데스에서 독수리들이 그의 심장을 먹고 있기 때문이다.

2. 아폴론은 올륌포스의 아들인 마르쉬아스도 죽였다. 왜냐하면 그는, 아테나가 자신의 모습을 흉하게 만든다는 이유로 내버린 피리들을 발견해서는, 아폴론과 음악 실력 겨루기에 들어갔기 때문이다.

그들은, 승자는 패자를 자신이 원하는 대로 처분할 수 있다고 합의했는데, 시험이 시작되자 아폴론은 키타라를 뒤집어서 연주하였고, 마르쉬아스에게도 똑같이 하도록 명했다. 그러나 그는 그럴 수 없었고, 아폴론은 승자로 판정되어, 마르쉬아스를 어떤 큰 소나무에 매달아 가죽을 벗겨서는 결국 죽게 하였다.

오리온

3. 아르테미스는 오리온을 델로스에서 죽였다. 사람들은 이 자가 땅에서 태어난 자로서 엄청난 덩치를 갖고 있었다고

들 한다. 그렇지만 페레퀴데스[10]는 그가 포세이돈과 에우뤼알레의 자식이라고 말한다. 그런데 그에게 포세이돈이 바다를 건너는 능력을 선물로 주었다.

그는 〈맨 처음에〉 시데와 결혼했는데, 그녀는 헤라와 미모를 겨루었다가 결국 헤라에 의해 하데스로 던져졌다. 그래서 오리온은 다시금 키오스로 가서 오이노피온의 딸 메로페에게 청혼하였다. 그런데 오이노피온은 그를 취하게 하여, 자고 있는 사이에 눈을 멀게 하였고, 바닷가에 던져버렸다.

그러자 그는 〈헤파이스토스의〉 대장간으로 가서 한 아이를 잡아 어깨에 얹고, 해 돋는 곳으로 길을 안내하도록 명했다.[11] 거기 당도하자 그는 태양빛에 의해 치유되었고 다시 보게 되었다. 그러자 그는 속력을 다하여 오이노피온에게로 가는 길을 서둘렀다.

4. 그러나 포세이돈이 오이노피온에게 땅 아래에 헤파이스토스가 지은 집을 제공하였고, 에오스는 오리온에 대한 사랑에 빠져 그를 채어 가지고 델로스로 데려갔다. 왜냐하면 그녀가 아레스와 동침했었으므로, 아프로디테가 그녀로 하여금 계속 누군가를 사랑하도록 만들었기 때문이다.[12]

5. 오리온은, 몇몇 사람들이 말하는 바에 따르면, 아르테미스에게 원반 던지기를 하자고 도전했다가 죽었다 하고, 어떤 사람들에 따르면, 휘페르보레오이(북풍 너머의 사람들)에게

서 온 처녀 중 하나인 오피스를 강제로 취하려다가 아르테미스에게 화살 맞아 죽었다고도 한다.

포세이돈의 자식들

한편 포세이돈은 〔오케아노스의 딸인〕 암피트리테와 결혼하고, 그에게 트리톤과 로데가 태어난다. 이 로데와 헬리오스가 결혼하였다.

5장

페르세포네 납치와 데메테르의 잠적

1. 플루톤은 페르세포네를 사랑하여, 제우스를 협력자로 삼아 그녀를 몰래 납치했다. 데메테르는 횃불들을 들고 그녀를 찾으며 밤낮으로 온 땅을 두루 다녔다.[13] 그러다가 헤르미온 사람들에게서 플루톤이 그녀를 납치했다는 것을 알게 되었고, 신들에게 분노하여 하늘을 떠났다.

그러고는 여자의 모습을 취하여 엘레우시스로 갔다. 그녀는 우선, 칼리코론(아름다운 춤)이라 불리는 우물 곁에 있는, 그녀로 인하여 아겔라스테(웃음 없는 바위)라고 불리게 되는 바위 위에 앉았다. 그런 다음, 당시 엘레우시스 사람들을 다스리던 켈레오스에게로 갔는데, 여자들이 안에 있다가 그녀에게 자기들 곁에 앉으라 했고, 이암베라는 어떤 노파가 농담을 하여 여신을 웃게 만들었다. 이 일로 인하여 테스모포리아 축제 때에 여자들이 농담을 하게 되었다고 사람들은 말한다.

켈레오스의 부인인 메타네이라에게 어린아이가 있었는데, 데메테르는 그를 맡아 길렀다. 그를 불사의 존재로 만들고자 하여, 밤마다 아기를 불 속에 넣었고, 그의 사멸적인 살들을 벗겨나갔다.

데모폰(이것이 그 아이의 이름이었다.)이 나날이 놀랍게 커가자, 프락시테아가 주의하여 지켜보았고, 아이가 불 속에 묻히는 것을 포착하자 소리를 질렀다. 이것 때문에 아기는 불에 스러져버렸고, 여신은 자신의 모습을 드러냈다.

2. 그녀는 메타네이라의 아이들 중 손위인 트립톨레모스에게 날개 달린 용들이 끄는 수레와 밀을 주었다. 그는 그 수레에 실려 하늘을 가로질러 날아가면서 사람 사는 온 땅에 그 밀알 씨를 뿌렸다. 그렇지만 파뉘아시스[14]는 트립톨레모스가 엘레우시스의 아들이라고 말한다. 데메테르가 엘레우시스에게로 갔다는 것이다. 한편 페레퀴데스는 그가 오케아노스와 게의 자식이라고 한다.

3. 제우스가 플루톤에게 코레(페르세포네)를 되돌려 보내라고 명하자, 플루톤은 그녀가 어머니 곁에 오래 있지 못하게 하려고, 그녀에게 석류 씨를 주었다. 그녀는 일어날 일을 예상치 못하고 그것을 먹었다.

그런데 아케론과 고르퀴라의 자식인 아스칼라포스가 그녀에게 불리하게 이 사실을 증언했고, 데메테르는 하데스에서 그의 위에 무거운 바위를 얹어 놓았다. 그래서 페르세포네는 매년 3분의 1은 플루톤과 함께 있어야만 했고, 나머지 기간은 신들과 함께했다.

단테 가브리엘 로세티, 「페르세포네」(1882년)
제우스가 플루톤에게 코레(페르세포네)를 되돌려 보내라고 명하자,
플루톤은 코레가 어머니 곁에 오래 있지 못하게 하려고
그녀에게 석류 씨를 주었다.

「페르세포네를 납치하는 플루톤」
(기원전 4세기)

「페르세포네와 플루톤」
(기원전 5세기)
플루톤은 페르세포네를 사랑하여,
제우스를 협력자로 삼아
그녀를 몰래 납치했다.

6장

거인들과의 전쟁

1. 데메테르에 대해서는 위와 같은 것들이 얘기되고 있다. 한편 게는 티탄들 때문에 앙심을 품고 거인들(기간테스)을 하늘(우라노스)에 의해서 낳는다. 그들은 몸 크기에 있어서 능가할 자 없으며, 힘에 있어서 겨룰 자 없는 존재들이었다. 그들은 보기에 무시무시한 모습으로 나타났다. 머리와 턱에 깊은 터럭을 두르고, 다리에는 뱀의 비늘을 가지고 있었다. 그들은, 어떤 사람들이 말하는 바에 따르면, 플레그라이에서 태어났고, 다른 사람들에 따르면, 팔레네에서 태어났다. 그들은 하늘로 바위들과 불 붙은 참나무들을 던져댔다.

포르퓌리온과 알퀴오네우스가 모든 거인들을 능가했다. 이 알퀴오네우스는 자신이 태어난 땅에서 싸우는 한 불사의 존재였다. 그는 또 헬리오스의 소들을 에뤼테이아에서 몰아오기도 했다. 그런데 신들에게는, 거인 중의 누구도 신들에 의해서는 죽을 수 없으며, 어떤 인간이 동맹자가 되어야 이들이 끝장나리라는 신탁이 있었다.

한편 게는 이것을 눈치채고, 그들이 인간에 의해서 사멸하지 않도록, 약초를 찾아다녔다. 제우스는 에오스(새벽)와 셀레네(달)와 헬리오스(해)에게 나타나지 말도록 명하고, 자신이 앞질러 그 약초를 뜯었다.

그러고는 아테나를 통하여 헤라클레스를 동맹자로 불러왔다. 그는 제일 먼저 알퀴오네우스를 활로 쏘았다. 그러나 그는 땅에 쓰러지자 오히려 다시 온기를 얻었다. 그래서 헤라클레스는, 아테나의 충고를 좇아 그를 팔레네 밖으로 끌어내었다.

2. 알퀴오네우스는 이와 같이 죽었다. 한편 포르퓌리온은 싸움 도중 헤라클레스와 헤라를 공격하게 되었다. 그런데 제우스가 그에게 헤라에 대한 욕망을 심어 넣었고, 그녀는 그가 옷을 찢고 겁탈하려 하자, 외쳐 도움을 청했다. 그러자 제우스는 벼락을 던졌고, 헤라클레스도 활을 쏘아 그를 죽였다.

나머지 거인들 중에서 에피알테스의 왼쪽 눈을 아폴론이 활로 쏘아 맞혔고, 헤라클레스는 그의 오른쪽 눈을 맞혔다. 에 뤼토스는 디오뉘소스가 튀르소스[15]로 죽였고, 클뤼티오스는 헤카테가 횃불로, 미마스는 헤파이스토스가 모루를 던져 죽였다.

아테나는 도망치는 엔켈라도스 위에 시켈리아(시칠리아) 섬을 던졌고, 팔라스의 가죽을 벗겨내어 전투할 때 이것으로 자신의 몸을 감쌌다. 한편 폴뤼보테스는 포세이돈에게 쫓겨 바다 건너 코스 섬에 도착하였다. 포세이돈은 그 섬의 일부분을 뜯어내어 그의 위에 던졌는데, 그 부분은 니쉬론이라 불린다.

헤르메스는 하데스의 투구를 쓰고 전투에 임하여 힙폴뤼

「폴뤼보테스를 죽이는 포세이돈과 이걸 보고 놀라는 게」(기원전 410-405년경)
게(하늘)가 낳은 거인들(기간테스)이 올림포스 신들을 상대로 전쟁을 벌였는데,
포세이돈은 거인 폴뤼보테스의 위로 코스 섬의 일부분을 뜯어내어 던졌다.

「아테나와 엔켈라도스」(기원전 525년경)
아테나는 도망치는 거인 엔켈라도스 위에 시켈리아(시칠리아) 섬을 던졌고,
팔라스의 가죽을 벗겨내어 전투할 때 이것으로 자신의 몸을 감쌌다.

토스를 죽였고, 아르테미스는 그라티온을, 모이라들은 청동의 곤봉으로 싸워 아그리오스와 토온을 죽였으며, 다른 거인들은 제우스가 벼락을 던져 멸하였다. 그리고 죽어가는 그들 모두를 헤라클레스가 활로 쏘았다.

튀폰과의 전쟁

3· 신들이 거인들을 제압하였을 때, 게는 더욱 노여워 타르타로스와 결합하고, 킬리키아에서 튀폰을 낳는다. 그것은 인간과 짐승의 특성을 섞어 가진 존재였다. 그는 크기와 힘에 있어서 게가 낳았던 모든 존재들을 능가했다.

그의 허벅지까지는 인간의 형상인데, 어마어마한 크기였고, 모든 산들을 압도할 만한 크기였다. 그의 머리는 자주 별들에게까지 닿았다. 그의 팔은 한쪽은 서쪽까지, 다른 쪽은 해 뜨는 데까지 뻗혔다. 그리고 여기에 뱀의 머리 백 개가 돋아나 있었다.[16] 허벅지부터는 엄청난 독뱀의 똬리들이 있었다. 그 똬리를 튼 뱀들은 그의 머리에까지 뻗어 올라 쉭쉭대는 소리를 무수히 토해냈다. 그의 온몸에 날개가 돋아 있었으며, 그의 머리와 턱에는 거친 터럭이 휘날리고, 눈에서는 불이 번쩍이고 있었다.

이런 모습, 이런 크기의 튀폰이 불 붙은 바위들을 던지며,

고함과 함께 (뱀 머리들이) 동시에 쉭쉭대며 하늘 자체로 돌진하였다. 입에서는 무수한 불의 폭풍을 쏟아내었다. 그가 하늘로 쳐들어오는 것을 보고 신들은 아이귑토스(이집트)로 도망쳐갔으며, 추적을 당하자 형상을 동물로 바꾸었다.

그렇지만 제우스는 튀폰이 멀리 있을 때는 벼락을 던져댔고, 그가 가까이 오자 강철의 낫으로 내리쳤다. 그러고는 도망치는 그를 카시오스 산까지 추적하였다. 이 산은 쉬리아에 솟아 있다. 거기서 그가 부상당한 것을 보고 제우스는 그를 손으로 잡았다.

그러자 튀폰이 똬리를 휘감아 그를 붙잡았다. 그리고 낫을 감아 빼앗아 그의 팔과 다리의 건(腱)들을 잘라 끊었다. 그를 어깨 위에 들어 얹어, 바다 건너 킬리키아로 데려가서는, 코뤼키온 동굴에 도착하여 그를 내려놓았다. 그의 건들도 곰의 가죽에 싸서 마찬가지로 거기 두었고, 암용인 델퓌네를 지킴이로 세워두었다. 그 용의 몸 절반은 처녀의 모습이었다.

그렇지만 헤르메스와 아이기판이 몰래 건들을 훔쳐내어 제우스에게 붙여주었다. 제우스는 원래의 힘을 되찾아, 갑자기 하늘로부터 날개 달린 말들의 마차에 실려 벼락을 던지며, 뉘사라고 불리는 산으로 튀폰을 추적해 갔다.

거기서 모이라들이 도망치는 튀폰을 속였다. 그는 힘이 더해지리라는 말에 넘어가서, 하루만 열리는 과일들을 맛보았

디르크 반 바부렌, 「헤파이스토스에게 잡혀 묶이고 있는 프로메테우스」(1623년)
프로메테우스가 인간들에게 불을 준 것을 알아챈 제우스는,
헤파이스토스에게 카우카소스 산에 그의 몸을 못 박으라고 지시했다.

테오두르 롬보츠, 「프로메테우스」(17세기)
프로메테우스가 불을 훔친 대가로 사슬에 묶여 있는 동안,
매일 독수리가 날아와 밤 동안 자라난 그의 간엽을 파먹었다.

던 것이다. 그래서 다시 쫓겨 트라케에 닿았고, 하이모스 산 근처에서 싸우다가 산들을 통째로 들어 던졌다. 이것들이 벼락에 의해 그에게 되밀려오자 엄청난 피가 산 위로 쏟아져 흘렀다. 사람들은 말하기를, 이 일 때문에 이 산이 하이모스(피의 산)라 불렸다 한다.

튀폰이 시켈리아의 바다를 통해 도망치려 하자 제우스는 시켈리아에 있는 아이트네 산을 그 위로 집어 던졌다. 이것은 엄청나게 큰 산으로, 그때 떨어진 벼락 때문에 오늘날까지도 여기서 불이 솟구쳐 나온다고들 말한다. 이 일들에 대해서는 여기까지 얘기한 것으로 마무리하자.

7장

프로메테우스와 그의 자손들

1. 프로메테우스는 물과 흙으로 인간들을 빚어내었고, 그들에게 불까지 주었다. 제우스 몰래 회향풀[17]에 숨겨서였다. 제우스가 그것을 알아챘을 때, 헤파이스토스에게 카우카소스 산에 그의 몸을 못 박으라고 지시했다. 이 산은 스퀴티아에 있는 산이다.

프로메테우스는 여기에 못 박혀 여러 해 동안 묶여 있었다. 매일 독수리가 날아와 밤 동안 자라난 그의 간엽을 파먹었다. 프로메테우스는 불을 훔친 데 대해 이러한 대가를 치렀다. 나중에 헤라클레스가 그를 풀어줄 때까지. 그 내용은 헤라클레스에 대한 부분에서 밝히겠다.

2. 프로메테우스에게서 아들인 데우칼리온이 태어났다. 그는 프티아 주변 지역을 다스리고, 에피메테우스와 판도라 사이의 딸인 퓌르라와 결혼한다. 판도라는 신들이 첫 여자로 만들어낸 존재이다.

그런데 제우스가 청동의 종족을 없애버리고자 하였을 때, 데우칼리온은 프로메테우스의 충고에 따라 궤짝을 짜고 식량을 안에 넣은 후, 거기에 퓌르라와 함께 탔다. 제우스는 엄청난

「데우칼리온과 퓌르라」(1914년)

홍수 이후에 살아남은 데우칼리온이 제우스의 지시에 따라

머리 너머로 돌을 들어 던졌다. 데우칼리온이 던진 돌들은 남자가 되고,

퓌르라가 던진 돌들은 여자가 되었다.

비를 하늘에서 쏟아부어, 희랍의 대부분을 홍수로 휩쓸어버렸다, 가까운 높은 산으로 도망친 몇몇을 제외하고는 모든 인간이 멸망하도록. 그때 텟살리아의 산들은 서로 떨어져 서고, 이스트모스와 펠로폰네소스 바깥쪽의 모든 산들은 물속에 잠겼다.

하지만 데우칼리온은 궤짝을 탄 채, 아흐레 낮과 같은 수의 밤 동안 바다 건너 실려 가서 파르나소스에 닿게 된다. 거기서 비가 그치자, 궤짝에서 나와, 도주를 돕는 제우스(Zeus phyksios)께 제사를 드렸다.

제우스는 헤르메스를 그에게 보내, 소원하는 바를 택하도록 했다. 그는 자신을 위해 인간들이 생겨나기를 원했다. 그는 제우스의 지시에 따라 머리 너머로 돌을 들어 던졌다. 데우칼리온이 던진 돌들은 남자가 되고, 퓌르라가 던진 돌들은 여자가 되었다. 그때 이후 그들은 은유적으로, 돌이라는 뜻의 '라아스(laas)'에서 연유하여 '인간들(라오이)'이라고 불리게 되었다.

퓌르라로부터 데우칼리온에게 아이들이 태어났다. 첫째는 헬렌인데, 어떤 사람들은 그가 제우스에게서 태어났다고 말한다. 둘째는 암픽튀온으로 그는 크라나오스 다음에 앗티케를 다스렸다. 또 프로토게네이아라는 딸이 있었는데, 그녀와 제우스로부터 아에틀리오스가 태어난다.

헬렌의 자손들

3. 헬렌과 요정 오르세이스에게서 도로스와 크수토스, 아이올로스가 태어났다. 헬렌은 자기 자신의 이름을 따서, 이전에는 그라이코이라고 불리던 사람들을 헬레네스(희랍인들)라고 이름 지었고, 자식들에게 땅을 나누어 주었다.

그래서 크수토스는 펠로폰네소스를 차지하고, 에렉테우스의 딸 크레우세에게서 아카이오스와 이온을 낳았다. 이들로 인하여 아카이아인들(아카이오이)과 이오니아인들(이오네스)이 그 이름을 가지게 되었다. 한편 도로스는 펠로폰네소스 너머에 있는 지역을 택하여 자기 이름을 따서 그 거주자들을 도리스인들(도리에이스)이라고 불렀다.

또 아이올로스는 텟살리아 주변 지방들을 다스리면서 거기 사는 자들을 아이올리스인들(아이올레이스)이라고 불렀고, 데이마코스의 딸 에나레테와 결혼하여 일곱 아들을 낳았다. 그들은 크레테우스, 시쉬포스, 아타마스, 살모네우스, 데이온, 마그네스, 페리에레스였고, 또 다섯 딸을 낳았는데, 그들은 카나케, 알퀴오네, 페이시디케, 칼뤼케, 페리메데였다.

페리메데와 아켈로오스 사이에서 힙포다마스와 오레스테스가 태어났으며, 페이시디케와 뮈르미돈 사이에서는 안티포스와 악토르가 태어났다.

4. 알퀴오네와는 헤오스포로스(새벽별)의 아들 케윅스가 결혼하였다. 이들은 오만함 때문에 파멸했다. 왜냐하면 남자는 자기 아내를 헤라라고 부르고, 여자는 남편을 제우스라고 불렀기 때문이다. 제우스는 이들의 모습을 새로 바꾸어버렸는데, 여자는 물총새(알퀴온)로, 남자는 가마우지(케윅스)로 만든 것이다.

카나케는 포세이돈으로부터 호플레우스와 니레우스, 에포페우스, 알로에우스, 그리고 트리옵스를 낳았다. 그런데 알로에우스는 트리옵스의 딸인 이피메데이아와 결혼하였다. 그녀는 포세이돈을 사랑하여, 수시로 바닷가로 나가곤 했으며, 손으로 파도를 끌어당겨 품 안으로 집어넣곤 했다.

포세이돈은 그녀와 동침하여 두 아들을 낳았는데, 그들은 오토스와 에피알테스로서 알로아데스라고 불린다. 이들은 매해, 폭은 한 완척(腕尺)씩, 길이는 한 길씩 자라갔다. 그래서 태어난 지 9년째에, 폭은 아홉 완척이요, 키는 아홉 길이었고, 신들과 전쟁할 뜻을 품었다.

지로데 트리오종, 「엔뒤미온의 잠」(1793년)
엔뒤미온은 특출한 아름다움을 지녔는데, 제우스는
그가 원하는 것을 갖도록 허락하였다. 그러자 엔뒤미온은
죽지 않고 늙지 않는 채로 영원히 잠자기를 택했다.

그래서 옷사 산을 올륌포스 산 위에 쌓고, 옷사 산 위에는 펠리온 산을 쌓아 이 산들을 타고 하늘로 올라가겠노라고 위협했다. 그리고 바다에 산들을 쏟아 육지로 만들고, 육지는 바다로 만들겠다고 공언했다.

또 에피알테스는 헤라와, 오토스는 아르테미스와 결혼하고자 하였다. 그리고 아레스를 묶어버렸다. 그렇지만 이 신은 헤르메스가 빼돌렸고, 알로아데스는 낙소스에서 아르테미스가 속임수로 처치해 버렸다. 즉 그녀가 사슴으로 모습을 바꾸어 그들 사이로 뛰어들었고, 그들은 그 짐승을 맞히려다가 서로를 창으로 맞혔던 것이다.

엔뒤미온과 그의 자손들

5. 칼뤼케와 아에틀리오스 사이에서 아들인 엔뒤미온이 태어났는데, 그는 텟살리아로부터 아이올리스인들을 이끌어 엘리스를 건설하였다. 그런데 어떤 사람들은 그가 제우스에게서 태어났다고 말한다. 특출한 아름다움을 지녔던 이 사람을 셀레네가 사랑하였는데, 제우스는 그가 원하는 것을 갖도록 허락하였다. 그러자 그는 죽지 않고 늙지 않는 채로 영원히 잠자기를 택했다.

6. 엔뒤미온과 샘의 요정(어떤 사람은 이피아낫사라 한다.)

사이에서 아이톨로스가 태어났다. 그는 포로네우스의 아들 아피스를 죽이고서 쿠레티스 지역으로 도망쳤고, 거기서 그를 받아준, 프티아와 아폴론 사이의 아들들, 즉 도로스와 라오도코스, 폴뤼포이테스를 죽인 후, 그 땅을 자신의 이름을 따서 아이톨리아라고 불렀다.

7. 아이톨로스와, 포이보스의 딸 프로노에 사이에서 플레우론과 칼뤼돈이 태어났고, 그들의 이름을 따서 아이톨리아의 도시 이름들이 붙여졌다. 플레우론은 도로스의 딸 크산팁페와 결혼하여 아들 아게노르를 낳았고, 딸들로 스테로페와 스트라토니케, 라오폰테를 낳았다.

칼뤼돈과, 아뮈타온의 딸 아이올리아 사이에서는 에피카스테〈와〉 프로토게네이아가 났으며, 이 프로토게네이아와 아레스 사이에서 옥쉴로스가 태어났다. 그런데 플레우론의 아들 아게노르는 칼뤼돈의 딸 에피카스테와 결혼하여 포르타온과 데모니케를 낳았고, 이 데모니케와 아레스 사이에서 에우에노스, 몰로스, 퓔로스, 테스티오스가 태어났다.

8. 에우에노스는 마르펫사를 낳았다. 그녀에게 아폴론이 구혼하고 있었는데, 아파레우스의 아들 이다스가, 포세이돈에게서 날개 달린 수레를 얻어 그녀를 납치해 갔다. 에우에노스가 마차를 타고 쫓아 뤼코르마 강에 다다랐지만, 따라잡을 수 없자 말들을 베어 죽이고, 강에 몸을 던졌다. 이 사람으로 해서

그 강은 에우에노스 강이라 불리고 있다.

9. 한편 이다스는 멧세네에 당도하였다. 그런데 아폴론이 그와 마주쳐 처녀를 빼앗아 갔다. 그들이 그 소녀와의 결혼을 놓고 다투고 있는데, 제우스가 그들을 떼어놓고는 처녀에게 어느 쪽과 함께 살기를 원하는지 선택하도록 맡겼다. 그녀는 자신이 늙으면 혹시 아폴론이 버릴까 두려워, 이다스를 남편으로 택했다.

10. 테스티오스에게는 클레오보이아의 딸 에우뤼테미스에게서 딸들이 태어났는데, 알타이아, 레다, 휘페름네스트라였고, 또 사내애들이 있었는데, 이피클로스, 에우힙포스, 플렉십포스, 에우뤼퓔로스였다.

포르타온과, 힙포다마스의 딸 에우뤼테 사이에서는 아들들로 오이네우스, 아그리오스, 알카토오스, 멜라스, 레우코페우스가 태어났고, 딸로는 스테로페가 태어났다. 그녀와 아켈로오스 사이에서 세이렌들(세이레네스)이 태어났다고 사람들은 말한다.

니콜라 베르탱, 「헤라클레스와 아켈로오스의 씨름」(1715-1730년)
사람들은 알타이아가 데이아네이라를 디오뉘소스로부터 낳았다고 말한다.
이 데이아네이라는 마차를 몰며, 전쟁에 대한 일들에 몰두하였다.
그녀와의 결혼을 놓고 헤라클레스가 아켈로오스와 씨름하였다.

8장

오이네우스 가문

1. 오이네우스는 칼뤼돈을 다스리면서 디오뉘소스에게서 처음으로 포도나무를 얻었다. 그는 테스티오스의 딸 알타이아와 결혼하여 톡세우스를 낳았는데, 이 톡세우스가 도랑을 뛰어넘자 자신이 직접 그를 죽였다.[18]

그리고 그 외에 튀레우스와 클뤼메노스를 낳았으며, 딸로는 고르게를 낳았는데, 안드라이몬이 그녀와 결혼하였고, 또 딸 데이아네이라가 있었는데, 사람들은 알타이아가 그녀를 디오뉘소스로부터 낳았다고 말한다. 이 데이아네이라는 마차를 몰며, 전쟁에 대한 일들에 몰두하였다. 그녀와의 결혼을 놓고 헤라클레스가 아켈로오스와 씨름하였다.

멧돼지 사냥과 멜레아그로스

2. 또 알타이아는 오이네우스로부터 아들인 멜레아그로스를 낳았는데, 사람들은 그가 아레스에게서 태어났다고 말한다. 이 아이가 태어나 이레째 되었을 때 모이라들(운명의 여신들)이 나타나 다음과 같이 말했다고 한다. 즉 화덕에서 타고 있

는 장작이 다 타버리게 되면, 그때 멜레아그로스가 죽으리라〈고〉. 이것을 듣고서 알타이아가 그 장작을 꺼내어, 궤짝에 넣어두었다.

멜레아그로스는 결코 부상을 입지 않는, 고귀한 인물이 되었는데, 다음과 같은 방식으로 죽게 되었다. 그 지역에서 그해 과실의 첫 열매를 바치는 제사가 있었는데, 오이네우스가 모든 신들에게 제사를 드리면서 아르테미스만은 잊어버렸다. 그러자 그녀는 분노하여 크기와 힘이 엄청난 멧돼지를 보냈고, 멧돼지는 땅을 씨 뿌릴 수 없게 만들면서 가축들뿐 아니라 마주치는 사람들도 모두 죽였다. 이 멧돼지에 대항하여 오이네우스는 희랍 땅으로부터 모든 뛰어난 자들을 불러 모았다. 그리고 그 짐승을 죽이는 자에게 으뜸상으로 그 가죽을 주겠다고 알려놓았다.

그 멧돼지를 사냥하기 위해 모여든 사람들은 다음과 같다. 오이네우스의 아들 멜레아그로스와 아레스의 아들 드뤼아스, 이들은 칼뤼돈 출신이었다. 아파레우스의 아들들로 멧세네로부터 온 이다스와 륀케우스, 제우스와 레다의 아들들로 라케다이몬에서 온 카스토르와 폴뤼데우케스, 아이게우스의 아들로 아테나이에서 온 테세우스, 페레스의 아들로 페라이로부터 온 아드메토스, 뤼쿠르고스의 아들들로 아르카디아에서 온 안카이오스〈와〉 케페우스, 아이손의 아들로 이올코스로부터 온 이아손, 암피트뤼온의 아들로 테바이에서 온 이피클레스, 익시온의 아들로 라리사에서 온 페이리투스, 아이아코스의 아들로 프티아에서 온 펠레우스, 아이아코스의 아들로 살라미스에서 온 텔라몬, 악토르의 아들로 프티아에서 온 에우뤼티온, 스코이네우스의 딸로 아르카디아에서 온 아탈란테, 오이클레스의 아들로 아르고스에서 온 암피아라오스, 그리고 이들과 더불어 테스티오스의 아들들이 있었다.

오이네우스는 모여든 이들을 아흐레 동안 접대하였다. 그런데 열흘째에, 여자와 함께 사냥에 나가는 것에 대하여 케페우스와 안카이오스, 그리고 몇몇 다른 사람들이 마땅치 않게 여겼지만, 멜레아그로스가 강압적으로 그들이 그녀와 함께 사냥에 나가도록 했다.

그는 이다스와 마르펫사 사이에서 난 딸 클레오파트라를 아내로 갖고 있었으나, 아탈란테에게서도 아이를 낳고 싶은 마음이 있었던 것이다. 그들이 멧돼지를 에워쌌을 때, 휠레우스와 안카이오스는 그 짐승에 의해 죽었고, 펠레우스는 의도하지 않게 에우뤼티온을 창으로 맞혔다.

한편 아탈란테가 그 멧돼지의 등을 제일 먼저 활로 쏘았고, 두 번째로 암피아라오스가 눈을 맞혔다. 멜레아그로스는 그 짐승의 옆구리를 쳐서 죽였다. 그리고 가죽을 벗겨서 아탈란테에게 주었다.

그런데 테스티오스의 아들들이, 남자들도 있는데 여자가 으뜸상을 차지하는 것은 옳지 않다고 생각하여, 만일 멜레아그로스가 그 가죽을 차지하지 않는다면, 그것은 친족 관계상 자신들에게 속한다고 말하면서,[19] 그녀에게서 그 가죽을 빼앗았다.

3. 그러자 멜레아그로스는 분노하여 테스티오스의 아들들을 죽이고, 그 가죽을 아탈란테에게 주었다. 알타이아는 형제들의 죽음을 비통해하며 저 장작에 불을 붙였고, 멜레아그로스는 갑자기 죽어버렸다.

그렇지만 어떤 사람들은 멜레아그로스가 이런 식으로 죽지 않았다고 말한다. 테스티오스의 아들들이 그 가죽을 놓고 언쟁을 벌이던 도중 이피클로스[20]가 먼저 쳐서, 쿠레테스 사람들[21]과 칼뤼돈 사람들 사이에 전쟁이 일어났고, 멜레아그로스가 나와서 테스티오스의 아들들 중 몇을 죽이자 알타이아가 그를 저주하였다는 것이다. 그래서 그는 분노하여 집 안에 머물렀단다.

그렇지만 적들이 성벽에 가까이 다가오고, 시민들이 도와달라고 탄원하여 청했을 때, 겨우 아내에게 설득되어 나갔고, 테스티오스의 아들들 중 나머지를 죽이고는 싸우다가 자기도 죽었다는 이야기다. 멜레아그로스가 죽은 뒤 알타이아와 클레오파트라는 스스로 목을 매달았고, 멜레아그로스의 시신을 놓고 애통해하던 여자들은 새로 변하였다.[22]

오이네우스의 재혼과 튀데우스의 탄생

4. 알타이아가 죽자 오이네우스는, 힙포노오스의 딸 페리보이아와 결혼하였다. 그런데 「테바이스」를 쓴 작가는 올레노스에서 전쟁이 있었을 때 오이네우스가 그녀를 명예의 선물로 받았다고 말하고, 반면에 헤시오도스는 그녀가 아마륀케우스의 아들 힙포스트라토스에게 유혹을 받았으며, 그녀의 아버지인 힙포노오스가 그녀를 아카이아의 올레노스 땅에서 오이네우스에게로 보냈다고 말한다. 그가 헬라스로부터 멀리 떨어져 살고 있었으므로, 그녀를 죽이도록 맡겼다는 것이다.

5. 또 어떤 사람들은 힙포노오스가, 자기 딸이 오이네우스에게 유혹당한 것을 알고, 임신한 그녀를 그에게로 떠나보냈다고 말한다. 그런데 그녀에게서 오이네우스의 아들 튀데우스가 태어났다. 그렇지만 페이산드로스[23]는 그가 고르게에게서 태어났다고 말한다. 제우스의 계획에 의해서 오이네우스가 자기 딸을 사랑하게 되었기 때문이라는 것이다.

튀데우스와 디오메데스

튀데우스는 고귀한 사람으로 자라났으나 망명하게 된다. 살인을 했기 때문인데, 어떤 사람들에 따르면 오이네우스의 형제인 알카토오스를, 또 「알크마이오니스」를 쓴 사람에 따르면 오이네우스에게 모반한 멜라스의 아들들, 즉 페네우스, 에우뤼알로스, 휘페를라오스, 안티오코스, 에우메데스, 스테르놉스, 크산티옵포스, 스테넬라오스를, 또 페레퀴데스에 따르면 자기 형제인 올레니아스를 죽였다는 것이다. 그는, 아그리오스[24]가 그에게 벌을 부과한 대로, 아르고스로 망명하여 아드라스토스에게로 갔고, 이 사람의 딸인 데이퓔레와 결혼하여 디오메데스를 낳았다.

튀데우스는 아드라스토스와 함께 테바이로 쳐들어갔다가 멜라닙포스에게 부상을 입어 죽었다.

6. 한편 아그리오스의 아들들인 테르시테스, 온케스토스, 프로토오스, 켈레우토르, 뤼코페우스, 그리고 멜라닙포스는 오이네우스의 왕국을 빼앗아 자기들의 아버지에게 주었다. 그리고 아직 살아 있는 오이네우스를 가두어두고는 모욕하였다.

하지만 나중에 디오메데스가 알크마이온과 더불어 아르고스로부터 몰래 와서 온케스토스와 테르시테스를 제외하고는(이들은 미리 펠로폰네소스로 도망쳤다.) 아그리오스의 자식들을 모두 죽였고, 왕국은, 오이네우스가 이미 늙었으므로, 오이네우스의 딸과 결혼한 안드라이몬에게 주었다. 그러고는 오이네우스를 펠로폰네소스로 데리고 갔다.

그런데 도망쳤던 아그리오스의 자식들이 아르카디아에

사는 펠레포스의 화덕 근처에 숨어 기다리다가, 이 노인 오이
네우스를 죽였다. 디오메데스는 그 시신을 아르고스로 옮겨다
가 장사 지냈고, 그래서 지금도 그 도시는 그의 이름을 따서 오
이노에라고 불리고 있다. 디오메데스는 아드라스토스의 딸,
⟨또는⟩ 몇몇 사람들의 말에 따르면 아이기알레우스의 딸인 아
이기알레이아와 결혼했으며, 테바이로, 그리고 트로이아로 쳐
들어갔다.

「프릭소스와 헬레」(1세기)

보이오티아 왕 아타마스와 결혼한 이노가 전처 자식들을 죽이려고 하자,

프릭소스와 헬레 남매는 도망가다가 헬레가 바다에 빠져 죽는다.

그래서 그 바다는 그녀의 이름을 따서 헬레스폰토스(헬레의 바다)라고 불리게 된다.

티치아노, 「시쉬포스의 벌」(1548-1549년)
시쉬포스는 하데스에서 손과 머리로 바위를 굴리면서 벌을 받고 있다,
이 바위를 넘겨 던져버리기를 원하면서. 그렇지만
그가 밀어 올린 이 바위는 다시 뒤로 밀려 내려온다.

9장

아타마스와 이노, 프릭소스와 헬레

1. 아이올로스의 아들들 가운데[25] 아타마스는 보이오티아를 다스렸는데, 네펠레에게서 아들 프릭소스와 딸 헬레를 낳았다. 그리고 다시 이노와 결혼하는데, 그녀에게서 레아르코스와 멜리케르테스가 태어났다.

그런데 이노는 네펠레의 자식들을 해하고자 음모를 꾸미면서, 여인들에게 밀알을 볶도록 꼬드겼다. 이들은 남자들 몰래 밀을 가져다가 이 일을 실행하였다. 이 볶은 밀알들을 받은 땅은 그해의 결실을 주지 않았다.

그러자 아타마스는 델포이로 사람을 보내어 이 흉년을 벗어날 길을 묻게 하였다. 그렇지만 이노는 이 보내진 사람들도 꼬드겨서, 프릭소스가 목 베여 제우스께 바쳐지면 기근이 그치리라는 신탁이 내렸다고 전하게 했다.

이것을 들은 아타마스는, 그 땅 백성들의 강압에 못 이겨 프릭소스를 제단가에 세우게 했다. 그러나 네펠레가 프릭소스와 헬레를 빼돌렸고, 그들에게 헤르메스에게서 얻은 황금 털의 숫양을 주었다. 그들은 이 양을 타고서 하늘을 가로질러 땅과 바다 위를 지나갔다.

그들이 시게이온과 케르로네소스 사이에 놓인 바다에 당도하였을 때, 헬레는 저 깊은 곳으로 빠져 죽었다. 거기서 그녀가 빠져 죽어 그 바다는 그녀의 이름을 따서 헬레스폰토스(헬레의 바다)라고 불리게 되었다.

한편 프릭소스는 콜키스인들에게 도착하였다. 그들을 헬리오스와 페르세이스의 아들인 아이에테스가 다스리고 있었는데, 그는 키르케와 파시파에의 형제였고, 이 파시파에는 미노스와 결혼하였다. 아이에테스는 그를 맞이하여, 딸들 중 하나인 칼키오페를 준다.

프릭소스는 황금양털을 가진 숫양을, 도주를 돕는 제우스(Zeus phyksios)께 제물로 바친다. 그리고 그것의 가죽을 아이에테스에게 준다. 아이에테스는 그것을 아레스의 숲에 있는 참나무에 둘러 걸어놓았다. 그리고 칼키오페로부터 프릭소스에게 아들들인 아르고스, 멜라스, 프론티스, 퀴티소로스가 태어났다.

2. 아타마스는 나중에 헤라의 분노로 이노에게서 낳은 아이들마저 빼앗기게 되었다. 그는 미쳐서 레아르코스를 활로 쏘아 죽였으며, 이노는 멜리케르테스를 자신과 함께 바다에 던졌던 것이다.

아타마스는 보이오티아에서 쫓겨나서, 어디에 살아야 할지 신에게 물었다. 그는 들짐승들에게 접대받는 곳에 살라는

「케팔로스와 에오스」(1810년)
케팔로스는 에렉테우스의 딸 프로크리스와 결혼하지만,
나중에 에오스가 그를 사랑하여 채어 간다.

신탁을 받았고, 여러 지역을 두루 다니다가 가축을 잡아 나눠 먹고 있는 늑대들과 마주쳤다. 그런데 그 늑대들은 그를 보자 나누던 것을 놓아두고 도망쳤다. 그래서 아타마스는 그 지방에 정착하였고 그곳을 자기 이름을 따서 아타만티아라고 불렀다. 그리고 휩세우스의 딸 테미스토와 결혼하여 레우콘과 에뤼트리오스, 스코이네우스, 프토오스를 낳았다.

시쉬포스

3. 아이올로스의 아들 시쉬포스는 지금은 코린토스라고 불리는 에퓌라를 세우고 아틀라스의 딸 메로페와 결혼한다. 그들에게서 아들인 글라우코스가 났는데, 이 글라우코스에게는 아들 벨레로폰테스가 에우뤼메데로부터 태어났다. 이 벨레로폰테스는 불을 내뿜는 키마이라를 죽였다.

그런데 시쉬포스는 하데스에서 손과 머리로 바위를 굴리면서 벌을 받고 있다, 이 바위를 넘겨 던져버리기를 원하면서. 그렇지만 그가 밀어 올린 이 바위는 다시 뒤로 밀려 내려온다. 그는 이 벌을 아소포스의 딸 아이기나 때문에 받고 있는 것이다. 왜냐하면 전해지기로는, 제우스가 그녀를 몰래 채어 간 것을, 딸을 찾고 있는 아소포스에게 그가 알려주었기 때문이다.

아이올로스의 다른 아들들

4. 데이온은 포키스를 다스리면서 크수토스의 딸 디오메데와 결혼한다. 그에게 딸인 아스테로디아와, 아들들인 아이네토스, 악토르, 필라코스, 케팔로스가 태어났는데, 이 케팔로스는 에렉테우스의 딸 프로크리스와 결혼한다. 그렇지만 나중에 에오스가 그를 사랑하여 채어 간다.

5. 페리에레스는 멧세네를 차지하고서 페르세우스의 딸 고르고포네와 결혼하였다. 그녀에게서 그에게 아들들로 아파레우스와 레우킵포스, 튄다레오스, 그리고 이카리오스가 태어났다. 그런데 많은 사람들이 페리에레스는 아이올로스의 자식이 아니라, 아뮈클라스의 아들인 퀴노르타스의 자식이라고 말한다. 그래서 페리에레스의 자손들에 대한 것들은 아틀라스의 종족들을 다룰 때 이야기하겠다.

6. 마그네스는 샘의 요정과 결혼하며, 그에게 아들들로 폴뤼덱테스와 딕튀스가 태어난다. 이들은 세리포스에 정착하였다.

7. 살모네우스는 처음에 텟살리아에 거주하였다. 그러다 나중에 엘리스로 가서 거기에 도시를 세웠다. 그렇지만 그는 오만하였고 자신을 제우스와 견주고 싶어 하다가 불경죄로 벌을 받았다.

왜냐하면 그는 자신이 제우스라고 하면서, 그의 제물들을 빼앗고 그것을 자기에게 바치도록 지시하였으며, 청동솥에 마른 가죽을 대어 마차로 끌고 다니면서 그것을 천둥이라 하고, 타오르는 횃불들을 하늘로 던지면서 그것을 번개 치는 것이라 말하곤 했던 것이다. 제우스는 그에게 벼락을 던져, 그가 세운 도시와 그 거주자들까지 모조리 없애 버렸다.

넬레우스와 펠리아스

8. 살모네우스와 알키디케의 딸인 튀로는 [살모네우스의 형제인] 크레테우스의 집에서 컸는데 에니페우스 강을 사랑하고 있었다. 그래서 자주 이 강으로 가서 강에게 하소연을 하곤 했다. 그런데 포세이돈이 에니페우스의 모습을 하고 그녀와 동침하였다.

그녀는 비밀리에 쌍둥이 아들을 낳고 내다 버렸다. 아기들이 버려져 있는데 말먹이꾼들의 암말 하나가 발굽으로 아기 하나의 얼굴 한 부분을 건드려서 반점(pelion)을 만들었다. 그 말먹이꾼이 두 아이를 데려다 길렀는데, 반점이 있는 아이는 펠리아스(Pelias), 다른 아이는 넬레우스라고 불렀다.

그들은 성장하여 어머니를 찾아냈고, 계모인 시데로를 죽였다. 시데로가 자기들 어머니에게 못된 짓을 한 것을 알고 그녀에게 보복했던 것이다. 시데로가 미리 헤라의 성역으로 도망쳤었는데, 펠리아스는 바로 제단 위에서 그녀를 쳐 죽였고, 시종 헤라를 존경치 않는 행위로 일관했다.

9. 그들은 나중에 서로 싸우게 되었고, 넬레우스는 쫓겨나자 멧세네로 가서 퓔로스를 세운다. 그는 암피온의 딸 클로리스와 결혼하는데, 그녀로부터 그에게 딸인 퓌로와, 사내애들로서 타우로스, 아스테리오스, 퓔라온, 데이마코스, 에우뤼비오스, 에필라오스, 프라시오스, 에우뤼메네스, 에우아고라스, 알라스토르, 네스토르, 페리클뤼메노스가 태어난다.

그런데 이 페리클뤼메노스에게는 포세이돈이 모습을 바꾸는 능력을 준다. 그는 헤라클레스가 퓔로스를 약탈했을 때, 한 번은 사자로, 다른 때는 뱀으로, 또 어떤 때는 꿀벌로 변했지만, 넬레우스의 다른 자식들과 함께 헤라클레스에게 죽고 만다.

단지 네스토르만 살아남는데, 그는 게레나인들 사이에서 양육되고 있었기 때문이었다. 그는 크라티에우스의 딸 아낙시비아와 결혼하여 딸들로 페이시디케와 폴뤼카스테를, 그리고 아들들로 페르세우스, 스트라티코스, 아레토스, 에케프론, 페이시스트라토스, 안틸로코스, 트라쉬메데스를 낳았다.

10. 한편 펠리아스는 텟살리아 주변에 거주하면서 비아스의 딸 아낙시비아와, 또는 몇몇 사람들에 따르면 암피온의 딸 퓔로마케와 결혼하여 아들 아카스토스와, 딸들로 페이시디케,

펠로페이아, 힙포토에, 그리고 알케스티스를 낳았다.

멜람푸스와 비아스

11. 크레테우스[26]는 이올코스를 세우고, 살모네우스의 딸 튀로와 결혼한다. 그녀로부터 그에게 아들들이 태어났는데, 그들은 아이손, 아뮈타온, 페레스였다. 아뮈타온은 퓔로스에 살면서 페레스의 딸 에이도메네와 결혼하고, 그에게 아들들로 비아스와 멜람푸스가 태어난다.

이 멜람푸스는 시골에서 성장했는데, 그의 집 앞에는 참나무가 있었고 거기에 뱀굴이 있었다. 하인들이 뱀들을 죽이자 그는 나뭇가지를 모아다가 그것들을 태우고는, 뱀 새끼들을 키웠다. 그것들이 다 자랐을 때, 그가 자고 있자 그 뱀들이 그의 어깨 양쪽에 자리 잡고 그의 귀를 혀로 정화하였다.

그는 깨어났고 매우 두려워했지만, 머리 위를 나는 새들의 소리를 알아듣게 되었다. 그리고 그것들로부터 배워 알아, 사람들에게 일어날 일을 예언하였다. 또 거기에 덧붙여 사제들로부터 신탁도 배웠으며, 알페이오스 근처에서 아폴론을 만나, 이후로는 으뜸의 예언자가 되었다.

12. 비아스는 넬레우스의 딸 페로에게 구혼하였다. 넬레우스는 수많은 구혼자들 가운데서 퓔라코스의 소들을 자신에

게 끌고 오는 사람에게 딸을 주겠노라고 말했다. 그 소들은 퓔라케에 있었는데, 개가 그것을 지키고 있어서 사람도 짐승도 가까이 갈 수가 없었다.

이 소들을 훔쳐낼 수가 없자, 비아스는 형제에게 함께하기를 청했다. 멜람푸스는 그것을 약속했고, 자신이 훔치다가 들키게 될 것이고, 1년 동안 갇힌 후에야 그 소들을 취하리라고 예언했다.

이 약속 후에 그는 퓔라케로 떠나갔고, 자신이 예언했던 대로, 소들을 훔치다가 잡혀서 집 안에 갇혀 감시를 받았다. 그는, 갇힌 시간이 1년에서 조금 모자랄 즈음에, 지붕의 숨겨진 곳에서 벌레들이 말하는 것을 듣는다. 벌레 중 하나가 들보를 얼마큼이나 먹었느냐고 묻자 다른 벌레들이 아주 조금 남았다고 말하는 것이었다. 그러자 멜람푸스는 얼른 다른 건물로 자신을 옮겨달라고 요구했다. 그리고 이 일로부터 얼마 지나지 않아 그 집이 무너졌다.

퓔라코스는 놀랐고, 그가 뛰어난 예언자라는 것을 알고 그를 풀어주고는, 어떻게 해야 자기 아들인 이피클로스에게 자식이 생길지를 말해 달라고 했다. 그러자 그는 소들을 차지하는 조건으로 이를 가르쳐주기로 약속했다.

그러고는 소 두 마리를 제물로 바치고 그것들을 나눠놓고 새들을 불렀다. 그러자 독수리가 왔는데, 멜람푸스는 그에게서, 언젠가 퓔라코스가 숫양들을 거세하다가 칼을 피 묻은 채로 이피클로스 곁에 놓아두었던 적이 있음을 알아냈다.

아이는 두려웠고, 그래서 달아나서는 신성한 참나무에다가 그 칼을 꽂았는데, 나무껍질이 그 칼을 둘러싸서 감춰버렸던 것이다. 그러면서 독수리는, 그 칼을 찾아서 녹을 갈아 이피클로스에게 열흘 동안 마시도록 주면, 아이를 낳으리라고 말했다. 이것을 독수리에게서 듣고, 멜람푸스는 그 칼을 찾았다. 그리고 녹을 갈아내어 이피클로스에게 열흘 동안 마시라고 주었다. 그래서 그에게 아들 포다르케스가 태어났다.

이렇게 해서 멜람푸스는 소들을 퓔로스로 몰아갔고, 넬레우스의 딸을 취하여 형제에게 주었다. 그리고 얼마 동안은 멧세네에 살았는데, 디오뉘소스가 아르고스 여자들을 미치게 만들자, 왕국의 일부를 대가로 받고 그 여자들을 치료하였고 거기서 비아스와 함께 살았다.

13. 비아스와 페로 사이에서는 탈라오스가 태어났다. 그리고 탈라오스와, 멜람푸스의 아들인 아바스의 딸 뤼시마케 사이에서 아드라스토스, 파르테노파이오스, 프로낙스, 메키스테우스, 아리스토마코스, 에리퓔레가 태어났는데, 이 에리퓔레와는 암피아라오스가 결혼하였다.

파르테노파이오스에게서 프로마코스가 태어났다. 그는 에피고노이('후손들')[27]와 함께 테바이로 쳐들어갔다. 또 메키

스테우스에게서는 에우뤼알로스가 태어났는데, 그는 트로이
아 전쟁에 갔다.

프로낙스에게서는 뤼쿠르고스가 태어났고, 아드라스토
스와, 프로낙스의 딸 암피테아 사이에서는 딸들로 아르게이
아, 데이퓔레, 아이기알레이아가, 그리고 아들들로는 아이기
알레우스〈와〉 퀴아닙포스가 태어났다.

아드메토스와 알케스티스

14. 한편 크레테우스의 아들 페레스는[28] 텟살리아에 살았
고, 아드메토스와 뤼쿠르고스를 낳았다. 그런데 뤼쿠르고스는
네메아 근처에 정착하였고, 에우뤼디케와, 또는 몇몇 사람들에
따르면 암퓌테아와 결혼하여 오펠테를 낳았는데, 그녀는 〈나
중에〉 아르케모로스로 불렸다.[29]

15. 아드메토스는 페라이를 다스렸는데, 그가 펠리아스의
딸인 알케스티스에게 구혼하고 있을 때 아폴론이 그에게 종살
이를 했었다.[30] 펠리아스는 사자와 멧돼지에 멍에를 지워 마차
를 맬 수 있는 사람에게 자기 딸을 주겠다고 선언했었는데, 아
폴론이 그것들에 멍에를 메웠다. 아드메토스는 그것을 펠리아
스에게 가져가서 알케스티스를 받는다.

그런데 그는 결혼식에서 아르테미스에게 제물 바치기를

「펠리아스 왕과 이아손」(1세기)
펠리아스가 왕권에 대하여 신탁을 구했더니, 신께서는
샌들을 한쪽만 신은 사람을 조심하라고 신탁을 내렸다. 나중에 펠리아스가
바닷가에서 포세이돈에게 제사를 드릴 때 이아손도 불렀는데,
이아손이 서두르다가 강에서 샌들을 잃고 한쪽만 신은 채 오게 되었다.

잊었다. 이것 때문에 그는, 신방 문을 열었을 때, 그곳이 뱀들의 똬리들로 가득한 것을 발견하게 되었다. 그러자 아폴론은 여신을 달래도록 시키고, 또 운명의 여신들에게, 아드메토스가 죽게 될 때 누군가가 자진해서 그를 위해 죽기를 선택한다면, 그가 죽음을 면하도록 청하였다.

그래서 죽음의 날이 왔을 때, 아버지도 어머니도 그를 위해 죽기를 거부하는데, 알케스티스가 그를 위해 죽었다. 그러자 코레(페르세포네)가 그녀를 다시 돌려보냈다. 그렇지만 몇몇 사람에 따르자면 헤라클레스가 하데스와 싸워서 그녀를 〈그에게로 다시 데리고 왔다〉 한다.[31]

이아손과 아르고 호

16. 크레테우스의 아들 아이손과 아우톨뤼코스의 딸 폴뤼메데 사이에서 이아손이 태어났다. 그는 이올코스에 살았는데, 이올코스는 크레테우스에 뒤이어 펠리아스가 다스리고 있었다. 펠리아스가 왕권에 대하여 신탁을 구했더니, 신께서는 샌들을 한쪽만 신은 사람을 조심하라고 신탁을 내렸다. 처음에 그는 신탁의 뜻을 알지 못했으나, 나중에는 알게 되었다.

펠리아스가 바닷가에서 포세이돈에게 제사를 드리면서, 다른 많은 사람과 함께 이아손도 불러오게 했는데, 이아손은 농사일을 좋아해서 들판에 머물다가 제사 지내는 곳을 향해 서둘러 가게 되었다. 그런데 아나우로스 강을 건너다가 샌들을 한쪽만 신은 채 나오게 되었다. 물 흐름 속에서 한쪽 신발을 잃었던 것이다.

펠리아스는 그를 보자 신탁을 생각해 냈고, 다가가서 물었다, 만일 그가 권력을 가지고 있는데 시민 중 누군가에 의해 살해당하리라는 신탁이 있었다면, 어떤 일을 할 것인지. 그러자 이아손은, 우연히 그런 것인지, 아니면 헤라의 분노 때문에 메데이아가 펠리아스에게 해악으로 다가오도록 하려는 것인지(왜냐하면 그는 헤라를 존중하지 않았으니까.)[32] "그에게 황금양털 가죽을 가져오라고 시켰을 것입니다."라고 대답했다.

펠리아스는 이것을 듣자, 이아손에게 즉시 그 가죽을 가지러 떠나라고 명했다. 그런데 이 가죽은 콜키스인들 가운데 있었고, 아레스의 숲 〈속〉 참나무에 매달려 있어 잠자지 않는 용이 그것을 지키고 있었다.

이 일로 보내지게 되자, 이아손은 프릭소스의 아들 아르고스에게 도움을 청했고, 그는 아테나의 조언에 따라 오십노(櫓)선을 지었는데, 그 배는 만든 이의 이름을 따서 아르고라 불렸다. 그 배의 뱃머리에는 아테나가 도도나의 말하는 참나무[33]를 갖다 붙였다. 배가 만들어지자 이아손은 신탁을 구했고, 신은 그에게 희랍의 가장 뛰어난 자들을 모아서 항해를 떠나

「아르고 호」(1603년)
아르고스가 아테나의 조언에 따라 오십노(櫓)선을 지었는데,
그 배는 만든 이의 이름을 따서 '아르고'라 불렸다.
그 배의 뱃머리에는 아테나가 도도나의 말하는 참나무를 갖다 붙였다.

라고 지시했다.

그래서 모여든 사람들은 다음과 같다. 하그니오스의 아들 티퓌스, 그는 배를 조종했다. 오이아그로스의 아들 오르페우스, 보레아스의 아들 제테스와 칼라이스, 제우스의 아들들인 카스토르와 폴뤼데우케스, 아이아코스의 아들들인 텔라몬과 펠레우스, 제우스의 아들 헤라클레스, 아이게우스의 아들 테세우스, 아파레우스의 아들들인 이다스와 륀케우스, 오이클레스의 아들 암피아라오스, 코로노스의 아들 카이네우스, 헤파이스토스 또는 아이톨로스의 아들 팔라이몬, 알레오스의 아들 케페우스, 아르케이시오스의 아들 라에르테스, 헤르메스의 아들 아우톨뤼코스, 스코이네우스의 딸 아탈란테, 악토르의 아들 메노이티오스, 힙파소스의 아들 악토르, 페레스의 아들 아드메토스, 펠리아스의 아들 아카스토스, 헤르메스의 아들 에우뤼토스, 오이네우스의 아들 멜레아그로스, 뤼쿠르고스의 아들 안카이오스, 포세이돈의 아들 에우페모스, 타우마코스의 아들 포이아스, 텔레온의 아들 부테스, 디오뉘소스의 아들들인 파노스와 스타퓔로스, 포세이돈의 아들 에르기노스, 넬레우스의 아들 페리클뤼메노스, 헬리오스의 아들 아우게아스, 테스티오스의 아들 이피클로스, 프릭소스의 아들 아르고스, 메키스테우스의 아들 에우뤼알로스, 힙팔모스의 아들 페넬레오스, 알렉토르의 아들 레이토스, 나우볼로스의 아들 이피토스, 아레스의 아들들인 아스칼라포스와 이알메노스, 코메토스의 아들 아스테리오스, 그리고 엘라토스의 아들 폴뤼페모스 등이었다.

콜키스로 가는 길

17. 이들은 이아손을 지휘관으로 삼아 배를 띄워서는 렘노스에 닿았다. 그런데 렘노스에는 그때 마침 남자들이 없었고, 토아스의 딸 휩시퓔레가 다스리고 있었다. 그 연유는 이렇다. 렘노스의 여자들은 아프로디테를 존중하지 않았다. 그래서 그 여신이 그녀들에게 악취를 보냈고, 이것 때문에 그녀들의 배우자들은 가까운 트라케에서 여자들을 포로로 잡아다가 그들과 동침하였다. 이렇게 모욕을 당하자 렘노스 여자들은 자기들의 아버지와 남편들을 죽이는데, 단지 휩시퓔레만이 자신의 아버지 토아스를 숨겨서 구하였다.

이렇게 해서 그때 렘노스는 여자들의 다스림을 받고 있었고, 거기 당도한 이아손 일행은 이 여자들과 동침하였다. 휩시퓔레는 이아손과 함께 자고, 아들들로 에우네오스와 네브로포노스를 낳는다.

18. 그 후 그들은 렘노스로부터 떠나 돌리오네스인들에게 닿는다. 그들은 퀴지코스가 다스리고 있었다. 그는 이들을 호

의적으로 맞아주었다. 그들은 거기서 밤중에 떠나 역풍을 만났고, 그곳이 어딘지 모르는 가운데 다시 돌리오네스인들의 땅에 닿는다.

그러자 돌리오네스인들은 이들이 펠라스고이 군대인 줄 알고(왜냐하면 이들은 마침 계속 펠라스고이인들의 침략을 받고 있었기 때문에) 이쪽이 누군지 모르는 상태로, 역시 저쪽이 누군지 모르는 선원들과 한밤중에 전투로 맞붙는다.

아르고 호의 선원들은 많은 사람을 죽였는데, 이들 가운데는 퀴지코스도 포함되어 있었다. 낮이 되어 서로 알아보게 되었을 때, 그들은 애통하여 머리카락을 잘랐고, 퀴지코스의 장례를 성대하게 치렀다. 그리고 장례 후에 출항하여 뮈시아에 당도한다.

19. 그런데 여기서 그들은 헤라클레스와 폴뤼페모스를 잃었다. 왜냐하면 테이오다마스의 아들 휠라스는 헤라클레스의 애인이었는데, 물을 길어 오라는 임무를 받고 떠난 그가 그 아름다움 때문에 요정들에게 납치되었기 때문이다. 한편 폴뤼페모스는 휠라스가 외치는 소리를 듣고는 칼을 뽑아 들고 쫓아갔다. 강도들이 그를 붙잡아 가고 있다고 생각했던 것이다.

그러고는 마침 마주친 헤라클레스에게 이것을 이야기했다. 하지만 그 둘이 휠라스를 찾고 있는 사이에 배가 떠나버렸고, 그래서 폴뤼페모스는 뮈시아에 키오스 시를 세우고 그 도

멜키오르 로르슈, 「하르퓌이아」(1582년)
아르고스 호가 예언자 피네우스를 찾아갔을 때,
그는 신들이 보낸 하르퓌이아들에게 괴롭힘을 당하고 있었다.

「용에게 잡아먹히는 이아손과 그를 구하는 아테네」(기원전 480~470년)

시를 다스렸으며, 헤라클레스는 아르고스로 되돌아갔다.

그렇지만 헤로도로스[34]는 헤라클레스가 그때 전혀 항해에 나서지 않았고, 옴팔레에게서 종살이를 하고 있었다고 말한다. 반면에 페레퀴데스는 그가 텟살리아의 아페타이에 남겨졌다고 말한다. 아르고 호가 그의 무게를 견딜 수 없다고 소리내어 말했기 때문이라는 것이다. 한편 데마라토스는 그가 콜키스까지 항해해 갔었다고 전했다. 그리고 심지어 디오뉘시오스는 그가 아르고 호 선원들의 지도자였다고까지 말한다.

20. 그들은 뮈시아로부터 떠나서 베브뤼케스인들의 땅으로 갔는데, 그곳은 포세이돈과 비튀니아 〈요정〉의 아들 아뮈코스가 다스리고 있었다. 그는 힘 좋은 자로서 자기에게 온 외국인들에게 억지로 권투 시합을 하도록 했으며, 이 방법으로 그들을 죽였다.

그는 그때에도 아르고 호에 와서는 그들 중 가장 뛰어난 자와 권투를 하자고 도전하였다. 그러자 폴뤼데우케스가 그와 겨루겠다고 떠맡아 나서서, 팔꿈치를 쳐서 그를 죽여버렸다. 베브뤼케스인들이 그에게 달려들자, 우두머리들이 무기를 집어 들어 그들 중 다수를 쫓아가 살육했다.

21. 그들은 여기서 배를 띄워 트라케의 살뮈뎃소스에 닿는다. 거기에는 눈먼 예언자 피네우스가 살고 있었다. 어떤 사람들은 그가 아게노르의 아들이라 하고, 또 어떤 사람들은 포

세이돈의 아들이라고 한다.

그가 시력을 잃은 것에 대하여도 어떤 이들은, 인간들에게 앞으로 일어날 일을 예언했기 때문에 신들에 의해 그렇게 되었다 하고, 다른 사람들은, 그가 계모의 꼬드김에 넘어가 자기 자식들을 눈멀게 했었기 때문에 보레아스와 아르고 호 선원들에 의해서 그렇게 되었다고 한다.

반면에 어떤 사람들은 포세이돈에 의해 그렇게 되었다고 하는데, 프릭소스의 자식들에게, 콜키스인들에게 벗어나 헬라스로 항해해 가도록 길을 일러주었기 때문이라는 것이다. 그런데 신들은 또한 그에게 하르퓌이아들을 보냈다. 그들은 날개 달린 존재로서, 피네우스를 위해 식탁이 준비되면, 하늘로부터 날아 내려와 대부분의 것을 낚아채 가고, 적은 일부만을 누구도 다가갈 수 없을 만큼 악취 가득한 상태로 남겨놓았다.

그런데 아르고 호 선원들이 그에게 항해에 대해 자문하자, 그는 자신을 하르퓌이아들에게서 해방시켜 주면 충고해 주겠노라고 했다. 그래서 그들은 그의 곁에 음식상을 차렸다. 그러자 하르퓌이아들이 갑자기 소리를 지르며 날아 내려와 음식들을 낚아 갔다.

그때 보레아스의 아들들로 날개 달린 존재인 제테스와 칼라이스가 그것을 보고는 칼을 뽑아 들고 공중으로 쫓아갔다. 그런데 하르퓌이아들에게는 보레아스의 아들들에게 죽으리라는 신탁이 있었고, 보레아스의 자식들에게는 그들을 쫓아가서 잡지 못하면 그때 삶이 끝나리라는 신탁이 있었다.

하르퓌이아들이 쫓기던 중, 하나는 펠로폰네소스의 티그레스 강에 떨어지는데, 그 강은 지금 그 하르퓌이아로 인해 하르퓌스라고 불리고 있다. 그런데 이 하르퓌이아를 어떤 사람들은 니코토에라 하고, 또 어떤 사람들은 아엘로푸스라고 부른다.

한편 다른 하르퓌이아는 오퀴페테라고 불리는데, 다른 사람들에 따르면 오퀴토에라 하며, 헤시오도스는 그녀를 오퀴포데라 한다.[35] 그런데 그녀는 프로폰티스 쪽으로 도망쳐서 에키나다이 섬들에까지 갔다. 그 섬들은 현재 그녀로 인하여 스트로파데스(Strophades)라 불린다. 왜냐하면 그녀가 거기까지 갔을 때 방향을 돌렸는데(estraphe), 해안에 이르러서는 지쳐서 추적자와 함께 추락하게 되기 때문이다.

그렇지만 아폴로니오스는 그의 『아르고 호 이야기』에서, 하르퓌이아들이 스트로파데스까지 추적을 당했지만, 더 이상 피네우스에게 해코지하지 않겠다고 맹세해서 아무 일도 당하지 않았다고 말한다.[36]

22. 하르퓌이아들로부터 해방되자 피네우스는 아르고 호의 선원들에게 항해에 대해 조언해 주었고, 바다 가운데 있는 부딪치는 바위(쉼플레가데스)에 대해서도 충고해 주었다. 이

존 윌리엄 워터하우스, 「메데이아와 이아손」(1907년)
콜키스에서 아이에테스 왕의 딸 메데이아가 황금양털 가죽을 찾으러 온
이아손을 사랑했는데, 그녀는 약을 잘 다루는 여자였다.

바위들은 엄청난 크기의 것으로, 바람의 힘에 의해 서로 부딪쳐 바다를 통해 나 있는 길을 막아버리곤 했다. 그것들 위로 짙은 안개와 엄청난 굉음들이 밀려들고 있었으며, 깃털 가진 존재들조차도 그것들 사이로 지나가는 것이 불가능했다.

그래서 피네우스는 그들에게 그 바위들 사이로 비둘기를 날려 보내서, 만일 이것이 안전하게 지나는 것을 보면 수월하게 지나가리라 생각할 것이요, 그것이 죽게 된다면 억지로 항해하려 하지 말라고 했다. 이것을 듣고서 그들은 떠났다.

그리고 그 바위들에 가까이 갔을 때, 뱃머리에서 비둘기를 날려 보낸다. 바위들은 부딪쳐, 날아가는 비둘기의 꼬리 끝을 잘랐다. 그들은 그 바위들이 다시 떨어져 서는 것을 보고는 있는 힘껏 노를 저어, 그리고 헤라의 도움을 받아, 그 사이로 지나갔다. 배의 선미 장식 끝이 두루 맞아 잘려 나갔다. 그 부딪치는 바위는 그 이후 멈춰 섰다. 왜냐하면 그것들에는, 배가 그것을 지나가게 되면 완전히 멈춰 서리라는 신탁이 있었기 때문이다.

23. 이어 아르고 호의 선원들은 마리안뒤노이인들에게로 갔는데, 그곳에서는 뤼코스 왕이 친절하게 맞아주었다. 그런데 거기서 멧돼지가 들이받아 예언자인 이드몬이 죽는다. 그리고 티퓌스도 죽어서, 안카이오스가 배 조종을 떠맡는다.

콜키스에서의 모험

그들은 테르모돈과 카우카소스를 지나 파시스 강에 도착했다. 이 강은 콜키스 땅에 있다. 배가 항구에 들어가자, 이아손은 아이에테스에게로 가서, 펠리아스에 의해 부과된 일을 말하고 그 가죽을 자신에게 주기를 청하였다.

아이에테스는, 만일 혼자서 청동 발을 가진 황소들에 멍에를 지운다면, 그것을 주겠노라고 약속했다. 그런데 그에게는 두 마리의, 덩치가 특출하고 사나운 황소가 있었다. 이들은 헤파이스토스의 선물인데, 청동으로 된 발을 가지고 있었으며, 입에서는 불을 내뿜고 있었다. 왕은 이들에 멍에를 지워서, 용의 이빨들을 씨 뿌리라고 시켰다. 그는 아테나에게서 그 이빨들을 받아서 가지고 있었는데, 그 절반은 카드모스가 테바이에서 씨 뿌렸었다.

이아손이 어떻게 해야 황소들에 멍에를 지울 수 있을지 난처해하고 있는데, 메데이아가 그를 향한 사랑을 품었다. 그녀는 아이에테스와, 오케아노스의 딸 에이뒤이아 사이의 딸로서 약을 잘 다루는 여자였다.

그녀는 혹시 이아손이 황소들에 의해 죽게 될까봐 두려워서 아버지 몰래, 황소의 멍에를 지우는 일에 그와 협력하겠으며, 그 가죽을 손에 넣도록 해주겠다고 알렸다. 자신을 아내로 맞이하겠다고 맹세하고, 헬라스로 함께 태워 데려간다면 그러겠다는 것이었다.

이아손이 맹세하자, 메데이아가 약을 준다. 그리고 황소들에 멍에를 지우려 할 때, 그것을 방패와 창과 몸에 문지르라고 일렀다. 왜냐하면, 그녀가 말하기를, 이것을 문지르면 하루 동안 불에 의해서도, 철에 의해서도 해를 입지 않을 것이기 때문이었다.

그러고는 그에게, 이빨들이 뿌려지면 땅에서 무장한 남자들이 솟아나서 그에게 대항하리라는 것을 가르쳐주었다. 그리고 그들이 모인 것을 보면, 멀리서 그 가운데로 돌들을 던지고, 그들이 그것 때문에 서로 싸울 때 그들을 죽이라고 시켰다.

이아손은 이 말을 듣고 그 약을 발랐으며, 신전의 숲으로 가서 그 황소들을 찾아서는 많은 불로 공격하는 그놈들에게 멍에를 지웠다. 그가 이빨들을 뿌리자, 땅으로부터 무장한 남자들이 솟아나오기 시작했다. 그는 많은 사람들이 모여 있는 곳을 보고는, 보이지 않게 돌들을 던져댔고, 서로 싸우는 그들에게 다가가서는 모두 처치해 버렸다.

그런데 소들에 멍에를 지웠건만, 아이에테스는 가죽을 주려하지 않고, 오히려 아르고 호를 불태우고 선원들을 죽이고자 했다. 그러나 메데이아는 그에 앞질러 밤중에 이아손을 그 가죽 있는 데로 이끌고 갔다. 그리고 그것을 지키는 용을 약으로 잠재우고, 이아손과 함께 가죽을 가지고서 아르고 호로 갔다. 그녀의 형제인 압쉬르토스도 그녀를 따라왔다. 선원들은 밤중에 이들과 함께 배를 띄웠다.

이올코스로 돌아가는 길

24. 아이에테스는 메데이아가 저지른 일을 알고는 뒤쫓아 배를 띄웠다. 그러나 메데이아는 그가 가까이 온 것을 보고는, 자기 형제를 죽여서 몸뚱이를 토막 내 깊은 바다에 던진다. 아이에테스는 아들의 사지를 모으느라 추적에서 뒤쳐졌다. 그렇게 해서 그는 배를 돌렸고, 수습한 아들의 사지를 매장하고는 그 장소를 토미라고 이름지었다.[37]

그러고는 콜키스인들 다수를 아르고 호를 찾도록 내보냈는데, 만일 메데이아를 데려오지 못한다면 그들이 그녀의 벌을 대신 받으리라고 위협하면서 그랬다. 그래서 그들은 각기 다른 곳으로 흩어져서 찾아다녔다.

한편 아르고 호의 선원들은 벌써 에리다노스 강을 지나가고 있었는데, 제우스가 압쉬르토스가 죽은 데 분노하여, 광풍을 보내서는 그들을 방황하게 만들었다. 그들이 압쉬르티데스 섬들을 지나고 있는데 배가 말하기를, 만일 그들이 아우소니아로 가서 압쉬르토스 살해에 대해 키르케에게 정화를 받지 않는다면 제우스의 분노가 그치지 않으리라 했다.

그래서 그들은 리구리아인들과 켈트인들(켈타이)의 지역을 지나서 사르도(사르디니아) 바다를 통해 가서, 튀르레니아 바다를 지나 아이아이에(Aiaie)에 도달하였다. 거기서 키르케에게 탄원자가 되어 정화를 받았다.

25. 그들이 세이렌들을 지나갈 때, 오르페우스가 그에 맞선 음악을 노래함으로써 아르고 호의 선원들을 잡아두었다. 부테스 하나만 그녀들에게로 헤엄쳐 나갔는데, 아프로디테가 그를 채어다가 릴뤼바이온에 살게 했다.

세이렌들 다음에 카립디스가 배를 맞이했다. 그리고 또 스퀼라와 떠다니는 바위들이 있었는데, 이 바위들 위로는 많은 불길과 연기가 솟아오르는 것이 보였다. 그러나 테티스가 헤라의 부름을 받아, 네레이스들과 함께 이것들 사이로 배를 이끌어갔다.

그들은 헬리오스의 소들이 있는 트리나키아 섬을 지나 파이아케스인들의 섬 케르퀴라에 당도하였는데, 알키노오스가 그곳의 왕이었다. 한편 콜키스인들은 그 배를 찾을 수가 없자, 일부는 케라우니아 산중에 정착하였고, 일부는 일뤼리아로 옮겨 가서 압쉬르티데스 섬들을 개척하였다.

그런데 몇몇은 파이아케스인들에게 가서 거기서 아르고 호를 따라잡았고, 알키노오스에게 메데이아를 내놓으라고 요구하였다. 그러자 알키노오스가 말하기를, 만일 그녀가 이아손과 이미 동침하였다면 그녀를 이아손에게 줄 것이요, 아직 처녀라면 아버지에게 돌려보낼 것이라고 했다.

하지만 알키노오스의 아내인 아레테가 앞질러 메데이아를 이아손과 결합시켰다. 그래서 그 콜키스인들은 파이아케스인들과 함께 살기로 했고, 아르고 호의 선원들은 메데이아와 함께 출항하였다.

26. 그들은 밤중에 항해하다가 사나운 폭풍과 마주친다. 그렇지만 아폴론이 멜란티오이 산정에 서서 바다로 활을 쏘아 번개를 비추었다. 그래서 그들은 가까운 섬을 보았고, 거기에 닻을 내리고는 그 섬이 예상치 못한 가운데 나타났다(anaphenenai)고 해서, 그것을 아나페 (Anaphe)라고 이름 지었다.

그리고 빛나는 아폴론(Apollon aigletos)의 제단을 세우고, 제물을 바치고는 잔치를 벌였다. 아레테가 메데이아에게 준 열두 명의 하녀들은 우두머리들과 장난을 치며 농담을 했다. 이 일로 해서 지금까지도 여자들이 제사에서 농담을 하는 것이 관습으로 되어 있다.

그들은 여기서 출항하였는데, 크레테에서는 탈로스가 접근을 막았다. 이자를 두고 어떤 이들은 청동 종족에 속한다고 말하고, 어떤 이들은 헤파이스토스에 의해 미노스에게 선물로 주어졌다고 말한다.

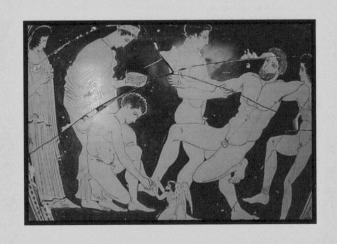

「청동 족속 탈로스의 죽음」(기원전 5세기)

탈로스는 크레테를 지키는 거인이다. 그러나 메데이아가
약으로 그에게 광기를 불어넣어서, 또는 불사의 존재로 만들어주겠다고
약속하고는 그의 몸에 있는 못을 뽑아서, 모든 체액(에너지원)이 흘러나와 죽었다.

「태양신의 수레를 타고 있는 메데이아」
메데이아는 자신을 배신한 이아손에게 앙갚음을 하기 위해
그에게서 낳은 아들들인 메르메로스와 페레스를 죽였다. 그러고는
헬리오스로부터 날개 달린 용이 끄는 수레를 얻어 타고 아테나이로 도망쳐 갔다.

그는 청동으로 된 사내로서, 어떤 사람들은 그가 황소라고 말한다. 그는 목에서 발목들까지 뻗어가는 하나의 혈관을 갖고 있는데, 그 혈관의 끝 부분은 청동 못이 막고 있다. 이 탈로스는 날마다 세 번 섬을 돌아 달리며 지켰다. 그래서 그때도 아르고 호가 다가오는 것을 보고는 돌을 들어 던져댔다.

그러나 그는 결국 메데이아에게 속아서 죽게 되었는데, 몇몇 사람의 말에 따르면, 메데이아가 약으로 그에게 광기를 불어넣어서, 또 어떤 사람들에 따르면, 불사의 존재로 만들어 주겠다고 약속하고는 못을 뽑아서, 모든 체액(ichor)이 흘러나와 죽었다고 한다. 그렇지만 어떤 사람들은 그가 포이아스에 의해 발목에 화살을 맞고 절명했다고도 말한다.

여기에 하룻밤 머물고는, 물을 보충하기 위해 아이기나 섬에 기착하였고, 거기서 서로 물 긷기 경쟁을 벌였다.[38] 그들은 거기서 출발하여 에우보이아와 로크리스를 지나 항해하여 이올코스에 도착하였는데, 전 항해를 다하는 데 넉 달이 걸렸다.

이아손과 메데이아의 뒷이야기

27. 한편 펠리아스는 아르고 호 선원들이 돌아오지 않을 줄 알고 아이손을 죽이고자 했다. 그러자 아이손은 자결을 청

하여, 제사를 드리고는 두려움 없이 황소의 피를 빨아먹고 죽었다.[39] 이아손의 어머니는 펠리아스를 저주하고는, 어린 아들 프로마코스를 남겨두고 스스로 목을 매었다. 그런데 펠리아스는 그녀가 남긴 이 어린아이마저 죽였다.

한편 이아손은 돌아와 그 황금양털 가죽을 바쳤고, 자신이 당한 부당한 짓에 대해 복수하고 싶었으나 적절한 때를 기다렸다. 그래서 그때 그는 우두머리들과 함께 이스트모스로 항해해 가서 포세이돈에게 배를 바쳤고, 메데이아에게는 어떻게 하면 펠리아스가 자신에게 죄값을 치를지 방법을 찾도록 청한다.

메데이아는 펠리아스의 왕궁으로 가서, 그의 딸들에게 아버지를 토막 내어 삶도록 권한다. 약으로 그를 젊게 만들겠다고 공언했던 것이다. 그리고 그 말을 믿도록 하기 위해서 숫양을 잘라 나눠 삶아서는 어린 양으로 만들었다. 그러자 그녀들은 그 말을 믿고서 아버지를 토막 내어 삶는다. 그 후 아카스토스는 이올코스의 거주자들과 함께 아버지를 묻고, 이아손과 메데이아를 이올코스로부터 추방한다.

28. 그들은 코린토스로 가서 10년 동안 행복하게 살았다. 그런데 코린토스의 왕 크레온이 자기 딸 글라우케를 이아손에게 주었고, 이아손은 메데이아를 내치고 글라우케와 결혼하려 하였다.

그러자 메데이아는 이아손이 맹세의 대상으로 삼았던 신들을 불렀고, 그의 은혜 모름을 수없이 비난하였다. 그리고 그가 결혼할 여자에게 약을 적신 옷을 보냈는데, 그것을 입은 여자는, 그녀를 구하려던 아버지 크레온과 함께 광포한 불길에 타 죽어버렸다.

메데이아는 또 이아손에게서 낳은 아들들인 메르메로스와 페레스를 죽였다. 그러고는 헬리오스로부터 날개 달린 용이 끄는 수레를 얻어 타고 아테나이로 도망쳐 갔다. 그런데 그녀가 도망칠 때, 아이들이 너무 어려서 남겨두고 가면서, 헤라의 언덕에 있는 제단 위에 탄원자로 두었는데, 코린토스인들이 그들을 끌어내어 부상을 입혀 죽게 했다는 이야기〈도〉 있다.

메데이아는 아테나이로 가서, 거기서 아이게우스와 결혼하여 아들인 메도스를 낳는다. 그렇지만 나중에는 테세우스에게 음모를 꾸몄다가[40] 아이와 함께 아테나이에서 쫓겨나 망명자 신세가 된다.

그런데 이 아들은 많은 이방인들을 제압하고 자기 지배 아래 놓인 전 영역을 메디아라고 이름 지었고, 인디아인들과 전쟁을 하다가 죽었다. 메데이아는 남몰래 콜키스로 갔고, 아이에테스가 자기 형제 페르세스에게 왕권을 빼앗긴 것을 발견하고는, 그를 죽이고 왕권을 아버지에게 되찾아주었다.

도서관
2권

1장

이나코스의 자손들

1. 데우칼리온의 종족을 다 지나왔으니,[41] 이어서 이나코스의 종족에 대해 이야기하자.

오케아노스와 테튀스에게서 아들인 이나코스가 태어난다. 그의 이름을 따서 아르고스의 강이 이나코스라고 불리고 있다. 그와, 오케아노스의 딸 멜리아 사이에서 아들 포로네우스와 아이기알레우스가 태어났다. 그런데 아이기알레우스는 자식 없이 죽었고, 그 전 지역은 아이기알레이아라고 불렸다.

한편 포로네우스는 나중에 펠로폰네소스라고 불리게 되는 지역 전체를 지배하면서 요정 텔레디케에게서 아피스와 니오베를 낳았다. 그런데 아피스는 통치 방식을 폭력적으로 바꿔 압제적인 참주가 되었으며, 자기 이름을 따서 펠로폰네소스를 아피아라 이름 지었다. 후에 그는 텔크시온과 텔키스의 모반으로 자식도 없이 죽게 되었는데, 사람들은 그를 신으로 여기고 사라피스라 불렀다.

한편 니오베와 제우스 사이에(그녀는 제우스가 처음으로 결합했던 인간 여성이었다.) 아들인 아르고스가 태어났다. 그런데 아쿠실라오스[42]에 따르면 이들 사이에 펠라스고스도 태어났으며, 그의 이름을 따서 펠로폰네소스에 사는 사람들은 펠라스고이라고 불린다 한다. 반면에 헤시오도스는 펠라스고스가 땅으로부터 생겨났다고 말한다.

2. 그렇지만 이 사람에 대해서는 나중에 다시 이야기하겠다. 한편 아르고스는 왕권을 얻고는, 자기 이름을 따서 펠로폰네소스를 아르고스라 불렀다. 그는 스트뤼몬과 네아이라의 딸 에우아드네와 결혼하여 엑바소스, 페이라스, 에피다우로스, 크리아소스를 낳았는데, 크리아소스가 왕권을 이었다.

아르고스와 이오

엑바소스에게서 아게노르가 태어나고, 그에게서 모든 것을 보는 자(panoptes)라고 불리는 아르고스가 태어난다. 이 사

아브라함 얀스 스토르크,
「헤라에게 들키자 이오를 흰 소로 둔갑시킨 제우스」(1655~1656년)
이오는 헤라의 사제직을 맡고 있었는데 제우스가 그녀를 유혹했다.
그런데 헤라에게 발각되자 그 처녀를 건드려서 흰 암소로 모습을 바꾸고는,
그녀와 동침했던 것을 맹세로써 부인했다.

람은 온 몸에 눈을 가지고 있었으며, 힘도 뛰어나서 아르카디아 땅을 망치고 다니던 황소를 처치하고는 이것의 가죽을 두르고 다녔다.

그는 또 아르카디아인들을 해치고 가축을 빼앗던 사튀로스와 맞서서 그를 죽였다. 또한 타르타로스와 게(Ge) 사이의 딸로, 지나가는 사람들을 채어 가던 에키드나도, 그가 엿보고 있다가 잠들었을 때 죽였다고 한다. 그는 또한 아피스의 살해에 대해 책임 있는 자들을 죽여 복수하였다.

3. 아르고스와, 아소포스의 딸인 이스메네 사이에서 아들인 이아소스가 태어났는데, 그에게서 이오가 났다고들 한다. 그렇지만 연대기를 쓴 카스토르[43]와 비극작가 중 많은 이들은 이오가 이나코스의 딸이라고 말한다.

한편 헤시오도스와 아쿠실라오스는 그녀가 페이렌의 딸이라고 한다. 그녀는 헤라의 사제직을 맡고 있었는데 제우스가 그녀를 유혹했다. 그런데 헤라에게 발각되자 그 처녀를 건드려서 흰 암소로 모습을 바꾸고는, 그녀와 동침했던 것을 맹세로써 부인했다. 이것 때문에 헤시오도스는, 사랑 때문에 한 맹세는 신들의 분노를 사지 않는다고 말한다.

그런데 헤라는 제우스에게 그 소를 달라 하여, 모든 것을 보는 아르고스를 그녀의 지킴이로 세웠다. 그 아르고스를 두고, 페레퀴데스는 아레스토르의 자식이라 하고, 아스클레피아데스[44]는 이나코스의 자식이라고, 케르콥스[45]는 아소포스의 딸인 이스메네와 아르고스 사이의 자식이라고 말하는데, 아쿠실라오스는 그가 땅에서 태어난 자라고 한다. 그런데 아르고스는 그 소녀를 뮈케나이의 숲에 있는 올리브나무에 묶어두었다.

한편 제우스는 헤르메스에게 그 소를 훔쳐내도록 했는데, 히에락스가 누설하는 바람에 그 일을 몰래 할 수 없게 되자, 헤르메스는 아르고스를 돌로 쳐서 죽였고, 그 일로 해서 아르게이폰테스(아르고스를 죽인 자)라 불리게 되었다.

그러나 헤라는 그 암소에게 등에를 보낸다. 그래서 우선 그녀는 자신으로 인하여 이오니아 만이라고 불리게 되는 만으로 갔고, 일뤼리스(일뤼리아)를 지나, 하이모스 산을 넘어, 그때는 트라케 해협이라고 불렸으며 지금은 그녀로 인하여 보스포로스(소 건널목)라 불리는 곳을 건너갔다. 그러고는 스퀴티아와 킴메리스의 땅으로 떠나가서는, 에우로페(유럽)와 아시아의 많은 육지를 헤매고 많은 바다를 헤엄쳐 건너, 마침내 아이귑토스에 당도하였다. 거기서 옛 모습을 다시 찾아 네일로스 강(나일 강)가에서 아들인 에파포스를 낳는다.

그러자 헤라가 쿠레테스들에게 그를 눈에 띄지 않도록 하라고 명하고, 그들은 그를 사라지게 만든다. 제우스는 그것을 알고 쿠레테스들을 죽인다. 그리고 이오로 하여금 아들을 찾아 나서게 했다.

클로드 로랭, 「헤라와 아르고스」(1660년)
헤라는 아르고스에게 명하여 뮈케나이의 숲에서
소가 된 이오를 지키게 했다.

알레한드로 델 라 크루스, 「헤르메스와 아르고스」(1773년)
헤르메스는 제우스의 명을 받고 소를 몰래 훔치려다가
아르고스를 돌로 쳐서 죽이게 된다.

그녀는 온 쉬리아(시리아)를 떠돌아다녔고(왜냐하면 뷔블로스인들의 왕의 〈아내〉가 그 아들을 돌보고 있다는 소식이 있었기 때문이다.) 결국 에파포스를 찾아내어, 아이귑토스로 와서는 그때 아이귑토스인들을 다스리던 텔레고노스와 결혼하였다. 그녀는 데메테르의 상을 세웠는데, 아이귑토스 사람들은 그것을 이시스라 불렀으며, 이오 역시 이시스라는 이름으로 불렀다.

에파포스의 자손들

4. 에파포스는 아이귑토스인들을 다스리며, 네일로스의 딸 멤피스와 결혼하고, 그녀의 이름을 따서 멤피스 시를 건설한다. 그는 리뷔에라는 딸을 낳는데, 그녀 이름을 따서 그 땅은 리뷔에(리비아)라고 불린다.

그런데 리뷔에와 포세이돈에게서 쌍둥이 아들인 아게노르와 벨로스가 태어난다. 아게노르는 포이니케로 떠나 그 땅을 다스렸고, 거기서 큰 가문의 시조(始祖)가 되었다. 따라서 우리는 그에 대한 이야기는 뒤로 미룰 것이다.

한편 벨로스는 아이귑토스에 남아서 그곳을 다스리며, 네일로스의 딸 안키노에와 결혼한다. 그에게 쌍둥이 아들이 태어나는데, 아이귑토스와 다나오스이다. 그런데 에우리피데스에 따르면, 그가 케페우스와 피네우스도 낳았다 한다. 벨로스는 다나오스를 리뷔에에, 아이귑토스는 아라비아에 정착시켰는데, 그는 멜람포데스인들의 땅을 정복하고 〈자신의 이름을 따서〉 그곳을 아이귑토스라고 이름 지었다.

그런데 많은 아내들로부터 아이귑토스에게는 쉰 명의 아들이 태어나고, 다나오스에게는 쉰 명의 딸이 태어난다. 나중에 그들이 통치권을 두고 대립하게 되자, 다나오스는 아이귑토스의 아들들을 두려워하여, 아테나의 충고에 따라 배를 준비하고, 자신이 먼저 타고 딸들도 태워 도망쳤다. 그들은 로도스에 닿아 린도스 아테나(Athena Lindia)의 상을 세웠다.

그리고 그곳을 떠나 아르고스에 당도하였는데, 그때 아르고스를 다스리고 있던 겔라노르가 그에게 왕권을 넘겨준다. 〈그래서 그는 그 지역을 통치하였고 자기 이름을 따서 그 거주자들을 다나오이라고 이름 지었다.〉 그런데 포세이돈이, 이나코스가 그 땅이 헤라에게 속한다고 증언했기 때문에, 그에게 분노하여 샘들을 마르게 했고, 그래서 그 땅에 물이 없어지자 다나오스는 물을 길으러 딸들을 보냈다.

그들 중 하나인 아뮈모네가 물을 찾다가 한 사슴에게 창을 던지는데, 그것이 잠자던 사튀로스에게 맞는다. 그자는 벌떡 일어났고 그녀를 보자 결합하기를 열망하였다. 그런데 포세이돈이 현신하는 바람에 그 사튀로스는 도망쳤고, 아뮈모네는 포세이돈과 동침하였다. 그러고 나서 포세이돈은 그녀에게

레르네에 있는 샘들을 가르쳐주었다.

5. 한편 아이귑토스의 아들들이 아르고스로 와서는 적대 관계를 그쳤다고 선언했고, 그의 딸들과 결혼하기를 청하였다. 다나오스는 그들의 선언을 믿을 수 없기도 했고, 또 자신들이 망명하게 되었던 데에 앙심도 있었지만, 결혼에 동의하였고, 딸들을 제비뽑게 했다.

그들은 맏이인 휘페름네스트라를 륀케우스의 아내로 뽑았고, 프로테우스를 위해서는 고르고포네를 뽑았다. 왜냐하면 이 두 아들은 왕족 혈통인 아내 아르귀피에로부터 아이귑토스에게 태어났기 때문이다.

나머지 아들 중에서 부시리스와 엔켈라도스, 뤼코스, 다이프론은 에우로페로부터 다나오스에게 태어난 딸들인 아우토마테, 아뮈모네, 아가우에, 스카이에를 배당받았다. 그녀들은 왕족에게서 태어났다. 반면에 고르고포네와 휘페름네스트라는 엘레판티스에게서 태어났다.

한편 이스트로스는 힙포다메이아를, 칼코돈은 로디아를, 아게노르는 클레오파트라를, 카이토스는 아스테리아를, 디오코뤼스테스는 힙포다메이아를,[46] 알케스는 글라우케를, 알크메노르는 힙포메두사를, 힙포토오스는 고르게를, 에우케노르는 이피메두사를, 힙폴뤼토스는 로데를 배당받았다. 이 남자들 열 명은 아라비아 여인의 소생이고, 처녀들은 나무의 요정

(Hamadrya Nymphe)들의 딸들로서, 일부는 아틀란테이에에게서, 일부는 포이베에게서 났다.

아갑톨레모스는 페이레네를 배당받았고, 케르케테스는 도리온을, 에우뤼다마스는 파르티스를, 아이기오스는 므네스트라를, 아르기오스는 에우힙페를, 아르켈라오스는 아낙시비아를, 메네마코스는 넬로를 배당받았는데, 이 일곱 명의 남자는 포이니케의 여인에게서 났고, 처녀들은 아이티오피아 여인에게서 났다.

그리고 이름이 같다는 것 때문에 제비뽑기 없이, 튀리아에게서 난 아들들은 멤피스 여인의 딸들을 배당받았는데, 클레이토스는 클레이테를, 스테넬로스는 스테넬레를, 크뤼십포스는 크뤼십페를 받았다.

샘의 요정 칼리아드네로부터 난 아들들은 샘의 요정 폴뤽소에게서 난 딸들을 두고 제비뽑기를 했다. 그 아들들은 에우륄로코스, 판테스, 페리스테네스, 헤르모스, 드뤼아스, 포타몬, 킷세우스, 릭소스, 임브로스, 브로미오스, 폴뤽토르, 크토니오스였고, 처녀들은 아우토노에, 테아노, 엘렉트라, 클레오파트라, 에우뤼디케, 글라우킵페, 안텔레이아, 클레오도레, 에우힙페, 에라토, 스튀그네, 브뤼케였다.

고르고로부터 아이귑토스에게 태어난 아들들은 피에리아에게서 난 딸들을 두고 제비뽑기했는데, 페리파스는 악타이에를, 오이네우스는 포다르케를, 아이컵토스는 디옥십페를, 메날케스는 아디테를, 람포스는 오퀴페테를, 이드몬은 퓔라르게를 받았다.

다음의 아들들이 가장 어렸는데, 이다스는 힙포디케를, 다이프론은 아디안테를 받았다. 이 처녀들은 어머니 헤르세에게서 태어났다. 판디온은 칼리디케를, 아르벨로스는 오이메를, 휘페르비오스는 켈라이노를, 힙포코뤼스테스는 휘페립페를 받았다. 이 남자들은 헤파이스티네에게서 났고, 이 처녀들은 크리노에게서 났다.

이와 같이 그들이 결혼 상대를 제비뽑았을 때, 다나오스는 잔치를 베풀고는 딸들에게 단검을 주었다. 그녀들은 잠든 신랑들을 죽였는데, 휘페름네스트라만은 그러지 않았다. 그녀는 자기를 처녀인 채로 지켜준 륀케우스를 살려주었던 것이다. 그래서 다나오스는 그녀를 가두고 감시했다.

한편 다나오스의 다른 딸들은 신랑들의 머리를 레르네에 파묻고, 몸통은 도시 앞에 매장했다. 그리고 제우스의 명에 따라 아테나와 헤르메스가 그녀들을 정화하였다. 다나오스는 나중에 휘페름네스트라를 륀케우스와 함께 살게 했고, 나머지 딸들은 운동경기에서 승자들에게 주었다.

아뮈모네는 포세이돈에 의해서 나우플리오스를 낳았다. 이 사람은 매우 장수하였는데, 바다를 항해하면서 마주치는

다나오스는 아이귑토스 왕의 위협으로 딸들을 그의 아들들과 결혼시키게 된다.
다나오스의 지시로 딸들은 첫날밤에 신랑들을 단검으로 찔러 죽였는데,
휘페름네스트라만은 그러지 않았다.
자기를 처녀인 채로 지켜준 륀케우스를 살려주었던 것이다.
그래서 다나오스는 그녀를 가두고 감시했다.

사람들을 불빛으로 유인해서 죽게 하였다. 그런데 우연히 그 자신도 그러한 방식으로 삶을 마치게 되었다.

그는 죽기 전에 결혼하였는데, 비극작가들이 말하는 바에 따르면 카트레우스의 딸 클뤼메네와, 「노스토이」[47]를 쓴 사람에 의하면 필뤼라와, 또 케르콥스에 따르면 헤시오네와 했고, 팔라메데스, 오이악스, 나우시메돈을 낳았다.

2장

아크리시오스와 프로이토스

1. 륀케우스는 다나오스에 뒤이어 아르고스를 지배하면서, 휘페름네스트라에게서 아들 아바스를 낳는다. 이 사람과, 만티네우스의 딸 아글라이아에게서 쌍둥이 아들인 아크리시오스와 프로이토스가 태어났다.

이들은 아직 배 속에 있을 때부터 서로 싸웠는데, 그들이 다 자랐을 때 왕권을 놓고 거듭 전쟁을 했으며, 전쟁 중에 방패를 처음 고안해 냈다. 그리고 아크리시오스가 이겨서 프로이토스를 아르고스로부터 쫓아내려 했다.

프로이토스는 뤼키아 땅으로, 이오바테스에게로 갔는데, 어떤 사람들에 따르면 암피아낙스에게로 갔다 한다. 그리고 그 사람의 딸과 결혼하는데, 이 여자는 호메로스에 따르면 안테이아이고, 비극작가들에 따르면 스테네보이아이다.

그의 장인은 뤼키아인들의 군대를 이용하여 그를 원래 위치로 복귀시키고, 티륀스도 차지한다. 퀴클롭스들이 그를 위해 이 도시를 성으로 둘렀던 것이다. 그들은 아르고스 땅을 분할하여 정착하였는데, 아크리시오스는 아르고스를 다스리고, 프로이토스는 티륀스를 다스리게 된다.

2. 아크리시오스에게는 라케다이몬의 딸 에우뤼디케로부 터 다나에가 태어나고, 프로이토스에게는 스테네보이아로부 터 뤼십페와 이피노에, 그리고 이피아낫사가 태어난다. 그런 데 그녀들은 장성하였을 때 미치게 되었다.

헤시오도스에 따르면 디오뉘소스의 제의(祭儀)를 받아들 이지 않아서이고, 아쿠실라오스가 말한 바에 따르면 헤라의 목상(木像)을 헐뜯었기 때문이다. 그녀들은 미쳐서 온 아르고 스를 방황했다. 나중에는 아르카디아와 펠로폰네소스를 두루 다니며 온갖 곱지 못한 모습으로 황야를 내달렸다.

그런데 아뮈타온과, 아바스의 딸인 에이도메네 사이에서 난 아들이면서 예언자이고, 약물과 정화(淨化) 치료법을 처음 발견한 자인 멜람푸스가 그 처녀들을 치료하겠다고 약속하였 다. 만일 나라의 3분의 1을 준다면 그러겠다는 것이었다.[48]

프로이토스가 그렇게 큰 보수로는 치료를 맡기지 않으려 하자, 처녀들은 더욱더 광기가 심해졌고, 이들에 더하여 나머 지 여자들까지 그렇게 되었다. 그녀들은 집을 버리고 자기 아 이들을 죽이고 황야를 헤맸다.

재난이 더욱 심하게 진전되자 프로이토스는 요구한 보수 를 주고자 했다. 그러자 멜람푸스는 자기 형제인 비아스가 또 그만큼의 땅을 취해야만 치료를 하겠다고 말했다. 프로이토스 는 치료가 지체되면 더 많은 보수를 요구당할까 봐 걱정이 되어서, 그 보수에 치료받는 것으로 합의하였다.

그러자 멜람푸스는 젊은이들 가운데 가장 힘 좋은 자들을 취하여, 소리를 질러대며 어떤 신적인 춤을 춤으로써 그녀들을 산에서부터 시퀴온으로 함께 몰아갔다. 그 몰이 도중에 가장 나이가 많은 이피노에는 유명(幽明)을 달리하였으나, 정화의식을 받은 다른 여자들에게는 제정신이 돌아오게 되었다. 프로이토스는 이 딸들을 멜람푸스와 비아스에게 주었고, 후에 아들인 메가펜테스를 낳았다.

3장

벨레로폰테스

1. 시쉬포스의 아들인 글라우코스에게서 태어난 벨레로폰테스는 뜻하지 않게 형제인 델리아데스를 죽였는데, 어떤 이들은 그 형제가 페이렌이라 하고, 또 다른 이들은 알키메네스라고 한다. 그래서 그는 프로이토스에게 가서 정화를 받는다.

그런데 스테네보이아가 그에게 사랑을 품고는, 동침하자는 전갈을 보낸다. 하지만 그가 거절하자, 프로이토스에게 벨레로폰테스가 자기를 유혹하려고 전갈을 보냈다고 말한다. 프로이토스는 그 말을 믿고서 벨레로폰테스에게 편지를 주어 이오바테스에게 가져가도록 하는데, 거기에는 그를 죽이라고 쓰여 있었다.

이오바테스는 그것을 읽고서 그에게 키마이라를 죽이라고 지시했다. 그가 그 짐승에 의해 죽으리라고 생각했던 것이다. 왜냐하면 그것은 한 사람이 아니라, 여러 사람에 의해서도 쉽게 잡힐 존재가 아니었는데, 사자의 앞부분과 뱀의 꼬리, 그리고 가운데에는 세 번째 것으로 염소의 머리를 가지고 있어서, 이 머리에서는 불을 뿜었으니 말이다.

키마이라는 땅을 황폐하게 했고, 가축들을 해쳤다. 하나의 존재가 세 가지 짐승의 능력을 가졌기 때문이다. 이 키마이라는, 호메로스도 말했던 대로[49] 아미소다로스가 키웠다고도 하며, 헤시오도스가 이야기하는 바에 의하면[50] 튀폰과 에키드나에게서 났다고도 한다.

2. 그래서 벨레로폰테스는, 메두사와 포세이돈에게서 태어난 날개 달린 말 페가소스에 올라타고 하늘 높이 올라가 거기서 키마이라에게 활을 내리쏘았다. 이 싸움 뒤에 이오바테스는 그에게 솔뤼모이인들과 전투하라고 지시했다.

이것도 완수하자, 아마존들과 싸우도록 지시했다. 이 여자들도 죽이자, 뤼키아인들 가운데 힘이 특출하다고 명성 있는 자들을 뽑아서는 매복해 있다가 그를 죽이라고 지시했다. 그런데 그가 이들까지도 모두 죽이자, 이오바테스는 그의 능력에 놀라 그 편지를 보여주고, 그에게 머물기를 청했다. 그러고는 딸인 필로노에를 주고, 죽으면서는 왕국을 그에게 남겼다.

「아테나의 조언으로 페가소스를 얻은 벨레로폰테스」(1세기)
이오바테스는 시쉬포스의 아들 벨레로폰테스를 모함하는 편지를 믿고는 그에게
키마이라를 죽이라고 명한다. 그러나 벨레로폰테스는 아테나의 도움으로 페가소스를 얻는다.

「페가수스를 타고 키메라를 죽이는 벨레로폰테스」(기원전 570-565년)
벨레로폰테스는, 메두사와 포세이돈에게서 태어난 날개 달린 말 페가소스에 올라타고
하늘 높이 올라가 거기서 키마이라에게 활을 내리쏘았다.

4장

페르세우스

1. 아크리시오스가 사내아이를 낳고자 신탁을 구했더니 신은 그의 딸에게서 사내아이가 태어나리라고 말했다. 그런데 그 아이가 그를 죽이리라는 것이다. 아크리시오스는 이것이 두려워 땅속에 청동으로 방을 만들어서 다나에를 거기 두고 감시했다.

그녀를, 몇몇 사람이 말하는 바에 따르면, 프로이토스가 유혹했고, 거기서 이들 사이에 대립이 시작되었다고 한다. 그렇지만 또 몇몇은 말하기를, 제우스가 황금으로 모습을 바꾸어 지붕을 통하여 다나에의 품으로 흘러 들어가 결합하였다고 한다.

그런데 아크리시오스가 나중에 그녀에게서 페르세우스가 태어났다는 사실을 알았을 때, 제우스에게 유혹당했다는 것을 믿지 않고, 딸을 그 아이와 함께 궤짝에 넣어 바다에 던져 버렸다. 그 상자는 세리포스로 밀려갔고, 딕튀스가 아이를 취하여 길렀다.

2. 딕튀스의 형제로서 세리포스를 다스리고 있었던 폴뤼덱테스가 다나에를 사랑하였지만, 페르세우스가 이미 장성해

있어서 그녀와 결합할 수가 없었다. 그는 페르세우스를 포함해서 친구들을 불러 모았고, 자신이 오이노마오스의 딸 힙포다메이아와의 결혼을 위해 선물을 모으겠다고 말했다.

페르세우스가 자신은 고르고의 머리를 요구해도 거절하지 않겠다고 말하자, 폴뤼덱테스는 다른 사람들에게는 말들을 요구했고, 페르세우스에게는 그 머리를 가져오도록 지시했다. 그래서 그는 헤르메스와 아테나의 인도를 받아 포르코스의 딸들인, 에뉘오와 페프레도와 데이노에게로 간다.

그녀들은 케토와 포르코스의 딸들로 고르고들의 자매였고, 나면서부터 노파였다. 그 셋은 하나의 눈과 하나의 이를 가지고 있어서, 이것들을 서로 차례대로 돌려썼다. 페르세우스는 그것을 가로채고는, 그들이 돌려달라 청하자, 요정들에게 가는 길을 가르쳐주면 그것을 돌려주겠다고 말했다.

그런데 이 요정들은 날개 달린 신발과 키비시스를 가지고 있었다. 이 키비시스는 사람들이 자루라고들 말한다. (핀다로스와, 「방패」[5]에서 헤시오도스는 페르세우스에 대하여 다음과 같이 말한다.

그의 온 등을 무서운 괴물의 머리가 차지하고 있었네,
고르고의 머리가. 그리고 그 주위엔 키비시스가 달리고 있었네.

얀 호사르트, 「다나에」(1527년)

아크리시오스는 딸에게서 태어난 사내아이가 자신을 죽인다는 신탁을 받았다.
그래서 그는 청동 방을 만들어 다나에를 두고 감시했다. 그러나 제우스가 황금으로 모습을
바꾸어 지붕을 통하여 다나에의 품으로 흘러 들어가 결합한다.

「아기를 안고 바다를 떠도는 다나에」(1922년)
아크리시오스가 나중에 다나에에게서 페르세우스가 태어났다는 사실을 알았을 때,
제우스에게 유혹당했다는 것을 믿지 않고, 딸을 그 아이와 함께 궤짝에 넣어
바다에 던져버렸다. 그 상자는 세리포스로 밀려갔고, 딕튀스가 아이를 취하여 길렀다.

그런데 거기 옷(estheta)과 먹을 것이 들어 있어서(keisthai) 이렇게 불린다.)[52] 그리고 또 그들은 〈하데스의〉 모자도 가지고 있었다.

포르코스의 딸들이 길을 가르쳐주자, 페르세우스는 이와 눈을 그들에게 돌려주고는 그 요정들에게 가서, 자신이 원하던 것을 얻어, 키비시스를 둘러메고, 신발을 발목에 맞춰 신고, 모자를 머리에 얹었다.

그런데 이 모자를 쓰면 보고 싶은 것을 보면서도, 다른 사람들에게는 자신이 보이지 않았다. 또한 그는 헤르메스에게서 강철로 된 낫을 얻었고, 오케아노스로 날아가서 고르고들이 잠자고 있는 것을 포착했다. 그들은 스테노와 에우뤼알레, 그리고 메두사였다.

그런데 메두사만이 유일하게 죽는 존재였다. 이 때문에 페르세우스는 그녀의 머리를 목표로 온 것이었다. 고르고들은 뱀의 비늘로 두루 감긴 머리와, 멧돼지의 것 같은 커다란 이와, 청동의 손, 그리고 황금 날개를 가지고 있어서 이것으로 날아다녔다. 그런데 이들은 보는 사람을 돌로 만들었다.

그래서 페르세우스는 잠자는 이들 곁에 섰고, 아테나가 손을 인도하는 가운데, 돌아서서 청동방패를 들여다보았다. 그 방패에 고르고의 모습이 비쳐 보이자, 그녀의 목을 잘랐다. 목이 잘리자 고르고로부터 날개 달린 말 페가소스가 튀어나왔

고, 또 게뤼온의 아버지가 되는 크뤼사오르도 나왔다. 이들은
포세이돈으로부터 태어난 것이다.

3. 페르세우스는 메두사의 머리를 키비시스에 넣고는 다
시 되돌아갔다. 그런데 고르고들이 잠에서 깨어나 페르세우스
를 추적하였다. 그러나 모자 때문에 그를 볼 수는 없었다. 모자
가 그를 숨겨주었던 것이다.

페르세우스는 케페우스가 다스리고 있던 아이티오피아에
도착하였는데, 거기서 케페우스의 딸 안드로메다가 바다 괴물
의 먹이로 놓여 있는 것을 발견했다. 케페우스의 아내인 캇시
에페이아가 아름다움을 놓고 네레우스의 딸들(네레이데스)과
경쟁하였고, 자신이 그들 모두보다 더 낫다고 큰소리쳤기 때문
이다. 그래서 네레우스의 딸들은 분노하였고, 포세이돈도 그들
과 함께 노하여 그 땅에 홍수와 괴물을 보냈던 것이다.

그런데 암몬 신이 신탁을 내리기를, 캇시에페이아의 딸
안드로메다를 괴물에게 먹이로 주면 그 재난에서 해방될 것이
라 했고, 케페우스는 아이티오피아인들의 강요를 받고 할 수
없이 딸을 바위에 묶었던 것이다.

페르세우스는 그녀를 보고 사랑하게 되어 그 괴물을 없애
주기로 케페우스에게 약속했다. 그녀를 구하면 자신에게 아내
로 준다는 조건이었다. 이러한 조건으로 맹세가 이루어지자,
그는 맞서 싸워 괴물을 죽였고, 안드로메다를 풀어주었다.

고르고(기원전 560~550년)

고르고들 가운데 메두사만이 유일하게 죽는 존재였다. 그래서 페르세우스는
그녀의 머리를 목표로 온 것이다. 고르고들은 뱀의 비늘로 두루 감긴 머리와, 멧돼지의 것
같은 커다란 이와, 청동의 손, 그리고 황금 날개를 가지고 있어서 이것으로 날아다녔다.

「페르세우스와 메두사의 머리」(1세기 로마)
고르고들은 보는 사람을 돌로 만들었다. 그래서 페르세우스는 잠자는 이들 곁에 섰고,
아테나가 손을 인도하는 가운데, 돌아서서 청동방패를 들여다보았다.
그 방패에 고르고의 모습이 비쳐 보이자, 그녀의 목을 잘랐다.

그런데 피네우스가 그에게 음모를 꾸몄다. 그는 케페우스의 형제로서 먼저 안드로메다와 약혼했었던 것이다. 페르세우스는 음모를 알게 되자, 고르고를 보여서 피네우스와 공모자들을 함께 그 자리에서 돌로 만들어버렸다.

그러고는 세리포스로 가서 자기 어머니가 폴뤼덱테스의 폭력 때문에 딕튀스와 함께 제단으로 피해 있는 것을 발견하고 왕궁으로 들어가 폴뤼덱테스의 친구들을 불러 모으고 고개를 돌린 채 고르고의 머리를 보여주었다. 사람들이 그것을 보았을 때, 각각 그때 가지고 있던 모습 그대로 돌로 변하고 말았다.

그는 딕튀스를 세리포스의 왕으로 세웠고, 신발과 키비시스와 모자를 헤르메스에게 돌려주고, 고르고의 머리는 아테나에게 주었다. 그러자 헤르메스는 그 물건들을 다시 요정들에게 돌려주었고, 아테나는 방패 한가운데에 고르고의 머리를 붙여 넣었다. 그런데 어떤 사람들에 의하면, 고르고가 아테나에 의해 목 베어졌다고 한다. 그들은 또 고르고가 아테나와 아름다움을 겨루려 했었다고도 한다.

4. 페르세우스는 다나에와 안드로메다와 함께, 아크리시오스를 만나기 위하여 아르고스로 길을 서둘렀다. 아크리시오스는 〈이것을 알고는〉 신탁을 두려워하여, 아르고스를 떠나 펠라스기오티스 땅으로 갔다.

그런데 라릿사[53] 인들의 왕인 테우타미데스가 돌아가신 자기 아버지를 위하여 운동 경기를 열자, 페르세우스도 참여하기 원하여 거기로 갔고, 5종 경기(펜타틀론)를 겨루던 와중에 원반으로 아크리시오스의 발을 맞혀 그를 그 자리에서 죽게 만들었다.

페르세우스는 신탁이 이루어졌음을 깨닫고 아크리시오스를 도시 바깥에 매장하였고, 자기가 죽인 사람의 땅인 아르고스로 돌아가기가 부끄러워서, 티륀스로 가서 프로이토스의 아들인 메가펜테스와 땅을 맞바꾸었고, 그에게 아르고스를 넘겨주었다. 그래서 메가펜테스는 아르고스인들을 다스렸고, 페르세우스는 미데이아와 뮈케나이에 성을 두르고 티륀스를 다스렸다.

페르세우스의 자손들

5. 안드로메다로부터 그에게 아들들이 태어났는데, 헬라스로 떠나기 전에 페르세스가 났고, 그는 케페우스에게 남겨두었다. 그런데 그로부터 페르시아인들의 왕들이 났다고 한다. 한편 뮈케나이에서는 알카이오스와 스테넬로스, 그리고 헬레이오스, 메스토르, 엘렉트뤼온이 났고, 딸로는 고르고포네가 있었는데, 페리에레스가 그녀와 결혼하였다.

주세페 체사리, 「페르세우스와 안드로메다」(1602년)
페르세우스는 안드로메다가 바다 괴물의 먹이로 놓여 있는 것을 발견했다.
안드로메다를 먹이로 주면 포세이돈이 내린 재난에서 해방된다는 신탁이 내려졌기 때문이다.
페르세우스는 결혼을 조건으로 괴물을 죽이고 그녀를 구했다.

루카 조르다노, 「메두사의 머리로
피네우스 일당을 돌로 만들어버리는 페르세우스」(1680년대)
안드로메다와 약혼했던 피네우스가 페르세우스를 죽이려고 음모를 꾸미자,
페르세우스가 메두사의 머리로 그들을 돌로 만들어버린다.

알카이오스와, 펠롭스의 딸인 아스튀다메이아로부터, 혹은 몇몇 사람들에 따르면 구네우스의 딸 라오노메로부터, 혹은 또 다른 사람들에 따르면 메노이케우스의 아들 힙포노메로부터 암피트뤼온이 태어났고, 딸로는 아낙소가 났다. 한편 메스토르와, 펠롭스의 딸 뤼시디케로부터는 힙포토에가 태어났다.

포세이돈은 그녀를 채어, 에키나스 섬들로 데려갔고 거기서 동침하고 타피오스를 낳는데, 그는 타포스에 거주하였고, 그 백성들을 텔레보아이(Teleboai)라고 불렀다. 왜냐하면 그가 조국으로부터 멀리(tele) 왔기(ebe) 때문이었다.

타피오스로부터는 아들인 프테렐라오스가 태어났다. 그는 포세이돈이 머리에 황금 머리털을 넣어서 불사의 존재로 만들었다. 프테렐라오스에게는 아들들로 크로미오스, 튀란노스, 안티오코스, 케르시다마스, 메스토르, 에우에레스가 태어났다.

한편 엘렉트뤼온은 알카이오스의 딸인 아낙소와 결혼하여 딸로서 알크메네를 낳았고, 아들들로는 〈스트라토바테스〉, 고르고포노스, 필로노모스, 켈라이네우스, 암피마코스, 뤼시노모스, 케이리마코스, 아낙토르, 아르켈라오스, 그리고 이들 뒤에 프뤼기아 여자인 미데아로부터 서자 리큄니오스를 낳았다.

한편 스테넬로스와, 펠롭스의 딸 니킵페 사이에서는 알퀴오네와 메두사가, 그리고 나중에 에우뤼스테우스가 태어났는데, 그는 뮈케나이인들도 다스렸다. 왜냐하면 헤라클레스가 막 태어나려 할 때, 제우스가 신들 가운데서, 페르세우스의 후손으로서 그때 태어날 자가 뮈케나이를 다스리리라고 말하자, 헤라가 질투에 사로잡혀 에일레이튀이아로 하여금 알크메네의 출산은 지연시키도록 하고, 스테넬로스의 아들인 에우뤼스테우스는 일곱 달밖에 안 되었는데도 태어나도록 조치하였던 것이다.

알크메네와 암피트뤼온

6. 엘렉트뤼온이 뮈케나이를 다스리고 있을 때, 프테렐라오스의 아들들이 타포스인들과 함께 와서 [외고조할아버지인][54] 메스토르의 통치권을 내놓으라고 요구하였고, 엘렉트뤼온이 이를 내놓지 않자 암소들을 몰아가려 했다.

엘렉트뤼온의 아들들이 막아섰고, 결국 그들은 일대일 대결(proklesis)을 통하여 서로를 죽였다. 그래서 엘렉트뤼온의 아들 중에서는 아직 어린 리큄니오스만 살아남았고, 프테렐라오스의 아들 중에서는, 배들을 지키고 있었던 에우에레스만 남았다.

한편 타포스인들 가운데 도망친 자들이 있었는데, 이들은 소들을 몰아다 싣고 배를 띄워서, 엘리스인들의 왕 폴뤽세노

지롤라모 젠가, 「아테나의 방패 아이기스」(16세기)
페르세우스는 어머니와 딕튀스를 구한 다음에,
고르고의 머리는 아테나에게 주었다.

스에게 그것들을 맡겼다. 그런데 암피트뤼온이 폴뤽세노스에게 값을 치르고 그 소들을 뮈케나이로 이끌어갔다.

한편 엘렉트뤼온은 아들들의 죽음에 대하여 복수하기를 원하여, 왕국과 알크메네를 암피트뤼온에게 주고는, 자기가 돌아올 때까지 그녀를 처녀인 상태로 지켜두기로 맹세를 시키고, 자신은 텔레보아이인들과 전쟁을 하려고 계획하였다.

그런데 그가 돌아온 암소들을 받아들이고 있을 때, 그중한 마리가 뛰쳐나갔고, 암피트뤼온은 그놈을 향해 손에 들고있던 곤봉을 던졌다. 그 곤봉은 쇠뿔에 튀어서 엘렉트뤼온의머리로 날아갔고 그를 죽게 만들었다.

그러자 이것을 핑계거리로 잡아서 스테넬로스[55]는 암피트뤼온을 추방하였고 아르고스 땅 어디에도 머물지 못하게 했다. 그리고 뮈케나이와 티륀스의 통치권은 자신이 차지하였다. 한편 그는 펠롭스의 아들들인 아트레우스와 튀에스테스를불러다가 그들에게 미데이아를 넘겨주었다.

암피트뤼온은 알크메네와 리큄니오스를 데리고 테바이로 가서 크레온에게 정화를 받았고, 자기 자매인 페리메데를리큄니오스에게 준다. 그런데 알크메네가, 자기 형제들의 죽음을 복수해 주어야지만 결혼하겠다고 해서, 암피트뤼온은 그것을 약속하고서 텔레보아이인들을 향하여 출정한다. 그는 크레온에게 동참하기를 청한다.

그런데 크레온은, 만일 먼저 그가 카드메이아를 여우로부터 해방시켜 주면 전쟁에 참여하겠다고 말했다. 왜냐하면 카드메이아 땅을 야생 여우가 황폐하게 만들고 있었기 때문이다. 암피트뤼온이 그러겠노라고 약속은 했지만, 그 여우는 누구도 잡을 수 없는 운명을 지니고 있었다.

7. 그 지역이 해를 당하자, 테바이 사람들은 시민들의 아이 하나씩을 매달 그 여우에게 바쳤다. 그렇게 하지 않으면 그 여우는 많은 사람을 채어갈 터였다. 그래서 암피트뤼온은 아테나이로 데이오네우스의 아들 케팔로스에게 전갈을 보내어, 텔레보아이인들로부터 얻는 전리품 중의 일부를 줄 터이니, 프로크리스가 미노스에게서 얻어 크레테로부터 데려온 개[56]를 데리고 오라고 설득하였다. 그런데 이 개는 자신이 쫓는 모든 것을 잡을 수 있는 운명을 지니고 있었다. 그래서 그 개가 여우를 뒤쫓게 되자, 제우스는 그 둘 다를 돌로 만들어버렸다.

그 후 암피트뤼온은, 앗티케의 토리코스에서 온 케팔로스와, 포키스 출신의 파노페우스, 아르골리스의 헬로스 출신인 페르세우스의 아들 헬레이오스, 그리고 테바이 출신의 크레온을 동맹자로 삼아 타포스인들의 섬들을 약탈했다. 그렇지만 프테렐라오스가 살아 있는 동안에는 타포스를 차지할 수가 없었다. 그런데 프테렐라오스의 딸인 코마이토가 암피트뤼온을 사랑하게 되어 아버지의 황금 머리털을 머리에서 뽑았다. 그래서 프테렐라오스는 죽어버렸고, 암피트뤼온은 모든 섬을 정복하게 되었다.

그렇지만 그는 코마이토를 죽이고, 전리품을 가지고서 테바이로 항해한다.[57] 그러고는 그 섬들을 헬레이오스와 케팔로스에게 준다. 그래서 그들은 자기들의 이름을 가진 도시를 세우고 거기 정착하였다.

헤라클레스의 탄생과 젊은 시절

8. 그런데 암피트뤼온이 테바이로 돌아오기 전에, 제우스가 암피트뤼온의 모습으로 밤중에 찾아와 하룻밤을 세 배로 늘려놓고 알크메네와 동침하고, 텔레보아이인들과 관련해서 일어난 일들을 다 이야기해 주었다.

암피트뤼온은 돌아와서, 아내가 자신을 반기지 않는 것을 보고 그 이유를 물었다. 알크메네가, 그가 전날 밤에 와서 자신과 동침했었다고 말하자, 그는 테이레시아스에게 물어 그것이 제우스와의 동침이었음을 알게 된다. 알크메네는 두 아들을 낳았는데, 제우스에게는 하룻밤만큼 손위인 헤라클레스를, 암피트뤼온에게는 이피클레스를 낳은 것이다.

아이가 여덟 달 되었을 때, 헤라가 아기를 죽이려고 엄청나게 큰 뱀 두 마리를 침상으로 보냈다. 그런데 알크메네가 소

아고스티노 데이 무시, 「뱀을 맨손으로 잡는 아기 헤라클레스」(1533년)
아이가 여덟 달 되었을 때, 헤라가 아기를 죽이려고 엄청나게 큰 뱀 두 마리를
침상으로 보냈다. 그런데 알크메네가 소리쳐 암피트뤼온을 부르는 사이에,
헤라클레스는 일어나서 그것들을 양손에 하나씩 잡아 졸라 죽였다.

리쳐 암피트뤼온을 부르는 사이에, 헤라클레스는 일어나서 그 것들을 양손에 하나씩 잡고 꽉 움켜쥐어 죽였다.

그런데 페레퀴데스에 따르면, 암피트뤼온이 두 아이 중 어느 쪽이 자기 아이인지 알고 싶어서 뱀들을 침상에 넣었다고, 그래서, 이피클레스는 도망친 반면 헤라클레스는 맞서자, 이피클레스가 자기에게서 났다는 것을 알았다고 한다.

9. 헤라클레스는 마차 모는 법을 암피트뤼온에게서 배웠다. 씨름은 아우톨뤼코스에게서, 활쏘기는 에우뤼토스에게서, 무기 쓰는 법은 카스토르에게서, 키타라 연주하는 것은 리노스에게서 배웠다.

이 리노스는 오르페우스의 아들이었다.[58] 그런데 테바이로 와서 테바이 시민이 되었다가 헤라클레스에게 키타라에 맞아서 죽었다. 그가 매질을 하자 헤라클레스가 화가 나서 그를 죽였던 것이다. 어떤 사람들이 그에게 살인의 죄값을 부과하려 하자, 그는 부당한 손으로 달려드는 자를 막는 사람은 무죄라고 한 라다만튀스의 법을 인용하여 풀려났다.

그렇지만 암피트뤼온은 그가 다시 이와 같은 짓을 할까봐 두려워서, 그를 소 치는 곳으로 보냈다. 그는 거기서 성장하여 덩치와 힘에 있어서 모든 사람을 능가했다. 한 번 보기만 해도 그가 제우스의 아들이라는 것은 분명했다. 그는 네 완척(腕尺)이나 되는 몸집을 가지고 있었고, 눈에서는 불빛이 번쩍였다.

또 활을 쏘아서나 창을 던져서나 목표를 빗맞히는 경우가 없
었다.

목동들 가운데 있으면서 열여덟 살 때 키타이론 산의 사
자를 죽였다. 이 사자는 키타이론 산에서 뛰쳐나와 암피트뤼
온과 테스피오스의 소들을 해치곤 했던 것이다.

10. 이 테스피오스는 테스피아이의 왕이었는데, 헤라클레
스는 그 사자를 잡기 원하여 그에게로 갔다. 그는 헤라클레스
를 맞아 50일 동안 접대하였고, 사냥하러 나가는 그에게 밤마
다 딸 하나씩과 동침하게 했다. (그에게는 아르네오스의 딸 메가
메데에게서 난 쉰 명의 딸이 있었다.) 그는 모든 딸들이 헤라클레
스에게서 자식 갖기를 열렬히 원했던 것이다.

그런데 헤라클레스는 항상 동침하는 것이 한 여자인 줄
알고 전부와 같이 잤다. 그리고 그 사자를 제압하고는 그 가죽
을 두르고, 그 두개골은 투구로 사용했다.

11. 그가 이 사냥에서 돌아오는데, 테바이인들에게 공납물
을 받아 오도록 에르기노스로부터 파견된 사절들이 그와 마주
쳤다. 그런데 테바이인들은 다음과 같은 이유로 해서 에르기
노스에게 공납물을 바치고 있었다. 메노이케우스의 마부로서
이름이 페리에레스라는 사람이 온케스토스에 있는 포세이돈
의 성역에서 미뉘아이인들의 왕인 클뤼메노스를 돌로 쳐서 다
치게 했다. 클뤼메노스는 반쯤 죽어가며 오르코메노스로 옮겨

져서는, 죽으면서 아들인 에르기노스에게 자신의 죽음을 보복하라고 명했다. 에르기노스는 테바이로 쳐들어가서 적잖은 사람들을 죽이고는 맹세로써 화평을 맺었는데, 테바이 사람들이 그에게 공납물로 매년 소 백 마리씩 20년 동안 바치기로 했던 것이다.

바로 이 공납물을 위해 사절들이 테바이에 온 것을 헤라클레스가 마주쳐 결판을 냈던 것이다. 그는 그들의 귀와 코, 손들을 잘라, [끈으로] 그들의 목에 묶고는 이것을 에르기노스와 미뉘아이인들에게 공납물로 가져가라고 말했다. 그들은 이 일에 분개하여 테바이로 쳐들어왔다.

헤라클레스는 아테나에게서 무기를 얻어서는 전투를 지휘하면서 에르기노스를 죽였고, 미뉘아이인들을 패주하게 하여, 그들이 테바이인들에게 두 배의 공납을 바치도록 만들었다. 그런데 그 전쟁 중에 암피트뤼온이 용감히 싸우다가 죽임을 당하였다.

한편 헤라클레스는 수훈의 선물로 크레온으로부터 맏딸 메가라를 얻는다. 그녀로부터 그에게 세 아들이 태어났는데, 테리마코스, 크레온티아데스, 데이코온이다. 크레온은 손아래 딸을 이피클레스에게 주는데, 그는 이미 알카토스의 딸 아우토메두사로부터 얻은 아들 이올라오스를 갖고 있었다. 그런데 암피트뤼온이 죽은 후 제우스의 아들인 라다만튀스가 알크메네와 결혼하였고, 보이오티아의 오칼레아이에 망명하여[59] 살았다.

헤라클레스는 에우뤼토스에게서 활 쏘기를 배운 다음, 헤르메스에게서 칼을 얻었고, 아폴론에게서는 활을, 헤파이스토스에게서는 황금 가슴받이를, 아테나에게서는 겉옷을 얻었다. 한편 곤봉은 자신이 네메아에서 스스로 깎아 만들었다.

12. 헤라클레스는 미뉘아이인들과의 전쟁 후에 헤라의 질투로 인하여 미치게 되어, 메가라에게서 얻은 자기 아이들과 이피클레스에게서 난 두 아이들을 불에 던졌다. 그리하여 스스로 망명을 벌로 부과하였고, 테스피오스에게서 정화를 받는다. 그러고는 델포이로 가서 신에게 어디에 살아야 할지 묻는다.

그때 퓌티아가 처음으로 그를 헤라클레스라고 불렀다. 그 전에는 알케이데스라 불렸던 것이다. 그녀는 말하기를, 티륀스에서 살 것이며, 에우뤼스테우스에게 12년간 봉사하고, 부과되는 열 가지 과업을 수행하라 했다. 그 과업들이 다 수행되면 그는 불멸하게 되리라는 것이었다.

5장

헤라클레스의 열두 가지 위업

1. 헤라클레스는 이것을 듣고 티륀스로 갔고, 에우뤼스테우스가 자신에게 부과하는 일을 수행해 나갔다. 에우뤼스테우스는 맨 먼저 그에게 네메아의 사자 가죽을 가져오라고 지시했다. 그런데 이 사자는 튀폰에게서 태어났고, 상처를 입힐 수 없는 동물이었다. 그는 그 사자를 향해 클레오나이로 갔고, 몰로르코스라는 날품팔이의 집에서 접대를 받았다.

이 사람이 성물(聖物)을 바치고자 했을 때, 헤라클레스는 30일째가 될 때까지 그것을 보관하고 있으라 하고, 만일 자신이 그 사냥으로부터 안전하게 돌아오면 구원자 제우스(Zeus Soter)께 제물을 바치고, 만일 자신이 죽었다면 그것을 영웅 자격으로 자신에게 올리라고 말했다.[60]

그러고는 네메아로 가서 그 사자를 찾아 우선 활로 쏘았다. 사자가 부상을 입힐 수 없는 존재임을 알았을 때, 곤봉을 빼어 들고 뒤쫓았다. 사자가 입구가 둘인 동굴로 도망치자, 한쪽 입구를 돌로 쌓아 막고, 다른 쪽으로 해서 그 짐승을 공격해 들어가서는, 팔을 목에 둘러 그것이 질식할 때까지 조여 붙잡고 있었다. 그러고는 두 어깨에 얹어 클레오나이로 가지고 왔다.

「헤라클레스와 네메아의 사자」(기원전 540년경)
헤라클레스는 첫 번째 과업으로 네메아의 사자를 죽였다.
사자의 목에 팔을 둘러 사자가 질식할 때까지 조여 붙잡고 있었다.

「헤라클레스와 케뤼니테스의 암사슴」(1913년)
에우뤼스테우스는 헤라클레스에게 세 번째 과업으로 케뤼니테스의
암사슴을 뮈케나이로 살아 있는 채로 가져오라고 지시했다.

그는 몰로르코스가, 정해진 날이 지났으므로 그가 죽었다고 생각하고 그에게 제물을 올리려 하는 것을 마주쳤고, 구원자 제우스께 제사를 드리고는 뮈케나이로 그 사자를 가지고 갔다. 에우뤼스테우스는 그의 용맹함에 놀라서 앞으로는 그가 도시 안으로 들어오지 못하도록 하고, 성문 앞에서 업적을 보여주라고 명했다.

그런데 사람들은, 에우뤼스테우스가 공포에 질려서 자신을 위해 땅속에 청동 항아리를 묻도록 했고, 엘리스인인 펠롭스의 아들 코프레우스를 전령으로 보내서 과업들을 부과하곤 했다 한다. 이 코프레우스는 이피토스를 죽이고서 뮈케나이로 도망하여 에우뤼스테우스에게서 정화를 받고, 거기 살고 있었다.

2. 에우뤼스테우스는 두 번째 과업으로 레르네의 휘드라를 죽이라고 지시했다. 이것은 레르네의 늪에서 자랐는데 들판으로 나가 가축들과 농지를 유린했다. 이 휘드라는 엄청난 덩치를 갖고 있었고, 머리가 아홉 개인데 여덟 개는 죽는 것이지만 한가운데의 것은 죽지 않는 것이었다.

그래서 헤라클레스는 마차에 올랐고, 이올라오스를 마부로 삼아 레르네로 가서 말들을 세웠다. 아뮈모네의 샘들 가 어떤 등성이에서 휘드라를 발견했는데, 거기에 그것의 굴이 있었던 것이다.

그는 불 붙은 창들을 던져서 휘드라를 밖으로 나오도록 몰았고, 나오는 휘드라를 제압해서 붙잡았다. 그러자 휘드라는 헤라클레스의 발 하나를 휘감아 들러붙었다. 헤라클레스는 곤봉으로 그것의 머리들을 으깼으나 아무 성과도 얻을 수 없었다. 머리 하나가 으깨지면 두 개가 다시 생겨났던 것이다. 그리고 거대한 게가 헤라클레스의 발을 물면서 휘드라를 도왔다.

그래서 그는 이 게를 죽이고 나서 자기도 이올라오스에게 도움을 청했다. 이올라오스는 가까운 숲의 한 곳에 불을 질러서, 횃불로 태워 머리들이 다시 돋아나는 것을 막았다. 이런 식으로 다시 생겨나는 머리들을 제압하고는 죽지 않는 머리는 잘라내서, 레르네를 통해 엘라이우스로 가는 길가에 묻고 무거운 바위를 그 위에 얹어놓았다.

한편 그는 휘드라의 몸뚱이를 찢어 그 담즙에 화살들을 담갔다. 그런데 에우뤼스테우스는 이 업적은 열 개의 과업으로 헤아려 넣어줄 수가 없다고 했다. 혼자서가 아니라, 이올라오스와 함께 휘드라를 이겼기 때문이라는 것이다.

3. 에우뤼스테우스는 그에게 세 번째 과업으로 케뤼니테스[61]의 암사슴을 살아 있는 채로 뮈케나이로 가져오라고 지시했다. 그것은 오이노에에 사는, 아르테미스의 신성한 동물로서 황금 뿔을 가진 것이었다.

그래서 헤라클레스는 그 사슴이 죽지도 다치지도 않게 하

「헤라클레스가 가져온 에뤼만토스의 멧돼지를 보고 놀라는 에우뤼스테우스」(17세기)
에우뤼스테우스는 헤라클레스에게 네 번째 과업으로
에뤼만토스의 멧돼지를 산 채로 가져오라고 시켰다.

프란시스코 데 수르바란, 「알페오스 강의 물길을 돌리는 헤라클레스」(1634년)
헤라클레스의 다섯 번째 과업은 아우게이아스의
외양간의 똥을 하루 안에 치우는 것이다.

느라 1년 내내 쫓아다녔다. 결국 그 사슴이 추적에 지친 채 아르테미시오스라는 산으로 도망쳤고, 거기서 다시 라돈이라는 강으로 가서 그 강을 건너려 할 때 헤라클레스가 활을 쏘아 잡았다. 그러고는 그것을 양 어깨에 얹고 아르카디아를 통과해 서둘러 갔다.

그런데 아르테미스가 아폴론과 함께 그와 마주쳐 사슴을 빼앗으려 하면서, 그가 자신의 신성한 동물을 죽이려 한다고 비난했다. 헤라클레스는 에우뤼스테우스가 시켜서 어쩔 수 없이 하는 일이라는 변명으로 책임을 전가하면서 여신의 분노를 눅이고는 그 짐승을 산 채로 뮈케나이로 가지고 갔다.

4. 에우뤼스테우스는 그에게 네 번째 과업으로 에뤼만토스의 멧돼지를 산 채로 가져오라고 시켰다. 이 짐승은, 에뤼만토스라 불리는 산으로부터 뛰어나와서 프소피스 지역을 해치고 있었다.

그래서 헤라클레스는 폴로에를 지나가게 되었고, 거기서 켄타우로스인 폴로스의 접대를 받았다. 그는 세일레노스와 멜리아(물푸레나무) 요정의 아들이었다. 그는 헤라클레스에게 구운 고기를 주고, 자신은 날것을 먹었다.

헤라클레스가 포도주를 청하자, 그는 켄타우로스들의 공동의 술동이를 여는 것이 두렵다고 했다. 헤라클레스는 그에게 용기를 내라고 격려하고 그것을 열었다. 그러나 얼마 지나지 않아 그 냄새를 맡고서 켄타우로스들이 나타났다. 바윗돌과 전나무로 무장하고 폴로스의 동굴로 들이닥친 것이다.

헤라클레스는 그들 중에서 제일 먼저 안으로 들어오기를 감행한 안키오스와 아그리오스를 횃불을 던져서 쫓아버렸고, 나머지는 활로 쏘면서 말레아까지 추적해 갔다. 그들은 거기서 케이론에게로 도망쳤는데, 그는 펠리온 산으로부터 라피타이인들에게 쫓겨나서 말레아 근처로 옮겨 살고 있었다.

켄타우로스들이 그에게 가서 웅크리고 있는 것을 헤라클레스가 화살을 쏘아 날리는데, 엘라토스의 팔을 뚫고 들어간 화살이 케이론의 무릎에 박힌다. 헤라클레스가 슬퍼하며 달려가서 화살을 뽑아냈다. 그리고 케이론이 약을 주자[62] 그것을 거기 붙였다.

그렇지만 그것은 치유될 수 없는 상처라서 그는 상처를 지닌 채 동굴 속으로 들어간다. 그리고 거기서 죽기를 원하지만, 불멸의 존재라서 그럴 수가 없었다. 그런데 프로메테우스가 제우스에게 켄타우로스 대신 자신이 불멸의 존재가 되겠다고 제안해서, 켄타우로스는 그렇게 하고 죽었다.

한편 나머지 켄타우로스들은 저마다 다른 곳으로 도망친다. 몇몇은 말레아 산으로 가고, 에우뤼티온은 폴로에로, 넷소스는 에우에노스 강으로 간다. 나머지는 포세이돈이 엘레우시스로 받아주고는 산속에 숨겼다. 한편 폴로스는 시체에서 화

알브레히트 뒤러, 「스튐팔리스의 새들과 헤라클레스」(1500년경)
헤라클레스의 여섯 번째 과업은 스튐팔리스의 새들을 쫓아내는 것이다.
아테나가 헤파이스토스에서 얻은 딱딱이를 헤라클레스에게 준다.
새들은 그 딱딱이의 소음을 견디지 못하고 두려워 날아올랐고,
그렇게 해서 헤라클레스는 그들을 활로 쏘았다.

「헤라클레스와 크레테의 황소」(3세기 모자이크)
에우뤼스테우스는 일곱 번째 과업으로 헤라클레스에게
크레테의 황소를 잡아 오라고 시켰다.

살을 뽑아서는, 어떻게 그 작은 것이 그 큰 존재들을 죽였는지 감탄하고 있었다. 그런데 그것이 손에서 미끄러져서 그의 발에 떨어져 그를 즉사시켰다.

헤라클레스는 폴로에로 돌아와 폴로스가 죽은 것을 보고 그를 묻고는, 멧돼지를 사냥하러 떠난다. 그리고 어떤 덤불에 숨어 있는 그 멧돼지를 소리를 질러 쫓아낸 후, 쌓인 눈 속으로 지친 그놈을 몰아넣고 올가미를 씌워서 뮈케나이로 가져갔다.

5. 에우뤼스테우스는 그에게 다섯 번째 과업으로 아우게이아스의 외양간의 똥을 하루 안에 치우라고 지시했다. 그런데 아우게이아스는 엘리스의 왕으로서, 어떤 사람들의 말에 따르면 헬리오스의 아들이고,[63] 또 어떤 사람들에 따르면 포세이돈의 아들이며, 또 몇몇은 포르바스의 아들이라 하는데, 수많은 가축 떼들을 가지고 있었다.

헤라클레스는 이 사람에게 가서, 에우뤼스테우스의 지시라는 것은 밝히지 않고, 만일 자신에게 가축의 10분의 1을 주면, 하루에 똥들을 다 치워내겠노라고 말했다. 아우게이아스는 그 일을 할 수 있으리라고 믿지 않으면서 그대로 약속했다.

헤라클레스는 아우게이아스의 아들 퓔레우스를 증인으로 삼고는, 안뜰의 기초를 파헤치고, 다른 출구를 통해 흘러나갈 길을 만든 다음, 서로 가까이 흐르는 알페이오스 강과 페네이오스 강의 물길을 돌려 끌어왔다.

그런데 아우게이아스는 이 일이 에우뤼스테우스의 지시에 따라 이루어졌다는 것을 알자, 보수를 주지 않으려 했다. 더 나아가 보수를 주겠노라고 약속했다는 것마저 부인했으며, 이 일과 관련해서 심판을 받을 준비가 되어 있다고 공언해 댔다.

그런데 재판관들이 자리 잡고 앉자, 헤라클레스에 의해 불려 나온 퓔레우스가 자기 아버지에게 불리하게 증언을 했다. 아우게이아스는 분노하여, 표결이 행해지기 전에 퓔레우스도, 헤라클레스도 엘리스 땅에서 나가라고 명했다.

그래서 퓔레우스는 둘리키온으로 가서 거기서 살았고, 헤라클레스는 올레노스 땅으로, 덱사메노스에게로 갔다. 그리고 거기서 이 사람이 강제에 의해 어쩔 수 없이 자기 딸 므네시마케를 켄타우로스인 에우뤼티온과 약혼시키려 하는 것을 발견하였다. 그는 덱사메노스에게서 도와달라는 부탁을 받고, 신부를 데리러 오던 에우뤼티온을 죽였다. 한편 에우뤼스테우스는 이 업적도, 보수를 위해서 했다 하여 열 가지 과업 중에 받아들이지 않았다.

6. 그는 헤라클레스에게 여섯 번째 과업으로 스튐팔리스의 새들을 쫓아내라고 지시했다. 아르카디아의 스튐팔로스 시에는 스튐팔리스라 불리는, 많은 나무들로 그늘진 호수가 있었다. 여기로 수많은 새들이 피난해 왔는데, 늑대들이 채어가는 것을 두려워해서였다.

헤라클레스가 어떻게 나무로부터 새들을 몰아낼지 난감해하는데, 아테나가 헤파이스토스에게서 얻은 딱딱이를 준다. 그는 호수에 인접한 어떤 산 위에서 이것을 쳐서 새들을 겁주었다. 그러자 새들은 그 소음을 견디지 못하고 두려워 날아올랐고, 그렇게 해서 헤라클레스는 그들을 활로 쏘았다.

7. 에우뤼스테우스는 일곱 번째 과업으로 크레테의 황소를 잡아 오라고 시켰다. 아쿠실라오스는 이 황소가 제우스를 위하여 바다 건너 에우로페를 데려온 것이라 하고, 어떤 사람들은, 미노스가 바다로부터 나타나는 것은 포세이돈께 바치겠다고 말하자, 포세이돈이 이 황소를 바다로부터 올려 보냈다고 한다.

또 그들은 말하기를, 미노스가 이 황소의 아름다움에 감탄하여, 이것은 자기 소 떼로 보내고, 다른 것을 포세이돈께 제물로 바쳤다 한다. 그 때문에 이 신이 분노하여 그 황소를 날뛰게 했다는 것이다.

헤라클레스가 이 황소를 목표로 크레테에 가서, 미노스에게 잡는 것을 도와달라고 청하자 그는 혼자 싸워 잡으라 했고, 헤라클레스는 그것을 잡아 에우뤼스테우스에게 가져다 보여주었다. 그리고 그 후에는 그 황소를 자유롭게 놓아주었다. 그런데 그 황소는 스파르테와 온 아르카디아를 떠돌아다녔고, 이스트모스(지협)를 지나 앗티케의 마라톤에 도착하여 그 지역 사람들을 해쳤다.

8. 에우뤼스테우스는 헤라클레스에게 여덟 번째 과업으로 트라케 사람 디오메데스의 암말들을 뮈케나이로 데려오라고 했다. 이 디오메데스는 아레스와 퀴레네 사이의 아들로서 트라케의 종족이며 매우 호전적인 사람들인 비스토네스인들의 왕이었는데, 사람을 먹는 말을 가지고 있었다.

헤라클레스는 자진해서 동행하겠다는 사람들과 함께 항해하여, 그 말들의 구유를 관리하는 자들을 제압하고 말들을 바닷가로 끌고 갔다. 그런데 비스토네스인들이 무장하고 도우러오자, 헤라클레스는 그 말들을 압데로스에게 지키라고 맡겼다. 그는 헤르메스의 아들로 오푸스 출신의 로크리스인이었고, 헤라클레스의 애인이었다. 그런데 그를 말들이 마구 끌고 다녀 죽게 만들었다.

한편 헤라클레스는 비스토네스인들과 싸워 디오메데스를 죽이고 나머지는 도망치게 쫓아버린 후, 죽은 압데로스의 무덤 곁에 압데라 도시를 세우고 말들은 에우뤼스테우스에게 가져다주었다. 에우뤼스테우스는 그것들을 놓아주었는데, 그것들은 올륌포스라 불리는 산으로 갔다가 짐승들에게 죽었다.

9. 에우뤼스테우스는 아홉 번째 과업으로 헤라클레스에게 힙폴뤼테의 허리띠를 가져오라고 시켰다. 그녀는 아마존들을 다스리고 있었다. 그들은 테르모돈 강 주변에 살았는데, 전

쟁에 관한 한 위대한 종족이었다.

그들은 남자들의 덕을 연마하였으며, 남자와 동침하여 아이를 낳으면 여자아이들만 길렀다. 그리고 오른쪽 젖은 창 던질 때 방해가 되지 않도록 비틀어 없앴다. 하지만 왼쪽 젖은 아이들을 기르기 위해 남겨두었다.

그런데 힙폴뤼테는 아레스의 허리띠를 갖고 있었다. 그것은 모든 여자들 가운데 으뜸이라는 표시였다. 에우뤼스테우스의 딸 아드메테가 이 허리띠를 갖고 싶어 하여, 헤라클레스가 이것을 가져오도록 보내졌던 것이다.

그래서 그는 동료가 되기를 원하는 자들을 취하여 배 한 척으로 항해해 갔다. 그들은 파로스 섬에 당도하였는데, 거기에는 미노스의 아들들인 에우뤼메돈, 크뤼세스, 네팔리온, 필롤라오스가 살고 있었다. 그런데 〈그〉 배에 탔던 사람 중에 두 명이 나갔다가 미노스의 아들들에게 죽임을 당하는 일이 생겼다. 헤라클레스는 그들 때문에 분개하여 이 아들들을 그 자리에서 죽였고, 나머지는 가두어 포위했다.

마침내 그들은 사절을 보내어 죽은 사람들 대신에 그가 원하는 사람 아무나 두 명을 데려가라고 청했다. 그래서 헤라클레스는 포위를 풀고, 미노스의 아들인 안드로게우스의 두 아들 알카이오스와 스테넬로스를 배에 태웠다. 그는 뮈시아 땅으로 다스퀼로스의 아들 뤼코스에게 가서, 〈그에게〉 접대를 받았고, 베브뤼케스인들[64]의 왕이 〈쳐들어오자〉, 뤼코스를 도와 많은 사람을 죽였는데, 그들 가운데에는 아뮈코스[65]의 형제인 왕 믹돈도 있었다. 또 그는 베브뤼케스인들의 땅 중에서 큰 부분을 떼어내어 뤼코스에게 주었다. 뤼코스는 그 땅 전체를 헤라클레이아라고 불렀다.

그들이 테미스퀴라의 항구로 항해해 들어갔을 때, 힙폴뤼테가 그에게 와서 무엇 때문에 왔는지 물었고, 그 허리띠를 주기로 약속했다. 그런데 헤라가 아마존 중의 하나로 모습을 꾸미고 무리 사이를 오가며, 거기 온 이방인들이 여왕을 납치하려 한다고 말했다.

그래서 아마존들은 무장을 갖추고 말에 올라 그 배로 내달았다. 헤라클레스는 그녀들이 무장한 것을 보고는 속았다고 생각하여, 힙폴뤼테를 죽이고 허리띠를 빼앗는다. 그리고 나머지 여자들과 싸운 후 배를 띄워 트로이아에 닿는다.

그때 마침 그 도시는 아폴론과 포세이돈의 분노 때문에 불행을 당하고 있었다. 왜냐하면 아폴론과 포세이돈이 라오메돈의 오만함을 시험하려, 인간의 모습으로 꾸미고서, 보수를 받고 페르가몬을 성으로 둘러주기로 했었기 때문이다. 그런데 그들이 성을 둘렀는데도 그는 보수를 주지 않으려 했다.

이것 때문에 아폴론은 질병을 보냈고, 포세이돈은 바다 괴물을 밀물에 실어 보냈는데, 그것은 들판에 사는 사람들을

안토니오 템페스타, 「헤라클레스와 디오메데스의 암말들」(1608년)
에우뤼스테우스는 헤라클레스에게 여덟 번째 과업으로 트라케 사람 디오메데스의
암말들을 뮈케나이로 데려오라고 했다. 이 디오메데스는 매우 호전적인 사람들인
비스토네스인들의 왕이었는데, 사람을 먹는 말을 가지고 있었다.

「헤라클레스와 아마존들의 싸움」(기원전 525~475년경)
에우뤼스테우스는 아홉 번째 과업으로 헤라클레스에게 힙폴뤼테의 허리띠를
가져오라고 시켰다. 그녀는 아마존들을 다스리고 있었다. 그들은
테르모돈 강 주변에 살았는데, 전쟁에 관한 한 위대한 종족이었다.

채어가곤 했다. 그런데 신탁이 말하기를, 라오메돈이 자기 딸 헤시오네를 바다 괴물에게 먹이로 내놓는다면 그 재난들로부터 자유롭게 되리라 하여, 이 사람은 바다 가까운 바위 위에 딸을 묶어 내놓았다.

그녀가 내놓인 것을 보고, 헤라클레스는, 제우스가 가뉘메데스를 채어간 대가로 준 암말들을 라오메돈으로부터 얻는다는 조건으로, 그녀를 구하겠노라고 약속했다. 라오메돈이 그것을 주겠다고 하자, 헤라클레스는 그 괴물을 죽이고 헤시오네를 구해냈다. 그런데 그가 보수를 주지 않으려 하자, 헤라클레스는 나중에 트로이아로 쳐들어오겠노라고 위협하고는 배를 띄웠다.

그리고는 아이노스에 닿았고, 거기서 폴튀스의 접대를 받았다. 거기서 출항하여 아이니아의 해안에서는, 포세이돈의 아들이며 폴튀스의 형제인 오만한 자 사르페돈을 활로 쏘아 죽였다. 그리고 타소스로 가서 거기 살고 있는 트라케 사람들을 제압하고는, 그 땅을 안드로게우스의 아들들에게 주어 거기 살게 했다.

타소스로부터 떠나서는 토로네로 가서, 포세이돈의 자식인 프로테우스의 두 아들, 폴뤼고노스와 텔레고노스가 씨름을 하자고 도전하여, 씨름으로 그들을 죽였다. 그러고는 허리띠를 뮈케나이로 가져다 에우뤼스테우스에게 주었다.

10. 헤라클레스는 열 번째 과업으로 게뤼오네스의 소들을 에뤼테이아로부터 데려오는 일을 지시받았다. 에뤼테이아는 오케아노스 가까이에 있는 섬이었다. 그것은 지금은 가데이라 라고 불린다.

이 섬에는 크뤼사오르와, 오케아노스의 딸 칼리로에 사이에서 난 게뤼오네스가 살고 있었는데, 그는 세 사람의 것이 함께 자란 몸을 가지고 있어서, 배 부분에서는 하나로 모였다가, 허리와 허벅지부터는 셋으로 갈라져 있었다. 그는 붉은 소들을 가지고 있었는데, 에우뤼티온이 소치기이고, 에키드나와 튀폰 으로부터 난 머리 둘 달린 개 오르토스[66]가 지킴이로 있었다.

헤라클레스는 게뤼오네스의 소들을 향해 에우로페를 통과해 갔다. 그는 많은 야생의 〈동물들을〉 제거하고 리뷔에로 들어갔다. 그리고 타르텟소스를 지나가면서 에우로페와 리뷔에의 산들 위에 마주보는 두 개의 기둥을 여행의 기념물로 세웠다.

그런데 여행 중에 헬리오스에 의해 열을 받자, 활을 그 신에게로 당겼다. 그 신은 그의 용기에 감탄하여 황금 잔을 주었고, 헤라클레스는 그것을 타고서 오케아노스를 건넜다. 에뤼테이아에 도착해서는 아바스 산에서 야영(野營)한다. 그런데 개가 눈치 채고 그에게 달려들었다. 그는 이 개를 곤봉으로 때려죽인다. 그리고 소 치는 에우뤼티온이 개를 도우러 오자 그도 죽였다.

그런데 거기서 하데스의 소들을 치던 메노이테스가 일어
난 일을 게뤼오네스에게 알렸다. 그는 헤라클레스가 안테무스
강 쪽으로 소들을 몰아가는 것을 포착하고는, 전투로 맞붙었
다가 화살에 맞아 죽었다. 헤라클레스는 소들을 잔에 태워 타
르텟소스로 건너가서는, 헬리오스에게 다시 잔을 돌려주었다.

그리고 압데리아[67]를 지나 리귀스티네(리구리아)로 갔다.
거기서 포세이돈의 아들들인 이알레비온과 데르퀴노스가 그
소들을 빼앗으려 하자, 그들을 죽이고는 튀르레니아를 지나
나아갔다.

그런데 레기온에서 황소 한 마리가 대열을 이탈해서 얼른
바다로 뛰어들어 시켈리아로 헤어 건너갔고, 〔저 황소 때문에
이탈리아라고 불리게 된(왜냐하면 튀르레니아 사람들은 황소를
이탈로스라 불렀으니까.)〕 주변 지역을 지나, 엘뤼모이 사람들을
다스리고 있던 에뤽스의 들판으로 들어갔다. 그는 포세이돈의
아들이었는데, 이 황소를 자신의 가축 떼에 섞어 넣었다.

한편 헤라클레스는 소들을 헤파이스토스에게 맡기고 그
것을 찾으러 서둘러 갔다. 그리고 에뤽스의 가축 떼에서 그것
을 발견했는데, 그가 씨름에서 자신을 이기지 못하면 주지 않
겠다고 해서, 씨름에서 세 번 이겨 그를 죽였다.

그리고 그 소를 잡아 다른 것들과 함께 이오니아 바다로

몰아갔다. 그가 바다의 귀퉁이에 도착했을 때, 헤라가 소들에게 등에를 보냈고, 소들은 트라케의 산자락으로 흩어진다. 그는 쫓아가서 일부는 잡아서 헬레스폰토스로 끌어갔고, 일부는 남겨져서 그 이후 야생소가 되었다.

겨우 소들이 다시 모이자 헤라클레스는 스트뤼몬 강을 꾸짖었고, 예전에는 배가 다닐 수 있던 흐름에 바위들을 채워서 배가 다닐 수 없게 만들었다. 그리고 소들을 에우뤼스테우스에게 데려다주었다. 그는 이것들을 헤라에게 희생으로 바쳤다.

11. 이 과업들은 8년하고 한 달 만에 마쳐졌지만, 에우뤼스테우스는 아우게이아스의 가축에 관한 일과 휘드라의 일을 받아들이지 않았으므로, 열한 번째 과업으로 헤스페리데스로부터 황금 사과들을 가져오도록 지시했다.

이것들은 어떤 사람들이 말했듯이 리뷔에가 아니라, 아틀라스에 휘페르보레오이들 가운데 있었다. 그것은 헤라와 결혼하는 제우스에게 게(Ge)가 선물로 준 것이다. 그런데 그것을, 튀폰과 에키드나 사이에서 난, 머리 백 개 가진 불사의 뱀이 지켰다. 그것은 다양한 온갖 종류의 소리를 냈다. 그리고 이와 더불어 헤스페리데스가 지키고 있었는데, 아이글레, 에뤼테이아, 헤스페리아, 아레투사였다.

헤라클레스가 길을 떠나 에케도로스 강으로 갔다. 그런데 아레스와 퓌레네 사이에서 난 아들 퀴크노스가 그에게 일대일 대결을 하자고 도전하였다. 아레스가 이 아들을 편들고 대결에 동참하자, 양쪽의 한가운데에 벼락이 떨어져 그 대결을 무산시켰다.

그래서 그는 일뤼리아를 통과해 걸어서 에리다노스 강 쪽으로 길을 서둘렀고, 제우스와 테미스 사이에서 난 요정들에게 당도하였다. 그들은 그에게 네레우스가 있는 곳을 가르쳐 주었다. 헤라클레스는 잠자는 그를 붙잡아 그가 온갖 모습으로 바꾸는 것을 잡아 묶었다. 그리고 그에게서 그 사과와 헤스페리데스가 어디 있는지 알아내기 전에는 놓아주지 않았다.

헤라클레스가 그것을 알아내고는 리뷔에를 가로질러 갔다. 이 땅은 포세이돈의 아들인 안타이오스가 다스리고 있었는데, 그는 이방인들에게 씨름을 하자고 강요해서 죽이곤 했다. 헤라클레스도 그에게 씨름을 강요받자, 그를 들어 허공에서 그의 몸을 졸라 부러뜨려 죽였다. 왜냐하면 그는 땅에 닿으면 더 강해지기 때문이었다. 그래서 어떤 사람들은 그가 게(땅)의 아들이라고까지 했다.

리뷔에 다음에는 아이귑토스를 지나갔다. 이 땅은 포세이돈과, 에파포스의 딸인 뤼시아낫사 사이에서 난 아들 부시리스가 다스리고 있었다. 그는 이방인들을 제우스의 제단에 제물로 바치곤 했는데, 다음과 같은 신탁 때문이었다. 즉 9년 동안 기근이 아이귑토스를 휩쓸었는데, 앞일을 잘 아는 예언자

프라시오스가 퀴프로스로부터 와서, 매년 제우스께 이방인을 목 베어 바치면 흉년이 그치리라고 말했던 것이다.

그래서 부시리스는 그 사람, 예언자를 제일 먼저 목 베어 바치고는, 계속 이방인들을 목 베어왔다. 그래서 헤라클레스도 붙잡혀서 제단으로 끌려갔는데, 결박을 끊고는 부시리스와 그의 아들 암피다마스를 죽여 버렸다.

그는 아시아를 가로질러서 린도스[68]의 항구인 테르뮈드라이에 닿았다. 그리고 어떤 소몰이꾼의 수레에서 황소 중 한 마리를 풀어내어 제사를 드리고는 실컷 먹었다. 그 소몰이꾼은 어찌할 길이 없자 어떤 산 위에서 그에게 저주를 퍼부었다. 그래서 지금도 헤라클레스에게 제사를 드릴 때는 저주와 함께 의례를 행한다.

그는 아라비아를 지나면서 티토노스의 아들인 에마티온을 죽인다. 그리고 리뷔에를 통해 바깥쪽 바다까지 나아가 헬리오스에게서 잔을 받는다. 그렇게 해서 맞은편에 있는 육지로 건너가서[69] 카우카소스에서 프로메테우스의 간을 파먹고 있는 독수리를 활로 쏘았다. 그 새는 에키드나와 튀폰에게서 난 것이었다. 그러고는 프로메테우스를 풀어주었으며, 올리브 사슬을 스스로 취하고,[70] 제우스에게는, 불사의 존재이지만 프로메테우스 대신 죽기를 원하는 케이론을 데려다주었다.

그런데 그가 휘페르보레오이들의 땅으로, 아틀라스 쪽으

안토니오 델 폴라이우올로, 「헤라클레스와 안타이오스」(1475년경)
포세이돈의 아들 안타이오스는 이방인들에게 씨름하자고 강요해서 죽이곤 했다.
헤라클레스도 그에게 씨름을 강요받자, 그를 들어 허공에서
그의 몸을 졸라 부러뜨려 죽였다. 왜냐하면 그는 땅에 닿으면 더 강해지기 때문이었다.

니콜라 베르탱, 「프로메테우스를 풀어주는 헤라클레스」(1703년)
헤라클레스는 황금 사과를 얻으러 가는 길에, 카우카소스에서
프로메테우스의 간을 파먹고 있는 독수리를 활로 쏘았다.
그 새는 에키드나와 튀폰에게서 난 것이었다.

로 갔을 때, 이전에 프로메테우스가 헤라클레스에게 직접 사과를 가지러 가지 말고, 아틀라스의 하늘 축을 받아주고 그를 대신 보내라고 했으므로, 헤라클레스는 그의 말을 좇아 아틀라스의 일을 대신 떠맡았다. 그래서 아틀라스가 헤스페리데스에게서 사과 세 개를 따가지고 돌아왔다.

그렇지만 그는 하늘 축을 다시 버티기가 싫어서 〈그 자신이 사과들을 에우뤼스테우스에게 가져가겠다고 말한다. 그리고 하늘 축은 헤라클레스더러 자기 대신 버티라고 했다. 헤라클레스는 그러겠다고 약속하고는 속임수를 써서 축을 다시 아틀라스 위에 얹었다. 이것은 프로메테우스의 충고를 따른 것인데〉 머리 위에 똬리를 만들어 얹을 터이니, 〈그동안만 하늘축을 받치고 있으라고 했던 것이다.〉[71] 아틀라스는 이 말을 듣고 땅 위에 사과를 내려놓고 하늘 축을 받았다.

그러나 어떤 이들은 헤라클레스가 그 사과들을 아틀라스에게서 받은 것이 아니라, 그것을 지키는 뱀을 죽이고 스스로 땄다고 말한다. 어쨌든 헤라클레스는 그 사과를 에우뤼스테우스에게 가져다주었다. 그는 그것을 받아서는 헤라클레스에게 선물로 주었다. 그것을 아테나가 그에게서 받아서 다시 원래 있던 곳에 가져다 두었다. 왜냐하면 그것들을 어디 다른 곳에 두는 것은 경건한 일이 아니기 때문이었다.

12. 열두 번째 과업으로 케르베로스를 하데스로부터 데려

오는 일이 부여되었다. 케르베로스는 개의 머리 세 개를 가지고 있었으며, 뱀의 꼬리, 그리고 등에는 온갖 종류의 뱀들의 머리를 가지고 있었다.

이것을 향해 떠나려 할 때 그는 엘레우시스의 에우몰포스에게로 갔다. 신비 의식의 입문자가 되기를 원했기 때문이다. 〔그런데 그때는 외국인은 입문할 수가 없었다. 그가 퓔리오스의 양자가 되어 입문하려 했던 것을 보면 그렇다.〕 그러나 그가 켄타우로스들을 죽인 것에 대해 정화를 받지 않았기 때문에 신비 의식을 볼 수가 없자, 에우몰포스에 의해 정화를 받았고 그때에야 입문자가 되었다.

그리고 라코니아의 타이나론으로 가서, 거기 하데스로 내려가는 입구가 있으므로, 그것을 통하여 내려갔다. 그런데 영혼들이 그를 보았을 때, 멜레아그로스와 고르고 메두사 외에는 모두 도망쳤다. 그는 고르고가 살아 있는 줄 알고 칼을 뽑았다가, 헤르메스에게서 그것이 공허한 허상임을 들어 알게 된다.

하데스의 문 가까이에 가서 그는 테세우스와, 페르세포네와의 결혼을 청하던 페이리투스가 그 때문에 묶여 있는 것을 발견했다. 그들은 헤라클레스를 보고는 그의 힘을 빌려 일어서려고 손을 뻗쳤다. 그는 테세우스의 손을 잡아 일으켰으나, 페이리투스도 일으키려 하자, 땅이 움직여서 놓쳐버렸다. 그는 아스칼라포스의 바위[72]도 굴려버렸다.

루카스 크라나흐, 「헤라클레스와 아틀라스」(16세기)
헤라클레스는 프로메테우스의 조언대로 아틀라스의 일을 대신 떠맡았다.
그래서 아틀라스가 헤스페리데스에게서 사과 세 개를 따가지고 돌아왔다.

「황금 사과를 지키는 뱀 라돈을 때려잡는 헤라클레스」(16세기)
그러나 어떤 사람들은, 헤라클레스가 그 사과들을 아틀라스에게서
받은 것이 아니라 그것을 지키는 뱀을 죽이고 스스로 땄다고 말한다.

그리고 영혼들에게 피를 주고 싶어서 하데스의 소들 중에서 하나를 목 베어 잡았다. 그런데 그 소들을 먹이던 케우토뉘모스의 아들 메노이테스가 헤라클레스에게 씨름하자고 도전했다가, 몸통 중간을 잡혀 갈비뼈가 부러졌는데 페르세포네가 간청해 준 덕분에 겨우 놓여났다.

헤라클레스가 플루톤에게 케르베로스를 청하자, 플루톤은 그가 지니고 있는 무기들 없이도 그것을 이기면 데려가도 좋다고 했다. 헤라클레스는 케르베로스를 아케론의 문가에서 발견하자, 가슴받이를 잘 두르고, 사자 가죽으로 완전히 몸을 감싸고서는, 그 짐승의 머리에 팔을 둘러 그것을 누르고 조이면서, 꼬리에 있는 뱀이 무는데도 그것이 복종할 때까지 놓아주지 않았다.

그렇게 그것을 잡아가지고는 트로이젠을 통해 올라갔다. 한편 아스칼라포스는 데메테르가 부엉이로 만들어버렸다. 헤라클레스는 에우뤼스테우스에게 케르베로스를 보여주고는 다시 하데스로 데려다주었다.

6장

노예로 팔려간 헤라클레스

1. 그 과업들 다음에 헤라클레스는 테바이로 가서 메가라를 이올라오스에게 주었고, 자신은 새로 결혼하기를 원하였는데, 오이칼리아의 지배자인 에우뤼토스가 자기 딸 이올레의 결혼을, 활 쏘기로써 자신과 자기 아들들을 이기는 자에게 상으로 내걸었음을 알았다.

그래서 오이칼리아로 가서 활 쏘기로써 그들을 이기게 되었으나 결혼은 하지 못했다. 아들들 중 맏이인 이피토스는 헤라클레스에게 이올레를 주자고 했으나, 에우뤼토스와 나머지 아들들이, 혹시 그가 아이를 낳고 나서 태어난 애들을 또 죽일까 봐 두렵다고 하면서 반대했던 것이다.

2. 그런데 얼마 지나지 않아 아우톨뤼코스가 에우보이아에서 소들을 훔쳐갔다. 에우뤼토스는 이것이 헤라클레스의 짓이라고 생각하고 있었으나, 이피토스는 그것을 믿지 않고 헤라클레스를 찾아간다.

그리고 마침 페라이로부터 돌아오고 있는 그를 만나는데, 그는 죽은 알케스티스를 구해다 아드메토스에게 주고 오는 길이었고,[73] 이피토스는 그에게 함께 소들을 찾자고 청한다. 헤라

페터 파울 루벤스, 「케르베로스를 제압하는 헤라클레스」(1636년)
헤라클레스의 열두 번째 과업은 케르베로스를 하데스로부터 데려오는 일이다.
헤라클레스는 케르베로스의 머리에 팔을 둘러 항복할 때까지 놓아주지 않았다.

「술 취해 드러누운 헤라클레스를 쳐다보는 옴팔레」(1세기)
헤라클레스는 3년 동안 종살이해야 정신병으로부터 해방된다는 신탁을 받는다.
그래서 헤르메스는 헤라클레스를 뤼디아인들의 여왕인 옴팔레에게 팔아넘긴다.

클레스는 그러겠다고 약속한다. 그리고 그를 접대하다가, 다시 광기에 빠져서 티륀스의 성벽에서 그를 집어던졌다.[74]

그는 그 살인에 대해 정화를 받고자 넬레우스에게 간다. 이 사람은 퓔로스인들의 지배자였다. 그 넬레우스가 에우뤼토스와의 우정 때문에 그를 정화해 주지 않고 쫓아버리자, 헤라클레스는 아뮈클라이로 가서 힙폴뤼토스의 아들 데이포보스에게 정화를 받는다.

그렇지만 이피토스를 죽인 것 때문에 무서운 병에 붙잡혀서, 델포이로 가서 이 병으로부터 풀려날 길을 물었다. 그런데 퓌티아가 그에게 신탁을 주지 않자, 그는 신전을 약탈하려 했다. 그리고 세발의자를 빼앗아서 자신의 신탁소를 세우려 했다.

아폴론이 그와 싸우러 나서자, 제우스가 둘 사이에 벼락을 던진다. 이렇게 해서 그들은 떨어져 섰고, 헤라클레스는 신탁을 받게 된다. 그 신탁은, 그가 팔려가서 3년 동안 종살이를 하고, 에우뤼토스에게 살인의 죄값으로 보상을 지불하면 그 병으로부터 해방되리라는 것이었다.

3. 그 신탁이 주어지자, 헤르메스는 헤라클레스를 팔아넘기고, 이아르다노스의 딸이며 뤼디아인들의 여왕인 옴팔레가 그를 산다.

그 왕권은 그녀와 결혼했던 트몰로스가 죽으면서 그녀에게 남긴 것이다. 하지만 에우뤼토스는 그렇게 해서 주어진 보상금을 거절해 버렸다. 한편 헤라클레스는 옴팔레에게 종살이 하면서 에페소스 주변에서 케르코페스들[75]을 잡아 묶었고, 아 울리스[76]에서는 지나가는 이방인들을 잡아 땅을 파도록 강요 하던 쉴레우스를, 포도나무를 뿌리째 태우고는 그의 딸 크세 노도케와 함께 죽였다.

그리고 돌리케 섬에 닿아서는, 바닷가로 밀려온 이카로스 의 시신을 발견하여 묻어주고, 그 섬을 돌리케 대신 이카리아 라고 불렀다. 이 일에 대한 보답으로 다이달로스는 헤라클레 스를 위해 피사에다 그와 아주 닮은 조상(彫像)을 만들어주었 다. 헤라클레스는 밤중에 모르고서 그것을 살아 있는 사람이 라 생각하여 돌을 던져 쳤다.

그런데 그가 옴팔레에게서 종살이하는 동안에 콜키스로 의 항해,[77] 칼뤼돈의 멧돼지 사냥, 그리고 테세우스가 트로이젠 으로부터 떠나 이스트모스를 정화하는 일 등이 이루어졌다고 들 한다.

헤라클레스의 트로이아 침공

4. 종살이 이후에 질병으로부터 풀려나서, 그는 오십노 (櫓)선 열여덟 척을 이끌고 일리온으로 항해하였다. 자진해서 전쟁에 참여하기를 원하는 뛰어난 남자들을 끌어 모았던 것이

다. 일리온에 닿아서는 배 지키는 일을 오이클레스에게 맡기고, 자신은 다른 뛰어난 자들과 함께 도시로 쳐들어갔다.

그런데 라오메돈이 무리를 이끌고 배들 있는 곳에 나타나서 전투 중에 오이클레스를 죽였다. 그러나 그는 결국 헤라클레스와 함께한 자들에 의해 몰려 성안에서 포위되었다. 공격이 시작되자, 텔라몬이 처음으로 성벽을 부수고 도시 안으로 진입했고, 그 다음이 헤라클레스였다. 그는 텔라몬이 제일 먼저 들어간 것을 보고는, 누구도 자기를 능가하는 것을 원치 않아서, 칼을 뽑아 들고 그에게 달려들었다.

텔라몬은 이것을 눈치 채고, 주변에 널려 있던 돌들을 모았다. 무엇을 하는 것인지 묻자, 아름다운 승리의 헤라클레스(Herakles Kallinikos)를 위하여 제단을 마련하려는 것이라 말했다. 그러자 헤라클레스는 그를 칭찬하였고, 도시를 차지하고 나서, 라오메돈과 그의 아들들을 포다르케스만 제외하고 모두 활로 쏘아 죽인 후, 텔라몬에게 라오메돈의 딸 헤시오네를 으뜸의 상으로 준다.

그리고 그녀에게는 포로 중에 누구든 원하는 자를 데려가도록 허락한다. 그녀가 형제인 포다르케스를 선택하자, 헤라클레스가 말하기를, 그는 일단 노예가 되어야 하며 그다음에 그 대신 무엇인가 주고서 그를 취하여야 한다고 말했다. 그래서 그녀는 그가 팔릴 차례가 되자, 머리에서 베일을 벗어서 대

가로 주었다. 이 일로 인해 포다르케스는 프리아모스(Priamos)라고 불리게 되었다.[78]

7장

1. 헤라클레스가 트로이아로부터 출항하였을 때 헤라가 심한 폭풍을 보냈다. 제우스는 이것 때문에 분노하여 그녀를 올륌포스에 매달았다.[79] 한편 헤라클레스는 코스 섬으로 나아 갔다. 그런데 코스 사람들이 그가 도적 떼를 이끌고 오는 것으로 생각하여, 돌을 던져서 다가오는 것을 방해했다. 그는 상륙을 강행하여 밤중에 그 섬을 차지했고, 아스튀팔라이아와 포세이돈 사이의 아들인 왕 에우뤼퓔로스를 죽였다.

헤라클레스는 그 전투 중에 칼케돈에 의해 부상을 입었는데, 제우스가 그를 채어내어 아무 일도 당하지 않았다. 그는 코스를 약탈하고는 아테나의 인도를 따라 플레그라로 가서, 신들과 더불어 거인들과 전쟁을 했다.[80]

헤라클레스의 보복 전쟁들

2. 그리고 얼마 지나지 않아 그는 아우게이아스에게 쳐들어갔다.[81] 아르카디아인들의 군대를 모으고, 희랍에서 뛰어난 자들 중 희망자들을 취하였던 것이다. 그런데 아우게이아스는 헤라클레스가 전쟁을 준비한다는 것을 듣자, 몸이 붙은 존재인 에우뤼토스와 크테아토스를 엘리스인들의 장군으로 세웠

다. 이들은 몰리오네와 악토르 사이의 아들들이었는데, 포세이돈의 자식들이라는 말이 있었다. 악토르는 아우게이아스의 형제이다.

그런데 그때 마침 헤라클레스는 진중에서 병이 들었다. 이것 때문에 몰리오니데스(몰리오네의 자식들)와 화평까지 했다. 그들은 얼마 후 그가 아프다는 것을 알고는, 군대를 공격하여 많은 사람을 죽인다. 그래서 그때 헤라클레스는 일단 물러섰다.

그러나 후에 세 번째 이스트미아 경기가 있을 때 엘리스인들이 몰리오니데스를 제사 참여자로 보내자 헤라클레스는 클레오나이에 숨어 기다리다가 그들을 죽였고 엘리스로 쳐들어가서 도시를 점령했다.

그리고 아우게이아스를 그의 아들들과 함께 죽이고는 퓔레우스[82]를 다시 데려다가 그에게 나라를 넘겨주었다. 또 그는 올륌피아 경기를 창설하고, 펠롭스의 제단을 세웠으며, 열두 신의 여섯 제단도 지었다.

3· 엘리스 함락 이후 그는 퓔로스로 쳐들어갔다. 그래서 도시를 차지하고, 넬레우스의 아들 중 가장 강하던 페리클뤼메노스를 죽이는데 이 사람은 형태를 바꿔가면서 싸웠었다.[83] 헤라클레스는 넬레우스와 그의 아들들을 네스토르만 빼놓고 다 죽였다. 네스토르는 아직 어려서 게레나인들 사이에서 양

육되고 있었던 것이다. 그런데 그 전투에서 헤라클레스는 필로스인들을 돕던 하데스에게도 부상을 입혔다.

필로스를 차지하고 나서 그는, 힙포코온의 아들들에게 복수하기 위하여 라케다이몬으로 쳐들어갔다. 그들이 넬레우스와 동맹하여 싸웠기 때문에 화가 나 있었는데, 이들이 리큄니오스[84]의 아들을 죽여 더욱더 화가 났던 것이다.

왜냐하면 그가 힙포코온의 궁전을 둘러보고 있는데, 몰롯시아 혈통의 개가 뛰어나와 그에게 달려들었고, 그가 돌을 던져 그 개를 맞히자 힙포코온의 아들들이 뛰쳐나와 그를 곤봉으로 때려서 죽였던 것이다.

헤라클레스는 그의 죽음을 복수하고자 라케다이몬인들을 목표로 군대를 모으기 시작했다. 그래서 아르카디아에 가서 케페우스에게, 그가 가진 스무 명의 아들들과 함께 동맹하자고 청했다. 그렇지만 케페우스는 자기가 테게아를 떠나면 아르고스인들이 쳐들어올까 봐 두려워서 군대를 거절하였다.

그러자 헤라클레스는 아테나에게서 고르고의 머리털을 얻어 청동 단지에 담아, 케페우스의 딸 스테로페에게 주면서, 만일 군대가 쳐들어오면 성벽⟨에서⟩ 그 머리털을 세 번 쳐들라고, 그리고 앞쪽을 보지 않는다면 적들이 패주하리라고 하였다. 이렇게 되자 케페우스는 아들들과 더불어 전쟁에 참가하였다.

이 전쟁에서 케페우스 자신과 그의 아들들이 죽는다. 그리고 거기 덧붙여서 헤라클레스의 형제인 이피클레스도 죽는다. 헤라클레스는 힙포코온과 그의 자식들을 죽이고 그 도시를 제압하고는, 튄다레오스를 다시 데려다 그에게 왕권을 넘겼다.[85]

헤라클레스의 재혼

4. 그런데 헤라클레스는 테게아를 지나다가, 그녀가 알레오스의 딸인 줄 모르는 채 아우게를 범했다. 그녀는 임신하여 몰래 아기를 아테나의 성역에 놓아두었다. 그러자 그 지역이 질병으로 황폐해졌고, 알레오스는 그 성역으로 들어가서 조사하다가 딸이 아이 낳은 것을 알았다. 그래서 그 아기를 파르테니온 산에 내다 버렸다. 그런데 이 아기는 신들의 어떤 섭리에 의해 구원되었다. 새끼를 갓 낳은 사슴(elaphos)이 그에게 젖(thele)을 주었고, 목자들이 그 아기를 주워다가 텔레포스(Telephos)라고 불렀던 것이다.

한편 알레오스는 아우게를 포세이돈의 아들인 나우플리오스에게 주면서 외국으로 팔아치우라고 했다. 그렇지만 그는 그녀를 테우트라니아의 지배자인 테우트라스에게 주었고, 테우트라스는 그녀를 자기 아내로 삼았다.

5. 한편 헤라클레스는 칼뤼돈으로 가서 오이네우스의 딸 데이아네이라에게 청혼했다. 그리고 그녀와의 결혼을 위해 아켈로오스와 씨름하다가, 그가 황소로 모습을 바꾸었을 때 그의 한쪽 뿔을 동강 내버렸다.

그렇게 해서 그는 데이아네이라와 결혼하였고, 아켈로오스는 아말테이아의 뿔을 대신 주고 그 뿔을 찾아갔다. 아말테이아는 하이모니오스의 딸이었는데, 황소의 뿔을 가지고 있었던 것이다.[86] 그런데 이 뿔에는, 페레퀴데스에 따르면, 먹을 것이나 마실 것을 기원하는 대로 풍성하게 제공하는 능력이 있었다고 한다.

6. 헤라클레스는 칼뤼돈 사람들과 함께 테스프로토이 사람들에게로 쳐들어간다. 그리고 퓔라스가 다스리는 에퓌라를 점령하고는, 그의 딸인 아스튀오케와 동침하여 틀레폴레모스의 아버지가 된다.

그러고는 그들 가운데 살면서, 테스피오스에게 사람을 보내어 아들들 일곱을 자기가 데려가겠다고 말했다.[87] 셋은 테바이로 보내고, 넷은 사르도(사르디니아) 섬으로 식민(植民)하도록 보내겠다는 것이다.

이 일이 있고 나서 그는 오이네우스와 잔치를 하다가 아르키텔레스의 아들 에우노모스가 손을 씻도록 물을 붓는 동안 손마디로 쳐서 죽게 만들었다. 그런데 그는 오일레우스의 친

척이었다. 그 사고가 의도하지 않았는데 일어난 것이었으므로 아이의 아버지는 양해하였으나, 헤라클레스는 관습에 따라서 망명을 받아들이고자 했다. 그래서 트라키스의 케윅스에게로 가려 했다.

그가 데이아네이라를 데리고 에우에노스 강에 도착했더니, 거기에는 켄타우로스인 넷소스가 앉아 있다가 삯을 받고 지나가는 사람들을 건너게 해주고 있었는데, 그는 자신이 워낙 정의롭기 때문에 신들이 이 건널목을 주었노라고 말하곤 했다.

그래서 헤라클레스는 스스로 그 강을 건넜고, 데이아네이라는 넷소스가 청하는 대로 삯을 주고 건너게 해달라고 맡겼다. 그런데 그는 건너가던 도중 그녀를 겁탈하려 했다. 비명 소리를 듣고서 헤라클레스는 강에서 나오고 있는 넷소스의 가슴에 활을 쏘았다.

그런데 그는 죽으려는 순간에 데이아네이라를 불러서 말했다. 헤라클레스에게 쓸 사랑의 미약(媚藥)을 갖고자 한다면, 자기가 땅에 쏟은 씨앗과 화살촉의 상처에서 흐르는 피를 섞으라는 것이다. 그녀는 그대로 해서 그것을 보관하였다.

페터 파울 루벤스, 「데이아네이라를 겁탈하려는 넷소스」(1640년경)
에우에노스 강에서 헤라클레스는 스스로 그 강을 건넜고,
데이아네이라는 넷소스에게 삯을 주고 건너게 해달라고 맡겼다.
그런데 넷소스가 그녀를 겁탈하려 하자 헤라클레스가 넷소스에게 활을 쏘았다.

노엘 코와펠, 「제우스에게 제단을 쌓는 헤라클레스」(1700년경)
헤라클레스는 에우뤼토스에게 복수하기 위해 오이칼리아를 공격한다.
에우뤼토스를 죽이고 도시를 점령하고는, 이올레를 포로로 데려갔다. 그런 다음
에우보이아의 케나이온 곶에 정박하여, 케나이온 제우스의 제단을 세웠다.

7. 헤라클레스는 드뤼오페스인들의 땅을 지나는 도중에 먹을 것에 곤란을 겪게 되어, 마침 마주 오고 있던 테이오다마스라는 소몰이꾼의 소 두 마리 중 하나를 풀어서는 잡아서 먹었다. 그가 트라키스의 케윅스에게 갔을 때, 케윅스가 그를 받아주었고, 그는 싸워서 드뤼오페스인들을 제압했다.

다시 거기서 떠나서 도리스인들의 왕인 아이기미오스와 동맹하여 전쟁하였다. 왜냐하면 라피타이인들이 토지 경계 문제로 코로노스를 장군으로 삼아 그와 전쟁하고 있었는데, 포위를 당하자 아이기미오스가 헤라클레스에게 땅의 일부를 나눠주겠다며 도움을 청했던 것이다.

그래서 헤라클레스는 그를 도와, 다른 이들과 더불어 코로노스까지 죽이고, 전 영토를 해방시켜 아이기미오스에게 넘겨주었다. 또 그는 드뤼오페스인들의 왕인 라오고라스를, 그가 아폴론의 성역에서 잔치하고 있을 때, 그의 자식들과 함께 죽였다. 그는 오만한 자였고, 라피타이인들의 동맹자였다.

또 헤라클레스가 이토노스를 지나고 있을 때, 아레스와 펠로피아 사이의 아들인 퀴크노스가 그에게 일대일로 싸워보자고 도전하였다.[88] 그래서 맞서서 그를 죽였다. 그리고 그가 오르메니온에 도착했을 때, 왕인 아뮌토르가 무장을 갖추고 나와서는 그가 통과하는 것을 허락지 않았다. 이렇게 지나갈 길이 막히자 그는 이 사람도 죽였다.

트라키스에 도착해서는, 오이칼리아를 공격하기 위하여 군대를 모았다. 에우뤼토스에게 복수하기를 원했던 것이다. 그러자 아르카디아인들과, 트라키스 출신의 멜리스인들, 크네미스의 로크리스인들(Lokroi Epiknemidioi)이 동맹해 왔고, 그는 에우뤼토스를 그의 아들들과 함께 죽이고는 도시를 점령하였다.

그리고 자신과 함께 온 자 중에 죽은 자들, 즉 케윅스의 아들 힙파소스와, 리큄니오스의 아들들인 아르게이오스와 멜라스를 매장하고는, 도시를 약탈하고 이올레를 포로로 데려갔다. 그런 다음 에우보이아의 케나이온 곳에 정박하여, 케나이온 제우스의 제단을 세웠다. 그리고 그는 제사를 드리려고 좋은 옷을 가져오도록 전령〈인 리카스〉를 트라키스로 보냈다.

그런데 데이아네이라는 그에게서 이올레에 대해 듣고는 헤라클레스가 그 여자를 더 사랑할까 봐 두려워서, 넷소스에게서 흘러나온 피가 정말로 사랑의 미약인 줄로 생각하고, 이것을 키톤(속옷)에 발랐다.

헤라클레스는 그것을 입고 제사를 드리기 시작했다. 그런데 그 키톤이 따뜻해지자 휘드라의 독이 피부를 부식해 들어갔다. 헤라클레스는 리카스의 발을 잡아 들어 곳으로부터[89] 던

프란시스코 데 수르바란, 「헤라클레스의 죽음」(1634년)
데이아네이라는 헤라클레스가 이올레를 사랑할까봐 두려워서,
넷소스에게서 흘러나온 피가 정말로 사랑의 미약인 줄로 생각하고 이것을
헤라클레스의 속옷에 발랐다. 이로써 헤라클레스는 죽을 준비를 하게 되고,
데이아네이라는 이 사실을 알고는 스스로 목숨을 끊는다.

노엘 코와펠, 「신이 되는 헤라클레스」(1700년경)
장작단이 타오르자 구름이 일어나서 천둥과 함께 헤라클레스를 하늘로 올려 갔다.
그는 거기서 불멸을 얻고, 헤라와 화해하여 그녀의 딸인 헤베와 결혼했다.

져 내리꽂았다. 그러고는 키톤을 잡아 찢었는데, 그것은 살 속으로 파고들어 있었다. 그래서 그의 살이 함께 찢겨 나왔다. 이러한 재난을 당하여 그는 트라키스로 배에 실려 옮겨진다. 데이아네이라는 어떤 일이 일어났는지 알고는 스스로 목을 매고 말았다.

헤라클레스는, 데이아네이라로부터 그에게 태어난 맏아들 휠로스에게 어른이 되면 이올레와 결혼하도록 지시하고, 오이테 산(이 산은 트라키스에 있다.)에 도착해서는, 거기에 장작단을 쌓고 올라가서 불을 붙이도록 명했다. 그렇지만 누구도 이 일을 하고자 하지 않았는데, 포이아스가 가축 떼를 찾으러 지나가다가 불을 붙여주었다. 그래서 헤라클레스는 그에게 활을 선물로 주었다.

그런데 장작단이 타오르자 구름이 일어나서 천둥과 함께 그를 하늘로 올려 보냈다고 한다. 그는 거기서 불멸을 얻고, 헤라와 화해하여 그녀의 딸인 헤베와 결혼했고, 그녀로부터 그에게 알렉시아레스와 아니케토스가 태어났다.

헤라클레스의 자손들

8. 테스피오스의 딸들로부터 그에게 태어난 아들들은 다음과 같다. 프로크리스에게서는 안틸레온과 힙페우스(맏딸

이 쌍둥이를 낳았다.)가, 파노페에게서 트렙십파스가, 뤼세에게서 에우메데스가, 〔……〕에게서 크레온이, 에필라이스에게서 아스튀아낙스가, 케르테에게서 이오베스가, 에우뤼비아에게서 폴뤼라오스가, 파트로에게서 아르케마코스가, 멜리네에게서 라오메돈이, 클뤼팁페에게서 에우뤼카피스가, 또 에우뤼퓔로스는 에우보테에게서, 아글라이에에게서 안티아데스가, 오네십포스는 크뤼세이스에게서, 오레이에에게서 라오메네스가, 텔레스는 뤼시디케에게서, 엔텔리데스는 메닙피스에게서, 안팁페에게서는 힙포드로모스가, 텔레우타고라스는 에우뤼〔……〕에게서, 카퓔로스는 힙포에게서, 에우보이아에게서는 올륌포스가, 니케에게서 니코드로모스가, 아르겔레에게서 클레올라오스가, 엑솔레에게서 에뤼트라스가, 크산티스에게서 호몰립포스가, 스트라토니케에게서는 아트로모스가, 켈레우스타노르는 이피스에게서, 라오토에에게서는 안티포스가, 안티오페에게서는 알로피오스가, 아스튀비에스는 칼라메티스에게서, 퓔레이스에게서는 티가시스가, 아이스크레이스에게서는 레우코네스가, 안테이아에게서는 〔……〕가, 에우뤼퓔레에게서는 아르케디코스가, 뒤나스테스는 에라토에게서, 아소피스에게서는 멘토르가, 에오네에게서는 아메스트리오스가, 티퓌세에게서는 뤼카이오스가, 할로크라테스는 올륌푸사에게서, 헬리코니스에게서는 팔리아스가, 헤쉬케이아에게서는 오이스트로블레스가, 테릅시크라테에게서는 에우뤼오페스가, 엘라케이아에게서는 불레우스가, 안티마코스는 니킵페에게서, 파트로클로스는 퓌립페에게서, 네포스는 프락시테아에게서, 뤼십페에게서는 에라십포스, 뤼쿠르고스는 톡시크라테에게서, 부콜로스는 마르세에게서, 레우킵포스는 에우뤼텔레에게서, 그리고 힙포크라테에게서는 힙포쥐고스가 태어났다.

이들은 테스피오스의 딸들에게서 났고, 다른 여자들에게서 난 아들들로는, 오이네우스의 딸 데이아네이라에게서⟨는⟩ 휠로스, 크테십포스, 글레노스, 오네이테스가 났으며, 크레온의 딸 메가라에게서는 테리마코스, 데이코온, 크레온티아데스가, 또 옴팔레에게서는 아겔라오스가 났는데, 이 사람으로부터 크로이소스의 종족이 생겼다. ⟨한편⟩ 에우뤼퓔로스의 딸 칼키오페에게서는 텟탈로스가, 아우게아스의 딸 에피카스테에게서는 테스탈로스가, 스튐팔로스의 딸 파르테노페에게서는 에우에레스가, 알레오스의 딸 아우게에게서는 텔레포스가, 퓔라스의 딸 아스튀오케에게서는 틀레폴레모스가, 아뮌토르의 딸 아스튀다메이아에게서는 크테십포스가, 그리고 페이레우스의 딸 아우토노에에게서는 팔라이몬이 났다.

8장

헤라클레스 자식들의 망명과 귀환

1. 헤라클레스가 신들에게 옮겨 가고 나서 그의 아들들은 에우뤼스테우스를 피하여 케윅스에게로 갔다. 그런데 에우뤼스테우스가 저들을 내놓으라 하며 전쟁으로 위협하자 그들은 두려워하였고, 트라키스를 떠나 헬라스 땅을 두루 도망쳤다. 그들은 쫓기면서 아테나이로 들어갔고, 연민(eleos)의 제단에 앉아 도움을 청했다.

아테나이인들은 그들을 내주지 않고 에우뤼스테우스와의 전쟁을 떠맡아, 그의 아들들인 알렉산드로스, 이피메돈, 에우뤼비오스, 멘토르, 페리메데스를 죽였다. 에우뤼스테우스 자신은 마차를 타고 도망쳐 스케이론의 바위 벼랑을 지나는 것을 휠로스가 추적하여 죽이고, 그의 머리를 베어내어 알크메네에게 준다. 그러자 그녀는 길쌈하는 북으로 그의 눈들을 파냈다.[90]

2. 에우뤼스테우스가 죽고 나서 헤라클레스의 자식들은 펠로폰네소스로 가서, 모든 도시들을 차지하였다. 그런데 그들이 귀환하고 1년이 지났을 때, 죽음의 질병이 전 펠로폰네소스를 휩쓸었고, 신탁은 이것이 헤라클레스의 자식들 때문이라

고 밝혔다. 그래야 할 시기보다 일찍 그들이 돌아왔기 때문이라는 것이다.

그래서 그들은 펠로폰네소스를 버리고 마라톤으로 떠나 거기 정착하였다. 그런데 틀레폴레모스는, 그들이 펠로폰네소스에서 나가기 전에, 그럴 의도 없이 리큄니오스를 죽이고는 (틀레폴레모스가 지팡이로 하인을 때리는데 그 밑으로 리큄니오스가 뛰어들었던 것이다.) 적잖은 사람들과 더불어 망명하여 로도스로 갔고, 거기 정착하였다.

한편 휠로스는 아버지의 명에 따라 이올레와 결혼하였고, 헤라클레스의 자식들을 위해 고향으로 돌아가려고 계속 애썼다. 그래서 델포이로 가서 어떻게 하면 귀향할 수 있는지 묻고자 했다. 그랬더니 신은 세 번째 열매를 기다려서 귀환하라고 말했다. 휠로스는 이 세 번째 열매를 3년으로 생각하고는, 그만큼의 시간을 기다려 군대를 데리고 돌아갔다.

그가 헤라클레스의 〈자식들을〉 펠로폰네소스로 〈다시 이끌어갔을 때〉,[91] 펠로폰네소스인들은 오레스테스의 아들인 티사메노스가 다스리고 있었다. 그래서 다시 전투가 있었는데, 펠로폰네소스인들이 이기고, 아리스토마코스가 죽는다.[92] 〔클레오다이오스의〕[93] 아들들은 장성하자, 귀환에 대해 신탁을 얻고자 했다. 신이 예전과 같은 것을 말하자 테메노스는, 그것을 믿었다가 불행을 당했었다고 비난했다.

그러자 신은 그 불행에 대해서는 그들 자신들에게 책임이 있다고 대꾸했다. 신탁을 이해하지 못했다는 것이다. 왜냐하면 세 번째 결실이라는 것이 땅에 대해서가 아니라 세대에 대해서 이야기했던 것이며, 좁은 길목이란 넓은 위장을 가진, 이스트모스에 있는 사람에게 오른쪽인 바다를 가리켰던 것이다.[94]

테메노스는 이 말을 듣고 군대를 준비하였고, 로크리스에서 배($\nu\alpha\tilde{\upsilon}\varsigma$)를 지었다(epaxato). 이 지역은 그 일로 해서 현재 나우팍토스(Naupactos)라고 불린다. 그런데 군대가 거기 있을 때 아리스토데모스가 벼락에 맞아 죽었다. 그는 아우테시온의 딸 아르게이아에게서 낳은 쌍둥이 자식, 에우스테네스와 프로클레우스를 남겼다.

3. 한편 그 군대 또한 나우팍토스에서 재난에 빠지게 되었다. 왜냐하면 그들에게 신들려서 신탁을 말하는 예언자가 나타났는데, 그들은 그를 군대에 해코지하도록 펠로폰네소스인들이 보낸 마법사라고 생각했다.

그래서 힙포테스가 창을 던져 그를 맞혀 죽였는데, 이 힙포테스는 헤라클레스의 아들인 안티오코스의 자식 퓔라스에게서 난 자였다. 일이 이렇게 되고 나서 해군은 배들이 파괴되어 궤멸하였고, 보병은 굶주림에 시달려 군대가 해산되고 말았다.

이 재난에 대해 테메노스가 신탁을 구하자, 신은 그 예언자 때문에 이 일이 일어났다며, 그 살해자를 10년간 추방하고 눈이 셋 있는 자를 지도자로 삼으라고 명했다. 그래서 그들은 힙포테스를 추방했고, 눈이 셋인 사람을 찾아다녔다.

그러다 그들은 안드라이몬의 아들 옥쉴로스와 마주쳤는데, 그는 눈이 하나인 말을 타고 있었다. 왜냐하면 두 눈 중 하나는 화살에 맞아 멀었기 때문이었다. 이 사람은 살인을 저지르고 엘리스로 도망쳤다가, 거기서 1년이 지나 아이톨리아로 돌아가는 길이었다.

그래서 그들은 신탁을 이해했고, 그를 지도자로 삼는다. 그리하여 적들을 보병과 해군으로 공격하여 우세하게 되고, 오레스테스의 아들 티사메노스를 죽인다. 그렇지만 그들의 동맹자인 아이기미오스의 아들들, 팜퓔로스와 뒤마스도 죽는다.

4· 그들은 펠로폰네소스를 정복하고는, 아버지의 제우스(Πατρός Ζεύς)를 위해 세 개의 제단을 세웠으며, 거기서 제사를 드리고 도시를 제비 뽑아 나누었다. 첫 몫은 아르고스였고, 두 번째는 라케다이몬, 세 번째는 멧세네였다.

그들은 물이 든 동이를 가져다가 조약돌을 각각 던져 넣기로 했다. 그래서 테메노스와, 아리스토데모스의 아들들인 프로클레스와 에우뤼스테네스는 돌들을 넣었는데, 크레스폰테스는 멧세네를 받고 싶어서 흙덩이를 넣었다. 그런데 이것은 녹

아버려서, 두 개의 제비밖에는 나올 수가 없었다. 그래서 테메노스의 것이 제일 먼저 건져졌고, 다음으로 아리스토데모스의 아들들의 것이 나와, 멧세네는 크레스폰테스가 차지했다.

5. 한편 그들은 제사를 드렸던 제단들에 놓여 있는 징조들을 발견했는데, 아르고스를 받은 사람들이 본 것은 두꺼비였고, 라케다이몬을 얻은 사람들은 뱀, 멧세네를 얻은 사람들은 여우였다.

이 징조들에 대하여 예언자들이 말하기를, 두꺼비를 발견한 사람들은 그 도시에 머물러 있는 것이 낫다고 했다. 그 동물은 돌아다니면서는 힘이 없기 때문이다. 한편 뱀을 발견한 사람들은 공격하는 데 뛰어날 것이라 했고, 여우를 발견한 사람들은 속임수에 능할 것이라 했다.

테메노스는 아들들인 아겔라오스, 에우뤼퓔로스, 칼리아스를 젖혀두고, 딸인 휘르네토와 그의 남편인 데이폰테스에게 헌신하였다. 그래서 그의 아들들은 어떤 사람들에게 보수를 주고서 자신들의 아버지를 죽이도록 시켰다. 그런데 이 살인이 있고 나서 군대는 왕권을 휘르네토와 데이폰테스가 갖도록 판결하였다.

한편 크레스폰테스는 멧세네를 다스린 지 얼마 되지 않아서 두 아들들과 함께 피살되었다. 그래서 헤라클레스의 후손 중 하나인 폴뤼폰테스가 다스리게 되었고, 피살된 자의 아내인 메로페를 그녀가 원치 않는데도 아내로 취했다.

그런데 이 사람도 살해되었다. 왜냐하면 메로페에게는 아이퓌토스라 불리는 세 번째 아들이 있어서 그를 친정아버지에게 키우도록 맡겼었는데, 그가 자라서 몰래 돌아와 폴뤼폰테스를 죽이고, 아버지의 왕권을 다시 빼앗았던 것이다.

도서관
3권

1장

에우로페와 그의 가족들

1. 이나코스의 종족을, 벨로스에서 시작해서 헤라클레스의 자손들에 이르도록 다 밝혔으므로, 이어서 아게노르와 관련된 이야기들을 하겠다. 내가 앞에 말했듯이, 리뷔에는 포세이돈에게서 두 아들 벨로스와 아게노르를 낳았으니까 말이다.[95] 벨로스는 아이귑토스인들을 다스리면서 앞에 말한 자들을 낳았고, 아게노르는 포이니케로 가서 텔레팟사와 결혼하여 딸로는 에우로페를, 아들들로는 카드모스와 포이닉스와 킬릭스를 낳는다.

그런데 어떤 사람들은 에우로페가 아게노르의 딸이 아니

라, 포이닉스의 딸이라고 말한다. 그녀를 제우스가 사랑하여 로도스로부터 건너와, 사람 손을 타서 순한 황소 모습을 하고 는 그녀를 등에 태워 바다를 가로질러 크레테로 데려갔다. 거 기서 제우스가 그녀와 동침하였고, 그녀는 미노스, 사르페돈, 라다만튀스를 낳았다. 그런데 호메로스에 따르면 사르페돈은 제우스와, 벨레로폰테스의 딸 라오다메이아 사이에서 태어났 다 한다.[96]

에우로페가 사라지자, 그녀의 아버지 아게노르는 딸을 찾 도록 아들들을 내보내며, 에우로페를 찾기 전에는 돌아오지 말라고 했다. 그녀를 찾는 데는 어머니 텔레팟사와, 포세이돈 의 아들인 타소스도 함께 떠났다. 그런데 페레퀴데스는 이 타 소스가 킬릭스의 아들이라고 말한다.

그러나 다 찾아보아도 에우로페를 발견할 수가 없자, 집 으로 돌아가는 것을 포기하고 저마다 다른 곳에 정착한다. 포 이닉스는 포이니케에, 킬릭스는 포이니케 근처에 자리를 잡았 다. 그리고 이 킬릭스는 자신의 지배 아래 놓인 퓌라모스 강 근 처의 온 땅을 킬리키아라고 불렀다. 한편 카드모스와 텔레팟 사는 트라케에 정착하였고, 타소스도 마찬가지로 트라케 지방 에 타소스라는 도시를 세우고는 거기 살았다.

미노스와 그의 형제들

2. 에우로페와는 크레테인들의 지배자인 아스테리오스가 결혼하여 그녀에게서 난 자식들을 키웠다. 그런데 그들은 어른이 되자 서로 싸우게 되었다. 왜냐하면 그들은 모두 밀레토스라는 아이를 사랑했기 때문이다. 이 밀레토스는 아폴론과, 클레오코스의 딸 아레이아 사이에 난 아이였다. 그런데 그 아이가 사르페돈에게 더 친밀하게 대하자, 미노스는 전쟁을 일으켰고 우위를 차지했다.

그래서 그들은 도망치게 되는데, 밀레토스는 카리아에 닿아 거기에 자기 이름을 따서 밀레토스라고 하는 도시를 세웠고, 사르페돈은 뤼키아인들과 전쟁을 하고 있던 킬릭스와, 땅의 일부를 받는 조건으로 동맹하여 뤼키아를 다스리게 되었다. 제우스는 그에게 3세대 동안의 수명을 누릴 수 있게 허락해 주었다. 그런데 몇몇은 그가, 제우스와 캇시에페이아 사이에서 난 아튐니오스를 사랑했으며, 이것 때문에 싸웠다고 말한다.

한편 라다만튀스는 섬사람들을 위해 법을 만들어주었었는데, 그도 역시 보이오티아로 도망해서는 알크메네와 결혼하게 되고, 유명(幽明)을 달리한 후에는 하데스에서 미노스와 함께 심판을 내리고 있다.

한편 미노스는 크레테에 살면서 법을 기록했고, 헬리오스

「황소와 에우로페」(1919년)
제우스는 순한 황소 모습을 하고는 에우로페를 등에 태워
바다를 가로질러 크레테로 데려갔다. 거기서 제우스와 동침한
에우로페가 나중에 미노스를 낳는다.

「파시파에 왕비와 다이달로스」(1세기, 로마 폼페이 유적)
포세이돈은 미노스가 약속한 황소를 자신에게 바치지 않은 데 분노하여,
왕비 파시파에로 하여금 그 황소에 대한 열망에 빠지게 만들었다.
그래서 다이달로스가 나무로 암소를 만들고 파시파에를 거기로 들여보냈다.

와 페르세이스 사이에서 난 딸 파시파에와, 혹은 아스클레피아데스가 말한 바에 따르면 아스테리오스의 딸 크레테와 결혼해서, 아들들로 카트레우스, 데우칼리온, 글라우코스, 안드로게우스를, 그리고 딸들로는 아칼레, 크세노디케, 아리아드네, 파이드라를 낳았다. 한편 요정 파레이아에게서 에우뤼메돈, 네팔리온, 크뤼세스, 필롤라오스를, 또 덱시테아에게서는 에욱산티오스를 낳았다.

3. 아스테리오스가 자식 없이 죽자 미노스는 자기가 크레테를 지배하려 하였으나, 반대에 부딪혔다. 그러자 그는 자기가 신들에게서 왕권을 받았노라 말하고, 남들이 그것을 믿도록 하기 위해서 무엇이든 자신이 기원하면 그 일이 일어나리라고 했다.

그러고는 포세이돈에게 제사를 드리면서, 깊은 바다로부터 황소가 나타나게 해달라 기원했고, 나타난 그것을 제물로 바치겠다고 약속했다. 그런데 포세이돈이 그에게 늠름한 황소를 올려 보내자, 왕권을 차지하고는 그 황소는 가축 떼로 보내고 다른 놈을 제물로 바쳤다. 〔그는 처음으로 바다를 지배하여 거의 모든 섬들을 다스렸다.〕

4. 포세이돈은 그가 황소를 바치지 않은 데 분노하여, 이 황소를 날뛰게 만들었고,[97] 파시파에로 하여금 그 황소에 대한 열망에 빠지게 만들었다. 그녀는 이 황소를 사랑하여 다이달

로스를 협력자로 삼는다. 그는 도목수인데 살인 때문에 아테나이로부터 도망쳐와 있었다.

다이달로스는 바퀴 위에 나무로 암소를 만들어서, 잡고서 그 속을 파내고 암소의 가죽을 벗겨서 거기 둘러 꿰맸다. 그러고는 그것을 그 황소가 풀 뜯곤 하던 목장에 끌어다 두고서, 파시파에를 거기로 들여보냈다.

그러자 그 황소가 와서 진짜 암소인 줄 알고 결합하였다. 그래서 그녀는 미노타우로스라 불리는 아스테리오스를 낳았다. 이자는 소의 얼굴에, 나머지는 인간의 모습을 하고 있었다. 미노스는 어떤 신탁에 따라 그를 미궁(迷宮)에 가두고 지켰다.

그런데 이 미궁은 다이달로스가 꾸민 것으로, 매우 얽혀 있는 굽이길들로 해서 나가는 길을 속이는 건물이었다. 그렇지만 미노타우로스와 안드로게우스, 파이드라, 아리아드네에 대해서는 나중에 테세우스에 대한 이야기에서 다루겠다.[98]

2장

카트레우스와 그의 자식들

1. 미노스의 아들 카트레우스에게서 아에로페와 클뤼메네와 아페모쉬네, 그리고 아들로 알타이메네스가 태어난다. 카트레우스가 자기 삶이 어떻게 끝날지에 대해 신탁을 구했더니, 신은 자식 중의 하나에 의해 죽으리라고 말했다.

그래서 카트레우스는 이 신탁을 숨겼는데, 알타이메네스가 그것을 듣고는 혹시 자신이 부친 살해자가 될까 봐 두려워서, 자매인 아페모쉬네와 더불어 크레테로부터 떠나 로도스의 어떤 지점에 닿아서, 그곳을 차지하고 크레티니아라고 이름 붙였다. 그러고는 아타뷔리온이라고 불리는 산에 올라가 주변의 섬들을 보았는데, 크레테도 내려다보았고, 조상들의 신들을 기억해 내어 아타뷔리온 제우스의 제단을 세웠다.

그리고 얼마 지나지 않아 그는 누이를 죽이게 된다. 왜냐하면 헤르메스가 그녀를 사랑하였지만, 도망치는 그녀를 잡을 수가 없자(그녀가 발 빠르기에 있어서 그를 능가했기 때문이다.) 새로 벗긴 가죽을 길에 깔아서, 그녀가 샘에서 돌아오다가 그 위에서 미끄러졌을 때 그녀를 범했던 것이다. 그래서 그녀는 오라비에게 일어난 일을 고했다. 그러나 그는 상대가 신이라는 것을 변명으로 여기고는, 임신한 그녀를 발로 걷어차서 죽였다.

2. 한편 카트레우스는 아에로페와 클뤼메네를 육지의 외국으로 팔아치우라고 나우플리오스에게 주었다. 이들 중에서 아에로페와는 플레이스테네스가 결혼하여 아가멤논과 메넬라오스를 낳았고,[99] 클뤼메네와는 나우플리오스가 결혼하여 오이악스와 팔라메데스의 아버지가 된다.

그런데 카트레우스는 나중에 나이가 들자 왕국을 자기 아들인 알타이메네스에게 물려주고 싶어 했고, 그래서 로도스로 건너갔다. 그렇지만 그 섬의 어떤 황막한 장소에 영웅들과 함께 배에서 내렸다가 소 치는 자들에 의해 몰리게 되었다. 그들은 강도들이 쳐들어왔다고 생각한 것인데, 개들이 짖는 소리 때문에 그가 진실을 말하는데도 알아들을 수가 없었다.

그래서 저들이 공격하고 있는 와중에 알타이메네스가 와서는 창을 던져서 누군지 모른 채 카트레우스를 죽였다. 나중에 그 사건을 알게 되자, 그는 기도를 드리고 땅의 갈라진 틈으로 사라져 버렸다.

3장

글라우코스와 폴뤼이도스

1. 데우칼리온[100]에게는 이도메네우스와 크레테, 그리고 서자인 몰로스가 태어났다. 그런데 아직 어린 글라우코스가 생쥐를 쫓다가 꿀 단지 속에 빠져서 죽었다. 그가 사라지자 미노스는 대대적인 수색을 벌였고, 그를 찾기 위해 점쟁이들에게 물었다.

그러자 쿠레테스가 말하기를, 미노스에게는 가축 떼 중에 세 가지 색을 가진 암소가 있는데, 그것의 색깔을 가장 잘 묘사해 낼 수 있는 사람이 그 아이를 산 채로 데려다주리라 했다. 그래서 점쟁이들이 불려왔는데, 코이라노스의 아들 폴뤼이도스가 그 암소의 색깔을 나무딸기 열매에 비겼고,[101] 그 아이를 찾으라는 명령을 받고는 어떤 점술로 그를 발견해 냈다.

그렇지만 미노스는 그를 살려내기까지 해야 한다면서, 그를 시신과 함께 가두었다. 그래서 크게 고심하고 있던 그는 뱀한 마리가 시신으로 다가오는 것을 보았다. 그는 혹시 시신에 무슨 일이 생기면 자기가 죽게 될까 봐, 그 뱀을 돌로 쳐서 죽였다.

그런데 다른 뱀이 와서, 먼저 온 뱀이 죽은 것을 보고는 나갔다가 어떤 풀을 가지고 돌아온다. 그러고는 이것을 죽은 뱀의 온몸에 얹는다. 그렇게 풀이 얹히자 죽은 뱀이 곧 깨어났다. 폴뤼이도스는 보고 놀라, 같은 풀을 글라우코스의 시신에 얹었고, 이렇게 해서 그를 살려냈다.

2. 그런데 미노스는 아이를 데려가고는, 여전히 폴뤼이도스가 아르고스로 돌아가는 것을 허락하지 않았다. 글라우코스에게 점술을 가르치기 전에는 안 된다는 것이다. 이렇게 강요를 받고 폴뤼이도스는 글라우코스를 가르치기 시작한다.

그러고는 공부가 끝나서 출항하게 되자, 글라우코스에게 자기 입 안에다 침을 뱉으라고 했다. 글라우코스가 그렇게 하자 그는 그동안 배운 점술을 모두 잊어버렸다. 에우로페의 후손들에 대해서는 여기까지 이야기된 것으로 하자.

4장

카드모스

1. 카드모스[102]는 텔레팟사가 죽자 그녀를 매장하고는, 트라케인들에게 환대를 받고 나서, 에우로페에 대해 묻기 위해 델포이로 갔다. 그러자 신은 에우로페에 대해 너무 신경 쓰지 말고, 암소를 안내자로 삼아 그것이 지쳐 쓰러지는 곳에 도시를 건설하라고 말했다.

카드모스는 이 신탁을 받고서 포키스를 지나가다가, 거기서 펠라곤의 소 떼 가운데서 그 소를 만나[103] 이것을 뒤쫓아 갔다. 그 암소는 보이오티아를 지나서는 드러누웠고, 거기에 지금 테바이가 있다.

카드모스는 그 소를 아테나에게 바치고자 하여, 자기와 함께한 무리 중 어떤 이들을 아레스의 샘에서 물을 길어 오도록 보낸다. 그런데 그 샘은 용이 지키고 있었고, 어떤 사람들에 의하면 이 용이 아레스에게서 났다고 한다. 그 용은 보내진 사람 중 다수를 죽게 했다.

카드모스는 분개하여 그 용을 죽이고는, 아테나의 충고에 따라 그의 이빨들을 씨 뿌린다. 이것을 뿌리자 땅으로부터 무장한 사람들이 솟아났고, 사람들은 이들을 스파르토이(씨 뿌려진 사람들)라 불렸다. 그런데 그들은, 어떤 자는 의도하지 않았던 다툼에 빠져서, 또 어떤 자는 의식하지 못한 채 서로 죽였다.

그렇지만 페레퀴데스는, 카드모스가 그들이 땅으로부터 무장한 채 솟아나오는 것을 보고는 그들 가운데 돌들을 던졌고, 그들은 서로 다른 사람이 던졌다고 생각해서 싸우게 되었다고 말한다. 그들 가운데 다섯이 살아남았는데, 그 이름은 에키온, 우다이오스, 크토니오스, 휘페레노르, 펠로로스였다.

2. 카드모스는 그가 죽인 자들에 대한 보상으로 무한한 해(aidion eniauton)만큼 아레스에게 봉사했는데, 이것은 당시에 8년이었다.

그 봉사 이후, 아테나는 그에게 왕국을 마련해 주었고, 제우스는 그에게 아프로디테와 아레스의 딸인 하르모니아를 아내로 주었다.

그리고 모든 신들이 하늘을 떠나서, 카드메이아에서 잔치하며 그 결혼을 축하하였다. 카드모스는 그녀에게 겉옷과 헤파이스토스가 만든 목걸이를 주었다. 그런데 그 목걸이는, 어떤 사람들은 헤파이스토스가 카드모스에게 준 것이라 하지만, 페레퀴데스는 에우로페가 준 것이라 말하고 있다. 그것을 에우로페가 제우스에게서 얻었다는 것이다.

카드모스에게는 딸들로 아우토노에, 이노, 세멜레, 아가우에가, 아들로는 폴뤼도로스가 태어난다. 그리고 이노와는

아타마스가, 아우토노에와는 아리스타이오스가, 아가우에와
는 에키온이 결혼하였다.

세멜레의 죽음과 디오뉘소스의 탄생

3. 한편 세멜레는 제우스가 사랑하여 헤라 몰래 동침한다.
그런데 그녀는 헤라에게 속아서, 제우스가 그녀에게 무엇이든
요구하는 대로 해주겠다고 허락하자, 헤라에게 청혼하러 갔을
때와 같은 모습으로 오라고 요구한다. 제우스는 거절할 수가
없어서, 그녀의 침실로 마차를 타고 번개와 천둥을 동반한 채
가서는 벼락을 던진다.

세멜레가 그 공포로 인하여 죽어버리자, 제우스는 유산된
여섯 달짜리 아기를 화장(火葬)단에서 건져내어, 자신의 허벅
지에 꿰매어 넣는다. 한편 세멜레가 죽자 카드모스의 남은 딸
들은, 세멜레가 어떤 인간 남자와 동침하고는 제우스를 내세
워 거짓말했었다고, 그리고 이것 때문에 벼락을 맞았다고 이
야기들을 했다.

그런데 때가 되자 제우스는 꿰맨 것을 풀고는 자기가 떠
맡았던 디오뉘소스를 낳아서, 헤르메스에게 준다. 그는 아기
를 데려다가 이노와 아타마스에게 주고, 여자아이로 키우도록
한다. 그러자 헤라가 분개하여 그들에게 광기를 불어넣었다.

그래서 아타마스는 큰아들 레아르코스를 사슴으로 여기고 사냥하여 죽였고, 이노는 멜리케르테스를 불에 얹은 솥에 던져 넣고는, 아이의 시신과 함께 그 솥을 들고 깊은 바다로 뛰어들어 버렸다.[104] 그런데 그녀는 레우코테아로, 아이는 팔라이몬이라고 불린다. 그들은 폭풍 만난 사람들을 돕기 때문이다.[105]

한편 이 멜리케르테스를 위해 이스트미아 경기가 생겼다. 시쉬포스가 이를 세운 것이다. 그런데 제우스는 디오뉘소스를 새끼 염소 모습으로 바꾸어 헤라의 분노를 피했다. 헤르메스는 그를 아시아의 뉘사에 살고 있는 요정들에게로 데리고 갔다. 이 요정들은 나중에 제우스가 별들로 만들고 휘아데스라고 이름 지었다.

악타이온

4· 한편 아우토노에와 아리스타이오스 사이에서 아들인 악타이온이 태어났다. 그는 케이론 곁에서 키워져 사냥꾼으로 교육받았고, 나중에 키타이론에서 자기 개들에게 잡아먹혔다. 그가 이와 같은 방식으로 죽은 것은, 아쿠실라오스에 따르면, 그가 세멜레에게 구혼했기 때문에 제우스가 분노해서였고, 더 많은 사람들의 이야기에 따르면 아르테미스가 목욕하는 것을

페터 파울 루벤스, 「세멜레의 죽음」(17세기)
세멜레가 제우스에게, 헤라에게 청혼할 때와 같은 모습으로 와달라고 요구한다.
제우스는 거절할 수가 없어서 번개와 천둥을 동반한 채 나타났고,
세멜레는 그 공포로 인하여 죽어버린다.

루카스 크라나흐, 「악타이온과 아르테미스」(1550년경)
악타이온은 아르테미스가 목욕하는 것을 보았기 때문에,
그 벌로 사슴이 되었다. 그리고 아르테미스가 악타이온을 따르던
개들에게 광기를 불어넣어서, 이들이 그 사슴을 잡아먹었다.

보았기 때문이다. 이들은 또, 그 여신이 그의 모습을 즉시 사슴으로 바꾸어 놓았으며, 그를 따르던 쉰 마리의 개들에게 광기를 불어넣어서, 이들이 모르고 잡아먹었다고 말한다.

악타이온이 죽고 나자 개들은 울부짖으며 주인을 찾아다녔고, 찾다가 케이론의 동굴로 갔다. 그러자 그는 악타이온의 상을 만들어서 개들의 슬픔을 멈추게 했다.

〔악타이온의 개들의 이름은 …… 로부터, 그래서

이제 그의 아름다운 몸을 둘러서서, 마치 짐승인 양

강한 개들이 즐거이 뜯었다. 가까이서 아르케나가 제일

먼저

…… 그것 다음에는 강력한 새끼들이,

륀케우스와 칭찬받는 발을 가진 발리오스가, 그리고 아마

륀토스가.

그는 계속하여 이들 하나하나 이름을 불렀다.

그때 악타이온은 제우스의 부추김에 의해 죽었다.

이들이 제일 먼저 자기들 주인의 검은 피를 마셨다,

스파르토스와 오마르고스와 길을 빨리 달리는 보레스가.

저들이 제일 먼저 악타이온을 먹고, 그의 피를 핥았고,

그들을 뒤이어 다른 모든 개들이 열망하여 달려들었다.

인간들에게 괴로운 고통의 치유책이 되도록.〕[106]

5장

디오뉘소스 신앙의 전파

1. 포도나무의 첫 발견자인 디오뉘소스는 헤라가 그에게 광기를 불어넣는 바람에 아이귑토스와 쉬리아를 두루 떠돌아 다니게 된다. 아이귑토스인들의 왕인 프로테우스가 그를 처음으로 맞이한다. 그러나 그는 다시 프뤼기아의 퀴벨라로 간다. 거기서 레아에 의해 정화를 받고 비의(秘儀) 입문(入門)법을 배운 후, 그녀에게서 옷을 얻어 [인도인들에게로][107] 트라케를 통하여 길을 서두른다.

그런데 스트뤼몬 강가에 살고 있던 에도노이인들의 지배자인, 드뤼아스의 아들 뤼쿠르고스가 처음으로 그를 모욕해서 내쫓았다. 그래서 디오뉘소스는 바닷속으로, 네레우스의 딸 테티스에게로 도망쳤고, 박카이(박코스의 여신도)들과 그를 따르던 사튀로스 무리들은 포로가 되었다.

그렇지만 후에 박카이들은 갑자기 풀려났고, 디오뉘소스는 뤼쿠르고스에게 광기가 일어나도록 했다. 그래서 그는 포도나무 가지를 친다고 생각하면서 아들인 드뤼아스를 도끼로 찍어 죽였고, 아들의 손발 끝을 쳐낸 후에야 정신이 들었다.

그러자 땅은 계속 결실을 주지 않았고, 신은 뤼쿠르고스가 처형되어야 땅이 결실을 주리라고 신탁을 내렸다. 그래서 에도노이인들은 내치지 않았지만 그를 판가이온 산으로 끌고 가서 묶었고, 거기서 그는 디오뉘소스의 뜻에 따라 말들에 의해 참살되어 죽었다.[108]

2. 디오뉘소스는 트라케[와 온 인도 땅]을 지나 [거기 기둥들을 세웠고] 테바이에 도착했다. 그는 여자들로 하여금 집을 버리고 키타이론 산에서 광기에 사로잡혀 날뛰게 만들었다. 아가우에에게서 난 에키온의 아들로서 카드모스로부터 왕국을 이어받고 있었던 펜테우스는 이런 사태를 막으려 했고, 그래서 바카이들을 염탐하러 키타이론 산으로 갔다가 광기에 빠진 어머니 아가우에에게 사지가 뜯겨나가고 말았다. 그녀는 그가 짐승이라고 생각했던 것이다.

디오뉘소스는 이렇게 테바이인들에게 자신이 신이라는 것을 보여주고는 아르고스로 갔고, 거기서 다시 그들이 그를 존중하지 않자 여자들을 미치게 만들었다. 그녀들은 젖먹이 아이들을 데리고 산으로 가서 그들의 살코기를 먹었다.[109]

3. 또 그는 이카리아로부터 낙소스로 건너가고자 하여, 튀르레니아 해적들의 삼단노(櫓)선을 삯 주고 빌렸다. 그들은 그를 태우고는 낙소스를 지나쳐, 팔아치우려고 아시아를 향해 길을 서둘렀다. 그러자 그는 돛대와 노들을 뱀으로 만들어버렸고, 배는 담쟁이와 피리 소리로 가득하게 되었다. 해적들은

광기에 빠져서 바다로 뛰어들어 도망쳤고, 돌고래가 되어버렸다. 그렇게 해서 사람들은 그가 신이라는 것을 알고 섬기게 되었다. 그는 하데스에서 어머니를 끌어올려서 튀오네라 이름 짓고, 함께 하늘로 올라갔다.

카드모스와 하르모니아의 말년

4· 카드모스는 하르모니아와 더불어 테바이를 떠나서 엔켈레아이인들에게로 갔다. 그런데 이들이 일뤼리아인들에 의해 공격을 당하자, 신은 카드모스와 하르모니아를 지도자로 삼으면 일뤼리아인들을 이길 것이라고 신탁을 내렸다. 그들은 이 신탁에 복종하여 이들을 일뤼리아인에 맞설 지도자로 삼고, 승리하게 된다. 그래서 카드모스는 일뤼리아인들을 다스리게 되고, 그에게 아들인 일뤼리오스가 태어난다. 후에 그는 하르모니아와 함께 뱀으로 변하여 제우스에 의해 엘뤼시온 들판으로 보내졌다.

암피온과 제토스

5· 한편 폴뤼도로스는 테바이의 왕이 되었고, 크토니오스의 아들 뉙테우스에게서 난 딸 뉙테이스와 결혼하여 랍다코스

를 낳는다. 이 랍다코스는 펜테우스에 뒤이어 그와 비슷한 생
각을 품었다가 파멸했다.[110]

그런데 랍다코스가 세상을 떠나면서 한 돌 된 아들 라이
오스를 남기자, 그가 어릴 동안은 닉테우스의 형제인 뤼코스가
권력을 빼앗아 차지하였다. 그들은,[111] 아레스와, 보이오티스의
딸인 도티스 사이에 난 플레귀아스를 죽였기 때문에 둘 다 〔에
우보이아로부터〕[112] 도망하여 휘리아에 정착하여 살았고, 〈거
기서 테바이로 왔다.〉[113] 그리고 펜테우스와 친했기 때문에 시
민이 되었다.

뤼코스는 테바이인들에 의해 전쟁 지도자로 뽑혀 지배권
을 더하여 갖고 20년 동안 다스렸지만, 다음과 같은 이유로 제
토스와 암피온에 의해 살해되었다. 안티오페는 닉테우스의 딸
이었다. 그런데 제우스가 그녀와 동침하였다. 그녀가 임신하
자 아버지가 위협하였고, 그녀는 시퀴온 땅 에포페우스에게로
달아나서 그와 결혼한다. 닉테우스는 절망하여 자살하면서,
뤼코스에게 에포페우스와 안티오페에게 복수하라고 명한다.

그래서 뤼코스는 시퀴온으로 쳐들어가 승리하고 에포페
우스를 죽인 후, 안티오페를 포로로 끌고 왔다. 그녀는 끌려가
다가 보이오티아의 엘레우테라이에서 두 아들을 낳는다. 버려
져 누워 있는 그들을 목동이 발견하여 키우고, 한 아이는 제토
스, 다른 아이는 암피온이라고 이름하였다. 그런데 제토스는

248

소 치는 일에 힘을 쏟았고, 암피온은 헤르메스가 뤼라를 주어서 음악을 익혔다.

한편 뤼코스와 그의 아내 디르케는 안티오페를 가두고 학대했다. 그러다 어느 날 묶은 것이 저절로 풀려, 안티오페는 남몰래 아들들의 오두막으로 가서는, 받아주기를 청원하였다. 그들은 어머니를 알아보고는, 뤼코스를 죽이고, 디르케는 황소에 매달아 묶고, 죽은 그녀를 샘에 던진다. 이 샘은 그녀의 이름을 따서 디르케라고 불린다. 그들은 지배권을 차지하고는 도시를 성벽으로 둘렀는데, 돌들이 암피온의 뤼라에 맞춰 따라왔던 것이다.

그리고 그들은 라이오스는 쫓아내 버렸다. 그런데 그는 펠로폰네소스에 살면서 펠롭스에게 친절한 대접을 받았다. 그리고 펠롭스의 아들 크뤼십포스에게 마차 다루는 법을 가르치다가 그를 사랑하여 납치하게 된다.

6. 제토스는 테베와 결혼하는데, 그녀에게서 테바이라는 도시 이름이 나왔고, 암피온은 탄탈로스의 딸 니오베와 결혼한다. 그녀는 아들 일곱을 낳는데, 시퓔로스, 에우퓌뉘토스, 이스메노스, 다마식톤, 아게노르, 파이디모스, 탄탈로스이고, 또 같은 수의 딸들을 낳는데, 에토다이아(어떤 이는 그녀를 네아이라라고 한다.), 클레오독사, 아스튀오케, 프티아, 펠로피아, 아스튀크라테이아, 오귀기아였다. 그런데 헤시오도스는 아들 열에

피에르샤를 좀베르, 「아르테미스와 아폴론에게 학살당하는 니오베의 자녀들」(1772년)
니오베는 자신이 레토보다 더 자식을 잘 두었다고 말했다.
그러자 레토의 딸 아르테미스는 집에서 니오베의 딸들을 활로 쏘아 죽였고,
레토의 아들 아폴론은 니오베의 아들들을 사냥터에서 죽였다.

장 오귀스트 도미니크 앵그르, 「오이디푸스와 스핑크스」(1808년)
스핑크스는 테바이인들에게 수수께끼를 내놓고는
풀지 못하면 한 명씩 잡아먹었다. 그 수수께끼는 하나의 소리를 가지면서
네 발이고 두 발이고 세 발인 것은 무엇인가 하는 것이다.

딸 열이라 하고, 헤로도로스는 남자애 둘에 여자애 셋이라고, 또 호메로스는[114] 아들이 여섯, 딸이 여섯이라고 말한다.

이렇게 자식을 잘 두자, 니오베는 자신이 레토보다 더 자식을 잘 두었다고 말했다. 그러자 레토가 분개하여 아르테미스와 아폴론을 그들에게 적대하도록 부추겼다. 그래서 여자들은 집에서 아르테미스가 활로 쏘아 죽였고, 남자들은 모두 함께 키타이론에서 사냥하는 것을 아폴론이 죽였다.

남자들 가운데서는 암피온만 살아남았고, 여자들 가운데서는 맏딸인 클로리스만 살아서, 넬레우스가 그녀와 함께 살았다.[115] 그런데 텔레실라[116]에 따르면 아뮈클라스와 멜리보이아[117]가 살아남은 반면, 암피온은 그 신들에 의해 화살 맞아 죽었다고 한다. 한편 니오베 자신은 테바이를 떠나서 시퓔로스로 갔고, 거기서 제우스께 기원하여 모습이 돌로 바뀌었다. 그런데 그 돌에서는 밤낮으로 눈물이 흐른다.

오이디푸스

7. 암피온이 죽은 후,[118] 라이오스는 왕국을 취하였다. 그리고 메노이케우스의 딸과 결혼하였는데, 몇몇 사람은 그녀를 이오카스테라 하고 몇몇은 에피카스테라고 한다. 그런데 신께서 신탁을 내리기를 아이를 낳지 말라 하였으나(왜냐하면 태어

난 아이가 아버지를 죽이게 되리라는 것이다.) 그는 포도주에 취하여 아내와 동침하였다. 그래서 태어난 아기를, 발목을 꼬챙이로 꿰어 목자에게 내다 버리도록 준다.

그 목자가 아기를 키타이론 산에 내다 버렸으나, 코린토스인들의 왕인 폴뤼보스의 목동들이 아기를 발견하여 왕의 아내인 페리보이아에게[119] 가져다주었다. 그녀는 그를 받아서 자기 아들로 삼고, 발목을 치료하고는 오이디푸스(Οἰδίπους)라고 불렀다. 그의 발(pous)이 부었기(anoidesai) 때문에 이 이름을 붙인 것이다.

그 아이는 성장하여 힘에 있어 동기들을 능가하였는데, 남들이 질투하여, 주워온 아이라는 놀림을 받게 되었다. 그는 페리보이아에게 물었으나 답을 얻을 수가 없었다. 그래서 델포이로 가서 자신의 부모님에 대해 물었다. 그러자 신은 그에게 조국으로 가지 말라고 말했다. 아버지를 죽이고 어머니와 결합할 것이기 때문이라는 것이다.

오이디푸스는 이것을 듣고는, 자기가 그동안 부모님이라고 불러온 분들에게서 태어난 것으로 생각했기에 코린토스를 버리고서 마차를 타고 포키스를 지나가다가 어떤 좁은 길에서 마차를 타고 오고 있는 라이오스를 만나게 된다.

그런데 폴뤼폰테스(이 사람은 라이오스의 전령이다.)가 비켜서라고 명령하고는, 복종치 않고 지체한다 하여 그의 말 두

헨리 푸젤리, 「폴뤼네이케스를 저주하는 오이디푸스」(1786년)
오이디푸스가 테바이에서 쫓겨날 때 아들들을 저주했는데, 그들은
아버지가 도시에서 쫓겨나는 것을 보면서도 막지 않았기 때문이다.

안토니 브로도스키, 「오이디푸스와 안티고네」(1828년)
오이디푸스는 자신이 아버지를 죽인 살인자라는 진실이 밝혀지자,
눈이 먼 채 테바이에서 쫓겨났다. 그는 안티고네와 함께 콜로노스로 갔다.

마리 중 하나를 죽이자, 그는 분노하여 폴뤼폰테스도 라이오스도 죽여버렸다. 그리고 테바이로 갔다.

8. 라이오스는 플라타이아인들의 왕인 다마시스트라토스가 묻어주게 되고, 왕권은 메노이케우스의 아들인 크레온이 차지한다. 그런데 그가 다스리는 동안 작지 않은 재난이 테바이를 덮친다. 헤라가 스핑크스를 보냈던 것이다.

스핑크스는 에키드나를 어머니로 하고 튀폰을 아버지로 하여 난 것으로, 여자의 얼굴을 하고 있었으나, 사자의 가슴과 다리와 꼬리, 그리고 새의 날개를 가지고 있었다. 그것은 무사이들에게서 수수께끼를 배워서는 피키온 산에 앉아 테바이인들에게 이 문제를 내놓곤 했다.

그 수수께끼는 이러한 것이었다. 즉 하나의 소리(φωνή)를 가지면서[120] 네 발이고 두 발이고 세 발인 것은 무엇인가 하는 것이다. 그런데 테바이인들에게는 그 수수께끼를 풀 때에야 스핑크스로부터 풀려날 수 있다는 신탁이 있었고, 그래서 그들은 자주 한곳에 모여서 답이 무엇인지 찾고자 했다.

그런데 스핑크스는 답을 찾지 못하면, 한 사람을 채어다가 먹어버리곤 했다. 그래서 많은 사람이 죽었는데, 마지막에 크레온의 아들 하이몬이 죽자, 크레온은 그 수수께끼를 푸는 사람에게는 왕권과 라이오스의 아내를 주겠다고 선언했다.

그런데 오이디푸스가 그것을 듣고는 문제를 풀었다. 스핑크스에 의해 제시된 수수께끼의 답은 인간이라는 것이다. 왜냐하면 아기일 때는 네 다리로 기어다니니 네 발이요, 장성해서는 두 발이고, 노인이 되어서는 지팡이를 세 번째 다리로 더해 가지기 때문이라는 것이다.

그러자 스핑크스는 아크로폴리스에서 몸을 던졌고, 오이디푸스는 왕국을 차지하고는, 진실을 모르는 채 자신의 어머니와 결혼하여 그녀에게서 아들들로 폴뤼네이케스와 에테오클레스, 딸들로 이스메네와 안티고네를 낳았다. 그렇지만 그 아이들이 휘페르파스의 딸 에우뤼가네이아에게서 태어났다고 하는 사람들도 있다.

9. 그런데 숨겨졌던 것이 나중에 드러나서, 이오카스테는 스스로 올가미에 목을 맸고, 오이디푸스는 눈이 먼 채 테바이에서 쫓겨났다. 그는 아들들을 저주했는데, 그들은 그가 도시에서 쫓겨나는 것을 보면서도 막지 않았던 것이다. 오이디푸스는 안티고네와 함께 앗티케의 콜로노스로 가서, 에우메니데스의 성역에서 탄원자가 되었는데, 테세우스가 그를 받아들였다. 그리고 그는 얼마 지나지 않아 죽었다.

6장

에테오클레스와 폴뤼네이케스(1차 테바이 전쟁)

1. 한편 에테오클레스와 폴뤼네이케스는 왕권을 두고 서로 협정을 맺어, 한 사람이 1년씩 지배하기로 한다. 그런데 어떤 사람들은 말하기를 폴뤼네이케스가 먼저 지배하고서 1년 뒤에 지배권을 에테오클레스에게 넘겨주었다 하고, 또 어떤 이들은 에테오클레스가 먼저 지배하고는 지배권을 넘겨주지 않으려 했다 한다. 그래서 폴뤼네이케스는 테바이로부터 망명하여 아르고스로 갔다. 목걸이와 겉옷을 가지고서였다.[121]

아르고스는 탈라오스의 아들 아드라스토스가 다스리고 있었다. 폴뤼네이케스는 밤중에 그의 왕궁 가까이로 가서는, 오이네우스의 아들로서 칼뤼돈에서 도망친 튀데우스[122]와 싸우게 된다. 갑자기 소음이 나자 아드라스토스가 나와서 그들을 말렸고, 어떤 예언자가 그에게 멧돼지와 사자에게 딸들을 결속시키라 말했던 것이 생각나서 그 둘을 신랑으로 택했다. 왜냐하면 방패 위에 하나는 멧돼지 머리를, 다른 이는 사자 머리를 갖고 있었기 때문이다.[123]

그래서 튀데우스는 데이퓔레와, 폴뤼네이케스는 아르게이아와 결혼하였고, 아드라스토스는 이 둘에게 고향으로 되돌

아가게 해주겠다고 약속했다. 그는 먼저 테바이로 쳐들어가고
자 열심을 내었고, 뛰어난 자들을 끌어모았다.

2. 그런데 오이클레스의 아들 암피아라오스는 예언자로
서, 쳐들어가는 사람 중 아드라스토스만 제외하고는 모두 죽
으리라는 것을 미리 알고는 스스로도 전쟁 참가하기를 피하는
한편, 다른 이들도 만류하려 했다.

폴뤼네이케스는 알렉토르의 아들인 이피스에게 가서, 어
떻게 하면 암피아라오스가 참전하도록 강제할 수 있을지 알려
달라 청했다. 그러자 그는, 에리퓔레가 목걸이를 받아 가진다
면 가능하다고 말했다.

그런데 암피아라오스는 에리퓔레에게 폴뤼네이케스에게
서 오는 선물을 받지 말라고 말해 두었었다. 그렇지만 폴뤼네
이케스는 그녀에게 목걸이를 주고 암피아라오스가 참전하도
록 설득해 달라고 청했다. 결정권은 그녀에게 있었기 때문이
다. 왜냐하면 언젠가 암피아라오스와 아드라스토스 사이에 이
견이 있었을 때,[124] 이를 해결하면서 맹세하기를, 그와 아드라
스토스 사이에 다시 이견이 생기면 그 사안에 대해서는 에리
퓔레가 판단하도록 합의한다 했던 것이다.

그래서 테바이로 쳐들어가야만 하는데, 아드라스토스는
그것을 부추기고 암피아라오스는 말리려 하므로, 에리퓔레는
그 맹세를 들어 그에게 아드라스토스와 함께 참전하도록 설득

하였다. 암피아라오스는 참전할 수밖에 없게 되자, 아들들에게 어른이 되면 어머니를 죽이고 테바이로 쳐들어가라는 명을 남겼다.

3. 아드라스토스는 〈군대를〉 모아서 일곱 명의 지도자들과 함께 테바이로 쳐들어갔다. 지도자들은 다음과 같다. 탈라오스의 아들 아드라스토스, 오이클레스의 아들 암피아라오스, 힙포노오스의 아들 카파네우스, 그리고 아리스토마코스의 아들 힙포메돈. 그런데 어떤 사람들은 힙포메돈이 탈라오스의 아들이라 한다.

이들은 아르고스로부터 왔고, 〈한편〉 오이디푸스의 아들 폴뤼네이케스는 테바이 출신이며, 오이네우스의 아들 튀데우스는 아이톨리아인, 멜라니온의 아들 파르테노파이오스는 아르카디아인이었다.[125] 그런데 어떤 사람들은 튀데우스와 폴뤼네이케스는 헤아리지 않고, 이피스의 아들 에테오클로스와 메티스테우스를 일곱 영웅으로 꼽아 넣는다.

4. 그들은, 뤼쿠르고스가 다스리던 네메아에 당도하여 물을 찾았다. 휩시퓔레가 그들을 위해 샘으로 길을 인도했다. 갓난아기〔인〕 오펠테스를 남겨두고서였는데, 이 아기는 에우뤼디케와 뤼쿠르고스의 아이로서 그녀가 키우고 있던 것이다. 왜냐하면 렘노스 여인들이 그녀가 토아스를 살려준 것을[126] 나중에 알고서, 그를 죽이고 그녀는 팔아버렸기 때문이다. 그래

서 그녀는 팔려 와서 뤼쿠르고스의 집에서 종살이하고 있었던 것이다.

그런데 그녀가 샘을 가르쳐주는 사이에, 남겨졌던 아기는 뱀에 의해 죽었다. 그 현장에 아드라스토스와 함께한 사람들이 오게 되어 그 뱀을 죽이고, 그 아이는 장례 지낸다. 그런데 암피아라오스가 말하기를, 저 징조는 앞으로의 일을 예고한다 했다. 그래서 그들은 그 아이를 아르케모로스(운명의 시작)라 불렀다.

그들은 그를 위해 네메아 경기를 창설하였는데, 말 달리기에서는 아드라스토스가 우승하였고, 달리기에서는 에테오클로스가, 권투에서는 튀데우스가, 도약과 원반에서는 암피아라오스가, 창던지기에서는 라오도코스가, 씨름에서는 폴뤼네이케스가, 활쏘기에서는 파르테노파이오스가 우승하였다.

5· 그들이 키타이론에 당도하였을 때, 그들은 에테오클레스에게, 약정했던 대로 폴뤼네이케스에게 왕권을 넘기라고 미리 얘기하도록 튀데우스를 파견한다. 에테오클레스가 이에 전혀 주의를 기울이지 않자, 튀데우스는 테바이인들을 시험하려고 하나씩 도전하여 모두를 제압했다. 그러자 그들은 쉰 명의 남자를 무장시켜서 그가 돌아가는 것을 숨어 기다리게 했다. 그렇지만 그는 마이온만 제외하고 그들 모두를 죽였고, 그 후 진영으로 돌아갔다.

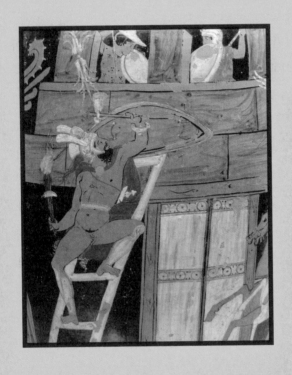

「테바이를 공격하러 가는 아르고스의 일곱 지도자들」(기원전 340년경)
아르고스의 왕 아드라스토스는 테바이에서 망명을 온
오이디푸스의 아들 폴뤼네이케스에게 딸 아르게이아를 주어 결혼시키고는,
테바이로 쳐들어가기 위해 뛰어난 자들을 끌어모았다.

6. 아르고스인들은 무장을 갖추고 성벽을 향해 전진했다. 거기에는 성문이 일곱 개 있었는데, 아드라스토스는 호몰로이데스 문 앞에 섰고, 카파네우스는 오귀기아이 문에, 암피아라오스는 프로이티데스 문에, 힙포메돈은 온카이데스 문에, 폴뤼네이케스는 휩시스타이 문에, 파르테노파이오스는 엘렉트라이 문에, 튀데우스는 크레니데스 문에 각각 섰다.[127] 그러자 에테오클레스도 테바이인들을 무장시켰고, 같은 숫자의 지도자들에 대항하여 같은 숫자의 지휘관을 세워 배정했다. 그러고는 어떻게 하면 적들을 이길 수 있을지 점을 쳤다.

7. 테바이인들에게는 테이레시아스라는 예언자가 있었는데, 그는 에우에레스와 요정 카리클로의 아들로서, 스파르토이[128] 중 하나인 우다이오스 종족 출신이었으며, 눈이 멀어 있었다. 그의 장애와 예언술에 대해서는 서로 다른 이야기들이 전해진다. 어떤 사람들은 그가 신들에 의해 눈이 멀게 되었다고 말한다. 신들이 숨기고 싶어 하는 것을 인간들에게 가르쳐 주었기 때문이라는 것이다.

그러나 페레퀴데스는, 아테나가 그의 눈을 멀게 했다고 한다. 아테나는 카리클로와 매우 가까워서 [……] 완전히 옷을 벗었는데 그가 보았고,[129] 그녀는 손으로 그의 눈들을 가려 장님으로 만들었다는 것이다. 그런데 카리클로가 시력을 다시 회복시켜 달라고 요구하는데, 그렇게 할 수 없으므로, 그의 귀를 정화하여 새들의 모든 소리를 이해하게 만들고, 또 산딸나무 지팡이를 선물로 주어서, 그가 눈 뜬 사람들처럼 돌아다닐 수 있게 되었다는 것이다.

그런데 헤시오도스는 다음과 같이 이야기한다. 그가 퀼레네 근처에서 뱀들이 짝짓기하는 것을 보고 그것들을 다치게 했다가 남자에서 여자로 변했으며, 다시 같은 뱀들의 짝짓기를 목격하여 남자가 되었다는 것이다.

그래서 헤라와 제우스가, 남녀가 결합할 때 여자들이 더 즐거운지 아니면 남자들이 더 즐거운지 말다툼을 하다가 그의 의견을 물었다. 그는 말하기를, 결합과 관련하여 열 개의 몫이 있으면, 그중 하나는 남자들이 즐기고 아홉은 여자들이 즐긴다 했다. 그러자 헤라는 그를 눈멀게 만들었고, 제우스는 그에게 예언력을 주었다.

〔제우스와 헤라에게 테이레시아스에 의해 이렇게 말해졌다.

단 하나만, 열 개의 몫 중에 즐기도다, 남자는.

반면에 열 개를 채우도다, 여자는 즐기며, 그 마음을.〕[130]

그리고 그는 아주 오랜 세월 살게 되었다.

그래서 테바이 사람들이 묻자 이 사람은, 크레온의 아들

메노이케우스가 아레스에게 자신을 제물로 바친다면, 이기리라고 말했다. 크레온의 아들 메노이케우스는 이 말을 듣고 문앞에서 자기 목을 베었다. 전투가 벌어지자 카드메이아인들은 성벽까지 쫓겼고, 카파네우스는 사다리를 가져다가 성벽에 걸쳐놓고 올라가기 시작했다. 그러나 제우스가 그에게 벼락을 던진다.

8. 이 일이 있은 후에 아르고스인들의 패주가 시작된다. 많은 사람이 죽자, 양쪽 군대의 결정에 따라, 에테오클레스와 폴뤼네이케스가 왕권을 놓고 단독 대결을 하게 되고, 서로를 죽인다. 다시 격렬한 전투가 벌어지자 아스타코스의 아들들이 뛰어난 공을 세웠다.

이스마로스는 힙포메돈을 죽였고, 레아데스는 에테오클로스를, 암피디코스는 파르테노파이오스를 죽였던 것이다. 그런데 에우리피데스에 따르면, 파르테노파이오스는 포세이돈의 아들 페리클뤼메노스가 죽였다 한다.

아스타코스의 아들들 중에 나머지 하나인 멜라닙포스는 튀데우스의 배에 부상을 입힌다. 그가 반쯤 죽어 쓰러져 있는데 아테나가 제우스에게 약을 청하여 가져왔다. 그것으로 그를 불사의 존재로 만들려는 것이었다.

그런데 암피아라오스가 이것을 눈치 채고는, 튀데우스가 자기의 의견을 거슬러 아르고스인들로 하여금 테바이로 쳐들어가도록 설득하였으므로, 그를 미워하여 멜라닙포스의 머리를 베어 그에게 주었다. 〔튀데우스는 부상을 입으면서 그를 죽였었다.〕[13] 그러자 그는 그것을 갈라 뇌를 파내 들이켰다. 아테나가 그것을 보았을 때, 혐오감을 느껴서 그 호의를 물렸고, 약을 건네주지 않았다.

한편 암피아라오스는 이스메노스 강을 따라 도망치고 있었는데, 페리클뤼메노스에게 등을 맞기 직전에 제우스가 벼락을 던져 땅을 갈랐다. 그래서 그는 마차와, 마부인 바톤과 함께, 혹은 몇몇 사람들에 따르면 엘라톤과 함께 사라져 버렸다. 제우스는 그를 불사의 존재로 만들었다. 아드라스토스만 그의 말 아레이온이 구해냈다. 이 말은 데메테르가 에리뉘스의 모습으로 포세이돈과 결합하여 낳은 것이다.

7장

안티고네

1. 크레온은 테바이인들의 지배권을 넘겨받고는 아르고스인들의 시신을 묻지 않은 채 던져두었다. 그리고 누구도 매장하지 말라 선포하고 경비병을 세워 두었다. 그런데 오이디푸스의 딸들 중 하나인 안티고네가 몰래 폴뤼네이케스의 시신을 훔쳐내어 묻었다. 그리고 크레온 자신에게 발각되어 무덤에 산 채로 갇혔다.

한편 아드라스토스는 아테나이로 가서, 연민의 제단에 피해 앉아, 탄원자의 올리브 가지를 놓고 시신들을 묻게 해달라고 간청했다. 그러자 아테나이 사람들이 테세우스와 함께 출병하여 테바이를 점령하고, 시신들을 묻도록 가족들에게 넘겨준다. 그런데 카파네우스의 화장단이 타오르자, 이피스의 딸이며 카파네우스의 아내인 에우아드네가 거기로 몸을 던져 함께 타 죽었다.

에피고노이(2차 테바이 전쟁)

2. 10년 뒤에 죽은 자들의 아들들인, 후손들(epigonoi)이라

고 불리는 이들이 테바이로 쳐들어가고자 하였다. 아버지들의 죽음을 복수하려는 것이었다. 그들이 신탁을 구하자 신은 알크마이온을 지도자로 삼으면 승리하리라고 예언하였다.

알크마이온은 어머니를 징벌하기 전에는 군대를 지휘하고 싶지 않았지만 참전하게 된다. 에리퓔레가 폴뤼네이케스의 아들 테르산드로스에게서 옷을 받고는 자기 아들들도 참전하도록 설득했기 때문이다.

어쨌든 그들은 알크마이온을 지도자로 택하고 테바이와 전쟁을 시작했다. 군대의 지휘관들은 다음과 같았다. 암피아라오스의 아들들인 알크마이온과 암필로코스, 아드라스토스의 아들 아이기알레우스, 튀데우스의 아들 디오메데스, 파르테노파이오스의 아들 프로마코스, 카파네우스의 아들 스테넬로스, 폴뤼네이케스의 아들 테르산드로스, 메키스테우스의 아들 에우뤼알로스.

3. 이들은 먼저 주변의 마을들을 약탈한다. 그리고 테바이인들이 에테오클레스의 아들 라오다마스의 지휘 아래 공격해 오자, 용감하게 싸운다. 그래서 라오다마스는 아이기알레우스를 죽이고, 이 라오다마스를 알크마이온이 죽인다. 그가 죽은 후에 테바이인들은 모두 성벽 안으로 도망친다.

그런데 테이레시아스가 말하기를, 아르고스인들에게는 협상하도록 전령을 보내고 자신들은 도망치자 하여, 그들은 적들에게 전령을 보내는 한편, 자기들은 아이들과 여자들을 수레에 태우고 도망치기 시작했다. 그들이 밤중에 틸풋사라 불리는 샘에 도착하였을 때, 테이레시아스는 그 샘의 물을 마시고는 삶을 마쳤다. 테바이인들은 아주 멀리 떠나가서 헤스티아이아라는 도시를 세우고는 거기 살았다.

4. 아르고스인들은 나중에 테바이인들의 도주에 대해 알고는 도시로 들어가서, 전리품을 모으고 성벽을 무너뜨렸다. 그리고 전리품의 한몫을 델포이로 아폴론에게 보내고, 테이레시아스의 딸 만토도 보냈다. 왜냐하면 그들은 테바이를 차지하면 노획물 중 가장 아름다운 것을 바치겠다고 서원했었기 때문이다.

알크마이온과 그의 자식들

5. 테바이의 함락 이후, 알크마이온은 에리퓔레가 자기를 대가로 해서도 선물을 받았음을 알고 어머니에게 더욱더 화가 났으며, 아폴론이 그에게 그러라고 신탁을 내리자 어머니를 죽였다. 그런데 몇몇 사람들은 그가 에리퓔레를 형제인 암필로코스의 도움을 받아 함께 죽였다고 말하고, 몇몇은 혼자 죽였다고 말한다.

그런데 모친 살해의 에리뉘스(복수의 여신)가 알크마이온을 뒤쫓았다. 그래서 그는 미쳐서 먼저 아르카디아 땅으로 오이클레스에게로 가고, 거기서 다시 프소피스로, 페게우스에게로 간다. 그에 의해 정화를 받은 후 그의 딸인 아르시노에와 결혼하고, 그녀에게 목걸이와 옷을 주었다.

그런데 나중에 그 땅이 알크마이온 때문에 결실을 맺지 못했고, 신은 그에게 아켈로오스를 향해 떠나가서 그 강가에서 새로운 판결을 받으라고[132] 신탁을 주었다. 그래서 그는 우선 칼뤼돈 땅 오이네우스에게로 가서 그에게 접대를 받다가, 다음에는 테스프로토이인들에게로 갔지만 그 지역에서 쫓겨난다. 마지막에는 아켈로오스 강이 발원하는 샘으로 가서, 그에 의해[133] 정화를 받고 그의 딸인 칼리로에를 얻는다. 아켈로오스는 흙을 날라다 쌓아 자리를 만들고 그를 거기 살게 하였다.

그런데 나중에 칼리로에는 그 목걸이와 옷이 갖고 싶어서, 그것을 얻지 못하면 그와 같이 살지 않겠다 하였고, 알크마이온은 프소피스로 가서 페게우스에게 말하기를, 신탁이 내렸는데 만일 그 목걸이와 옷을 델포이에 바치면 광기로부터 해방될 수 있다고 했다. 그러자 그는 그 말을 믿고서 그것들을 내준다.

그러나 시종이, 그가 이것을 취하여 칼리로에에게 가져가려 한다고 누설하였고, 알크마이온은 페게우스의 지시에 따라 매복해 있던 그의 아들들에 의해 죽었다. 이 일을 아르시노에

가 비난하자, 페게우스의 아들들은 그녀를 궤짝에 담아 테게
아로 가져다가 아가페노르에게 노예로 준다. 그녀에게 알크마
이온을 죽인 죄를 뒤집어씌운 것이다.

6. 한편 칼리로에는 알크마이온의 횡사를 알자, 제우스가
그녀에게 접근했을 때, 알크마이온에 의해 그녀에게서 태어난
아들들이, 아버지가 피살된 것을 복수할 수 있도록 어른이 되
게 해달라고 청한다. 그러자 아들들은 갑자기 어른이 되어 아
버지의 복수를 위해 떠나갔다.

그런데 그때 마침 페게우스의 아들들인 프로노오스와 아
게노르가 델포이로 그 목걸이와 옷을 바치러 가다가 아가페노
르의 집에 묵었고, 알크마이온의 아들들인 암포테로스와 아카
르난도 그랬다.

그래서 그들은 아버지를 죽인 자들을 처치했고, 프소피스
로 가서 왕궁으로 들어가 페게우스와 그의 아내도 죽인다. 그
들은 테게아까지 쫓겼지만, 테게아 사람들과 어떤 아르고스인
들이 도우러 와서, 프소피스인들은 돌아서 도망치고, 그들은
구조되었다.

7. 그래서 그들은 어머니에게 이 일을 알리고는, 아켈로오
스의 지시에 따라 델포이로 가서 목걸이와 옷을 바쳤다. 그리
고 에페이로스로 가면서 정착자들을 모아 아카르나니아를 세
운다.

그런데 에우리피데스는,[134] 알크마이온이 미쳤을 때 테이레시아스의 딸 만토에게서 두 아이, 즉 암필로코스와 딸인 티시포네를 낳았다고 말한다. 그리고 그 아기들을 코린토스로 데려가서 크레온 왕에게 키우도록 주었으며, 티시포네는 거기 갔다가 그 아름다움 때문에 크레온의 아내에 의해 팔려나갔다고 한다. 크레온이 그녀를 아내로 맞을까 봐 두려워서 그랬다는 것이다.

　　그런데 알크마이온이 자기 딸인 줄 모르고 그녀를 사서 여종으로 삼았고, 코린토스로 가서 아이들을 돌려달라 하여 아들도 데려갔다고 한다. 이 암필로코스는 아폴론의 신탁에 따라 암필로키콘 아르고스에 살았다.[135]

8장

뤼카온 집안의 파멸

1. 자, 이제 다시 펠라스고스에게로 돌아가자. 아쿠실라오스는 그가, 우리가 그렇게 놓았던 대로,[136] 제우스와 니오베의 자식이라 하지만, 헤시오도스는 그가 땅에서 태어났다고 말한다. 이 사람과 오케아노스의 딸 멜리보이아에게서, 또는 어떤 사람들이 말하듯 요정 퀼레네에게서, 아들인 뤼카온이 태어났다.

그는 아르카디아인들을 다스리면서 많은 부인들에게서 쉰 명의 아들을 낳았다. 그 아들들은 멜라이네우스, 테스프로토스, 헬릭스, 뉙티모스, 페우케티오스, 카우콘, 메키스테우스, 호플레우스, 마카레우스, 마케드노스, 호로스, 폴리코스, 아콘테스, 에우하이몬, 안퀴오르, 아르케바테스, 카르테론, 아이가이온, 팔라스, 에우몬, 카네토스, 프로토오스, 리노스, 코레토, 마이날로스, 텔레보아스, 퓌시오스, 팟소스, 프티오스, 뤼키오스, 할리페로스, 게네토르, 부콜리온, 소클레우스, 피네우스, 에우메테스, 하르팔레우스, 포르테우스, 플라톤, 하이몬, 퀴나이토스, 레온, 하르팔뤼코스, 헤라이에우스, 티타니스, 만티네우스, 클레이토르, 스튐팔로스, 오르코메노스, 〔……〕였다.[137]

이들은 오만함과 불경함에 있어서 모든 사람을 능가했다.

제우스는 그들의 불경스러움을 시험하기 원하여 날품팔이의 모습으로 그들에게 갔다. 그들은 그를 접대하겠다고 불러놓고, 그 지방 사람의 아이 하나를 도살하여서는 그의 내장을 제물과 함께 섞어 내놓았다. 이는 형제 중 맏이인 마이날로스가 고안해 낸 일이다.

제우스는 〈혐오감이 일어〉 상(trapeza)을 뒤엎었다. 그래서 이 지역은 지금도 트라페조스(Trapezos)라고 불린다. 그리고 뤼카온과 그의 아들들에게 벼락을 내렸는데, 가장 어린 닉티모스만은 제외되었다. 왜냐하면 게(Ge)가 앞질러 제우스의 오른손을 잡고 그의 분노를 그치게 했기 때문이다.

칼리스토

2. 그래서 닉티모스가 왕권을 이어받았으나, 데우칼리온이 만났던 홍수가 닥쳤다.[138] 몇몇 사람들은 이 홍수가 뤼카온 자식들의 불경스러움 때문에 일어났다고 말했다.

그런데 에우멜로스[139]와 어떤 다른 사람들은 뤼카온에게 칼리스토라는 딸이 있었다고 말한다. 그렇지만 헤시오도스는 그녀가 요정 중의 하나라고 하고, 아시오스[140]는 닉테우스의 딸이라 하며, 페레퀴데스는 케테우스의 딸이라 한다.

칼리스토는 아르테미스의 동료 사냥꾼이었는데, 아르테

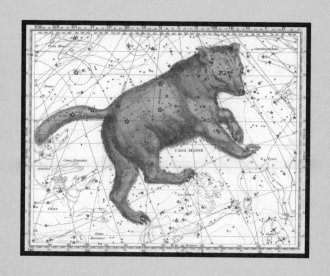

「곰 별자리」(1822년)

칼리스토는 아르테미스에게 처녀로 남겠다고 맹세했지만,

제우스의 겁탈로 아이를 갖게 된다. 그러자 아르테미스가 칼리스토를

활로 쏘아 죽였고, 제우스는 그녀를 별로 만들고는 '곰'이라고 불렀다.

미스와 같은 옷을 입고 처녀로 남아 있겠다고 그녀에게 맹세하였다. 그런데 제우스가 그녀를 사랑하여 원치 않는 그녀와 결합하였다. 몇몇 사람에 따르면 아르테미스의 모습을 취하여, 또 몇몇의 말에 의하면 아폴론의 모습을 취하여 그랬던 것이다.

그러자 헤라는 아르테미스에게 그녀를 들짐승처럼 활로 쏘아 죽이라고 설득했다. 그렇지만 그녀가 처녀성을 지키지 못했기 때문에 아르테미스가 활로 쏘아 죽였다고 하는 사람도 있다. 칼리스토가 죽자 제우스는 아기를 채어서, 아르카스라는 이름을 붙여서는 마이아에게 아르카디아 땅에서 키우도록 주었다. 한편 그는 칼리스토를 별로 만들고 곰(ἄρκτος)이라 이름 지었다.

9장

텔레포스

1. 아르카스와, 아뮈클로스의 딸 레아네이라 사이에서, 또는 크로콘의 딸 메가네이라 혹은 에우멜로스의 말에 따르면 요정 크뤼소펠레이아 사이에서 아들들로 엘라토스와 아페이다스가 태어났다. 이들은 땅은 나누었지만, 권력은 전부 엘라토스가 가졌다. 그는 키뉘라스의 딸 디오디케에게서 스튐팔로스와 페레우스를 낳는다.

한편 아페이다스는 알레오스와 스테네보이아를 낳는데, 이 스테네보이아와는 프로이토스가 결혼한다.[141] 알레오스와, 페레우스의 딸 네아이라 사이에서 딸로 아우게가, 그리고 아들들로 케페우스와 뤼쿠르고스가 태어난다.

아우게는 헤라클레스에게 몸을 버렸고,[142] 아기를 자신이 사제직을 맡고 있던 아테나의 성역에 숨겼다. 그런데 땅이 계속해서 결실을 주지 않고, 신탁이 말하기를 무엇인가 불경스러운 것이 아테나의 성역에 있다 하여, 그녀의 일이 아버지에게 발각되었고, 그녀는 죽음을 당하도록 나우플리오스에게 넘겨졌다. 그런데 뮈시아인들의 지배자인 테우트라스가 그에게서 그녀를 넘겨받아 아내로 삼았다.

페터 파울 루벤스, 「칼뤼돈의 멧돼지 사냥에 참여한 아탈란테」(16318년경)
아탈란테는 뛰어난 자들과 함께 칼뤼돈의 멧돼지를 잡으러도 갔었고,
펠리아스를 추모하여 열린 경기에도 가서 펠레우스와 씨름하여 이겼다.

니콜라 콜롱벨, 「아탈란테와 힙포메네스의 달리기 경주」(1680년경)
아탈란테는 달리기 경주에서 자신이 따라잡지 못한 자와 결혼하기로 한다.
멜라니온은 아탈란테가 다가오자 황금사과를 던졌는데, 그녀가 사과를 줍느라 지고 만다.

한편 그 아기는 파르테니오스 산에 내버려졌으나 암사슴 (elaphos)이 젖(thele)을 먹여 텔레포스(Telephos)라 불리게 되었고, 코뤼토스의 소치기들에 의해 키워져, 부모님을 찾으려고 델포이로 갔으며, 신에게서 사실을 알게 되어 뮈시아로 가서 테우트라스의 양자가 된다. 그리고 그가 죽자 지배권의 상속자가 된다.

아탈란테

2. 뤼쿠르고스와 클레오퓔레, 또는 에우뤼노메 사이에서 아가카이오스와 에포코스, 암피다마스, 그리고 이아소스가 태어났다. 한편 암피다마스에게서는 멜라니온과 딸인 안티마케가 태어났으며, 그녀와는 에우뤼스테우스가 결혼하였다.

이아소스와, 미뉘아스의 딸 클뤼메네 사이에서는 아탈란테가 태어났다. 그녀의 아버지는 남자애들을 원하고 있어서 그녀를 내다 버렸는데, 곰이 자주 오가며 젖을 주었고, 결국 사냥꾼들이 발견하여 자기들 사이에서 길렀다.

아탈란테는 다 자라자 자신을 처녀로 지켰고, 황야에서 사냥하며 무장하고서 지냈다. 켄타우로스인 로이코스와 휠라이오스는 그녀를 겁탈하려 시도하다가 그녀의 활에 맞아 죽었다. 그녀는 뛰어난 자들과 함께 칼뤼돈의 멧돼지를 잡으려도

갔었고, 펠리아스를 추모하여 열린 경기에도 가서 펠레우스와 씨름하여 이겼다.

아탈란테는 나중에 부모님을 찾았는데, 아버지가 결혼하라고 계속 설득하자, 경주장이 될 법한 장소로 가서 중간에 세 완척(腕尺) 되는 말뚝을 박고, 거기서 구혼자들을 먼저 달리게 보내고는 자신은 무장을 갖추고서 달렸다. 잡힌 자는 그 자리에서 죽어야 했고, 잡히지 않은 자에게는 결혼이 보장되었다.

그래서 이미 많은 사람이 스러졌는데, 멜라니온이 그녀를 사랑하여 달리기를 하러 왔다. 아프로디테에게서 황금 사과를 얻어 가지고서였다.[143] 그리고 쫓기게 되면 이것을 던졌다. 그녀는 던져진 것을 줍느라 지고 말았다. 그렇게 해서 멜라니온은 그녀와 결혼하였다. 그리고 전해지기로는, 언젠가 이들이 사냥을 하다가 제우스의 성역에 들어가게 되었고, 거기서 동침하다가 사자로 변하였다 한다.

그런데 헤시오도스와 어떤 다른 사람들은 아탈란테가, 이아소스의 딸이 아니라 스코이네우스의 딸이라 했고, 에우리피데스는 그녀가 마이날로스의 딸이며, 그녀와 결혼한 사람은 멜라니온이 아니라 힙포메네스라고 주장한다.[144] 아탈란테는 멜라니온으로부터, 또는 아레스로부터 파르테노파이오스를 낳았는데, 그는 테바이로 쳐들어갔다.[145]

10장

플레이아데스

1. 아르카디아의 퀼레네에서 아틀라스와, 오케아노스의 딸 플레이오네 사이에서 일곱 딸이 태어났다. 그들은 플레이아데스라 불리는 이들로서, 알퀴오네, 메로페, 켈라이노, 엘렉트라, 스테로페, 타위게테, 마이아였다. 이들 중에서 스테로페와는 오이노마오스가 결혼했고, 시쉬포스는 메로페와 결혼했다.

플레이아데스 중 둘과 포세이돈이 결합했는데, 우선은 켈라이노와 결합해서 그녀에게서 뤼코스가 태어났고, 포세이돈은 그를 행복한 자들의 섬에 살게 했다. 다음으로 알퀴오네와 결합했는데, 그녀는 딸로는 나중에 아폴론에게 엘레우테르를 낳아주게 되는 아이투사를, 그리고 아들들로는 휘리에우스와 휘페레노르를 낳았다.

그런데 휘리에우스와 요정 클로니에 사이에서 뉙테우스와 뤼코스가 태어나고, 뉙테우스와 폴뤽소 사이에서 안티오페가, 안티오페와 제우스 사이에서 제토스와 암피온이 태어난다.[146] 아틀라스의 나머지 딸들과는 제우스가 동침하게 된다.

2. 맏딸인 마이아는 제우스와 동침하여 퀼레네의 동굴에서 헤르메스를 낳는다.[147] 그는 강보에 싸여 키 위에 뉘어 있었는데,[148] 빠져나가서는 피에리아로 가서 아폴론이 돌보던 소들을 훔친다. 그리고 발자국 때문에 잡히지 않도록, 소의 발에 신발을 신겼다.

이들을 퓔로스로 데려와서는, 나머지는 동굴에 숨겨두고 두 마리는 제물로 바쳐, 가죽은 바위 위에 고정해 두고 고기의 일부는 삶아서 먹어버리고, 일부는 태웠다. 그러고는 얼른 퀼레네로 갔다.

헤르메스는 동굴 앞에서 풀을 뜯고 있는 거북이를 발견하고는, 이것을 깨끗하게 하여 그 우묵한 껍데기에 자기가 잡은 소들에서 나온 내장 현(絃)을 늘여 매어서 뤼라를 만들어내었고, 술대까지 발명하였다.

한편 아폴론은 소들을 찾아 퓔로스로 와서, 거기 사는 사람들에게 묻는다. 그들은 어린아이가 소를 몰고 가는 것을 보기는 했으나 어디로 갔는지는 발자국을 찾을 수가 없어서 말을 못하겠다고 했다. 그렇지만 아폴론은 그의 점술로 훔친 자를 알아내어 퀼레네의 마이아에게로 가서 헤르메스를 비난했다. 그러자 그녀는 강보에 싸여 있는 아기를 보여주었다.

하지만 아폴론은 그를 제우스 앞으로 데려가서는 소들을 내놓으라고 요구했다. 제우스가 돌려주라고 명했지만, 헤르메스는 소들을 데려간 것을 부인했다. 그렇지만 그들을 설득하지 못하여, 아폴론을 데리고 필로스로 와서 소들을 돌려준다.

그런데 아폴론이 뤼라 소리를 듣자, 그 소들을 대가로 주어 바꾼다. 헤르메스는 이 소들을 먹이면서 다시 목동 피리(쉬링스)를 만들어 불었다. 그러자 아폴론은 이것도 갖고 싶어서, 소 칠 때 갖고 다니던 황금 지팡이를 주겠다고 했다.

그렇지만 헤르메스는 목동 피리의 대가로 이 지팡이만 갖는 것이 아니라, 점술까지 배우고 싶어 했다. 이렇게 해서 헤르메스는 피리를 넘겨주고, 조약돌로 점 치는 법을 배웠다. 제우스는 헤르메스를 자신과 저승 신들의 전령으로 삼았다.

휘아킨토스, 륀케우스와 이다스, 아스클레피오스

3· 타위게테는 제우스로부터 라케다이몬을 〈낳았다.〉 그로 인해서 라케다이몬 땅도 그렇게 불리고 있다. 라케다이몬과, 에우로타스의 딸 스파르테에게서 아뮈클라스와 에우뤼디케가 태어났는데, 이 에우로타스는 땅에서 저절로 생겨난 렐렉스와, 샘의 요정 클레오카레이아 사이에 났다. 에우뤼디케와는 아크리시오스가 결혼하였다.[149]

한편 아뮈클라스와, 라피토스의 딸 디오메데 사이에서는 퀴노르테스와 휘아킨토스가 태어났다. 사람들은 이 휘아킨토스가 아폴론의 애인이었다고 말한다. 그런데 아폴론이 원반을 던지다가 실수로 그를 맞혀 죽게 했다.

퀴노르테스에게서는 페리에레스가 났는데, 그는, 스테시코로스[150]가 말한 바에 따르면, 페르세우스의 딸 고르고포네와 결혼하여, 튄다레오스와 이카리오스, 아파레우스, 레우킵포스를 낳는다. 그리고 아파레우스와, 오이발로스의 딸 아레네 사이에서 륀케우스와 이다스와 페이소스가 태어난다. 그렇지만 많은 사람들은 이다스가 포세이돈의 자식이라고 말한다. 그런데 륀케우스는 눈에 특별한 투시력이 있어서, 땅 밑에 있는 것까지 볼 수 있을 정도였다.

레우킵포스에게서는 딸들로 힐라에이라와 포이베가 태어났다. 이들은 디오스쿠로이가 납치해다가 결혼하였다. 레우킵포스는 이들에 더하여 아르시노에를 낳았다. 아폴론이 아르시노에와 동침하였고, 그녀는 아스클레피오스를 낳는다.

그런데 어떤 사람들은 아스클레피오스가, 레우킵포스의 딸 아르시노에에게서가 아니라, 텟살리아에 사는 플레귀아스의 딸 코로니스에게서 났다고 말한다. 그녀를 아폴론이 사랑하여 즉시 결합하였다는 것이다. 그렇지만 그녀는 아버지의 뜻과는 달리 [택하여] 카이네우스의 형제인 이스퀴스와 함께

페테르 파울 루벤스, 「레우킵포스 딸들의 납치」(1618년)
레다가 제우스에게서 낳은 쌍둥이 아들들은 그 용맹함으로 인하여
'디오스쿠로이'(제우스의 젊은이들)라고 불린다. 그들은
레우킵포스의 딸들인 힐라에이라와 포이베를 납치하여 결혼하였다.

살았다 한다.

그 소식을 까마귀가 전하자 아폴론은 그 까마귀를 저주하여, 이제까지 흰색이었던 것을 검게 만들고, 코로니스는 죽였다. 그렇지만 그녀가 불타고 있을 때, 아기를 화장단에서 채어다가 켄타우로스인 케이론에게 데려갔고, 그는 그 밑에서 자라면서 의술과 사냥술을 배워나갔다.

아스클레피오스는 외과의사가 되었으며 더욱더 기술을 연마하여 어떤 이들이 죽는 것을 막았을 뿐 아니라 죽은 사람을 다시 일으키기까지 하였다. 그는 아테나로부터 고르고의 혈관에서 흐르는 피를 얻었는데, 왼쪽 혈관에서 흐르는 것은 사람을 죽이는 데 쓰고, 오른쪽에서 나온 것은 살리는 데 썼다. 이것으로 해서 죽은 사람들을 다시 일으켰던 것이다.

〔나는 그에 의해 다시 살아났다고 하는 사람들을 찾아냈다. 즉 스테시코로스가 「에리퓔레」〈에서〉 말한 바에 따르면 카파네우스와 뤼쿠르고스요, 「나우팍티카」를 쓴 사람에 따르면 힙폴뤼토스요, 파뉘아시스에 따르면 튄다레오스, 오르페우스파 사람들에 따르면 휘메나이오스, 멜레사고라스에 따르면 미노스의 아들 글라우코스가 그런 사람이다.〕[15]

4. 제우스는 사람들이 그에게서 치료법을 배워 서로 도울까 봐 두려워 그를 벼락으로 쳤다. 아폴론은 이것 때문에 분노하여 제우스를 위해 그 벼락을 만들어준 퀴클롭스들을 죽인

다. 그래서 제우스는 아폴론을 타르타로스에 던지려 했으나,
레토가 애원하므로, 그에게 1년 동안 인간에게 종살이하라고
명했다. 그래서 그는 페라이 땅, 페레스의 아들 아드메토스에
게로 가서 그에게 봉사하며 가축을 쳤고, 모든 암소를 쌍태 낳
는 것으로 만들었다.

　그런데 어떤 사람들은, 아파레우스와 레우킵포스는 아이
올로스의 아들 페리에레스에게서 났으며, (다른) 페리에레스
는 퀴노르테스에게서 났고, 그 페리에레스에게서 오이발로스
가, 그리고 오이발로스와 샘의 요정 바테이아에게서 튄다레오
스, 힙포코온, 이카리오스가 났다고 한다.[152]

튄다레오스와 이카리오스

　5. 힙포코온에게서는 아들들로 도뤼클레우스, 스카이오
스, 에나로포로스, 에우테이케스, 부콜로스, 뤼카이토스, 테브
로스, 힙포토오스, 에우뤼토스, 힙포코뤼테스, 알키누스, 알콘
이 태어났다. 힙포코온은 이 아들들의 도움으로 이카리오스와
튄다레오스를 라케다이몬으로부터 쫓아냈다.

　그들은 테스티오스에게로 도망쳐서, 이웃과 전쟁을 하고
있던 그와 동맹하여 싸웠다. 그리고 튄다레오스는 테스티오스
의 딸 레다와 결혼한다. 그는, 헤라클레스가 힙포코온과 그의

아들들을 죽였을 때,[153] 귀향하여 왕권을 다시 차지한다.

6. 이카리오스와 샘의 요정 페리보이아에게서 토아스, 다마십포스, 이메우시모스, 알레테스, 페릴레오스, 그리고 딸 페넬로페가 태어났고, 그녀와는 오뒷세우스가 결혼하였다. 한편 튄다레오스와 레다에게서 딸들이 났는데, 티만드라와는 에케모스가 결혼하였고, 클뤼타임네스트라와는 아가멤논이 결혼했으며, 필로노에는 아르테미스가 불사의 존재로 만들었다.

헬레네의 탄생

7. 그런데 제우스가 백조의 모습으로 변하여 레다와 결합하였고, 같은 밤에 튄다레오스도 그녀와 결합하여, 제우스에게서는 폴뤼데우케스와 헬레네가, 튄다레오스에게서는 카스토르⟨와 클뤼타임네스트라⟩가 났다.

그런데 몇몇 사람들은 헬레네가 네메시스와 제우스 사이에서 났다고 말한다. 그녀가 제우스와의 결합을 피하여 거위로 모습을 바꾸자, 제우스도 백조로 변하여 결합하였다는 것이다. 그리고 그 결합으로부터 알을 낳았는데, 이것을 어떤 목자가 숲에서 발견하여 레다에게 가져다주었고, 그녀는 그것을 상자에 담아 지켰으며, 적당한 시간이 되자 헬레네가 나왔고, 레다는 그녀를 자기에게서 난 딸로 키웠다는 것이다.

그녀가 미색(美色)이 출중하게 자라나자 테세우스가 납치하여 아피드나이로 데려갔다. 그러나 테세우스가 하데스에 간 사이에, 폴뤼데우케스와 카스토르가 쳐들어가서 도시를 함락시키고 헬레네를 데려오고, 테세우스의 어머니 아이트라도 포로로 끌고 온다.

헬레네의 구혼자들

8. 헬라스의 왕들이 헬레네와 결혼하기 위하여 스파르테로 왔다. 구혼자들은 이러하다. 라에르테스의 아들 오뒷세우스, 튀데우스의 아들 디오메데스, 네스토르의 아들 안틸로코스, 안카이오스의 아들 아가페노르, 카파네우스의 아들 스테넬로스, 크테아토스의 아들 암피마코스, 에우뤼토스의 아들 탈피오스, 퓔레우스의 아들 메게스, 암피아라오스의 아들 암필로코스, 페테오스의 아들 메네스테우스, 〈이피토스의 아들〉 스케디오스〈와〉 에피스트로포스, 아가스테네스의 아들 폴뤽세노스, 〈힙팔키모스의 아들〉 페넬레오스, 〈알렉토르의 아들〉 레이토스, 오일레우스의 아들 아이아스, 아레스의 아들 아스칼라포스와 이알메노스, 칼코돈의 아들 엘레페노르, 아드메토스의 아들 에우멜로스, 페이리투스의 아들 폴뤼포이테스, 코로노스의 아들 레온테우스, 아스클레피오스의 아들 포달레이리오스와 마

카온, 포이아스의 아들 필록테테스, 에우하이몬의 아들 에우뤼필로스, 이피클로스의 아들 프로테실라오스, 아트레우스의 아들 메넬라오스, 텔라몬의 아들 아이아스와 테우크로스, 메노이티오스의 아들 파트로클로스.

9. 튄다레오스는 이들 무리를 보고, 혹시 하나가 호의를 얻어 뽑히면 나머지가 분쟁을 일으키지나 않을까 두려워했다. 그러자 오뒷세우스가, 만일 자기가 페넬로페와 결혼하도록 도와준다면 그 어떤 분쟁도 일어나지 않게 할 어떤 방법을 제시하겠다고 약속했고, 튄다레오스가 그를 돕겠다고 약속하자, 만일 선택된 신랑이 그 결혼과 관련하여 다른 누군가에게 해를 당하면 모든 구혼자들이 그를 돕겠다는 내용의 맹세를 시키라 했다. 이것을 듣고 튄다레오스는 구혼자들에게 맹세를 시킨다. 그리고 자신이 메넬라오스를 신랑으로 선택하는 한편, 오뒷세우스를 위해 이카리오스에게서 페넬로페를 주선해 준다.

11장

메넬라오스의 자식들

1. 그리하여 메넬라오스는 헬레네로부터 헤르미오네를 낳았고, 또 어떤 사람들에 따르면 니코스트라토스도 낳았다. 한편 아이톨리아 종족인 여종 피에리스로부터, 또는 아쿠실라오스에 따르면 테레이스에게서, 메가펜테스를 얻었으며, 또 에우멜로스에 따르면 요정 크놋시아로부터 크세노다모스를 얻었다.

디오스쿠로이

2. 레다에게서 태어난 아들 중 카스토르는 전투와 관련된 것들을 연습하였고, 폴뤼데우케스는 권투 기술을 연마하였다. 이 둘은 그 용맹함으로 인하여 디오스쿠로이(제우스의 젊은이들)라고 불리게 되었다.

그들은 결혼을 하고자, 레우킵포스의 딸들을 멧세네로부터 납치해다가 결혼하였다.[154] 그래서 폴뤼데우케스와 포이베 사이에서 므네실레오스가 났고, 카스토르와 힐라에이라 사이에서는 아노곤이 났다.

그들은 아파레우스의 아들들인 이다스, 륀케우스와 함께 아르카디아로부터 소들을 약탈해 몰고 가서, 이다스에게 그것을 나누도록 맡겼다. 그는 소 한 마리를 네 몫으로 잘라 나누고는, 제일 먼저 먹어치우는 사람에게 약탈물의 절반이 돌아가고, 다음 사람에게 나머지가 돌아가도록 하자고 했다. 그래놓고 이다스는 자신의 몫을 남보다 앞질러 1등으로 먹어치우고, 형제의 몫까지도 먹었다. 그리고 나서 약탈물들을 가지고 멧세네로 몰아가 버렸다.

그러자 디오스쿠로이는 멧세네로 쳐들어가서 그 약탈물과 또 다른 많은 것들을 함께 몰고 온다. 그리고는 이다스와 륀케우스를 숨어 기다렸다. 그렇지만 륀케우스가 카스토르를 보고 이다스에게 알렸고, 그는 카스토르를 죽인다. 폴뤼데우케스는 둘을 추적하여, 창을 날려 륀케우스를 죽이고, 이다스를 쫓다가 그가 던진 돌에 머리를 맞고는 앞이 캄캄하여 쓰러진다. 그러자 제우스는 이다스에게 벼락을 내리고, 폴뤼데우케스는 하늘로 올려 보낸다.

그렇지만 폴뤼데우케스는, 카스토르가 시신으로 있는 한 불멸을 받지 않겠다고 하여, 제우스가 이 둘에게 하루는 신들 가운데, 하루는 죽은 자들 사이에 있도록 허락하였다. 디오스쿠로이가 신들 가운데로 옮겨 가자, 튄다레오스는 메넬라오스를 스파르테로 불러다가 그에게 왕권을 넘겨주었다.

안토니오 다 코레조, 「가뉘메데스의 납치」(1520-1540년)
트로스는 자신이 다스리는 지역을 트로이아라 불렀다.
그런데 그의 아들 가뉘메데스는 그 아름다움 때문에 제우스가 독수리를 시켜
채어 올려다가 신들의 술 따르는 시동으로 하늘에서 살게 하였다.

12장

트로이아의 조상들

1. 아틀라스의 딸 엘렉트라와 제우스에게서[155] 이아시온과 다르다노스가 태어났다. 이아시온은 데메테르를 사랑하여 그 여신을 겁탈하고자 하다가 벼락을 맞고, 다르다노스는 형제의 죽음을 애통해하며 사모트라케를 떠나 맞은편의 육지로 갔다.

그 땅은 스카만드로스 강과 요정 이다이아 사이에서 난 테우크로스가 다스리고 있었고, 그의 이름을 따서 그 지역에 사는 사람들도 테우크로이라 불리고 있었다. 다르다노스는 왕에 의해 받아들여졌고, 땅의 일부와 그의 딸 바테이아를 얻어 다르다노스 도시를 세웠다. 그리고 테우크로스가 죽자 전 지역을 다르다니아라고 불렀다.

2. 그에게 아들들로 일로스와 에릭토니오스가 태어났는데, 일로스는 자식 없이 죽어 에릭토니오스가 왕권을 물려받고, 시모에이스의 딸 아스튀오케와 결혼하여 트로스를 낳는다. 이 트로스는 왕권을 물려받아 그 지역을 자기 이름을 따서 트로이아라 불렀고, 스카만드로스의 딸 칼리로에와 결혼하여 딸로 클레오파트라를 낳고, 아들들로 일로스와 앗사라코스와 가뉘메데스를 낳는다. 이 가뉘메데스는 그 아름다움 때문에

제우스가 독수리를 시켜 채어 올려다가 신들의 술 따르는 시동으로 하늘에서 살게 하였다.

한편 앗사라코스와, 시모에이스의 딸인 히에롬네메에게서 카퓌스가 태어난다. 그리고 카퓌스와, 일로스의 딸 테미스테에게서 안키세스가 난다. 그런데 아프로디테가 사랑의 욕망 때문에 이 안키세스와 결합하여 아이네이아스와 뤼로스를 낳는데, 뤼로스는 자식 없이 죽었다.

일리온의 성립

3. 일로스는 프뤼기아로 가서, 마침 그곳의 왕이 경기 대회를 열고 있는 것을 보고 씨름에 출전하여 우승한다. 그래서 상으로 쉰 명의 청년과 같은 수의 처녀를 얻었는데, 왕이 신탁에 따라 그에게 얼룩암소를 주었고, 그것이 눕는 장소에 도시를 건설하라 하여 그 암소를 따라갔다. 그 소는 프뤼기아 아테의 언덕이라 불리는 곳에 도착하여 누웠다. 일로스는 거기에 도시를 세우고 이것을 일리온이라 불렀다.

그리고 제우스께 자기를 위해 어떤 징조가 나타나기를 빌었는데, 대낮에 팔라디온[156]이 하늘에서 떨어져 자기 천막 앞에 놓여 있는 것을 보게 되었다. 그것은 크기가 세 완척(腕尺)이고 발들이 서로 붙어 있었으며, 오른손에는 창을 쳐들고 있었고 다른 손에는 실톳대와 물레가락을 갖고 있었다.

　이 팔라디온에 대해서는 다음과 같은 이야기가 전해진다. 사람들이 말하기로, 아테나는 태어나서 트리톤[157] 곁에서 자랐다 한다. 그 트리톤에게는 팔라스라는 딸이 있었다. 두 여자아이가 전투 기술을 연습하다가, 하루는 서로 이기려는 마음에 빠져들었다.

　그래서 팔라스가 아테나를 치려는 순간, 제우스가 걱정이 되어 아이기스[158]를 그 앞에 펼쳤다. 팔라스는 그쪽에 신경이 쓰여 바라보다가 아테나에 의해 맞아 쓰러졌다. 아테나는 그녀의 죽음을 매우 슬퍼하여 그녀와 닮은 목상(木像)을 만들었고, 그녀가 두려워하던 아이기스를 가슴에 둘러, 제우스 곁에 자리 잡게 하고 거기에 존경을 바쳤다.

　그런데 나중에 엘렉트라가 겁탈을 피하여[159] 거기로 도망쳤고, 제우스는 (아테와 함께)[160] 그 팔라디온을 일리온 땅으로 던져버렸다. 한편 일로스는 그 목상을 위해 신전을 짓고 존경을 바쳤다. 팔라디온에 대해서는 바로 이런 이야기가 전해지고 있다.

　일로스는 아드라스토스의 딸 에우뤼디케와 결혼하여 라오메돈을 낳았는데, 그는 스카만드로스의 딸 스트뤼모와, 또는 어떤 사람들에 따르면 오트레우스의 딸 플라키아와, 또 몇몇 사람에 따르면 레우킵페와 결혼하여, 아들들로 티토노스, 람포스, 클뤼티오스, 히케타온, 포다르케스를 낳고, 딸들로는 헤시오네와 킬라와 아스튀오케를 낳고, 또 요정 칼뤼베에게서 부콜리온을 낳았다.

4. 티토노스는, 에오스가 그를 사랑하여 채어다가 아이티오피아로 데려가고, 거기서 동침하여 아들들인 에마티온과 멤논을 낳는다.

프리아모스의 자식들

5. 일리온이 헤라클레스에 의해 함락되고 나서, 우리가 조금 전에 얘기했던 대로[161] 그곳은 프리아모스라 불리는 포다르케스가 다스리게 되었다. 그는 처음에 메롭스의 딸 아리스베와 결혼하였고, 그녀로부터 그에게 아들인 아이사코스가 태어난다. 이 아이사코스는 케브렌의 딸 아스테로페와 결혼하였는데, 그녀가 죽자 애통해하다가 새로 변하였다.[162]

프리아모스는 아리스베를 휘르타코스에게 내어주고는 두 번째로 뒤마스의 딸 헤카베와 결혼했는데, 이 헤카베는 어떤 사람들에 따르면 킷세우스의 딸이라고도 하고, 또 다른 사람들에 따르면 산가리오스 강과 메토페 사이의 딸이라고도 한다. 그녀에게서 제일 먼저 헥토르가 태어난다.

그런데 두 번째 아기가 태어나려 할 때, 헤카베는 자다가 타오르는 횃불을 낳는 꿈을 꾸었다. 그런데 이 불이 번져서 온

앙투안 장 밥티스트 토마, 「알렉산드로스의 치료를 거부하는 오이노네」(1816년)
파리스(알렉산드로스)의 아내 오이노네는 그가 다치면 자신만이 치료할 수 있다고 예언했다.
그래서 그는 트로이아 전쟁에서 활에 맞자 이데 산에 있는 오이노네에게로 돌아온다.
그러나 오이노네는 헬레네 때문에 앙심을 품어 치료를 거부했다.

도시를 태우는 것이었다. 프리아모스가 헤카베에게서 그 꿈 얘기를 듣고, 아들인 아이사코스를 부르러 사람을 보냈다. 왜냐하면 그는 외할아버지인 메롭스로부터 배워서 해몽가가 되었기 때문이다. 아이사코스는 이 아이가 조국을 멸망시키는 원인이 될 것이라 말하고, 그 아기를 내다버리라고 했다.

그래서 프리아모스는 아기가 태어나자, 하인에게 이데 산에 가져다 버리라고 준다. 그가 버린 아기는 닷새 동안 곰에 의해 키워졌다. 하인은 아기가 탈 없이 살아 있는 것을 보고 그를 다시 취하여, 농장으로 데려다 파리스라 이름 붙이고 자기 아들로 키웠다.

파리스가 청년이 되었을 때, 아름다움과 힘에 있어 많은 사람들을 능가하였고, 다시 알렉산드로스라는 별명이 붙었다. [이 말은 도움을 주었다는 뜻이다.][163] 그가 강도들을 막아내고 가축 떼를 지켰기 때문이다.

그다음에 헤카베는 딸들로 크레우사, 라오디케, 폴뤽세네, 카산드라를 낳았다. 이 카산드라와 아폴론이 동침하기를 원하여, 그녀에게 예언술을 가르쳐주겠다고 약속했었다. 그러나 그녀는 그것을 배우고는 동침하지 않았다. 그래서 아폴론은 그녀의 예언술에서 설득력을 빼앗아버렸다.

헤카베는 다시 아들들로 데이포보스, 헬레노스, 팜몬, 폴리테스, 안티포스, 힙포노오스, 폴뤼도로스, 트로일로스를 낳왔다. 이 트로일로스는 아폴론에 의해 낳은 아이라고들 한다.

다른 여인들로부터도 프리아모스에게 아들들이 태어났는데, 멜라닙포스, 고르귀티온, 필라이몬, 힙포토오스, 글라우코스, 아가톤, 케르시다마스, 에우아고라스, 힙포다마스, 메스토르, 아타스, 도뤼클로스, 뤼카온, 드뤼옵스, 비아스, 크로미오스, 아스튀고노스, 텔레스타스, 에우안드로스, 케브리오네스, 뮐리오스, 아르케마코스, 라오도코스, 에케프론, 이도메네우스, 휘페리온, 아스카니오스, 데모코온, 아레토스, 데이오피테스, 클로니오스, 에켐몬, 휘페이로코스, 아이게오네우스, 뤼시토오스, 폴뤼메돈이고, 딸들로는 메두사, 메데시카스테, 뤼시마케, 아리스토데메가 있었다.

파리스와 오이노네

6. 헥토르는 에에티온의 딸 안드로마케와 결혼하고, 알렉산드로스는 케브렌 강의 딸 오이노네와 결혼한다. 오이노네는 레아로부터 예언술을 배웠는데, 알렉산드로스에게 헬레네에게로 항해해 가지 말라고 예언했다. 그러나 설득하지 못하자, 다치게 되면 자기에게로 오라고 했다. 자신만이 치료할 수 있기 때문이라는 것이다.

그런데 알렉산드로스는 헬레네를 스파르테로부터 납치

페르디난드 볼, 「제우스의 등장을 알아챈 아이기나」(17세기)
아소포스 강은 시쉬포스로부터 제우스가 딸을 납치한 사실을 알게 된다.
그렇지만 제우스는 추적하는 아소포스에게 벼락을 내려
다시 자기 흐름으로 돌려보냈다. 그래서 지금까지도 이 강에는 숯이 떠다닌다.

하였고, 트로이아가 공격을 당하는 와중에 필록테테스에 의해 헤라클레스의 활에 맞아 이데 산의 오이노네에게로 돌아오게 되었다. 그러나 그녀는 앙심을 품고서 치료를 거부했다. 그래서 알렉산드로스는 트로이아로 옮겨지다가 숨을 거뒀고, 오이노네는 마음을 고쳐먹어 치료약을 가지고 가다가, 그가 죽은 것을 보고는 스스로 목매고 말았다.

* * * * * *

아이아코스와 그의 자손들

아소포스 강은 오케아노스와 테튀스의 자식인데, 아쿠실라오스에 따르면 페로와 포세이돈에게서 났고, 어떤 사람들에 따르면 제우스와 에우뤼노메 사이에서 났다. 그와 메토페(라돈 강의 딸이다.)가 결혼하여 아들 둘을 낳았는데 이스메노스와 펠라곤이고, 딸 스물이 있는데, 그들 중 하나인 아이기나를 제우스가 납치했다.

아소포스는 그녀를 찾아 코린토스로 갔고, 그 납치한 자가 제우스라는 사실을 시쉬포스에게서 알게 된다.[164] 그렇지만 제우스는 추적하는 아소포스에게 벼락을 내려 다시 자기 흐름으로 돌려보냈다. (그래서 지금까지도 이 강의 물줄기에는 숯이 떠간다.) 그리고 아이기나를 그때는 오이노네라고 불리던, 그리고 지금은 그녀의 이름을 따서 아이기나라 불리는 섬으로 데려가서 결합하고, 그녀로부터 아들 아이아코스를 낳는다. 그가 섬에 혼자 있는 것을 보고 제우스는 개미들을 사람으로 만들어 주었다.[165]

아이아코스는 스케이론의 딸 엔데이스와 결혼하였고, 그녀로부터 그에게 아들들로 펠레우스와 텔라몬이 태어났다. 그런데 페레퀴데스에 따르면, 텔라몬은 펠레우스의 친구이지 형제가 아니며, 악타이오스와, 퀴크레우스의 딸 글라우케 사이에서 난 아들이라고 한다. 아이아코스는 다시 네레우스의 딸 프삼마테가 결합하기 싫어 물개(phoke)로 변했을 때 결합하였고 포코스(Phokos)를 낳는다.

아이아코스는 모든 사람 가운데 가장 경건하였다. 그래서 펠롭스 때문에, 즉 그가 아르카디아인들의 왕인 스튐팔로스와 전쟁을 하다가 아르카디아를 차지할 수가 없자, 우정을 가장하여 스튐팔로스를 죽이고, 그의 사지를 나누고 흩어 뿌린 일 때문에 흉년이 헬라스를 덮쳤을 때, 신들의 신탁이 말하기를, 아이아코스가 헬라스를 위해 기원한다면 현재의 불행으로부터 헬라스가 해방되리라고 하였고, 아이아코스가 기원을 하자 헬라스는 흉년으로부터 해방되었다. 아이아코스는 삶을 마치고 플루톤 곁에 가서도 존경을 받으며, 하데스의 열쇠들을 지키고 있다.

펠레우스와 텔라몬

한편 포코스가 운동 경기에서 탁월함을 보이게 되자, 그
의 형제들인 펠레우스와 텔라몬이 음모를 꾸민다. 그래서 그
들은 제비뽑기를 했고, 텔라몬은 자신에게 일이 떨어지자 포
코스와 함께 운동하다가 원반으로 그의 머리를 맞혀 죽이고,
펠레우스와 함께 시신을 어떤 숲으로 가져다가 숨긴다. 그렇
지만 그 살인이 탄로 나서, 그들은 아이아코스에 의해 쫓겨나
망명자 신세로 아이기나를 떠나게 된다.

7· 그리하여 텔라몬은 살라미스로, 〈포세이돈과〉, 아소포
스의 딸 살라미스에게서 난 퀴크레우스에게로 간다. 이 퀴크레
우스는 그 섬을 해치고 있던 뱀을 죽이고 그곳을 다스리고 있
었는데, 죽으면서 아이가 없어 왕국을 텔라몬에게 넘겨준다.

텔라몬은 펠롭스의 아들 알카토스에게서 난 페리보이아
와 결혼한다. 그런데 헤라클레스가 그에게 아들이 나기를 기
원하고 이 기원 후에 독수리(ἀετός)가 나타났기 때문에, 태어
난 아들을 아이아스(Αἴας)라 했다. 텔라몬은 헤라클레스와 함
께 트로이아로 쳐들어갔고, 라오메돈의 딸 헤시오네를 명예의
선물로 받아[166] 그녀에게서 그에게 테우크로스가 태어난다.

「칼뤼돈의 멧돼지 사냥」

펠레우스는 에우뤼티온과 함께 칼뤼돈의 멧돼지 사냥을 가서

그 돼지에게 창을 던지다가 에우뤼티온을 맞혀 의도치 않은 살인을 하게 된다.

그래서 다시 이올코스의 아카스토스에게로 가서 정화를 받는다.

아브라함 블뢰마르트, 「펠레우스와 테티스의 결혼」(1638년)
펠레우스는 네레우스의 딸 테티스와 결혼한다. 그녀와의
결혼을 두고 제우스와 포세이돈이 경쟁했었지만 테미스가 예언하기를
그녀에게서 나는 아들이 아버지보다 강하리라 하여 그들은 포기하였다.

13장

펠레우스의 모험

1. 펠레우스는 프티아로 도망하여 악토르의 아들 에우뤼티온에게 가서 그에게 정화를 받고, 그로부터 딸인 안티고네와 그 지역의 3분의 1을 얻는다. 그에게 딸인 폴뤼도라가 태어나는데, 그녀와는 페리에레스의 아들 보로스가 결혼했다.

2. 그는 거기서 칼뤼돈의 멧돼지 사냥을 위해 에우뤼티온과 함께 가서, 그 돼지에게 창을 던지다가 에우뤼티온을 맞혀 의도하지 않은 살인을 하게 된다. 그래서 다시 프티아로부터 도망하여 이올코스의 아카스토스에게로 가서 그에게 정화를 받는다.

3. 그는 거기서 펠리아스를 추모하는 경기에 출전하여, 아탈란테와 씨름하였다.[167] 한편 아카스토스의 아내 아스튀다메이아는 펠레우스를 사랑하여 그에게 동침하자는 내용의 전갈을 보냈다. 그러나 그를 설득할 수가 없자, 그의 아내에게 사람을 보내, 펠레우스가 아카스토스의 딸 스테로페와 결혼하려 한다고 전했다. 안티고네는 이것을 듣고 목매달아 죽는다.

아스튀다메이아는 또 아카스토스에게 펠레우스를 모함하여, 그가 동침하자고 유혹했다고 말했다. 아카스토스는 그 말을 들었〈지만〉 자신이 정화해 준 사람을 죽이고 싶지 않아서, 펠리온 산으로 가는 사냥에 그를 데려간다.

여기서 사냥 경쟁이 있었는데, 펠레우스는 그가 잡은 짐승들의 혀들을 잘라 주머니에 계속 넣었다. 그런데 아카스토스와 함께한 사람들은 이 짐승들을 챙기면서, 펠레우스가 아무것도 잡지 못했다고 비웃었다. 그러자 그는 가지고 있던 혀들을 그들에게 내보이면서, 이만큼을 사냥했노라고 말했다.

그런데 그가 펠리온 산중에서 잠들었을 때, 아카스토스는 그를 버려두고, 칼은 소 똥 속에 감춰두고 돌아간다. 그는 깨어 일어나 칼을 찾다가, 켄타우로스들에게 잡혀 죽게 된 순간, 케이론에 의해 구원된다. 케이론은 그의 칼까지 두루 다니며 찾아내어 그에게 돌려준다.

4· 펠레우스는 페리에레스의 딸 폴뤼도라와 결혼하는데, 그녀에게서 명목상으로는 그의 아들인, 실제로는 스페르케이오스 강의 아들인 메네스티오스가 태어난다.[168]

펠레우스와 테티스의 결혼

5· 그는 나중에 네레우스의 딸 테티스와 결혼한다. 그런데 그녀와의 결혼을 두고 제우스와 포세이돈이 경쟁했었다. 그렇지만 테미스가 예언하기를, 그녀에게서 나는 아들이 아버지보

외젠 들라크루아, 「아킬레우스를 교육시키는 케이론」(1862년경)
테티스는 아들 아킬레우스를 불멸의 존재로 만들고 싶어서 몰래 밤마다 그를
불에 달구었는데 펠레우스에게 들키자 아기를 버리고 네레우스에게 가버렸다.
그래서 펠레우스는 케이론에게 아기의 양육을 맡겼다.

「파트로클로스의 상처를 싸매는 아킬레우스」(기원전 500년경)
파트로클로스는 주사위 놀이를 하다가 클레이토뉘모스를 죽이게 되어서,
아버지와 함께 도망하여 펠레우스에게 가서 아킬레우스의 연인이 되었다.
그리하여 그도 아킬레우스를 따라 트로이아 전쟁에 참여하게 된다.

다 강하리라 하여 그들은 포기하였다.

그런데 몇몇은 말하기를, 제우스가 동침하려고 그녀에게 달려드는 참인데, 프로메테우스가, 그녀로부터 그에게 태어나는 아이가 하늘을 지배하리라고 말했다 한다.[169] 하지만 몇몇은 말하기를, 테티스가 헤라에 의해 키워졌기 때문에 제우스와 동침하지 않으려 해서, 제우스가 노하여 인간에게 그녀를 시집 보내려 했다고 한다.[170]

그래서 케이론이, 그녀가 모습을 바꾸더라도 그녀를 잡고서 꼭 누르고 있으라 충고하여, 펠레우스는 기회를 엿보다가 그녀를 납치해 온다. 그녀가 때로는 불, 때로는 물, 때로는 짐승으로 변해도 원래의 모습을 취하는 것을 보기 전에는 놓지 않았던 것이다.

펠레우스는 펠리온 산에서 결혼하였는데, 거기서 신들이 결혼을 축하하여 잔치하며 노래를 불렀다. 케이론은 펠레우스에게 물푸레나무 창을 주고, 포세이돈은 말 발리오스와 크산토스를 준다. 이 말들은 불사의 존재였다.[171]

6. 테티스가 펠레우스에게서 아기를 낳았을 때, 그녀는 그 아기를 불사의 존재로 만들고 싶어서, 펠레우스 몰래 밤중에는 아기를 불 속에 숨겨 그가 가진 성질 중에 아버지에게서 물려받은 사멸적인 것을 없애고, 낮에는 아기에게 암브로시아를 발라주곤 했다.

그런데 펠레우스가 엿보고 있다가 아기가 불 위에서 헐떡이고 있는 것을 보고는 소리를 질렀다. 테티스는 자기 계획이 실현되는 것을 방해받자, 어린아이를 버려두고 네레우스에게로 가버렸다.

그래서 펠레우스는 아기를 데리고 케이론에게로 갔다. 그는 아기를 받아서는 사자와 멧돼지의 내장, 그리고 곰의 골수를 먹여 키웠고, 그 아기가 입술(χεῖλος)을 젖가슴에 대지 않았다 하여 이름을 아킬레우스(Ἀχιλλεύς)라고 지었다.[172] 그 전에는 그의 이름이 리귀론이었다.

7. 펠레우스는 그 후 이아손, 디오스쿠로이와 더불어 이올코스를 약탈하고, 아카스토스의 아내 아스튀다메이아는 죽여 사지를 찢어놓고 그 사이로 군대를 이끌고 도시로 들어갔다.

아킬레우스의 트로이아 전쟁 참가

8. 아킬레우스가 아홉 살이 되었을 때, 칼카스가 말하기를 그가 없이는 트로이아를 차지할 수 없다 하였는데, 테티스는 그가 전쟁에 나가면 죽을 수밖에 없다는 것을 미리 알고, 그를 여자 옷으로 숨겨 처녀인 양 뤼코메데스에게 맡겨두었다.

아킬레우스는 거기서 자라면서 뤼코메데스의 딸 데이다메이아와 결합하고, 그에게 아들인 퓌르로스가 태어나는데,

그는 나중에 네옵톨레모스로 불리게 된다. 그런데 사실이 새어나가, 오뒷세우스가 아킬레우스를 찾고자 뤼코메데스에게로 와서 나팔을 이용하여 그를 찾아낸다.[173] 이렇게 해서 아킬레우스는 트로이아로 갔다.

그와 함께 아뮌토르의 아들 포이닉스가 동반하였다. 그는 아버지에 의해 장님이 되었는데, 아버지의 첩인 프티아가 그가 자기를 유혹했다고 모함했던 것이다. 그런데 펠레우스가 그를 케이론에게 데려가서 눈을 치료받게 하고, 돌로페스인들의 왕으로 세웠다.[174]

한편 파트로클로스도 동행했는데, 그는 메노이티오스와, 아카스토스의 딸 스테넬레, 또는 페레스의 딸 페리오피스에게서, 또는 필로크라테스에 따르자면 펠레우스의 딸 폴뤼멜레에게서 났다. 트로클로스는 오푸스에서 주사위 놀이를 하다가 싸움이 나서 암피다마스의 아들인 클레이토뉘모스를 죽였고, 아버지와 함께 도망하여 펠레우스에게 가서 살면서 아킬레우스의 연인이 되었다.

14장

포세이돈과 아테나의 경쟁

1. 케크롭스는 저절로 땅에서 태어난 이로서, 사람과 뱀의 몸이 합쳐진 모습이었으며, 앗티케를 처음으로 다스렸다. 그리고 전에는 악테라고 불리던 땅을 자기 이름을 따서 케크로피아라고 이름 지었다.

그때에 신들이 각자 자기만의 명예를 누릴 도시를 차지하기로 했다고 한다. 그래서 포세이돈이 제일 먼저 앗티케로 와서, 삼지창으로 아크로폴리스 한가운데를 쳐 바다가 나타나게 했는데, 이것을 지금은 에렉테이스라고들 부른다.[175]

그런데 그다음에 아테나가 와서, 케크롭스를 점유의 증인으로 삼고 올리브를 심었다. 그것은 지금도 판드로세이온에서 볼 수 있다. 그래서 양자 사이에 그 땅에 대해 분쟁이 생겼는데, 제우스가 그들을 떼어놓고 재판관들을 세웠다.

그러나 재판관은, 어떤 사람들이 말하듯 케크롭스와 크라나오스가 아니고, 또 에뤼식톤도 아니고, 열두 신들이었다. 이들이 판결하여 그 지역은 아테나의 것으로 결정되었다. 케크롭스가 아테나가 먼저 올리브를 심었다고 증언했기 때문이다. 그래서 아테나는 자기 이름을 따서 이 도시를 아테나라 불렀고, 포세이돈은 그 마음에 노여움을 품고서 트리아시온 벌판을 홍수로 휩쓸고, 앗티케를 바다 밑에 놓이게 만들었다.[176]

케크롭스의 자손들

2. 케크롭스는 악타이오스의 딸 아그라울로스와 결혼하여 아들 에뤼식톤을 가졌으나 그는 자식 없이 죽었고, 딸들로는 아그라울로스,[177] 헤르세, 판드로소스를 낳았다. 아그라울로스와 아레스 사이에서는 알킵페가 태어났다.

그녀를, 포세이돈과 요정 에우뤼테 사이에서 난 할리로티오스가 겁탈하였는데, 그는 아레스에게 발각되어 죽임을 당했다. 그러자 포세이돈이 〈소집하여〉 아레스의 언덕(아레이오스 파고스)에서 열두 신이 심리하는 가운데 아레스가 재판을 받았고, 방면되었다.

3. 헤르세와 헤르메스 사이에서 케팔로스가 났다. 그를 에오스가 사랑하여 채갔고,[178] 쉬리아에서 결합하여 티토노스를 낳았다.[179] 그에게서는 파에톤이 났고,[180] 파에톤에게서는 아스튀노오스가, 그리고 아스튀노오스에게서는 산도코스가 났는데, 이 산도코스는 쉬리아를 떠나 킬리키아로 가서 켈렌데리스 도시를 세우고, 휘리아인들의 왕인 메갓사레스의 딸 파르나케와 결혼하여 키뉘라스를 낳았다.

이 키뉘라스는 백성들과 함께 퀴프로스에 가서 파포스를 세우고, 거기서 퀴프로스인들의 왕인 퓌그말리온의 딸 메타르메와 결혼하여 옥쉬포로스와 아도니스를 낳고, 이들에 더하여 딸들로 오르세디케〈와〉 라오고레와 브라이시아를 낳았다. 그런데 그녀들은 아프로디테의 분노로 인하여 외국의 남자들과 동침하였고 아이귑토스에서 삶을 마쳤다.

아도니스의 탄생과 죽음

4. 한편 아도니스는 아르테미스의 노여움으로 해서 아직 아이일 때 사냥 중 멧돼지에게 받혀서 죽었다. 그런데 헤시오도스는 그가 포이닉스와 알페시보이아의 자식이라 하고, 파뉘아시스는 앗쉬리아인들의 왕인 테이아스의 아들이라 한다.

이 왕은 스뮈르나라는 딸을 갖고 있었는데, 그녀는 아프로디테의 분노로 인해(그녀를 숭배하지 않았기 때문에) 아버지를 향해 사랑을 품게 되었고, 유모를 협력자로 삼아 아버지가 모르는 가운데 열두 밤을 동침했다. 그런데 그는 사실을 알고 나서 〈자기〉 칼을 뽑아 들고 그녀를 쫓았다.

스뮈르나는 잡히는 순간에 신들께 자기가 보이지 않게 해 달라고 기원했다. 그러자 신들은 그녀를 불쌍히 여겨 나무로 변화시켰고, 사람들은 그 나무를 스뮈르나(몰약나무)라고 한

세바스티아노 델 피옴보, 「아도니스의 탄생」(1510년경)

스뮈르나는 아프로디테의 분노를 사서 아버지를 사랑하게 되자, 아버지 몰래
열두 밤을 동침했다. 그 사실을 안 아버지가 칼을 들고 쫓아오자 스뮈르나는 도망가다가
나무로 변했는데, 열 달 후에 나무가 갈라지면서 아도니스가 태어났다.

「아기 아도니스를 받는 아프로디테」
아프로디테는 아도니스의 아름다움에 반해서 아직 아기인 그를
신들 몰래 궤짝에 담아 페르세포네에게 맡겼다.
그런데 페르세포네가 그를 보고는 돌려주지 않으려 했다.

다. 그런데 열 달이 되자 그 나무가 갈라지면서 아도니스라 불리게 된 아이가 태어났다. 아프로디테는 그의 아름다움에 반해서 아직 아기인 그를 신들 몰래 궤짝에 담아 페르세포네에게 맡겼다.

그런데 페르세포네가 그를 보고는 돌려주지 않으려 했다. 그래서 제우스 앞에서 판결이 이루어져, 그는 1년을 세 몫으로 나누어 한 기간 동안에는 아도니스가 혼자 있고, 또 한 기간 동안에는 페르세포네 곁에, 나머지 동안에는 아프로디테에게 있도록 지시했다. 그런데 아도니스는 자신의 몫도 아프로디테에게 덧붙여 주었다. 그렇지만 후에 아도니스는 사냥하다가 멧돼지에게 받혀 죽었다.

에릭토니오스

5. 케크롭스가 죽자, 땅에서 태어난 크라나오스가 〈다스렸다.〉 그의 시대에 데우칼리온의 홍수가 있었다고 전해진다. 그는 라케다이몬 출신인 뮈네스의 딸 페디아스와 결혼하여 크라나에와 크라나이크메와 앗티스를 낳았다. 이 앗티스는 아직 처녀일 때 죽었는데, 크라나오스가 그 지역을 앗티스라 불렀다.

6. 그런데 크라나오스를 암픽튀온이 쫓아내고 자신이 지배하였다.[181] 그런데 몇몇은 이 사람이 데우칼리온의 아들이라

하고, 몇몇은 땅에서 태어났다고 말한다. 그가 12년 동안 다스렸을 때, 에릭토니오스가 그를 내쫓았다.

이 사람을 두고 어떤 이들은 헤파이스토스와, 크라나오스의 딸 앗티스에게서 났다 하고, 어떤 이들은 헤파이스토스와 아테나 사이에서 났다 하는데 그 이야기는 이렇다. 아테나가 무장을 마련하려고 헤파이스토스에게로 갔다. 그는 아프로디테에게 버림을 받은 뒤라, 아테나에 대한 욕망에 빠져들어서 그녀를 뒤쫓기 시작했다.

아테나는 달아났다. 헤파이스토스는 (다리를 절었으므로) 큰 고통을 견디며 그녀에게 다가가서 결합하려고 했다. 그러나 그녀는 절제 있는 처녀인지라 그것을 참고 있지 않았다. 그래서 그는 여신의 다리에 사정(射精)하고 말았다. 그녀는 혐오스러워하며 양털로 씨를 닦아 땅에 던졌다.

아테나는 달아났지만, 그 씨는 땅으로 떨어져 에릭토니오스가 태어난다. 에릭토니오스를 아테나가 다른 신들 몰래 키웠고, 불사의 존재로 만들고자 했다. 그래서 그를 바구니에 담아 케크롭스의 딸 판드로소스에게 갖다주면서, 바구니를 열지 말라고 말했다.

그런데 판드로소스의 자매들이 쓸데없는 관심으로 그것을 열고, 아기 곁에 뱀이 똬리 틀고 있는 것을 본다.[182] 그래서 그들은, 몇몇의 말에 따르면 그 뱀에 의해 죽었다고도 하고, 몇

로랑 드 라 이르, 「아도니스의 죽음」(1620년대)
아도니스는 아르테미스의 노여움을 받아
사냥하던 중에 멧돼지에게 받혀서 죽었다.

페터 파울 루벤스, 「케크롭스의 딸들에게 발견되는 아기 에릭토니오스」(1616년대)
아테나가 에릭토니오스를 몰래 키우려고 바구니에 숨겨 케크롭스의 딸들에게 맡겼다.
이 자매들이 호기심을 못 참고 열어봤는데, 아기 곁에 있는 뱀을 보고는 죽게 된다.

몇에 따르면 아테나의 분노로 인하여 미치게 되어 아크로폴리스에서 스스로 몸을 던졌다고도 한다.

한편 에릭토니오스는 성역 안에서 아테나 자신에 의해 키워져, 암픽튀온을 쫓아내고 아테나이인들을 다스렸다. 그는 아크로폴리스에 아테나의 목상(木像)을 세웠고, 판아테나이아 축제를 창설하였으며, 샘의 요정 프락시테아와 결혼하여 그녀로부터 그에게 아들 판디온이 태어났다.

이카리오스의 죽음

7. 에릭토니오스가 죽고 아테나의 같은 성역에[183] 매장되고 나서, 판디온이 다스렸다. 그리고 그의 시대에 데메테르와 디오뉘소스가 앗티케에 왔다.[184] 그런데 데메테르는 켈레오스가 (엘레우시스로) 받아 모셨고, 디오뉘소스는 이카리오스가 모셨다.

이카리오스는 디오뉘소스에게서 포도나무 가지를 얻고, 또 포도주 제조법을 배운다. 그리고 그 신의 은총을 사람들에게 선물하고자 하여 어떤 목자들에게로 간다. 그들은 그 음료를 맛보고는 물도 없이[185] 그 즐거움으로 인하여 마음껏 마셔댔고, 자기들이 마법의 약을 먹었다고 생각해서 그를 죽였다. 낮이 되자, 그들은 정신이 돌아와 그를 매장하였다.

그런데 그와 함께 사는 마이라라는 이름의 개가 이카리오스를 따라왔었는데, 그 개가 아버지의 행방을 찾고 있던 딸 에리고네에게 그의 시신을 찾아 알렸다. 그녀는 아버지의 죽음을 애통해하다가 스스로 목매어 죽었다.

프로크네와 필로멜라

8. 판디온은 어머니의 자매인 제욱십페와 결혼하여 딸들로 프로크네와 필로멜라를, 그리고 쌍둥이 아들로 에렉테우스와 부테스를 낳았다. 그런데 땅의 경계 문제 때문에 랍다코스와 전쟁이 일어나자, 그는 트라케로부터 아레스의 아들 테레우스를 동맹자로 불렀고, 그의 도움으로 전쟁을 잘 마치고 나서 그에게 자기 딸 프로크네를 결혼하도록 주었다.

테레우스는 그녀에게서 아들 이튀스를 낳았고, 또한 필로멜라를 사랑하여 이 여자도 유혹했다. (그는 프로크네가 죽었다고 했는데) 그녀를 시골에 숨겨두었던 것이다. (그 후 그는 필로멜라와 결혼하여 동침하였다.)[186] 그리고 그녀의 혀를 잘랐다.

그렇지만 그녀는 옷에 그림들을 짜 넣어서 이것들로 프로크네에게 자신의 재난을 알렸다. 프로크네는 자매를 찾아내고는 자기 아들 이튀스를 죽이고 끓여서, 영문 모르는 테레우스

페터 파울 루벤스, 「자신이 먹은 게 이튀스의 몸이라는 것을 알게 된 테레우스」(1637년경)
테레우스는 프로크네와 결혼하여 아들 이튀스를 낳았는데,
아내가 죽었다고 속여 처제 필로멜라를 유혹하고 나서는 그녀의 혀를 잘랐다.
필로멜라가 옷에 그림들을 짜 넣어서 프로크네에게 사태를 알리자 프로크네는
아들 이튀스를 죽여 테레우스에게 식사거리로 내놓는다.

페터 파울 루벤스, 「케팔로스와 프로크리스」(1636-1637년)
케팔로스는 아내 프로크리스와 사냥을 함께 나갔는데,
그녀가 덤불 속에서 사냥감을 노리고 있는 걸 모르고
창을 던졌다가 그녀를 맞혀 죽인다. 그래서 케팔로스는
아레스의 언덕에서 재판을 받고, 영구 추방의 판결을 받는다.

에게 식사거리로 내놓는다.

테레우스는 사태를 알고 나서 도끼를 잡아 들고 뒤쫓았
다. 그녀들은 포키스의 다울리아에서 잡히게 되자, 새가 되게
해달라고 신들에게 빌어, 프로크네는 밤꾀꼬리가 되고 필로멜
라는 제비가 된다. 테레우스도 새로 변하는데, 그는 후투티가
된다.

15장

케팔로스와 프로크리스

1. 판디온이 죽고 나서 아들들은 아버지의 재산을 나누었다. 왕권은 에렉테우스가 차지하고, 아테나와 포세이돈 에렉테우스[187]의 사제직은 부테스가 가졌다. 에렉테우스는 프라시모스와, 케피소스의 딸 디오게네이아 사이에서 난 프락시테아와 결혼하여, 아들들로 케크롭스, 판도로스, 메티온을 가졌고, 딸들로 프로크리스, 크레우사, 크토니아, 오레이튀이아를 가졌는데, 이 오레이튀이아는 보레아스(북풍)가 채갔다.

크토니아와는 부테스가 결혼하였고, 크레우사와는 크수토스가, 프로크리스와는 데이온의 〈아들〉 케팔로스가 결혼하였다. 그런데 프로크리스는 황금 관(冠)을 받고서 프텔레온과 동침하고는, 케팔로스에게 들키자 미노스에게로 도망친다.

미노스는 프로크리스를 사랑하여 동침하자고 설득한다. 그러나 여자가 미노스와 동침하면, 그녀는 살 길이 없었다. 왜냐하면, 미노스가 수많은 여인들과 동침하자 파시파에가 그에게 미약(媚藥)을 먹여놓아서, 그는 일단 다른 여자와 동침하고 나면 그 여자의 팔다리에 독벌레를 올려놓았고, 그래서 여자가 죽곤 했던 것이다. 그런데 그에게는 빠른 개[188]〈와〉 곧바로 날아가는 창이 있어서, 프로크리스는 이것들을 대가로 요구하고, 또 아무 해도 입히지 못하게 하려고 키르카이아 뿌리즙을 마시도록 그에게 주고는 동침한다.

그렇지만 나중에 미노스의 아내를 두려워하여 아테나이로 돌아와서, 케팔로스와 화해하고 그와 함께 사냥을 간다. 그녀는 사냥을 좋아했기 때문이다. 그런데 그녀가 덤불 속에서 사냥감을 추적하고 있는데, 케팔로스가 모르고서 창을 던져서 프로크리스를 맞혀 죽인다. 그래서 그는 아레스의 언덕에서 재판을 받고, 영구 추방의 판결을 받는다.

오레이튀이아의 자식들

2. 한편 오레이튀이아는, 일릿소스 강에서 놀고 있는데 보레아스가 납치하여 동침하였다. 그녀는 딸들로 클레오파트라와 키오네를, 아들들로 날개 달린 제테스와 칼라이스를 낳는다. 그들은 이아손과 함께 항해하면서, 하르퓌이아들을 쫓다가 죽었다.[189] 그런데 아쿠실라오스에 따르면, 이들이 테노스 부근에서 헤라클레스에 의해 죽었다고 한다.[190]

피네우스

3. 클레오파트라와는 피네우스가 결혼하였고, 그녀〈로부터〉그에게 아들들로 플렉십포스와 판디온이 태어난다. 그런데 그는 클레오파트라에게서 난 이 아들들을 가진 채, 다르다노스의 딸 이다이아와 결혼했다.

그런데 이다이아는 이 전실 자식들이 자기를 유혹했다고 피네우스에게 모함했으며, 피네우스는 그 말을 믿고서 두 아들을 눈멀게 만든다. 그런데 아르고 호 선원들이 항해해 지나가다가 보레아스와 함께 그를 벌준다.[191]

에우몰포스

4. 키오네는 포세이돈과 결합한다. 그녀는 아버지 몰래 에우몰포스를 낳아서는 들키지 않으려고, 아이를 깊은 바다에 던진다. 그러자 포세이돈이 그를 받아서 아이티오피아로 데려가, 자신과 암피트리테 사이에서 난 딸 벤테시퀴메에게 기르도록 준다.

에우몰포스가 장성하였을 때, 벤테시퀴메의 남편은 두 딸 중 하나를 그에게 준다. 그런데 에우몰포스는 아내의 자매까지 겁탈하려 했고, 이것 때문에 쫓겨나 아들 이스마로스와 더불어 트라케의 왕 테귀리오스에게로 갔다. 테귀리오스는 그의 아들에게 자기 딸을 시집 보낸다.

그렇지만 에우몰포스는 나중에 테귀리오스에게 음모를 꾸몄다가 발각되어, 엘레우시스인들에게로 도망하고 그들과 우의를 맺는다. 그런데 후에 이스마로스가 죽자, 테귀리오스는 사람을 보내 그를 불렀다. 그래서 에우몰포스는 돌아가 예전의 다툼을 해소하고 왕권을 이어받았다. 그리고 엘레우시스인들과 아테나이인들 사이에 전쟁이 일어나자, 엘레우시스인들에게 청을 받아 큰 군대를 데리고 와서 함께 싸웠다. 그런데 에렉테우스가 아테나이인들의 승리를 위해 신탁을 구하자, 신은, 그의 딸들 중에서 하나를 목 벤다면 전쟁이 제대로 되리라고 신탁을 주었다. 그래서 그가 제일 어린 딸의 목을 베자, 나머지 딸들도 스스로 목을 베어 죽었다. 어떤 사람들이 말한 바에 따르면, 그들은 서로 함께 죽자고 맹세를 했었기 때문이다.

5. 〈그〉 죽음 뒤에 전투가 벌어져서 에렉테우스는 에우몰포스를 죽였다. 그러자 포세이돈이 에렉테우스와 그의 집을 파괴하였고, 그의 아들들 중 맏이인 케크롭스가 통치하게 되었다. 그는 에우팔라모스의 딸 메티아두사와 결혼하여 판디온을 낳았다.

이 판디온은 케크롭스 뒤에 통치하다가[192] 반란이 일어나 메티오의 아들들에 의해 축출되었고, 메가라의 퓔라스에게로 가서 그의 딸 퓔리아와 결혼하게 된다. 그리고 나중에는 그 도시의 왕으로 세워진다. 퓔라스가 아버지의 형제인 비아스를 죽이고 왕권을 판디온에게 주었던 것이다. 한편 퓔라스 자신은 백성들과 함께 펠로폰네소스로 가서 퓔로스 도시를 세운다.

판디온이 메가라에 있을 때 아들들이 태어났는데, 그들은 아이게우스, 팔라스, 니소스, 뤼코스이다. 그런데 몇몇 사람들은 아이게우스가 스퀴리오스의 아들인데, 판디온이 자기 아이로 키웠다고 말한다.

아이게우스

6. 판디온이 죽은 후에 그의 자식들은 아테나이로 쳐들어가서 메티온의 자손들을 쫓아내고 나라를 네 조각으로 나눴다. 그렇지만 아이게우스가 모든 권력을 차지하였다. 그는 우선 호플레스의 딸 메타와, 그리고 다음으로 렉세노르의 딸 칼키오페와 결혼한다. 그러나 그에게 아이가 생기지 않자, 형제들을 두려워하여 퓌티아에게 가서 자식 낳는 일에 대하여 예언을 구했다. 그러자 신은 그에게 다음과 같은 신탁을 내렸다.

가죽부대의 쏟아붓는 아구리를, 백성 중 뛰어난 자여,
풀지 말지어다, 아테나이의 꼭대기에 닿기까지.

하지만 아이게우스는 그 신탁의 의미를 모른 채, 아테나이로 다시 떠났다.

7. 아이게우스는 트로이젠을 지나다 펠롭스의 아들 핏테우스의 접대를 받게 되는데, 핏테우스는 그 신탁을 이해하고는, 그를 취하게 만들어 자기 딸 아이트라와 함께 자게 했다. 그런데 같은 밤에 포세이돈이 그녀에게 접근하였다. 아이게우스는 아이트라에게, 만일 사내애를 낳으면 누구의 자식인지 말하지 말고 키우라 하고, 어떤 바위 아래 칼과 샌들을 남기면서 그 아이가 그 바위를 굴려내어 치울 수 있게 되면 그것들을 지니고 길 떠나도록 하라고 말했다.

안드로게우스의 죽음과 미노스의 아테나이 공격

그는 아테나이로 돌아가서 판아테나이아 축제를 개최하였다. 거기서 미노스의 아들인 안드로게우스가 모든 사람을 이겼다. 아이게우스는 그를 마라톤의 황소에게로 보냈는데, 그는 그 황소에 의해 죽임을 당했다. 하지만 몇몇 사람들은 그가 테바이로, 라이오스 장례식 경기에 가다가, 그를 질시하여 매복해 있던 다른 경기자들에 의해 죽었다고 말한다.

그런데 미노스는 파로스에서 카리스들께 제사를 드리고 있다가 그 죽음의 소식을 전해 듣고는 머리에서 관(冠)을 벗어

던지고 피리 소리를 그치게 했으나, 제사는 그래도 나쁘지 않게 드렸다. 그래서 지금까지도 파로스에서는 관과 피리 없이 카리스들께 제사를 드린다.

8. 그런데 바다를 지배하고 있던 미노스는 얼마 지나지 않아 군대를 이끌고 아테나이로 쳐들어갔다. 그리고 판디온의 아들 니소스가 지배하고 있던 메가라를 차지했으며, 온케스토스로부터 니소스를 도우러 온 힙포메네스의 아들 메가레우스도 죽였다.

한편 니소스는 딸의 배신 때문에 죽었다. 그는 머리 한가운데에 자줏빛 머리카락을 가지고 있었는데, 이것이 뽑히면 죽는다는 신탁이 있었다. 그런데 그의 딸 스퀼라가 미노스를 사랑하여 그 머리카락을 뽑았다.[193] 하지만 미노스는 메가라를 지배하게 되자, 뱃고물에 발을 묶어 그 처녀를 늘어트려 물에 잠기게 만들어 죽였다.

전쟁이 길어지고 아테나이를 차지할 수가 없자, 미노스는 제우스께 아테나이인들에게서 죄값을 받아내게 해달라고 빈다. 그러자 도시에 기근과 질병이 돌고, 처음에 아테나이인들은 옛 신탁에 따라 휘아킨토스의 딸들인 안테이스, 아이글레이스, 뤼타이아, 오르타이아를, 퀴클롭스인 게라이스토스의 무덤에서 목 베어 죽였다.[194] (이들의 아버지 휘아킨토스는 라케다이몬으로부터 아테나이로 와서 살고 있었다.)

335

그런데 이것이 아무 효험이 없자, 그들은 풀려날 길에 대해 신탁을 구했다. 그러자 신은 그들에게 미노스 자신이 선택하는 대가를 그에게 주라고 명했다. 그래서 그들은 사람을 보내어 미노스에게 대가를 요구하도록 했다. 미노스는 그들에게 일곱 명의 청년과 같은 숫자의 처녀를 무장 없이 미노타우로스를 위한 먹이로 보내라 했다.

이 미노타우로스는 미궁에 갇혀 있었는데, 그 미궁에 들어가는 사람은 나올 길이 없었다. 수없이 얽힌 굽은 길들로 출구를 알 수 없게 막았기 때문이다. 미궁은 에우팔라모스의 아들 다이달로스가 조성하였는데, 에우팔라모스는 메티온과 알킵페 사이에서 난 사람이었다. 다이달로스는 뛰어난 장인으로서 조상(彫像)들을 처음으로 고안해 낸 사람이었다.[195]

다이달로스는 자매(인 페르딕스)의 아들이자 자기 제자인 탈로스를 아크로폴리스에서 밀쳐버리고, 아테나이에서 망명하였다. 탈로스가 타고난 재능으로 하여 자신을 능가할까 봐 두려워서였는데, 그가 뱀의 턱뼈를 발견해서는 그것으로 나무를 얇게 잘랐기 때문이다.

그런데 시신이 발견되었고, 아레스의 언덕에서 재판을 받아 유죄 판결이 나자 그는 미노스에게로 도망쳤던 것이다. (그리고 거기서 포세이돈의 황소를 사랑하는 파시파에를 도와서 나무로 암소를 만들었고, 또 미궁을 조성하였다. 그 미궁으로

매년 아테나이인들이 청년 일곱과 같은 수의 처녀를 미노타우로스를 위한 먹이로 들여보냈다.)[196]

니콜라 푸생, 「아버지의 칼을 찾아내는 테세우스」(1638년경)
핏테우스는 아이게우스를 취하게 만들고는 자기 딸 아이트라와 함께 자게 했다.
아이게우스는 어떤 바위 아래 칼과 샌들을 남기면서,
아이트라에게 만약 아들이 태어나면 나중에 그 바위를 굴려내고 찾게 하라고 말했다.

16장

테세우스의 모험

1. 테세우스는 아이트라로부터 아이게우스에게 태어난 아들로서, 장성하자 바위를 밀치고 샌들과 칼을 취하고는 육로로 아테나이를 향해 길을 서둘렀다. 그는 악당들이 지키고 있던 길을 안전하게 만들었다.

맨 처음에 그는 에피다우로스에서 헤파이스토스와 안티클레이아의 아들인 페리페테스를 죽였는데, 그는 가지고 다니던 곤봉으로 인하여 곤봉 사나이라는 별명으로 불렸었다. 이자는 다리에 힘이 없어서 무쇠로 된 곤봉을 가지고 다녔는데, 그것으로 지나가는 사람을 죽이곤 했던 것이다. 테세우스는 이것을 빼앗아서 지니고 다녔다.

2. 다음으로, 폴뤼페몬과, 코린토스의 딸인 쉴레아 사이에서 난 시니스를 죽인다. 그는 소나무 굽히는 자라는 별명으로 불렸다. 왜냐하면 그는 코린토스 지협에 살면서 지나가는 사람들에게 굽혀놓은 소나무들을 붙잡도록 강요하곤 했기 때문이다. 그런데 사람들은 힘이 약해서 그것들을 버틸 수가 없었고, 그 나무들에 의해 날아 올라가서 박살 나 죽었다. 테세우스는 시니스도 같은 방법으로 죽여버렸다.

요약집

1장[1]

1. 세 번째로 테세우스는 크롬뮈온에서, 그것을 기른 노파의 이름을 따서 파이아라 불리는 암퇘지를 죽였다. 사람들은 그것이 에키드나와 튀폰 사이에서 났다고 말한다.

2. 네 번째로는 코린토스인인 스케이론을 죽였다. 그는 펠롭스의 아들인데, 몇몇 사람에 따르면 포세이돈의 아들이라고도 한다. 이자는 메가라 지방에 자기 이름을 따서 스케이로니데스라 불리는 바위들을 가지고 있었는데, 지나가는 사람에게 강제로 자기 발을 씻기게 하고, 그들이 그의 발을 씻기고 있는 동안 바다로 내동댕이쳐서 거대한 거북의 먹이로 만들었다. 테세우스는 그의 발을 낚아채서 〈바다로〉 던져버렸다.

3. 다섯 번째로 그는 엘레우시스에서 케르퀴온을 죽였는데, 그는 브란코스와 요정 아르기오페 사이의 자식이었다. 이자는 지나가는 사람들에게 씨름하기를 강요하여, 씨름하는 와

중에 죽였다. 테세우스는 그를 공중에 들었다가 땅에다 처박아 박살 내었다.

4. 여섯 번째로 다마스테스를 죽였는데, 몇몇 사람은 그를 폴뤼페몬이라고 부른다.[2] 이자는 길가에 집을 갖고 있었으며, 침대를 두 개 만들었는데, 하나는 작은 것이고 다른 것은 큰 것이었다. 그러고는 지나는 사람들을 접대하겠다고 불러 작은 사람들은 큰 침대에 눕혀 침대에 몸이 맞으라고 망치로 때리고, 큰 사람들은 작은 침대에 눕혀 몸의 남는 부분을 톱으로 잘라내었다.

이렇게 해서 테세우스는 길을 깨끗하게 하고 아테나이로 갔다.

5. 그때 아이게우스와 함께 살고 있데 메데이아가 테세우스에 대해 음모를 꾸몄다. 그녀는 아이게우스를 설득하여, 테세우스가 음모를 꾀하고 있으니 조심하라 하였다. 아이게우스는 자기 아들이라는 것을 모르고서, 두려운 마음에 그를 마라톤의 황소에게로 보냈다.

6. 그런데 그가 그 황소를 죽이자, 아이게우스는 바로 그날로 메데이아에게서 독약을 받아 그에게 주었다. 그 음료를 받는 순간, 테세우스는 아버지에게 칼을 선물했다. 아이게우스는 그것을 알아보고서 잔을 그의 손에서 빼앗아 던졌다. 테세우스는 아버지에 의해 신분이 확인되었고, 음모를 알고 나

서 메데이아를 쫓아내었다.

미노타우로스

7. 그리고 그는 미노타우로스에게로 가는 세 번째 공물 중에 들어가게 되는데, 어떤 사람들의 말에 따르면, 자진해서 자신을 내주었다고 한다. 배는 검은 돛을 올리고 있었는데, 아이게우스는 아들에게, 만일 살아서 돌아온다면 배에 흰 돛을 펼치라고 일러두었다.

8. 그가 크레테에 도착하였을 때, 미노스의 딸인 아리아드네가 그에 대한 사랑에 빠져, 만일 그가 자신을 아내로서 아테나이로 데려가는 데 동의한다면 도와주겠노라고 알려온다. 테세우스가 그러겠다고 맹세하자, 그녀는 다이달로스에게 미궁에서 나오는 길을 가르쳐 달라고 요청한다.

9. 그리고 다이달로스가 충고한 대로, 미궁으로 들어가는 테세우스에게 실을 준다. 테세우스는 이것을 문에다 묶어 놓고 풀면서 들어갔다. 미궁의 끝부분에서 미노타우로스를 발견하여, 그를 주먹으로 쳐서 죽이고는 실을 당기면서 다시 나왔다.

그리고 밤중에 아리아드네와 같이 간 청소년들과 함께 낙소스로 간다. 그런데 거기서 디오뉘소스가 아리아드네를 사랑하여 채어 갔고, 렘노스로 데려다가 동침하여 토아스, 스타퓔

「미노타우로스」(기원전 515년경)

미노스는 아테나이의 남녀 일곱 명씩 미노타우로스의 먹이로 보내게 했다.

이 미노타우로스가 갇혀 있는 미궁에 들어가는 사람은 나올 길이 없었다.

수없이 얽힌 굽은 길들로 출구를 알 수 없게 막았기 때문이다.

에드워드 번 존스, 「미궁 속의 테세우스와 미노타우로스」(1861년)
테세우스는 아리아드네에게서 받은 실을 미궁 문에다
묶어 놓고 풀면서 들어갔다. 미궁의 끝부분에서 미노타우로스를 발견하여
그를 주먹으로 쳐서 죽이고는, 실을 당기면서 다시 나왔다.

로스, 오이노피온, 그리고 페파레토스를 낳는다.

10. 테세우스는 아리아드네 때문에 괴로워서, 항해하며 배에 흰 돛을 펼치는 것을 잊었다. 그런데 아이게우스는 아크로폴리스에서 배가 검은 돛을 달고 있는 것을 보고는, 테세우스가 죽었다고 생각하여 몸을 던져 죽었다.

11. 테세우스는 아테나이인들에 대한 지배권을 이어받았〈고〉, 쉰 명에 이르는 팔라스의 아들들을 죽였다. 그리고 그에게 맞서 일어서려는 자들도 모두 마찬가지로 그에게 죽어, 그는 모든 지배권을 전부 혼자서 갖게 되었다.

다이달로스와 이카로스

12. 미노스는 테세우스와 함께 왔던 자들이 도망친 것을 알게 되자, 그 책임이 있는 다이달로스를 그의 아들 이카로스와 함께 미궁 속에 가두었다. 이 이카로스는 미노스의 여종인 나우크라테로부터 다이달로스에게 태어났다.

그러자 다이달로스는 자신과 아들을 위해 날개를 만들고는, 그가 날아오르기 시작할 때, 태양에 의해 풀이 녹아서 날개가 풀어질지도 모르니 절대로 높이 날지 말 것이며, 또 날개가 습기에 풀릴 수 있으니 바다 가까이도 날지 말라고 당부하였다.

13. 그렇지만 이카로스는 아버지의 당부에 주의하지 않고

티치아노, 「아리아드네에게 반한 디오뉘소스」(1520-1523년)
테세우스가 미궁을 빠져나오자마자 아리아드네를 데리고 낙소스로 갔는데,
거기서 디오뉘소스가 아리아드네를 사랑하여 채어 간다.
디오뉘소스는 그녀를 렘노스로 데려가서 네 명의 아들들을 낳는다.

페테르 씨스, 「이카로스의 어깨에 날개를 달아주는 다이달로스」(1635-1637년)
미로에서 탈출하기 위해 다이달로스는 날개를 만들었는데,
이카로스에게 태양에 의해 풀이 녹아서 날개가 풀어질지도 모르니 절대로 높이 날지 말 것이며
또 날개가 습기에 풀릴 수 있으니 바다 가까이도 날지 말라고 당부하였다.

야콥 페터 고비, 「이카로스의 추락」(1635-1637년)
이카로스는 아버지 다이달로스의 당부에 주의하지 않고, 그 마음이 현혹되어
계속 공중 높이 날아올랐다. 그러자 날개의 풀이 녹아 바다로 떨어졌는데,
후에 그 바다는 이카로스의 이름을 따 이카리아라고 불리게 된다.

그 마음이 현혹되어 계속 공중 높이 날아갔다. 그러자 풀이 녹아, 그의 이름을 따 '이카리아'라고 불리게 되는 바다로 떨어져 죽었다. 〈한편 다이달로스는 시켈리아의 카미코스에 무사히 닿았다.〉

14. 그렇지만 미노스는 다이달로스를 쫓았다. 그는 각 지역을 두루 탐문하면서 고둥을 갖고 다녔는데, 이 고둥에 실을 꿰는 사람에게 큰 대가를 주겠다고 공언하였던 것이다. 이런 방법으로 다이달로스를 찾아낼 수 있으리라고 생각했기 때문이다.

그러다가 그는 시켈리아의 카미코스에 닿아, 다이달로스가 숨어 있던 코칼로스의 집에 가서 고둥을 보여주었다. 그러자 코칼로스는 그것을 받아 실을 꿸 수 있다고 큰소리치고는, 다이달로스에게 준다.

15. 다이달로스는 개미에 실을 매고, 고둥을 뚫어서 개미가 그리로 통과해 가도록 했다. 미노스는 실이 꿰어진 것을 받아 들고는 다이달로스가 거기 있다는 것을 눈치 챘고, 당장 내놓으라 요구했다. 코칼로스는 내주겠다고 약속하고는 그를 접대하였다. 그러나 미노스는 목욕한 후에 코칼로스의 딸들에 의해 쓰러지게 되었다. 그런데 몇몇 사람들에 따르면 이들이 뜨거운 물을 쏟아부어 그가 죽었다 한다.

16. 헤라클레스는 아마존들과 전쟁을 하고는 안티오페를 납치하였는데, 어떤 사람들에 따르면 그녀가 멜라닙페라 하고, 시모니데스³는 힙폴뤼테라 한다. 이것 때문에 아마존들이 아테나이로 쳐들어왔다. 그러나 아레스의 언덕 근처에 진을 친 그녀들을 아테나이인들을 거느린 테세우스가 이겼다.

17. 테세우스는 이 아마존으로부터 힙폴뤼토스라는 아들을 얻어 갖고 있었지만, 이 일 후에 데우칼리온⁴으로부터 미노스의 딸 파이드라를 취하게 된다. 그런데 그녀와의 결혼을 축하하는 중에, 먼저 테세우스와 결혼했던 여인이 자기와 함께 있던 아마존들과 더불어 무장을 하고서 들이닥쳐, 함께 즐기던 사람들을 죽이려 했다. 그러자 그들은 얼른 문들을 닫고는 그녀를 죽였다.

18. 파이드라는 테세우스에게 두 아들, 아카마스와 데모폰을 낳았는데, 그녀는 저 아마존 여인에게서 난 아들을 [즉, 힙폴뤼토스를] 사랑하였고, 자기와 동침하자 청했다. 그런데 힙폴뤼토스는 모든 여자들을 미워했기 때문에 동침을 피해 달아났다. 파이드라는 그가 아버지에게 일러바칠까 두려워, 침실의 문을 뜯어내고 옷들을 찢고는, 힙폴뤼토스가 겁탈하려 했다고 모함했다.

「파에드라와 힙폴뤼토스에게 그녀의 사랑을 전하는 유모」(1세기)
파이드라는 남편 테세우스가 아마존 여인에게서 난 아들 힙폴뤼토스를 사랑하였다.
그래서 파이드라가 힙폴뤼토스에게 동침하자 청했지만, 힙폴뤼토스는
모든 여자들을 미워하는 사람이었기 때문에 그녀를 피하기 위해 잠시 떠난다.

「테세우스에게 힙폴뤼토스를 모함하는 파이드라」(18세기)
파이드라는 힙폴뤼토스가 아버지에게 자기를 일러바칠까 두려워,
침실의 문을 뜯어내고 옷들을 찢고는 힙폴뤼토스가 겁탈하려 했다고 모함했다.
테세우스는 그 말을 믿고 포세이돈에게 힙폴뤼토스를 죽여 달라고 기도했다.

19. 테세우스는 그 말을 믿고 포세이돈에게 힙폴뤼토스가 죽게 해달라고 기원했다. 그러자 포세이돈은, 힙폴뤼토스가 마차를 타고서 바다 곁으로 몰아가고 있을 때, 파도 속에서 황소를 올려 보냈다. 그러자 말들은 겁을 먹었고 마차는 부서져 버렸다. 힙폴뤼토스는 고삐에 얽히어 끌려가다 죽었다. 그렇지만 파이드라도 자신의 사랑이 알려지자 스스로 목을 매었다.[5]

켄타우로스들과의 전쟁

20. 익시온은 헤라를 사랑하여 겁탈하려고 시도했다. 헤라가 그것을 알리자, 제우스는 사태가 정말 그러한지 알고자 하여 구름을 헤라 모양으로 만들어 그의 곁에 눕혔다. 그리고 헤라와 동침했노라고 으스대는 그를 바퀴에 묶었다. 그는 그것에 의해 바람 따라 허공중에 날아가고 있으며, 그와 같은 대가를 치르고 있다. 한편 구름은 익시온으로부터 켄타우로스를 낳았다.

21. 〈테세우스는 켄타우로스들과 전쟁할 때 페이리투스와 동맹하여 싸웠다. 페이리투스는 힙포다메이아에게 구혼하면서, 켄타우로스들이 그녀의 동족인지라 그들에게 잔치를 베풀었었다. 그런데 그들은 포도주에 익숙지 않아서 아낌없이

마시고는 취해버렸고, 신부가 안내되어 오자 그녀를 겁탈하려 했다. 그래서 페이리투스는 테세우스와 함께 무장을 갖추고 전투로써 맞붙었고, 테세우스는 그들 중 다수를 죽였다.)⁶

22. 카이네우스는 이전에 여자였다. 그런데 포세이돈이 그녀와 동침하게 되자, 그녀는 자기가 부상 입힐 수 없는 남자가 되게 해달라고 청했다. 그래서 그는 켄타우로스들과 싸운 전투에서 부상 입는 것을 비웃으며 켄타우로스들 다수를 죽였다. 그러자 남은 자들이 그를 에워쌌고, 전나무로 쳐서 땅속에 묻어버렸다.

테세우스의 저승 여행

23. 테세우스는 제우스의 딸들과 결혼하기로 페이리투스와 합의하고는, 자신을 위해서는 페이리투스와 함께 스파르테로 가서 당시 열두 살인 헬레네를 납치하였고, 페이리투스를 위해서는 페르세포네에게 결혼을 청하러 하데스로 내려간다.

그런데 디오스쿠로이가 라케다이몬인들과 아르카디아인들을 이끌고 와 아테나이를 점령하고서, 헬레네를 다시 데려가고 그녀와 함께 핏테우스의 딸 아이트라도 포로로 잡아간다. 데모폰과 아카마스는 도망쳤다. 디오스쿠로이는 메네스테우스를 다시 데려다가, 그에게 아테나이인들에 대한 통치권을

「힙포다메이아와 켄타우로스들」(1세기)
페이리투스는 힙포다메이아에게 구혼하면서,
켄타우로스들이 그녀의 동족인지라 그들에게 잔치를 베풀었었다.

페터 파울 루벤스, 「힙포다메이아를 겁탈하려는 켄타우로스들」(1636-1638년)
페이리투스의 결혼식에서 켄타우로스들이 포도주에 취해서
신부 힙포다메이아를 겁탈하려 들자, 전쟁이 일어났다.

준다.[7]

24. 한편 테세우스는 페이리투스와 함께 하데스에 갔다가 속임수에 빠진다. 하데스는 그들을 접대하겠노라면서 우선 망각의 의자에 앉으라 했는데, 그들은 거기 달라붙고 뱀들이 휘감아 붙잡혀 있게 되었다.

그런데 페이리투스는 영원히 묶여 머물러 있었지만, 테세우스는 헤라클레스가 다시 데려다가 아테나이로 보냈다.[8] 그러나 거기서 메네스테우스에 의해 내쫓겨 뤼코메데스[9]에게로 갔고, 뤼코메데스는 그를 구덩이로 던져 죽인다.

2장

탄탈로스

1. 탄탈로스는 하데스에서 벌을 받고 있다. 그의 머리 위에는 바위가 매달려 있으며,[10] 그는 연못 속에서 계속 지내는데, 연못 곁에서 그의 양어깨 주위에 과일들을 늘어뜨린 채 나무들이 자라는 것을 보고 있다. 물은 그의 턱에 닿아 있는데, 그가 이것을 들이키려 하면 말라버린다. 과일들은 그가 조금 먹으려고 할 때마다, 나무가 과일과 함께 바람에 의해 구름까지 올라가 버린다.

그런데 그가 이렇게 벌을 받는 것은, 어떤 사람들은 말하기를, 신들의 비의(秘儀)를 인간들에게 지껄였기 때문이라 하며, 또 암브로시아를 동료들에게 나눠주려 했기 때문이라고 한다.

2. 브로테아스는 사냥꾼이었지만, 아르테미스를 섬기지 않았다. 그는 자신이 불에 의해서도 아무 해도 겪지 않으리라 말하곤 했다. 그러다가 그는 미쳐서 불속으로 자신을 던졌다.

펠롭스의 마차 경주

3. 펠롭스는 신들의 향연에서 도살당해 삶아졌으나, 되

장 브뤼노 가시, 「헬레네를 구해오는 디오스쿠로이」(1817년)
테세우스가 스파르테로 가서 당시 열두 살인 헬레네를 납치해 왔지만,
디오스쿠로이가 라케다이몬인들과 아르카디아인들을 이끌고 와
아테나이를 점령하고서 헬레네를 다시 데려간다.

「탄탈로스」(1655년)
탄탈로스는 하데스에서 벌을 받고 있다. 물은 그의 턱에 닿아 있는데
그가 이것을 들이키려 하면 말라버리고, 과일들은 그가 조금 먹으려고 할 때마다
나무가 과일과 함께 바람에 의해 구름까지 올라가 버린다.

살려지면서 더 피어나게 되었다. 그는 아름다움이 빼어나 포세이돈의 애인이 되고, 포세이돈은 그에게 날개 달린 마차를 준다. 이 마차는 바다를 가로질러 달리면서도 축조차 젖지 않았다.

4. 피사를 다스리던 오이노마오스는 힙포다메이아라는 딸을 가지고 있었는데, 어떤 사람들이 말하는 대로, 그녀를 사랑하였거나, 아니면 그녀와 결혼하는 자에 의해 죽으리라는 신탁이 있었거나 해서, 누구도 결혼을 위해 그녀를 취하려 하지 않았다. 왜냐하면 아버지는 그녀가 누구와도 살도록 하질 않았고, 또 구혼자들은 그에 의해 죽임을 당했기 때문이다.

5. 그에게는 아레스에게서 얻은 무장과 말들이 있었는데, 구혼자들에게 결혼을 상으로 내놓아서, 구혼자는 힙포다메이아를 자기 마차에 싣고서 코린토스 지협까지 도망쳐야만 했다. 그러면 오이노마오스는 즉시 무장을 갖추고 쫓아가 잡아서는 죽였다. 그리고 잡히지 않으면 힙포다메이아를 아내로 차지하는 것이었다.

그는 이러한 방법으로 많은 구혼자들을 죽였는데, 어떤 사람들의 말에 따르면, 죽은 이가 모두 열두 명이라 한다. 그러고는 구혼자들의 머리를 베어 집에 못 박아 두었다.

6. 이제 펠롭스도 구혼하러 간다. 그런데 그의 아름다움을 보고 힙포다메이아는 그에 대한 사랑을 품었고, 헤르메스의

아들 뮈르틸로스로 하여금 그에게 협조하도록 설득했다. 이 뮈르틸로스는 오이노마오스의 〔동료 전사거나〕 마부였다.

7. 뮈르틸로스는 그녀를 사랑하고 있었고, 그녀에게 잘해 주고 싶어서 바퀴통에 핀을 꽂지 않았으며, 그래서 오이노마오스로 하여금 경주에 지고, 고삐에 뒤얽혀 끌려가다가 죽도록 만들었다. 그렇지만 어떤 사람들에 따르면 오이노마오스는 펠롭스에 의해 죽었다고도 한다. 오이노마오스는 죽으면서 음모를 알아채고는, 펠롭스의 손에 죽으라고 뮈르틸로스를 저주했다.

8. 펠롭스는 힙포다메이아를 취하여, 뮈르틸로스도 함께 데리고 어떤 곳을 지나고 있었는데, 아내가 목이 말라 물을 가지러 가느라 조금 떨어졌다. 그 사이에 뮈르틸로스가 그녀를 겁탈하려고 했다.

이 사실을 그녀에게서 들은 펠롭스는 게라이스톤 곶 근처에서 뮈르틸로스를, 그의 이름을 따서 뮈르토온이라 불리게 되는 바다로 던져버린다. 내던져지는 순간에 뮈르틸로스는 펠롭스의 종족에게 저주를 보낸다.

9. 펠롭스는 오케아노스에 가서 헤파이스토스에게 정화를 받고, 엘리스의 피사로 다시 돌아와 오이노마오스의 왕국을 취한다. 그리고 이전에 아피아라고, 또 펠라스기오티스라고 불리던 지역을 정복하였고, 자기 이름을 따서 펠로폰네소스라 불렀다.

10. 펠롭스의 아들로는 핏테우스, 아트레우스, 튀에스테스, 그리고 다른 이들이 있다. 아트레우스의 아내는 카트레우스의 딸 아에로페였는데, 그녀는 튀에스테스를 사랑했다. 그런데 언젠가 아트레우스가, 자기 가축 떼 중에서 가장 아름다운 것이 있으면 그것을 아르테미스에게 제물로 바치겠다고 서원하였는데, 황금의 새끼 양이 나타나자 그 서원을 모른 척했다 한다.

11. 그는 그 새끼 양을 목 졸라 죽여서 궤짝에 넣고 거기에 그것을 간직했다. 그런데 아에로페가 튀에스테스와 간통하고는 그에게 그것을 준다. 왜냐하면 뮈케나이인들에게 신탁이 말하기를 펠롭스의 자손을 왕으로 취하라 하여, 그들이 아트레우스와 튀에스테스를 부르러 사람을 보냈던 것이다. 그런데 왕권에 대해 논의가 있게 되자, 튀에스테스가 무리에게 황금의 새끼 양을 갖고 있는 사람이 왕권을 차지해야 한다고 선언했다. 아트레우스가 동의하자, 튀에스테스는 그것을 내보이고는 왕이 되었다.

12. 그러자 제우스는 헤르메스를 아트레우스에게 보내어, 만일 태양이 반대 방향으로 진행하면 아트레우스가 왕이 되는 것으로 튀에스테스와 합의하라고 말한다. 튀에스테스가 동의

하자, 태양은 떠오르는 곳으로 졌다. 그렇게 신이 튀에스테스의 왕권 찬탈을 입증하자, 아트레우스는 왕권을 넘겨받고 튀에스테스를 추방하였다.[11]

13. 그런데 아트레우스는 나중에 간통에 대해서 알게 되자, 전령을 보내어 화해하자며 튀에스테스를 불렀다. 그는 우정을 가장하고서, 튀에스테스가 오자, 그가 샘의 요정에게서 낳은 아들들인 아글라오스와 칼릴레온과 오르코메노스를, 그들이 제우스의 제단에 탄원자로 앉아 있는데도 도살하였다. 그리고 시신을 나누어 삶아서, 말단부는 따로 두고, 튀에스테스에게 갖다 놓는다. 그가 포식하고 나자 그에게 말단부들을 보여주고는 나라에서 내쫓는다.

14. 튀에스테스는 온갖 수단을 다해 아트레우스에게 복수하고자, 이 일에 대해 신탁을 구했다. 그러고는 딸과 결합하여 아들을 낳으면 된다는 신탁을 얻는다. 그는 그와 같이 하여 딸에게서 아이기스토스를 낳는다. 아이기스토스는 성장하여, 자신이 튀에스테스의 아들임을 알게 되자, 아트레우스를 죽이고는 튀에스테스에게 왕국을 회복시켜 주었다.

* * * * * * *

아가멤논과 메넬라오스

15. 〈유모는 아가멤논을 메넬라오스와 함께
데려간다, 시퀴온의 지배자인 폴뤼페이데스에게로.
그는 다시 이들을 보냈도다, 아이톨리아인 오이네우스에
게로.
오래 지나지 않아 튄다레오스가 이들을 다시 복귀시키도다.
그들은 튀에스테스를, 그가 헤라의 제단으로 도망한 것을
맹세시켜 쫓아내도다, 퀴테리아에 살도록.
그들은 튄다레오스의 사위가 되도다, 그의 딸들로 하여.
아가멤논은 클뤼타임네스트라를 취하여 동침하였도다,
그녀의 남편 탄탈로스를, 튀에스테스의 아들을 죽이고서,
그의 아주 갓난 자식과 함께. 또 메넬라오스는 헬레네를
취하도다.〉[12]
16. 아가멤논은 뮈케나이인들을 다스리며 튄다레오스의
딸 클뤼타임네스트라와 결혼한다. 그녀의 이전 남편이던, 튀
에스테스의 아들 탄탈로스를 그의 아들과 함께 죽이고서 그랬
던 것이다. 그에게 아들 오레스테스가 태어나고, 딸들로는 크
뤼소테미스, 엘렉트라, 이피게네이아가 난다. 한편 메넬라오

스는 헬레네와 결혼하여 스파르테를 다스린다. 튄다레오스가
그에게 왕권을 주었기 때문이다.

「파리스의 심판」(1세기)

제우스는 에리스(불화)가 던진 사과의 주인을 파리스가 정하도록 했다.

그리하여 파리스에게 헤라는 자신이 모든 여신 가운데 우선적으로 선택된다면 온 세상에 대한

지배권을 주겠노라 했고, 아테나는 전쟁에서의 승리를, 아프로디테는 헬레네와의

결혼을 약속했다. 파리스는 아프로디테를 선택하고는 스파르테로 항해해 간다.

귀도 레니, 「헬레네의 납치」(1626-1629년)
파리스는 아흐레 동안 메넬라오스의 집에서 접대를 받았는데,
열흘째에 메넬라오스가 외할아버지 카트레우스의 장례를 치르러
크레테로 떠났다. 그러자 파리스는 헬레네를 설득했고,
헬레네는 아홉 살 난 헤르미오네를 버려두고 그를 따랐다.

3장

알렉산드로스의 판정과 헬레네 납치

1. 후에 헬레네를 알렉산드로스(파리스)가 납치한다. 어떤 사람들에 따르면 이는 제우스의 계획에 의한 것인데, 에우로페(유럽)와 아시아가 전쟁에 들어가 자신의 딸이 유명해지도록 하기 위해서라는 것이다. 또는 다른 사람들이 말한 바에 따르면, 반신(半神) 종족의 위신이 높아지도록 하기 위해서라 한다.

2. 실로 이것들 중의 한 원인 때문에 에리스(불화)가 아름다움과 관련된 사과[13]를 헤라와 아테나와 아프로디테에게 던지고, 제우스는 헤르메스에게 그들을 이데 산 알렉산드로스에게로 데려가라 명한다. 그에게 판정을 받으라는 것이다.

그 여신들은 알렉산드로스에게 선물을 주겠노라고 선언한다. 헤라는 자신이 모든 여신 가운데 우선적으로 선택된다면 온 세상에 대한 지배권을 주겠노라 했고, 아테나는 전쟁에서의 승리를, 아프로디테는 헬레네와의 결혼을 약속했다. 그는 아프로디테를 선택하고, 페레클로스가 배들을 만들어주어, 스파르테로 항해해 간다.

3. 그는 아흐레 동안 메넬라오스의 집에서 접대를 받았는데, 열흘째에 메넬라오스가 외할아버지 카트레우스의 장례를

치르러 크레테로 떠나고, 알렉산드로스는 자신과 함께 떠나자며 헬레네를 설득한다. 그녀는 아홉 살 난 헤르미오네를 버려두고, 매우 많은 재물을 싣고서 밤중에 그와 함께 떠난다.

4. 헤라는 그들에게 엄청난 폭풍을 보내고, 그들은 그것에 떠밀려 어쩔 수 없이 시돈에 가 닿는다. 알렉산드로스는 혹시 추적당하지나 않을까 조심하느라, 포이니케와 퀴프로스에서 오랜 시간 지체한다. 그리고 추적이 없으리라고 생각되자, 헬레네와 함께 트로이아로 갔다.

5. 하지만 몇몇 사람들은, 제우스의 계획에 따라 헤르메스가 헬레네를 훔쳐내어, 아이귑토스로 데려다가 아이귑토스인들의 왕 프로테우스에게 지키도록 맡겼으며, 알렉산드로스는 구름으로 만들어진 헬레네의 허상을 데리고서 트로이아로 갔다고 한다.[14]

오뒷세우스의 참전과 팔라메데스에 대한 복수

6. 메넬라오스는 그 납치 사건을 알게 되자, 뮈케나이의 아가멤논에게로 가서, 트로이아를 향해 군대를 모으고 헬라스에서 병사들을 징모해 달라고 청한다. 그는 왕들 각각에게 전령을 보내어 그들이 했던 맹세를[15] 상기시켰고, 이 일이 헬라스가 공동으로 함께 받은 경멸이라면서 각자의 아내를 지켜내라

고 충고하였다. 그러자 많은 사람이 참전에 열의를 보이고, 또 이타케의 오뒷세우스한테까지 찾아간다.

7. 그렇지만 오뒷세우스는 참전하기를 원치 않아 광기를 가장한다. 그러자 나우플리오스의 아들 팔라메데스가 그 광기가 거짓이라 공박했고, 미친 척하는 그를 주목하며 따라다녔다. 그는 텔레마코스를 페넬로페의 품에서 빼앗아서는 죽일 것처럼 칼을 뽑았다. 그러자 오뒷세우스는 아이가 걱정이 되어 자신의 광기가 가장된 것이었음을 인정하고는, 참전한다.

8. 오뒷세우스는 프뤼기아인 포로를 잡아서는, 프리아모스로부터 팔라메데스에게로 가는 것처럼 해서 배반의 내용이 담긴 편지를 쓰라고 강요했다. 그리고 팔라메데스의 막사에 금을 묻어놓고는, 그 편지 서판(書板)은 병영 가운데 던져두었다. 아가멤논이 그것을 읽게 되고, 또 금을 발견하게 되자, 배반자인 팔라메데스를 돌로 쳐 죽이라고 자기 동맹자들에게 넘겨주었다.

참전자들의 목록

9. 메넬라오스는 오뒷세우스, 탈튀비오스와 함께 퀴프로스〈로 키뉘라스에게〉로 가서, 함께 싸우기를 설득하였다. 그러자 그는 거기 오지 않은 아가멤논을 위해 가슴받이를 선물

했고, 쉰 척의 배를 보내겠다고 맹세하였다. 그러나 그는 뮉달리온의 아들이 지휘하는 배 한 척만을 보냈고, 나머지 마흔아홉 척은 흙으로 빚어서 바다로 떠나보냈다.

10. 아폴론의 아들 아니오스의 딸들인 엘라이스, 스페르모, 오이노는 포도주 키우는 자들(오이노트로포이)이라 불리는데, 디오뉘소스가 그들에게 은혜를 베풀어 흙으로부터 올리브 기름, 곡물, 포도주를 만들 수 있게 해주었다.[16]

11. 군대가 아울리스에 모였다. 트로이아로 전쟁하러 갔던 사람들은 다음과 같다.[17] 보이오티아인들의 지휘관은 열 명이고, 이들은 배 마흔 척을 이끌었다. 오르코메노스인들의 지휘관은 네 명이고, 이들은 배 서른 척을 이끌었다. 포키스인들의 지휘관은 네 명이며, 배 마흔 척을 이끌고 왔다. 로크리스인들의 지휘관은 오일레우스의 아들 아이아스이며, 그는 배 마흔 척을 이끌고 왔다.

에우보이아인들의 지휘관은 칼코돈과 알퀴오네의 아들 엘레페노르였으며, 그는 배 마흔 척을 이끌고 왔다. 아테나이인들의 지휘관은 메네스테우스로서, 그는 배 쉰 척을 이끌고 왔다. 살라미스인들의 지휘관은 텔라몬의 아들 아이아스로서, 그는 배 열두 척을 이끌고 왔다.

12. 아르고스인들 중에서는 튀데우스의 아들 디오메데스와 그의 동료들이 왔는데, 이들은 배 여든 척을 이끌고 왔다.

뮈케나이인들의 지휘관은 아트레우스와 아에로페의 아들 아가멤논이고, 배는 백 척이었다. 라케다이몬인들의 지휘관은 아트레우스와 아에로페의 아들 메넬라오스이고, 배 예순 척이었다. 퓔로스인들의 지휘관은 넬레우스와 클로리스 사이의 아들 네스토르이고, 배 마흔 척이었다. 아르카디아인들의 지휘관은 아가페노르로서, 배는 일곱 척이었다.

엘리스인들 중에서는 암피마코스와 그의 동료들이 왔고, 배는 마흔 척이었다. 둘리키온인들은 퓔레우스의 아들 메게스가 지휘했고, 배는 마흔 척이었다. 케팔레네스인들의 지휘관은 라에르테스와 안티클레이아의 아들인 오뒷세우스였고, 배는 열두 척이었다. 아이톨리아인들의 지휘관은 안드라이몬과 고르게의 아들인 토아스였는데, 그는 배 마흔 척을 이끌고 왔다.

13. 크레테인들의 지휘관은 데우칼리온의 아들 이도메네우스였고, 배 마흔 척이었다. 로도스인들의 지휘관은 헤라클레스와 아스튀오케의 아들인 틀레폴레모스였고, 배는 아홉 척이었다. 쉬메인들의 지휘관은 카로포스의 아들 니레우스였고, 배 세 척이 왔다. 코스 사람들의 지휘관은 텟살로스의 아들들인 페이딥포스와 안티포스였고, 서른 척이 왔다.

14. 뮈르미돈인들의 지휘관은 펠레우스와 테티스의 아들 아킬레우스였고, 쉰 척이 왔다. 퓔라케로부터는 이피클로스의 아들 프로테실라오스와 배 마흔 척이 왔다. 페라이인들의 지

휘관은 아드메토스의 아들 에우멜로스였고, 열한 척이 왔다.
올리존인들의 지휘관은 포이아스의 아들 필록테테스였고, 일
곱 척이 왔다. 아이니아네스인들의 지휘관은 오퀴토스의 아들
구네우스였고, 스물두 척이 왔다.

트릭케 사람들은 포달레이리오스가 지휘했으며, 서른 척
이 왔다. 오르메니오스인들의 지휘관은 에우뤼퓔로스였고, 배
는 마흔 척이었다. 귀르톤인들의 지휘관은 페이리투스의 아들
폴뤼포이테스였고, 서른 척이 왔다. 마그네시아인들의 지휘관
은 텐트레돈의 아들 프로토오스였고, 배는 마흔 척이었다.

그리하여 배들은 모두 1,013척이었고, 지휘관은 마흔셋,
부대 단위는 서른 개였다.

첫 번째 전쟁 시도

15. 군대가 아울리스에 있을 때, 아폴론에게 제사를 드렸
는데 뱀 한 마리가 제단에서부터 가까운 플라타너스로 튀어나
갔다. 거기에는 새 둥지가 있었는데, 그 뱀은 그 안에 있던 여
덟 마리의 참새와 아홉 번째로 그 어미까지 잡아먹고는 돌로
변했다.

그러자 칼카스가 이것은 제우스의 뜻에 따라 그들에게 주
어진 징조라며, 방금 일어난 일을 근거로, 10년째에 트로이아

「이피게네이아의 희생」(1세기)
아가멤논의 딸들 중 가장 아름다운 딸이 아르테미스에게 희생 제물로
바쳐지기 전에는 항해할 길이 없다는 신탁이 내리자, 아가멤논은
아내 클뤼타임네스트라에게 출전의 대가로 이피게네이아를 아킬레우스에게
아내로 주기로 약속했다고 속이고는, 그녀를 제단에서 도살하고자 했다.

가 함락될 것이라고 말했다. 그래서 그들은 트로이아를 향해 항해할 준비를 하기 시작했다.

16. 그렇게 해서 아가멤논 자신이 전체 군대의 지휘관이 되고, 그 때 열다섯 살이었던 아킬레우스는 함대를 지휘하게 되었다.

17. 그들은 트로이아로 가는 길을 몰라서 뮈시아에 닿고, 그것을 트로이아로 생각하여 약탈하였다. 뮈시아인들은 헤라클레스의 아들인 텔레포스가 다스리고 있었는데, 자기 땅이 약탈당하는 것을 보고는 뮈시아인들을 무장시켜서 희랍인들을 배까지 추적하였고 많은 사람을 죽였다.

죽은 사람들 가운데는 폴뤼네이케스의 아들 테르산드로스도 있었는데, 그는 맞서다가 죽었다. 그러나 아킬레우스가 그에게 달려들자 텔레포스는 버티지 못하고 쫓기게 되었다. 그리고 쫓기던 중, 포도나무 가지에 엉키어 허벅지에 창으로 부상을 입는다.

18. 희랍인들은 뮈시아로부터 떠나 배를 띄우나, 격렬한 폭풍이 닥쳐 서로 흩어지게 되고, 각기 고향으로 돌아가게 된다. 그래서 그때 희랍인들은 돌아갔고, 사람들은 그 전쟁이 20년 걸렸다고들 한다.[18] 왜냐하면 헬레네 납치 후 두 번째 해에 희랍인들이 전쟁을 준비했었는데, 뮈시아로부터 헬라스로 돌아가서는 8년 뒤에 다시 아르고스로 돌아와서 아울리스로

갔기 때문이다.

두 번째 전쟁 시도와 텔레포스의 치유

19. 그들이 앞에 말한 대로 8년이 흐른 뒤에 다시 아울리스로 모였을 때, 항해와 관련해서 큰 어려움에 빠졌다. 트로이아로 가는 길을 안내해 줄 길잡이가 없었던 것이다.

20. 그런데 텔레포스는 그전의 상처가 낫지 않은 채로 있었고, 아폴론이 말하기를, 상처를 입힌 자가 의사가 될 때에야 치유책을 제공하겠노라 했으므로, 누더기를 걸치고서 아르고스로 갔다. 그는 아킬레우스를 청하며 자신이 트로이아로 가는 뱃길을 안내하겠다고 약속하여, 아킬레우스가 펠레우스의 물푸레나무 창에서 녹을 갈아내 주었고 그것으로 치유된다.[19] 그래서 치유된 다음에 그는 뱃길을 가르쳐주었고, 그 안내가 믿을 만한 것임을 칼카스가 자신의 점술을 통해 확증해 주었다.

이피게네이아의 희생

21. 그들은 아르고스로부터 배를 띄워 아울리스에 두 번째로 갔다. 그러나 항해가 불가능하여 군대가 묶이게 되었다. 그러자 칼카스가 말하기를, 아가멤논의 딸들 중 아름다움이

가장 뛰어난 딸이 아르테미스에게 희생 제물로 바쳐지기 전에
는 달리 그들이 항해할 길이 없다 하였다.

이는 그 여신이 아가멤논에게 분노했기 때문인데, 그가
사슴을 맞히고는 아르테미스도 이렇게는 못한다고 했었기 때
문이고,[20] 또 아트레우스가 황금 새끼 양을 그녀에게 바치지
않았기 때문이었다.

22. 이러한 신탁이 내리자, 아가멤논은 클뤼타임네스트라
에게 오뒷세우스와 탈튀비오스를 보내 이피게네이아를 달라
고 하면서, 그녀를 출전의 대가로 아킬레우스에게 아내로 주
기로 약속했다고 말했다. 클뤼타임네스트라가 딸을 보내자,
아가멤논은 제단가에 서서 그녀를 도살하려 했다.

그러자 아르테미스가 그녀를 채어내 타우로이인들에게
로 데려다 자신의 여사제로 세웠고, 그녀 대신 사슴을 제단가
에 남겨두었다. 그런데 몇몇 사람은 말하기를 여신이 그녀를
불사의 존재로 만들었다고 한다.

테네도스 상륙

23. 그들은 아울리스에서 배를 띄워 테네도스에 닿았다.
그곳은 퀴크노스와 프로클레이아의 아들 테네스가 다스리고
있었는데, 어떤 사람들에 따르면 그는 아폴론의 아들이라 한

다. 그는 아버지에 의해 쫓겨나 이곳에 정착해 있었다.

24. 왜냐하면 퀴크노스는 라오메돈의 딸 프로클레이아로부터 아들로는 테네스를, 딸로는 헤미테아를 얻었는데, 트라가소스의 딸 필로노메와 재혼하였던 것이다. 그런데 그녀가 테네스를 사랑하여 설득하려 했으나 실패하자, 퀴크노스에게 그가 유혹했다고 모함하고, 그 증인으로 에우몰포스라는 이름의 피리장이를 댄다.

25. 퀴크노스는 그것을 믿고, 그를 자매와 함께 궤짝에 넣어 바다로 띄워 보냈다. 그 궤짝이 레우코프뤼스 섬에 닿자, 테네스는 나와서 거기 정착하였고, 그 섬을 자기 이름을 따서 테네도스라 불렀다. 한편 퀴크노스는 나중에 진실을 알고는 그 피리장이를 투석(投石)형에 처하고, 아내는 산 채로 땅속에 묻어버렸다.

26. 테네스는 희랍인들이 테네도스로 다가오는 것을 보고 돌들을 던져 막다가, 아킬레우스에게 가슴에 칼을 맞아 죽는다. 테티스가 미리 아킬레우스에게 테네스를 죽이지 말라고 했었는데 그렇게 된 것이다. 왜냐하면 만일 그가 테네스를 죽이면, 자신은 아폴론에 의해 죽게 될 것이기 때문이었다.

27. 그런데 그들이 아폴론에게 제사를 드릴 때, 제단으로부터 물뱀이 나와 필록테테스를 문다. 그 상처는 낫지 않고 악취가 났는데, 군대가 그 냄새를 못 견뎌 하자, 오뒷세우스는 아

가멤논의 명에 따라 그를 렘노스에, 그가 지닌 헤라클레스의 활과 함께 내다버린다. 거기서 그는 새들을 활로 잡아서 그 황량한 땅에서 식량으로 삼았다.[21]

담판의 실패, 프로테실라오스의 죽음

28. 그들은 테네도스로부터 배를 띄워 트로이아로 항해해 갔다. 그리고 오뒷세우스와 메넬라오스를 파견하여 헬레네와 재산들을 돌려달라 요구한다. 그런데 트로이아인들 가운데서 회의가 소집되었을 때, 그들은 헬레네를 돌려주지 않으려 했을뿐더러 이들을 죽이려고까지 했다.

29. 그런데 그들을 안테노르가 구해주었다. 한편 희랍인들은 이 이방인들의 오만함에 격분하여 완전무장을 취하고 그들을 향하여 항해해 가기 시작했다. 그런데 테티스는 아킬레우스에게 배에서 제일 먼저 내리지 말라고 지시한다. 왜냐하면 제일 먼저 내리는 사람이 제일 먼저 죽을 것이기 때문이었다. 한편 이방인들은 군대가 닥쳐오는 것을 알고는 무장하고서 바닷가로 뛰어나가, 돌들을 던져 그들이 배에서 나오는 것을 방해하였다.

30. 그런데 희랍인들 가운데 프로테실라오스가 제일 먼저 배에서 나왔고, 적잖은 이방인들을 죽이고는 헥토르에 의해

죽는다. 그의 아내 라오다메이아는 그가 죽은 후에도 그를 사랑하여, 프로테실라오스와 흡사한 상을 만들어서는 이것과 함께 지냈다.

그러자 신들이 이를 불쌍히 여겼고, 헤르메스가 프로테실라오스를 하데스로부터 다시 데려오게 되었다. 라오다메이아는 남편을 보고 그가 트로이아로부터 돌아온 줄로 생각하여 기뻐했는데, 그가 다시 하데스로 보내지자 스스로 목숨을 끊었다.[22]

전쟁 초기의 상황

31. 프로테실라오스가 죽고 나서 아킬레우스는 뮈르미돈인들과 함께 배에서 내리고, 돌로 퀴크노스의 머리를 맞혀 죽인다. 이방인들은 그가 죽은 것을 보자 도시로 도망치고, 희랍인들은 배에서 뛰어나와 들판을 시체로 가득 채운다. 그러고는 트로이아인들을 가두어 포위한다.

32. 희랍인들은 배들을 육지로 끌어올린다. 이방인들이 전혀 용기를 내지 못하는 가운데, 아킬레우스는 튐브리스 아폴론의 성역에 매복했다가 트로일로스를 죽이고, 밤중에 도시로 가서 뤼카온을 잡아온다.[23]

또 아킬레우스는 우두머리 중 몇을 이끌고 그 지역을 약탈했고, 이데 산으로 아이네이아스의 소들을 빼앗으러 간다. 그가 도망치자,[24] 목동들과 프리아모스의 아들 메스토르를 죽이고 소들을 몰아왔다.

33· 그는 또 레스보스와 포카이아를 함락시키고, 다음으로 콜로폰과 스뮈르나, 그리고 클라조메나이와 퀴메를, 이것들 다음에는 아이기알로스와 테노스, 이른바 백 개의 도시를 차지한다.

그 다음엔 차례로 아드라뮈티온과 시데를, 그러고는 엔디온과 리나이온과 콜로네를 함락시킨다. 또 그는 플라코스 산 아래의 테바이[25]와 뤼르넷소스[26]를 함락시키고, 또 나아가 안탄드로스와 다른 많은 도시를 친다.

트로이아의 동맹군들

34· 9년이 지나자 트로이아인들에게 동맹군들이 온다.[27] 주변의 도시들로부터는 안키세스의 아들 아이네이아스, 그리고 그와 함께 아르켈로코스와, 안테노르의 아들 아카마스, 테아누스가 왔는데, 이들은 다르다니아인들의 지도자들이다.

트라케인들에게서는 에우소로스의 아들 아카마스, 키코네스인들에게서는 트로이제노스의 아들 에우페모스, 파이오니아인들에게서는 퓌라이크메스, 파플라곤인들에게서는 비살

자크 루이즈 다비드, 「디오메데스의 전투」(1776년)
전쟁 말기에 격렬한 전투가 벌어졌는데, 아가멤논과 디오메데스, 오뒷세우스,
에우뤼퓔로스, 마카온이 부상을 당하고 희랍인들은 패퇴하게 된다.

테스의 아들 퓔라이메네스가 왔다.

35. 젤리아로부터는 뤼카온의 아들 판다로스, 아드라스테이아로부터는 메롭스의 아들들인 아드라스토스와 암피오스, 아리스베로부터는 휘르타코스의 아들 아시오스, 라릿사로부터는 펠라스고스의 아들 힙포토오스, 뮈시아로부터 아르시노오스의 아들인 크로미오스와 엔노모스, 알리조네스인들에게서는 메키스테우스의 아들들인 오디오스와 에피스트로포스, 프뤼기아인들에게서는 아레타온의 아들들인 포르퀴스와 아스카니오스, 마이오니아인들에게서는 탈라이메네스의 아들들인 메스틀레스와 안티포스, 카리아인들에게서는 노미온의 아들들인 나스테스와 암피마코스, 뤼키아인들에게서는 제우스의 아들 사르페돈과 힙폴로코스의 아들 글라우코스가 왔다.

4장

아킬레우스의 분노와 희랍군의 패퇴

1. 아킬레우스는 제사장인 크뤼세스의 딸〔……〕 브리세이스 때문에 분노하여 전투에 나가지 않았다.[28] 그러자 이방인들은 용기를 얻어 성 밖으로 나왔다. 그리고 알렉산드로스는 메넬라오스와 단독으로 대결한다. 그렇지만 알렉산드로스가 지게 되자, 아프로디테가 그를 채어 간다. 한편 판다로스는 메넬라오스를 활로 쏘아 맹세를 깼다.[29]

2. 디오메데스는 수훈을 세우며, 아이네이아스를 도우러 온 아프로디테에게 부상을 입힌다. 그리고 글라우코스와 맞서서는 조상 때의 우정을 기억하여 무장을 교환한다. 한편 헥토르가 가장 뛰어난 자와 단독으로 대결하겠다고 도전하여, 많은 영웅이 나섰지만 아이아스가 제비로 뽑혔고, 수훈을 세운다. 그렇지만 밤이 되어 전령들이 그들을 떼어 놓는다.

3. 희랍인들은 배가 서 있는 곳을 지키려고 방벽과 해자(垓字)를 마련한다. 그리고 벌판에서 전투가 벌어지자 트로이아인들은 희랍인들을 방벽 안으로 도망하게 만든다. 그러자 희랍인들은 아킬레우스에게 사절로 오뒷세우스와 포이닉스와 아이아스를 보내어 같이 싸우기를 청하고, 브리세이스와

페터 파울 루벤스, 「헥토르를 쓰러뜨리는 아킬레우스」(1630년)
아킬레우스는 파트로클로스가 죽었다는 소식에 분노를 버리고는
전장에 나가 헥토르와 대결한다.

장 조제프 타야송, 「파트로클로스의 발아래 헥토르의 시신을 가져다놓는 아킬레우스」(1769년)
트로이아 전쟁에서 파트로클로스가 헥토르에 의해 죽자 아킬레우스가
헥토르를 쓰러뜨리고는 그의 발목을 마차에 묶어 끌면서 배 있는 곳으로 돌아갔다.

다른 선물들을 약속한다.

4. 밤이 오자 그들은 오뒷세우스와 디오메데스를 정탐꾼으로 파견한다. 이들은 에우멜로스의 아들 돌론과 트라케인 레소스를 죽인다. 이 레소스는 하루 전에 트로이아인들의 동맹군으로 왔는데 아직 전투에는 참여하지 않았고, 트로이아 군대와도, 헥토르와도 떨어져서 진 치고 있었다. 오뒷세우스와 디오메데스는 레소스 주위에서 자고 있던 열두 명도 죽이고, 말들을 배로 몰고 온다.

5. 낮이 되자 격렬한 전투가 벌어지는데, 아가멤논과 디오메데스, 오뒷세우스, 에우뤼필로스, 마카온이 부상을 당하고 희랍인들은 패퇴하게 된다. 헥토르는 방벽을 부수고 안으로 들어오고, 아이아스가 물러서자 불을 배들에 던져 넣는다.

파트로클로스의 죽음과 아킬레우스의 출전

6. 아킬레우스는 프로테실라오스의 배가 불타는 것을 보자, 파트로클로스에게 자신의 무장을 입히고 말들을 주어 뮈르미돈인들과 함께 내보낸다. 트로이아인들은 그를 보고는 아킬레우스인 줄 알고 돌아서서 도주한다.

파트로클로스는 그들을 쫓아가 성벽 안으로 몰아넣고 수많은 적들을 죽이는데, 그 가운데는 제우스의 아들 사르페돈도 있었다. 그러다가 그는 먼저 에우포르보스에게 부상을 입은 후, 헥토르에게 죽는다.

7. 그 시신을 둘러싸고 격렬한 전투가 벌어지는데, 아이아스가 수훈을 세워 겨우 그 시신을 구해낸다. 그러자 아킬레우스는 분노를 버리고, 브리세이스를 다시 데려온다. 그리고 헤파이스토스로부터 무장을 전해 받은 후, 무구를 갖추고는 전장으로 나가서 트로이아인들을 모두 스카만드로스 강으로 몰아넣는다.

거기서 다른 많은 자들을 살육하고, 또한 악시오스 강의 아들인 펠레곤에게서 난 아스테로파이오스를 죽인다. 그러자 스카만드로스 강이 그에게 사납게 달려든다. 이 강의 흐름을 헤파이스토스가 엄청난 불로써 뒤쫓아 말려버린다.

아킬레우스는 헥토르를 단독 대결로 쓰러뜨리고, 그의 발목을 마차에 묶어 끌면서 배 있는 곳으로 돌아간다. 그리고 파트로클로스를 매장하고, 그를 기려 운동경기를 연다. 거기서 말들의 경주에서는 디오메데스가 승리하고, 에페이오스는 권투에서, 아이아스와 오뒷세우스는 씨름에서 우승한다. 이 경기 후에 프리아모스가 아킬레우스에게 와서 헥토르의 시신을 씻기고 매장한다.

「아킬레우스의 시신을 옮기는 아이아스」(기원전 570-565년)
아킬레우스는 트로이아인들을 쫓다가 알렉산드로스와 아폴론에 의해
발목에 화살을 맞아 죽는다. 아이아스는 글라우코스를 죽이고
아킬레우스의 시신을 들어 올려 적진 한가운데를 뚫고 옮겨 갔다.

5장

펜테실레이아의 죽음

1. 펜테실레이아는 오트레레와 아레스의 딸로서, 의도하지 않은 채 힙폴뤼테를 죽이고서 프리아모스에 의해 정화를 받았다. 전투가 벌어지자 그녀는 많은 적들을 죽이는데, 그중에는 마카온도 있었다. 그후 그녀는 아킬레우스에게 죽임을 당한다. 그녀가 죽은 다음에 아킬레우스는 그녀를 사랑하게 되었고, 테르시테스가 이것을 조롱하자 이자를 죽인다.[30]

2. 힙폴뤼테는 힙폴뤼토스의 어머니로서, 글라우케라고도 하고 멜라닙페라고도 했다. 그녀는 사람들이 파이드라의 결혼식을 축하하고 있을 때, 자신과 함께 있던 아마존 여인들과 함께 무장을 하고서 들이닥쳐서는, 테세우스와 함께 잔치하던 자들을 죽이겠다고 위협했었다.

그래서 전투가 벌어졌고 그녀는 그 와중에 죽었는데, 함께 싸우던 펜테실레이아가 의도하지 않았는데 죽였든지, 아니면 테세우스가 그랬든지, 아니면 테세우스 주위에 있던 사람들이, 아마존들이 들이닥친 것을 보고 재빨리 문들을 닫고 그녀를 안에서 잡아 죽였든지 했던 것이다.[31]

3. 티토노스와 에오스의 아들 멤논이 아이티오피아인들의 큰 군대와 더불어 희랍인들에게 대항하기 위해 트로이아로 왔고, 희랍인 중 다수를 죽였는데, 안틸로코스도 죽이자 아킬레우스가 그를 죽인다.[32] 아킬레우스는 트로이아인들을 쫓다가 스카이아이 문에서 알렉산드로스와 아폴론에 의해 발목에 화살을 맞는다.

4. 그의 시신을 둘러싸고 전투가 벌어지자, 아이아스는 글라우코스를 죽이고, 무장은 배로 가져가도록 준다. 그리고 오뒷세우스가 공격해 오는 자들을 막아 싸우는 동안, 아이아스는 그 시신을 들어 올려 창들의 공격을 받으며 적진 한가운데를 뚫고 옮겨 갔다.

5. 아킬레우스가 죽자 희랍군 진영에는 재난의 감정이 만연하게 되었다. 그들은 그를 〔흰 섬에〕[33] 파트로클로스와 함께 매장한다. 그 둘의 뼈를 함께 섞었던 것이다. 그런데 아킬레우스는 죽은 다음에 행복한 자들의 섬에서 메데이아와 함께 살았다고 전해진다.[34] 그들은 그를 기려서 운동경기를 개최하는데, 거기서 에우멜로스는 말들의 경주에서, 디오메데스는 달리기에서, 아이아스는 원반던지기에서, 테우크로스는 활쏘기에서 우승한다.

6. 아킬레우스의 무장은 가장 뛰어난 자에게 줄 승리의 상으로 놓이고, 아이아스와 오뒷세우스가 경쟁에 나선다. 판정은 트로이아인들이 했는데, 어떤 사람들에 따르면 동료 전사들이 했다고도 하며, 오뒷세우스가 수상자로 선택된다.[35]

그런데 아이아스는 비통한 마음에 혼란하여, 밤중에 군대를 공격할 생각을 하게 된다. 하지만 아테나가 그에게 광기를 불어넣고, 칼을 뽑아 든 채 가축 떼 속으로 들어가도록 방향을 돌린다. 그는 광기에 빠져서 가축 떼와 목자들을 아카이아인들인 줄 알고 살육한다.

7. 나중에 그는 제정신으로 돌아와 스스로 목숨을 끊는다. 그러자 아가멤논은 그의 시신이 화장되는 것을 막는다. 그래서 트로이아에서 죽은 사람 중 유일하게 이 사람만 관 속에 누워 있게 되었다. 그의 무덤은 로이테이온에 있다.

트로이아 함락을 위한 새로운 계책들

8. 이제 전쟁이 10년이 되어, 낙심한 희랍인들에게 칼카스가 예언하기를, 헤라클레스의 활이 함께 싸우지 않으면 달리 트로이아를 차지할 길이 없다 하였다. 이것을 듣자 오뒷세

앙리 폴 모테, 「트로이의 목마」(1874년)
오뒷세우스가 목마 작전을 생각해냈다. 희랍인들은 지휘관들을
목마 속으로 들여보내고는, 다음과 같이 밝히는 글을 새겼다.
"집으로 돌아가는 것에 대하여 희랍인들이 아테나께 감사의 선물을 바친다."

우스는 디오메데스와 함께 렘노스로, 필록테테스에게로 간다.
그리고 속임수로 그 활을 차지하고는 그에게 트로이아로 가자
고 설득한다. 필록테테스는 포달레이리오스에게 가서 치료를
받고, 알렉산드로스를 활로 쏘아 죽인다.

9. 그가 죽자, 헬레노스와 데이포보스가 헬레네와의 결혼
을 두고 다툼으로 빠져든다. 그리고 데이포보스가 결혼 상대
자로 선택되자 헬레노스는 트로이아를 떠나 이데 산에 머물러
살았다. 그런데 칼카스가 말하기를, 헬레노스가 그 도시를 지
켜주는 신탁을 알고 있다 하여 오뒷세우스가 매복하였다가 그
를 제압하여 진영으로 데려왔다.

10. 헬레노스는 강요를 당하여, 어떻게 하면 일리오스가
함락될지를 말한다. 즉, 우선 펠롭스의 뼈를 그들에게 가져오
고, 다음으로 네옵톨레모스가 함께 싸우고, 또 세 번째로 하늘
에서 떨어진 팔라디온을 훔쳐내면 되리라는 것이다. 왜냐하면
이 팔라디온이 성안에 있는 한 그 도시는 함락될 수가 없기 때
문이다.

11. 희랍인들은 이것을 듣고서, 펠롭스의 뼈를 가져오는 한
편, 오뒷세우스와 포이닉스를 스퀴로스의 뤼코메데스에게로
보낸다. 이들은 네옵톨레모스를 보내도록 뤼코메데스를 설득
한다. 네옵톨레모스는 진영에 도착하여, 오뒷세우스가 기꺼이
내놓은 아버지의 무장을 취하고, 트로이아인 다수를 죽인다.

12. 그런데 나중에 텔레포스의 아들 에우뤼퓔로스가 뮈시아인들의 큰 군대를 이끌고서 트로이아인들과 함께 싸워주러 온다. 그는 매우 잘 싸웠지만, 네옵톨레모스가 그를 죽였다.[36]

13. 오뒷세우스는 디오메데스와 함께 밤중에 도시로 다가가, 디오메데스에게는 그곳에 머물러 있으라 하고, 자신을 흉측한 꼴로 만들어 험한 옷을 걸치고서 신분을 들키지 않은 채 거지인 양 도시 안으로 들어간다. 그는 헬레네에게 들켰으나, 그녀를 통해 팔라디온을 훔쳐내고, 경비병 다수를 죽인 후 디오메데스와 함께 그것을 배로 옮겨 간다.

목마 작전

14. 나중에 그는 목마 만들기를 생각해 내어, 그것을 도목수(都木手)였던 에페이오스에게 제안한다. 이 사람은 이데 산에서 나무를 잘라다, 속이 우묵하고 양 옆구리로 출구가 열리는 말을 만들어낸다. 오뒷세우스는 여기로 들어가도록 쉰 명의 우두머리들을 설득한다. (「소 일리아스」를 쓴 사람[37]은 이 우두머리들이 3,000명이었다고 한다.) 한편 나머지 사람들에게는 밤중에 막사들을 불 지르고, 배를 띄워서 테네도스 주위에 세워두었다가, 밤이 다가온 다음에 다시 돌아오라고 한다.

15. 그들은 그 말에 따라 우두머리들을 말 속으로 들여보

내고, 오뒷세우스를 그들의 지휘관으로 세운 후, 다음과 같이 밝히는 글을 새겼다. "집으로 돌아가는 것에 대하여 희랍인들이 아테나께 감사의 선물을 바친다." 그들은 막사들을 불태우고, 그들에게 불 신호를 보내기로 한 시논을 남겨두고는, 밤중에 배를 띄워 테네도스 주위에 정박한다.

16. 날이 밝자 트로이아인들은 희랍인들의 진영이 버려진 것을 보고 그들이 도망쳤다고 생각하여, 매우 기뻐하며 그 말을 끌어다 프리아모스의 왕궁 곁에 세워두고 어떻게 할 것인지 의논하기 시작했다.

17. 카산드라가 그 안에 무장한 군대가 들었다 말하고, 예언자인 라오코온도 덧붙여 같은 말을 하므로, 일부는 태워버리자고 하고, 다른 이들은 절벽으로 밀쳐버리자 하였다. 그러나 다수에게는 그것을 신께 드리는 봉납물로 놓아두는 것이 좋아 보여서, 그들은 제사를 드리고 잔치로 즐겼다.

18. 그런데 아폴론이 그들에게 징조를 보냈다. 두 마리의 뱀이 가까운 섬으로부터 바다를 가로질러 헤엄쳐 와서는 라오코온의 아들들을 잡아먹은 것이다.[38]

19. 밤이 오고 잠이 모든 사람을 사로잡았을 때, 희랍인들은 테네도스로부터 다가왔고, 시논은 아킬레우스의 무덤에서 불을 붙여 그들에게 신호를 보냈다. 한편 헬레네는 그 말 주위를 돌면서 각 사람들의 아내 목소리를 흉내 내어, 우두머리들

요한 하인리히 빌헬름 티슈바인, 「카산드라와 아이아스」(1806년)
아이아스는 카산드라가 아테나의 목상(木像)을
껴안고 있는 것을 보고도 겁탈한다.

타데우시 쿤체, 「프리아모스의 죽음」(1756년)
희랍인은 무장을 갖추고 성안으로 쳐들어갔는데,
네옵톨레모스가 제우스의 제단 위로 도망친 프리아모스를 죽였다.

을 불렀다. 안티클로스가 대답하려 하자, 오뒷세우스가 그의 입을 막았다.

20. 적들이 잠들었다고 생각했을 때, 그들은 무장을 갖춘 후에 문을 열고 밖으로 나왔다. 제일 먼저 나온 포르테우스의 아들 에키온은 뛰어내리다 죽었으나, 나머지는 밧줄에 매달려 내려 성벽으로 가서 문들을 열고, 테네도스로부터 와서 상륙한 자들을 받아들였다.

트로이아의 함락

21. 그들은 무장을 갖추고 성안으로 쳐들어가, 집들로 들이닥쳐, 자고 있던 자들을 처치하였다. 네옵톨레모스는 안뜰의 제우스(Zeus Herkeios)의 제단 위에서 거기로 도망친 프리아모스를 죽였다. 오뒷세우스와 메넬라오스는 안테노르의 아들 글라우코스가 집 안으로 도망치는 것을 알아보고는 무장을 한 채로 가서 구하였다.[39] 한편 아이네이아스는 아버지 안키세스를 들쳐 메고 도망쳤다. 희랍인들은 그의 신실함을 알고서 가도록 그냥 두었다.

22. 메넬라오스는 데이포보스를 죽이고 헬레네를 배로 데려간다. 또한 테세우스의 어머니 아이트라도 테세우스의 아들들인 데모폰과 아카마스가 데려간다.[40] 사람들은 이들도 나중

에 트로이아로 갔다고 말하니 말이다. 한편 로크리스인 아이아스[41]는 카산드라가 아테나의 목상(木像)을 껴안고 있는 것을 보고 겁탈한다. 이 일 때문에 그 목상은 하늘을 바라보았다 한다.

23. 희랍인들은 트로이아인들을 죽이고 도시를 불태운 후에 전리품을 나누었다. 그리고 모든 신들께 제사를 드리고는 아스튀아낙스를 탑에서 집어던지고,[42] 폴뤽세네는 아킬레우스의 무덤 위에서 도살하였다.[43]

아가멤논은 특별히 카산드라를 얻고, 네옵톨레모스는 안드로마케를, 오뒷세우스는 헤카베를 받았다. 그런데 몇몇 사람들은 말하기를, 헬레노스가 헤카베를 얻었고, 그녀와 함께 케르로네소스로 건너갔는데, 그녀가 개로 변하여 그가 매장하였고, 그곳은 지금 개 무덤(Kynos Sema)이라 불린다고 한다.[44]

한편 프리아모스의 딸들 중에서 미모가 출중하던 라오디케는 모두가 보는 가운데 땅이 갈라져 삼켜버렸다. 그런데 그들이 트로이아를 파괴하고 출항하려 할 때, 칼카스가 제지했다. 아이아스의 불경죄 때문에 아테나가 그들에게 분노하고 있다는 것이었다. 그래서 그들이 아이아스를 죽이려 했더니 그가 제단으로 도망쳤기 때문에 그대로 두었다.

요한 하인리히 빌헬름 티슈바인, 「메넬라오스와 헬레네」(1816년)
아프로디테가 신상을 붙들고 있는 헬레네를 보호하며
메넬라오스를 만류한다. 메넬라오스는 칼을 떨어뜨리고 있다.

6장

귀향 방식을 둘러싼 분쟁

1. 이 일들 다음에 그들이 회의를 위해 모였을 때, 아가멤논과 메넬라오스가 다투게 되었다. 메넬라오스는 떠나자고 했고, 아가멤논은 머물러서 아테나에게 제사 드리기를 명했다. 디오메데스와 네스토르와 메넬라오스는 함께 배를 띄웠는데, 다른 사람들은 제대로 항해해 갔으나, 메넬라오스는 폭풍을 만나 다른 배들은 다 잃고 다섯 척의 배로 아이귑토스에 당도한다.

육로 귀향자들, 칼카스의 죽음

2. 암필로코스와 칼카스와 레온테우스와 포달레이리오스와 폴뤼포이테스는 트로이아에 배들을 버려두고 콜로폰을 향해 도보로 행군한다. 거기서 예언자인 칼카스가 죽어 매장한다. 왜냐하면, 그에게는 자신보다 더 현명한 예언자를 만나면 죽게 되리라는 신탁이 있었기 때문이다.

3. 그들은 예언자인 몹소스의 접대를 받게 되었는데, 이 사람은 아폴론과 만토의 아들로서, 점술에 대해 칼카스와 경

쟁을 벌였다. 거기 야생 무화과가 서 있기에 칼카스가 묻기를, "열매가 몇이나 달렸느냐?" 하니, 몹소스가 답하기를, "1만 개 하고도, 한 됫박 하고도, 한 개 남는다." 하였다.

4. 그리고 정말로 그러한 것으로 판명되었다. 그런데 또 새끼 낳을 때가 가까운 암퇘지가 있어서 몹소스가 칼카스에게 묻기를, 배 속에 새끼가 몇이나 들었느냐, 그리고 언제 낳을 것이냐 하였다.

칼카스가 "여덟"이라 하니, 몹소스는 웃고 말했다. "칼카스는 정확한 점술과는 정반대의 상태에 있도다. 하나 나는 아폴론과 만토의 아들로서 날카로울 만큼 정확한 점술로 완전한 풍성함을 누리는도다. 하여, 칼카스처럼 여덟이 아니라, 아홉이 그 배 안에 있으며, 그것들은 전부 수컷이고, 내일 정확히 제 6시에 태어나리라 예언하도다." 그 일이 실제로 일어나자 칼카스는 낙심하여 죽었고, 노티온에 매장되었다.

아가멤논 일행의 재난

5. 아가멤논은 제사를 드리고는 배를 띄워, 테네도스에 닿는다. 그렇지만 네옵톨레모스는 테티스가 와서 이틀 동안 머물러 제사를 드리라고 설득하여, 머물러 있는다. 다른 사람들은 출항했다가 테네도스 근방에서 폭풍을 만난다. 왜냐하면

아테나가 제우스께 희랍인들에게 폭풍을 보내도록 청하였기 때문이다. 그래서 많은 배들이 침몰한다.

6. 아테나는 아이아스의 배에 벼락을 내린다. 그런데 아이아스는 배가 파선되었어도 살아 어떤 바위까지 헤엄쳐 가서는, 자신이 여신의 악의에도 불구하고 살아남았다고 큰소리쳤다. 그러자 포세이돈이 삼지창으로 그 바위를 쳐서 쪼개버렸고, 그는 바다로 떨어져 생을 마감하고 만다. 그리고 해변으로 떠밀려온 그를 테티스가 뮈코노스에 묻어준다.

나우플리오스의 복수

7. 다른 사람들이 에우보이아로 다가가고 있을 때, 한밤중에 나우플리오스가 카페레우스 산 위에서 화톳불을 피운다. 사람들은 살아남은 사람 중 몇이 거기 있는 줄 알고 그리로 다가가다가, 카페레우스의 바위들에 부딪혀 배들을 부서뜨리게 되고, 많은 사람이 죽게 된다.

8. 이것은 나우플리오스와, 카트레우스의 딸 클뤼메네 사이에서 난 아들 팔라메데스가 오뒷세우스의 음모로 돌에 맞아 죽었기 때문에 생긴 일이다.[45] 나우플리오스는 그 일을 알고는 희랍인들에게 가서 아들의 피 값을 요구하였다.

9. 그러나 (오뒷세우스가 아가멤논과 함께 팔라메데스를 죽였

는데) 모든 사람이 이 아가멤논을 편들었으므로, 그는 성과 없이 돌아서게 되었고, 그래서 희랍 땅을 순항하며 희랍인들의 아내들로 하여금 간통을 하도록 일을 꾸몄다. 클뤼타임네스트라는 아이기스토스와, 아이기알레이아는 스테넬로스의 아들 코메테스와, 이도메네우스의 아내 메다는 레우코스와 간통하게 만든 것이다.

10. 그런데 레우코스는 메다를 그녀의 딸 클레이시튀라와 함께 죽였다. 그 딸이 신전으로 도망쳤는데도 그랬던 것이다. 그리고 크레테에서 열 개의 도시를 떼어내어, 참주로서 지배했다. 이어 트로이아 전쟁이 끝난 다음에는 크레테에 상륙한 이도메네우스까지 쫓아냈다.

11. 그런데 이런 일들을 이전에 꾸몄던 나우플리오스가, 나중에는 희랍군이 고향으로 돌아오는 것을 알고, 지금은 크쉴로파고스라 불리는 카페레우스에 화톳불을 피웠던 것이다. 그리고 희랍군들은 거기 항구가 있다고 생각하여 다가갔다가 몰사하고 말았다.

네옵톨레모스의 귀향과 죽음

12. 네옵톨레모스는 테네도스에서 이틀 동안 머물고는, 테티스의 충고에 따라 몰롯시아인들의 땅으로 헬레노스와 함

에드워드 번 존스, 「데모폰과 퓔리스」(1870년)
데모폰의 배는 트라케에 닿았는데, 퓔리스 공주가 데모폰을 사랑하여
왕이 왕국을 지참금 삼아 그와 결혼시킨다. 그렇지만 데모폰은
고국으로 돌아가고 싶어서 떠났다가 퀴프로스에 정착한다. 그리고
퓔리스는 데모폰이 돌아오지 않자 스스로 목숨을 끊는다.

께 걸어서 떠나갔다. 그리고 도중에 포이닉스가 죽어 매장한
다. 또 몰롯시아인들과 전투하여 이겨 그들을 다스리게 되고,
안드로마케에게서 몰롯소스를 낳는다.

13. 헬레노스는 몰롯시아에 도시를 세우고 정착한다. 네
옵톨레모스는 그에게 자기 어머니 데이다메이아를[46] 아내로
삼도록 준다. 그리고 펠레우스가 아카스토스의 자식들에 의해
프티아로부터 쫓겨나 죽자, 네옵톨레모스는 아버지의 왕국을
이어받았다.

14. 그리고 오레스테스가 광기에 빠지자, 네옵톨레모스는
오레스테스의 아내 헤르미오네를 납치한다. 그녀는 전에 트로
이아에서 그에게 정혼(定婚)되었던 것이다. 그리고 이 일 때문
에 델포이에서 오레스테스에게 살해된다.[47]

그런데 몇몇 사람들은 그가 델포이로 가서 아폴론에게 자
기 아버지의 죽음에 대한 보상을 요구했으며,[48] 봉납물들을 약
탈하고 신전에 불을 질렀다가, 이것 때문에 포키스인 마카이
레우스에게 죽었다고 말한다.

여러 표류자들의 새로운 정착지

15. 희랍인들은 표류하여 사람마다 다른 곳에 상륙하여
살게 된다. 어떤 사람은 리뷔에에, 어떤 사람은 이탈리아에, 다

른 사람은 시켈리아에, 어떤 이는 이베리아 근처의 섬들에, 또 다른 사람들은 산가리오스 강가에. 그리고 퀴프로스에 살게 된 사람들도 있다.

카페레우스 근처에서 파선되었던 사람들도 사람마다 다른 곳으로 떠밀려 갔다. 그래서 구네우스는 리뷔에로 갔고, 텟 살로스의 아들 안티포스는 펠라스고이인들에게로 갔는데, 그는 이 지역을 차지하고 그곳을 텟살리아라고 불렀다.

한편 필록테테스는 이탈리아로, 캄파니아인들에게로 갔고, 페이딥포스는 코온과 함께 안드로스에 정착하였으며, 아가페노르는 퀴프로스에, 다른 이는 다른 곳에 정착하였다.

15a.[49] 〈902: 아폴로도로스와 다른 사람들은 이렇게 말한다. 구네우스는 자신의 배들을 떠나 리뷔에의 키뉩스 강으로 가서 정착한다. 메게스와 프로토오스는 에우보이아의 카페레우스 부근에서 다른 많은 사람들과 함께 죽는다. 프로토오스가 카페레우스 부근에서 파선당했을 때, 그와 함께 있던 마그네시아 사람들은 크레테로 떠밀려 가서 거기 살았다.〉

15b. 〈911: 일리온 약탈 이후에 메네스테우스와 페이딥포스와 안티포스, 그리고 엘레페노르의 백성들과 필록테테스는 미마스까지 함께 항해하였다. 그런 다음 메네스테우스는 멜로스로 가서 다스린다. 거기 왕인 폴뤼아낙스가 죽었기 때문이다. 텟살로스의 아들 안티포스는 펠라스고이인들에게로 가서

그 지방을 차지하고 텟살리아라 이름 붙였다.

페이딥포스는 코온과 함께 안드로스 부근으로 밀려가고, 다시 퀴프로스 근방으로 가게 되어 거기 정착하였다. 엘레페노르는 트로이아에서 죽었는데,[50] 그와 함께 왔던 사람들은 이오니아 만으로 떠밀려 가서 에페이로스에 있는 아폴로니아에서 살았다. 틀레폴레모스의 백성들은 크레테에 닿게 되고, 거기서 바람에 떠밀려 이베리아의 섬들에 정착하였다.

프로테실라오스의 백성들은 카나스트론 벌판에 가까운 펠레네로 떠밀려 갔다. 필록테테스는 이탈리아의 캄파니아인들 지역으로 밀려가 레우카니아(루카니아)인들과 전투한 후, 크로톤과 투리온에 가까운 크리밋사에 정착한다. 그리고 방랑을 끝내고는 방랑자를 돕는 아폴론(Alaios Apollon)을 위해 성역을 만들고, 거기에 자신의 활을 바쳤다. 〈에우포리온의 말에 따르면 그러하다.〉

15c. 〈921: 나우아이토스는 이탈리아의 강이다. 이것이 이렇게 불리게 된 이유는, 아폴로도로스와 다른 사람들에 따르면 이렇다. 트로이아의 함락 후에 라오메돈의 딸들이자 프리아모스의 자매들인 아이튈라, 아스튀오케, 메데시카스테는, 다른 포로들과 함께 이탈리아의 이 지역까지 왔을 때, 희랍에서 노예살이하는 것이 두려워 배(naus)에 불을 질렀다(enepresan). 그래서 이 강은 나우아이토스(Nauaithos)라 불리

고,[51] 이 여자들은 나우프레스티데스(Nauprestides)라 불리게 되었다. 그녀들과 함께 있던 희랍인들은 몰사하였고, 배는 거기 주저앉았다.〉

16. 데모폰은 소수의 배들과 함께 트라케의 비살타이인들에게 가 닿는다. 그런데 왕의 딸인 퓔리스가 그를 사랑하였고, 그녀의 아버지는 왕국을 지참금 삼아 그와 결혼시킨다. 그렇지만 그는 고국으로 돌아가고 싶어서, 여러 차례 간청하고 또 돌아오겠노라고 맹세를 하고서 떠난다.

퓔리스는 그를 아홉 개의 길(Ennea Hodoi)이라 불리는 곳까지 배웅하고, 그에게 상자를 하나 준다. 그러고는 그 안에는 어머니이신 레아의 성물이 들었으니, 자기에게로 돌아올 희망을 완전히 잃었을 때가 아니면 열지 말라고 말한다.

17. 데모폰은 퀴프로스로 가서 거기 정착한다. 정해진 시간이 지나자 퓔리스는 데모폰에게 저주를 보내고는 스스로 목숨을 끊는다. 그러자 데모폰은 문득 상자를 열어볼 생각을 하게 된다. 하지만 상자 속을 보고 나서 갑자기 두려움에 사로잡혀서는 말에 몸을 싣고 격렬하게 몰아가다가 죽는다. 말이 발부리가 채이는 바람에 자기 칼 위에 넘어졌던 것이다. 그렇지만 그와 함께했던 사람들은 퀴프로스에 정착해 살았다.

18. 포달레이리오스는 델포이로 가서 어디에 살아야 할지 신탁을 구했다. 그러자 신탁이 내리기를, 주변의 하늘이 무너

져도 아무 피해도 입지 않을 곳에 가서 살라 하여, 카리아 지방의 케르로네소스에서 주변의 하늘이 산들로 둘러막힌 곳에 가서 정착하였다.

19. 알크마이온의 아들 암필로코스는, 어떤 사람들에 따르면 나중에 트로이아로 갔었는데, 폭풍에 밀려 몹소스의 땅으로 갔고, 어떤 사람들이 말하는 바에 따르면, 몹소스와 암필로코스는 왕국을 놓고 단독 대결을 하다가 서로 죽였다고 한다.

로크리스인들의 죄 갚음

20. 로크리스인들은 간신히 자기들의 땅을 다시 찾는다. 그러나 3년 뒤에 악질(惡疾)이 로크리스 땅을 휩쓸었고 그들은, 일리온의 아테나를 달랠 것이며[52] 천년 동안 처녀 두 명씩을 탄원자로 보내라는 신탁을 받는다. 그래서 페리보이아와 클레오파트라가 첫 탄원자로 뽑힌다.

21. 이들은 트로이아로 갔다가, 그 지역 사람들에 쫓겨 신전 안으로 들어간다. 그들은 여신에게는 다가가지 않고, 성역을 쓸고 물을 뿌렸다. 신전 밖으로는 나가지 않았으며, 머리를 짧게 자르고, 홑옷을 입고 맨발로 지냈다.

22. 이 첫 번째 처녀들이 죽자 다른 사람들을 보냈다. 그들은 성역 밖에서 들켜 살해되지 않기 위해 밤중에 도시로 들어

피에르 나르시스 게랭, 「아가멤논을 죽이기 전에 주저하는 클뤼타임네스트라」(1817년)
아가멤논은 카산드라와 함께 뮈케나이로 돌아왔지만, 아내 클뤼타임네스트라와
그녀의 연인 아이기스토스에 의해 죽는다. 그러고는 아이기스토스가 뮈케나이를 다스린다.

갔다. 그렇지만 나중에는 아기를 유모들과 함께 보냈다. 그리고 천 년이 지난 후 포키스 전쟁[53] 이후부터는 탄원자를 더 이상 보내지 않았다.

아가멤논의 죽음, 오레스테스의 복수

23. 아가멤논은 카산드라와 함께 뮈케나이로 돌아와서는 아이기스토스와 클뤼타임네스트라에 의해 죽임을 당한다. 그들은 그에게 팔과 목이 없는 옷을 주고는, 그가 그것을 입는 사이에 살해한 것이다. 그러고는 아이기스토스가 뮈케나이를 다스린다. 그들은 카산드라도 죽인다.

24. 하지만 아가멤논의 딸들 중 하나인 엘렉트라는 형제인 오레스테스를 훔쳐내어 포키스인 스트로피오스에게 키우도록 준다. 그는 오레스테스를 자기 아들인 퓔라데스와 함께 키워낸다. 오레스테스는 어른이 되자 델포이로 가서, 아버지의 살해자들에게 복수를 해야 하는지 묻는다.

25. 신이 이 일을 그에게 맡기자, 그는 퓔라데스와 함께 몰래 뮈케나이로 떠나서는 어머니와 아이기스토스를 죽인다. 그러나 얼마 지나지 않아 광기에 붙들려서 에리뉘에스(복수의 여신들)에게 쫓겨 아테나이로 가고, 아레스의 언덕에서 재판을 받게 되는데, 어떤 사람들에 따르면 에리뉘에스에 의해, 어떤

사람들에 따르면 튄다레오스에 의해, 또 어떤 사람들에 따르면 아이기스토스와 클뤼타임네스트라의 아들인 에리고네스에 의해 고발된 것이라 한다. 그리고 재판 결과, (유죄, 무죄 양쪽에) 같은 수의 표가 나와서 풀려나게 된다.

26. 그가 어떻게 하면 병에서 해방될 수 있는지 묻자, 신이 말하기를, 타우로이인들에게로 가서 목상(木像)을 가져오면 된다고 하였다. 이 타우로이인들은 스퀴티아인들 중의 한 갈래인데, 외국인들을 죽여 신성한 〈불〉[54]에 던져 넣는다. 이 불은 성역 안의 어떤 바위를 통해 하데스로부터 올라와 있는 것이다.

27. 그래서 오레스테스는 퓔라데스와 함께 타우로이인들에게 갔다가 들통 나서 붙잡히고, 묶인 채로 왕인 토아스에게 끌려간다. 그는 그 둘을 여사제에게로 보낸다. 그러나 타우로이인들 가운데서 성직을 맡고 있던 누이가 그를 알아보게 되고, 오레스테스는 목상를 취하여 그녀와 함께 도망친다.

그 목상은 아테나이로 옮겨져 지금 타우로폴로스의 목상이라고 불린다.[55] 그런데 몇몇 사람들은 그가 폭풍에 밀려 로도스 섬으로 갔으며, 그 상은 거기 머물러 신탁에 따라 성벽에 봉헌되었다 한다.[56]

28. 그리고 그는 뮈케나이로 가서 자기 누이를 퓔라데스와 결혼시키고, 자신은 헤르미오네, 혹은 어떤 사람들에 따르

벤자민 웨스트, 「타우로이인들에게서 누이 이피게네이아와 마주치게 되는 오레스테스」(1766년)
신탁은 오레스테스가 타우로이인들의 목상(木像)을 가져오면
광기에서 해방된다고 했다. 그러나 오레스테스와 필라데스가 타우로이인들에게
발각되어 희생물로써 여사제에게 끌려간다. 그런데 타우로이에서
성직을 맡고 있던 누이 이피게네이아가 오레스테스를 알아본다.

「폴뤼페모스의 동굴에 갇힌 오뒷세우스」
오뒷세우스는 어느 동굴 안에서 잔치를 벌이고 있었는데,
외눈박이 거인 폴뤼페모스가 들어와 문을 큰 바위로 막았다.
그러고 나서 오뒷세우스 일행을 보고는 몇 명을 잡아먹었다.
그래서 오뒷세우스는 그에게 포도주를 마시도록 준다.

면 에리고네와 결혼하여 티사메노스를 낳는다. 그러고는 뱀에
물려 아르카디아의 오레스테이온에서 죽는다.

메넬라오스의 표류와 귀향

29. 한편 메넬라오스는 모두 다섯 척의 배를 이끌고서 앗
티케의 곶인 수니온에 다가가다가, 거기서 크레테로 내동댕이
쳐지고 다시 엄청난 바람에 의해 멀리 밀려간다. 그러고는 뤼
비에와 포이니케와 퀴프로스와 아이귑토스를 떠돌아다니며
많은 재산을 모은다.

그리고 어떤 사람들에 따르면 아이귑토스인들의 왕인 프
로테우스의 집에서 헬레네가 발견된다. 그때까지 메넬라오스
는 구름으로 된 허상을 데리고 있었던 것이다. 8년 동안 떠돌
아다닌 끝에 그는 뮈케나이로 배를 돌렸고, 거기서 막 아버지
의 죽음을 복수한 오레스테스와 마주쳤다. 그는 스파르테로
가서 자기 왕국을 차지하였고, 헤라에 의해 불사의 존재로 바
뀌어 헬레네와 함께 엘뤼시온 들판으로 갔다.

7장

오뒷세우스의 모험

1. 오뒷세우스는, 몇몇 사람들이 말하는 바에 따르면 뤼비에로 표류해 갔고, 몇몇에 따르면 시켈리아로, 또 다른 사람들에 따르면 오케아노스나 튀르레니아 해로 갔다.

2. 그는 일리온으로부터 배를 띄워 키코네스인들의 도시인 이스마로스에 닿았고, 전투하여 그것을 차지하고 약탈한다. 거기서 한 사람 마론만 살려두는데, 그는 아폴론의 사제였다. 그런데 내륙에 사는 키코네스인들이 이를 알고서 무장을하고 그들에게 닥쳐온다. 그래서 각각의 배에서 여섯 명씩 잃고서 그는 배를 띄워 도망쳤다.

로토스 먹는 사람들

3. 그리고 그는 로토파고이들의 땅에 당도해, 거주자들에 대해 알아보라고 어떤 사람들을 파견한다. 그런데 그들은 로토스를 맛보고는 거기 머물러버렸다. 왜냐하면 그 땅에는 로토스라고 불리는 달콤한 열매가 자랐는데, 그것은 맛보는 사람으로 하여금 모든 것을 잊게 했던 것이다. 오뒷세우스는 그

아르놀트 뵈클린, 「오뒷세우스의 배를 향해 바위를 던지는 폴뤼페모스」(1896년)
오뒷세우스가 폴뤼페모스의 외눈을 찔러 앞을 못 보게 한 다음에
거대한 양의 배에 붙어 동굴을 탈출했다. 폴뤼페모스는
바위들을 뜯어내어 바다로 던져댔고, 오뒷세우스의 배는 간신히 빠져나갔다.

것을 알고 나머지 사람들을 데리고 가서, 로토스를 맛본 사람
들을 강제로 배로 끌어오고, 계속 항해하여 퀴클롭스들의 땅
으로 다가간다.

폴뤼페모스의 동굴

4. 그는 다른 배들은 가까운 섬에 남겨두고, 한 척만 이끌
고서 퀴클롭스들의 섬으로 다가가서, 동료 열두 명과 함께 배
를 나선다. 그런데 바닷가 가까이에 동굴이 있어, 그는 마론이
그에게 준 포도주 자루를 가지고서 그 안으로 들어간다. 그 동
굴은 폴뤼페모스의 것이었는데, 그는 포세이돈과 요정 토오세
의 자식으로서, 덩치가 엄청나고 야만적이며 사람을 잡아먹는
존재였고, 이마 한가운데 눈을 하나만 갖고 있었다.

5. 그들은 불을 피우고, 새끼 염소들을 잡아 제사를 드리
고 잔치를 벌였다. 그런데 퀴클롭스가 들어와 가축 떼를 몰아
넣고는 문에 엄청나게 큰 바위를 갖다 놓은 후, 그들을 보고는
몇을 잡아먹었다.

6. 그러자 오뒷세우스는 그에게 마론에게서 가져온 포도
주를 마시도록 준다. 그는 마시고는 다시 요구하였고, 두 번째
로 마시고는 이름을 물었다. 오뒷세우스가, 자신은 아무것도
아닌 자(Outis)라 불린다고 하자, 그는 아무것도 아닌 자는 맨

나중에 잡아먹고, 그 전에 다른 자들을 잡아먹겠노라 선언하고, 이것을 그에게 우정의 선물로 주겠다고 약속했다. 그러고는 술기운에 사로잡혀 잠이 들었다.

7. 오뒷세우스는 몽둥이가 놓여 있는 것을 발견하고는 네 명의 동료와 더불어 그것을 뾰족하게 깎고 불을 붙여 그것으로 폴뤼페모스를 눈멀게 한다. 폴뤼페모스가 주변의 퀴클롭스들을 외쳐 부르자, 그들이 와서 누가 그에게 해코지했는지 물었다. 그가 "아무것도 아닌 자"라고 하자, 그들은 "아무도 안 그랬다."는 뜻으로 생각하고 돌아가 버렸다.

8. 그런데 가축 떼가 평소에 가던 풀밭을 찾자, 그는 문을 열고는 문 앞에 서서 손을 뻗쳐 가축 떼를 더듬었다. 오뒷세우스는 숫양 세 마리를 한데 묶고 [……],[57] 자신은 가장 큰 양 밑에 들어가 배 밑에 숨어서 가축들과 함께 나와서, 동료들을 양들로부터 풀어주고, 이것들을 배를 향해 몰아갔다. 배를 띄우고는 퀴클롭스에게 자신은 오뒷세우스이며, 너의 손에서 빠져 도망쳤다고 외쳤다.

9. 그런데 퀴클롭스에게는 한 예언자가 주었던 신탁이 있었는데, 그가 오뒷세우스에 의해 실명하게 되리라는 것이었다. 그의 이름을 알게 되자 그는 바위들을 뜯어내어 바다로 던져댔고, 배는 간신히 그 바위들을 피해 무사하게 되었다. 그리고 이때부터 포세이돈은 오뒷세우스에게 분노하게 된다.

장 자크 라그레네, 「키르케를 죽이려 드는 오뒷세우스」(1787년)
키르케는 오뒷세우스의 선원들을 늑대, 돼지, 나귀, 사자 등으로 만들어버린다.
그래서 오뒷세우스가 키르케를 죽이려 들자,
그녀는 그의 분노를 가라앉히고 동료들을 원상회복시킨다.

「오뒷세우스와 세이렌들」(기원전 6세기)
오뒷세우스는 세이렌들의 노래를 들어보고 싶어서,
키르케의 충고에 따라 동료들의 귀는 밀랍으로 막고
자신은 돛대에 묶도록 했다.

10. 모든 〈배를〉 함께 띄워 그는 아이올리아 섬에 당도한다. 그곳의 왕은 아이올로스였다. 그는 제우스에 의해 바람들의 관리자로, 그것들을 보내고 멈추도록 임명되어 있었다. 그는 오뒷세우스를 접대하고는 그에게 쇠가죽으로 된 자루를 준다. 그는 거기에 바람들을 묶어두었으며, 항해할 때 그 바람들을 어떻게 사용해야 하는지 가르쳐주고, 그것을 배에 묶어주었다. 그래서 오뒷세우스는 적절한 바람들을 사용하면서 잘 항해하고, 이제 이타케에 가까이 가서 도시로부터 솟는 연기를 보고는 잠이 들었다.

11. 그런데 동료들은 그가 그 자루 속에 금을 가져가고 있는 것으로 생각하여 바람들을 풀어 내보냈고, 그들은 다시 그 바람들에 잡혀 뒤로 밀려갔다. 그래서 오뒷세우스는 아이올로스에게로 가서 호송(護送)을 얻고자 청하였다. 그러나 그는 신들이 반대하시면 자기도 구해줄 수가 없노라며 그를 섬에서 쫓아냈다.

라이스트뤼고네스인들

12. 그래서 그는 항해하여 라이스트뤼고네스인들에게로

가 닿았고, 자신의 배를 맨 바깥쪽에 묶었다. 그런데 이 라이스트뤼고네스인들은 식인종이었고, 안티파테스가 그들을 다스리고 있었다. 오뒷세우스는 그곳 거주자들에 대해 알고 싶어서 정탐하도록 어떤 이들을 보냈다. 그런데 왕의 딸이 이들을 만나게 되어 자기 아버지에게로 데려간다.

13. 왕은 그들 중 하나를 잡아 먹어치웠고, 나머지 사람들이 도망치자 뒤쫓으며 소리쳐 다른 라이스트뤼고네스인들을 불러 모았다. 그들은 바닷가로 와서 바위들을 던져 배들을 부쉈고, 선원들을 잡아서 먹었다. 오뒷세우스는 배의 밧줄을 끊고 배를 바다로 냈으나, 나머지 배들은 선원들과 함께 파괴되어 버렸다.

키르케

14. 그는 그 한 척의 배를 이끌고 아이아이에 섬으로 가 닿는다. 그 섬에는 키르케가 살고 있었는데, 그녀는 헬리오스와 페르세의 딸로서 아이에테스의 자매였고, 모든 약에 대하여 능통하였다. 오뒷세우스가 동료들을 두 패로 나누어 제비뽑기를 한 결과, 자신은 배 곁에 머물게 되었고, 에우륄로코스는 스물두 명의 동료들과 함께 키르케에게로 간다.

15. 그녀가 부르자 에우륄로코스만 빼고 모두가 들어간

헨리 푸젤리, 「오뒷세우스의 선원들을 잡아먹는 스퀼라」(1794-1796년)
스퀼라는 여자의 얼굴과 가슴을 가지고 있는데,
허리에는 개의 머리 여섯 개와 다리 열두 개가 나와 있다.

베르나르디노 노키, 「칼륍소에게 제우스의 명을 전하는 헤르메스」(18세기)
오뒷세우스는 오귀기아 섬으로 실려 갔는데,
칼륍소가 그를 받아주어서 5년 동안 거기서 머물게 된다.

다. 그녀는 각 사람에게 치즈와 꿀과 보릿가루와 포도주로 가득한 마실 것을, 약을 섞어서 준다. 그들이 그것을 마시자, 그녀는 지팡이로 그들을 건드려서 모습을 바꾼다. 일부는 늑대로 만들고, 일부는 돼지로, 또 일부는 나귀로, 일부는 사자로 만든 것이다.

16. 에우륄로코스는 이것을 보고는 오뒷세우스에게 알린다. 그러자 오뒷세우스는 헤르메스에게서 몰뤼[58]를 얻어 키르케에게로 간다. 그리고 약에 몰뤼를 넣어 마시자 그 혼자만 약에 취하지 않게 된다.

오뒷세우스는 칼을 뽑아 들고 키르케를 죽이려 했다. 그러자 그녀는 그의 분노를 진정시키고, 동료들을 원상회복시킨다. 오뒷세우스는 그녀에게서 아무 해도 입지 않으리라는 맹세를 받고는 그녀와 동침한다. 그래서 그에게 아들인 텔레고노스가 태어난다.

저승 여행

17. 그는 1년 동안 거기 머문 후, 키르케의 충고에 따라 오케아노스를 건너가서는, 영혼들에게 제물을 바치고 테이레시아스에게서 예언을 듣는다. 그리고 영웅들과 뛰어난 여성들의 영혼을 본다. 그는 어머니인 안티클레이아도 보고, 엘페노르

도 보게 되는데, 이 엘페노르는 키르케의 집에서 추락하여 죽었다.[59]

세이렌들

18. 그는 키르케에게로 돌아가서는 그녀의 전송을 받아 배를 띄우고, 세이렌들의 섬을 지나가게 된다. 세이렌들은 아켈로오스와, 무사이 중 하나인 멜포메네의 딸들로서 페이시노에, 아글라오페, 텔크시에페이아였다.[60] 이들 중 하나는 키타라를 연주하고, 하나는 노래하고, 하나는 피리를 불었다. 그리고 이것으로 지나가는 자들을 머물도록 설득하였다.

19. 그들은 허벅지부터는 새의 모습을 하고 있었다. 이들을 지나치게 되었을 때 오뒷세우스는 그 노래를 들어보고 싶어서, 키르케의 충고에 따라 동료들의 귀는 밀랍으로 막고 자신은 돛대에 묶도록 했다.

세이렌들이 여기 머물도록 설득하자, 오뒷세우스는 풀어달라고 요구했다. 그러나 동료들은 그를 더욱 세게 묶었고, 이렇게 해서 그 곁을 통과했다. 그런데 세이렌들에게는 배가 통과하면 죽게 되리라는 신탁이 있었고, 그래서 그들은 죽고 말았다.

야코프 요르단스, 「나우시카아와 오뒷세우스」(1630-1635년)
알키노오스 왕의 딸 나우시카아는 빨래하다가 난파당한 오뒷세우스를 만난다.
알키노오스는 그를 접대하여 선물을 주고는 호송자를 붙여 고향으로 보냈다.

스퀼라와 카륍디스

20. 이 일 다음에 그들은 두 갈래 길에 당도한다. 한쪽에는 떠다니는 바위(플랑타이)가 있었고, 다른 쪽에는 두 개의 엄청난 절벽이 있었다. 그 절벽 중 한쪽에는 스퀼라가 있었는데, 그녀는 크라타이이스와 트리에노스 또는 포르코스의 딸로서, 여자의 얼굴과 가슴을 가지고 있는데, 허리에는 개의 머리 여섯 개와 다리 열두 개가 나와 있다.

21. 다른 쪽 〔절벽〕에는 카륍디스가 있었는데, 그녀는 날마다 세 번 물을 빨아들였다가 내보낸다. 오뒷세우스는 키르케의 충고에 따라, 떠다니는 바위 쪽으로 항해하기를 피하고, 스퀼라의 절벽 쪽으로 〈항해하면서〉 이물에 무장을 갖추고 섰다. 그렇지만 스퀼라가 나타나서는 동료 여섯 명을 낚아채었고, 이들을 먹어버렸다.

트리나키아

22. 그들은 거기서 헬리오스의 섬인 트리나키아로 갔는데, 거기에는 소들이 풀을 뜯고 있었다. 그들은 배 띄울 바람을 만나지 못해 거기 머물게 되었다. 식량이 떨어지자, 그들은 그소들 중 일부를 잡아 포식했고, 헬리오스는 그것을 제우스에

게 알렸다. 그러자 제우스는 그가 출항했을 때 벼락을 던졌다.

23. 배가 깨어지자 오뒷세우스는 돛대를 붙잡았지만, 카립디스로 떠밀려 가게 된다. 그리고 카립디스가 돛대를 삼켜버리자, 그 위로 자라나 있던 야생 무화과나무를 붙잡고서 계속 기다렸다. 그는 다시 돛대가 솟아나오는 것을 눈여겨보고는 그 위로 몸을 던졌고, 오귀기아 섬으로 실려 가게 되었다.

칼륍소와 나우시카아

24. 거기서 아틀라스의 딸인 칼륍소가 그를 받아주고, 그와 동침하여 아들인 라티노스를 낳는다. 그는 그녀에게 5년 동안[61] 머물고는, 뗏목을 만들어 떠나간다. 이 뗏목은 포세이돈의 분노로 인하여 바다에서 풀어져 버리고, 그는 맨 몸으로 파이아케스인들의 땅에 표착(漂着)한다.

25. 알키노오스 왕의 딸 나우시카아는 빨래하다가 그를 만나 탄원을 받고, 그를 알키노오스에게로 인도한다. 알키노오스는 그를 접대하여 선물을 주고는 호송자를 붙여 고향으로 보냈다. 그러자 포세이돈은 분노하여 그 배를 돌로 만들고, 그 도시를 산으로 에워싸 버린다.

26. 오뒷세우스는 고향에 돌아가 자기 집안이 망쳐지고 있는 것을 발견한다. 사람들은 그가 죽었다고 생각하고 페넬로페에게 구혼하고 있었는데, 둘리키온에서 온 구혼자들은 쉰일곱 명이었다.

27. 그들은 암피노모스, 토아스, 데몹톨레모스, 암피마코스, 에우뤼알로스, 파랄로스, 에우에노리데스, 클뤼티오스, 아게노르, 에우뤼퓔로스, 퓔라이메네스, 아카마스, 테르실로코스, 하기오스, 클뤼메노스, 필로데모스, 메넵톨레모스, 다마스토르, 비아스, 텔미오스, 폴뤼이도스, 아스튈로코스, 스케디오스, 안티고노스, 마롭시오스, 이피다마스, 아르게이오스, 글라우코스, 칼뤼도네우스, 에키온, 라마스, 안드라이몬, 아게로코스, 메돈, 아그리오스, 프로모스, 크테시오스, 아카르난, 퀴크노스, 프세라스, 헬라니코스, 페리프론, 메가스테네스, 트라쉬메데스, 오르메니오스, 디오피테스, 메키스테우스, 안티마코스, 프톨레마이오스, 레스토리데스, 니코마코스, 폴뤼포이테스, 케라오스였다.[62]

28. 사메에서는 스물세 명이 왔는데, 그들은 아겔라오스, 페이산드로스, 엘라토스, 크테십포스, 힙포도코스, 에우뤼스트라토스, 아르케몰로스, 이타코스, 페이세노르, 휘페레노르,

조지프 라이트, 「실을 감는 페넬로페」(1785년)
페넬로페는 라에르테스의 수의를 만들고 나면 결혼하겠다고 속이고는,
낮에는 짜고 밤에는 다시 풀면서 3년 동안 반복했다.

앙겔리카 카우프만, 「텔레마코스의 슬픔」(1783년)
오뒷세우스가 죽었다고 생각하는 구혼자들이 쉰일곱 명이었고,
텔레마코스의 고민은 점점 더 깊어간다.

페로이테스, 안티스테네스, 케르베로스, 페리메데스, 퀸노스, 트리아소스, 에테오네우스, 클뤼티오스, 프로토오스, 뤼카이토스, 에우멜로스, 이타노스, 뤼암모스였다.

29. 자퀸토스로부터는 마흔네 명이 왔는데, 그들은 에우뢸로코스, 라오메데스, 몰레보스, 프레니오스, 인디오스, 미니스, 레이오크리토스, 프로노모스, 니사스, 다에몬, 아르케스트라토스, 힙포(마코스, 에우뤼알로스, 페리알로스, 에우에노리데스, 클뤼티오스, 아게노르),⁶³ 폴뤼보스, 폴뤼도로스, 타뒤티오스, 스트라티오스, (프레니오스, 인디오스),⁶⁴ 다이세노르, 라오메돈, 라오디코스, 할리오스, 마그네스, 올로이트로코스, 바르타스, 테오프론, 닛사이오스, 알카롭스, 페리클뤼메노스, 안테노르, 펠라스, 켈토스, 페리파스, 오르메노스, 폴뤼보스, 안드로메데스였다.

30. 이타케 자체에서의 구혼자들은 12명이었는데, 다음과 같다. 안티노오스, 프로노오스, 레이오데스, 에우뤼노모스, 암피마코스, 암피알로스, 프로마코스, 암피메돈, 아리스트라토스, 헬레노스, 둘리키에우스, 크테십포스.⁶⁵

31. 이들은 왕궁으로 가서는 오뒷세우스의 가축들을 축내며 잔치를 벌이고 있었다. 페넬로페는 결혼을 강요받자, 약속하기를 라에르테스의 수의가 끝마쳐지면 하겠다 하고, 낮에는 짜고 밤에는 다시 풀면서 3년 동안 수의를 짰다. 이런 식으로

구혼자들은 페넬로페에게 속았다. 그러다가 마침내 일이 탄로
나고 말았다.

오뒷세우스의 복수

32. 오뒷세우스는 집안에서 일어나고 있는 일을 알고는, 거지 모습을 하고 하인인 에우마이오스에게로 간다. 거기서 텔레마코스가 그를 알아보게 되고, 그는 도시로 들어가게 된다. 도중에 염소를 치는 하인인 멜란티오스가 그들과 마주쳐 멸시한다.

오뒷세우스는 왕궁으로 들어가 구혼자들에게 양식을 구걸하고, 이로스라 불리는 거지를 만나 그와 씨름한다. 그런 다음 에우마이오스와 필로이티오스에게 자기 신분을 알리고, 이들과 텔레마코스를 데리고서 구혼자들을 향해 계략을 짠다.

33. 페넬로페는 구혼자들에게 오뒷세우스의 활을 내놓는다. 그것은 언젠가 오뒷세우스가 이피토스에게서 얻은 것이었다. 그리고 말하기를 이것을 당기는 사람과 함께 살겠다 한다. 누구도 그것을 할 수가 없자, 오뒷세우스가 그 활을 받아서는 에우마이오스, 필로이티오스, 텔레마코스의 도움을 받아 구혼자들을 쏘아 죽였다. 또 멜란티오스와, 구혼자들과 동침해 온 하녀들을 죽였다. 그리고 아내와 아버지가 그를 알아보게 된다.

34. 그는 하데스와 페르세포네와 테이레시아스에게 제사를 드리고는, 걸어서 에페이로스를 지나 테스프로토이인들의 땅으로 가서, 테이레시아스의 충고에 따라 제사를 드려 포세이돈을 달랜다. 그런데 그때 테스프로토이인들을 다스리던 칼리디케가 그에게 머물기를 청하고, 그에게 왕국을 주었다.

35. 그녀는 그와 동침하여 폴뤼포이테스를 낳는다. 그는 칼리디케와 결혼하여 테스프로토이인들을 다스렸고, 쳐들어온 이웃 종족을 전투로 이긴다. 그렇지만 칼리디케가 죽자, 아들에게 왕국을 물려주고는 이타케로 돌아간다. 그리고 페넬로페로부터 자신에게 폴리포르테스가 태어났다는 것을 알게 된다.

36. 그런데 텔레고노스는 키르케에게서 자신이 오뒷세우스의 아들임을 알고서, 그를 찾아 배를 띄운다. 그리고 이타케 섬에 닿아 가축 떼 중 일부를 몰아가려 했다. 그래서 오뒷세우스가 지원하러 온 것을 텔레고노스가 〈가오리〉 가시 날을 가진 창을 손에 들고 있다가 부상을 입혀서, 오뒷세우스가 죽는다.

페넬로페의 여생

37. 텔레고노스는 그를 알아보고 매우 애통해하다가, 그

토마 드조르주, 「오뒷세우스와 텔레마코스의 복수」(1812년)
페넬로페는 구혼자들에게 오뒷세우스의 활을 내놓고는,
이것을 당기는 사람과 함께 살겠다 말했다. 하지만 누구도 그것을 할 수가 없자,
오뒷세우스가 그 활을 받아 들더니 구혼자들을 쏘아 죽였다.

시신을 페넬로페와 함께 키르케에게로 가져간다. 그리고 거기서 페넬로페와 결혼한다. 키르케는 그들 둘을 행복한 자들의 섬으로 보낸다.

38. 그런데 어떤 사람들은 페넬로페가 안티노오스의 유혹을 받았고, 오뒷세우스에 의해 이카리오스에게로 보내졌으며, 아르카디아의 만티네이아에 가서 헤르메스에게서 판을 낳았다고 한다.

39. 다른 사람들은 그녀가 암피노모스 때문에 오뒷세우스 자신에게 죽었다고 말한다. 그녀가 그에게 유혹을 받았다는 것이다.[66]

40. 또 오뒷세우스가, 죽은 구혼자들의 친척들에 의해 고발을 받자, 에페이로스 근방의 섬들을 다스리고 있던 네옵톨레모스를 재판관으로 택했다고 하는 사람들도 있다. 그런데 그는 오뒷세우스가 제거되면 케팔레니아를 차지할 수 있겠다고 생각하여, 그에게 추방 판결을 내렸고, 오뒷세우스는 아이톨리아로, 안드라이몬의 아들 토아스에게로 가서, 그의 딸과 결혼하고 그녀에게서 아들 레온토포노스를 얻어 남긴 채 늙어서 죽었다 한다.

데우칼리온 집안의 초기 계보

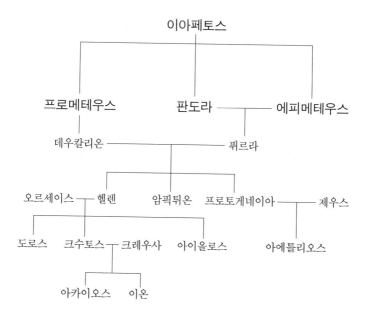

아이톨리아의 계보

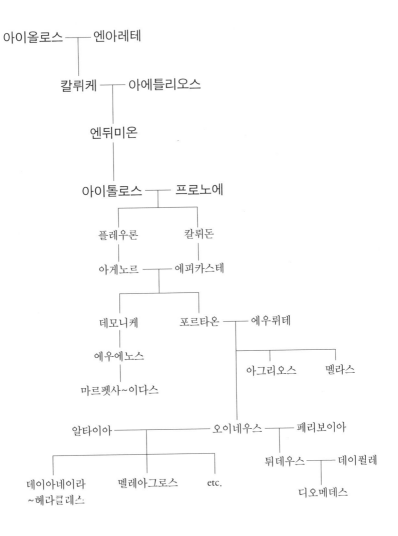

아이올로스의 자손들

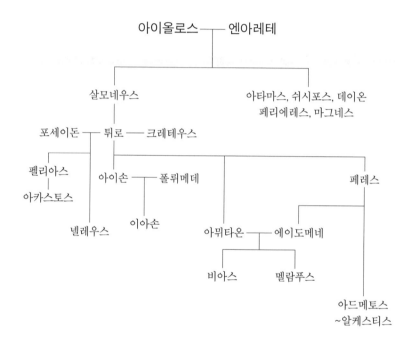

이나코스 집안의 초기 계보

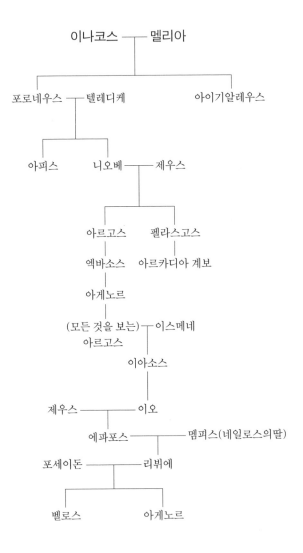

아르고스 지역의 벨로스 가계

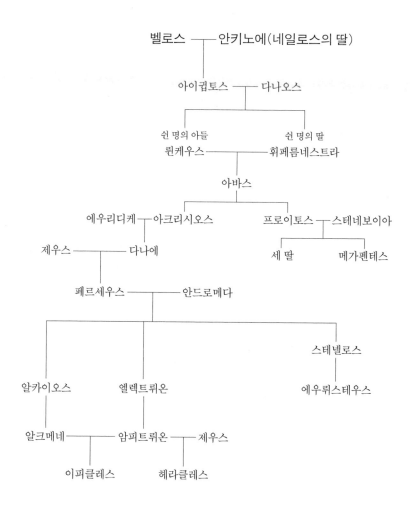

아게노르의 가계

크레테의 에우로페의 자손들

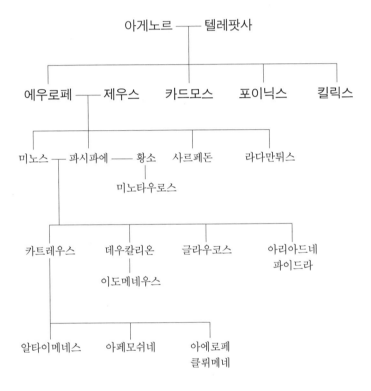

아게노르의 가계

테바이의 카드모스의 자손들

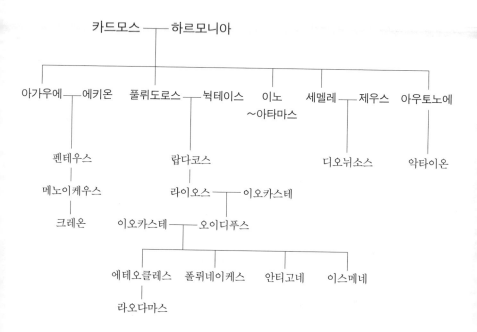

라코니아 왕가

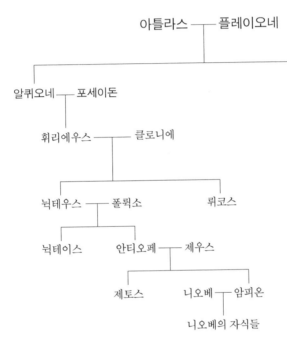

아틀라스 ─── 플레이오네

알퀴오네 ── 포세이돈

휘리에우스 ─── 클로니에

뉙테우스 ─── 폴뤽소   뤼코스

뉙테이스   안티오페 ─── 제우스

제토스   니오베 ── 암피온

니오베의 자식들

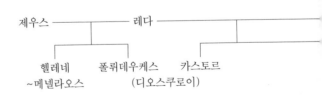

제우스 ─────── 레다 ───────

헬레네   폴뤼데우케스   카스토르
~메넬라오스   (디오스쿠로이)

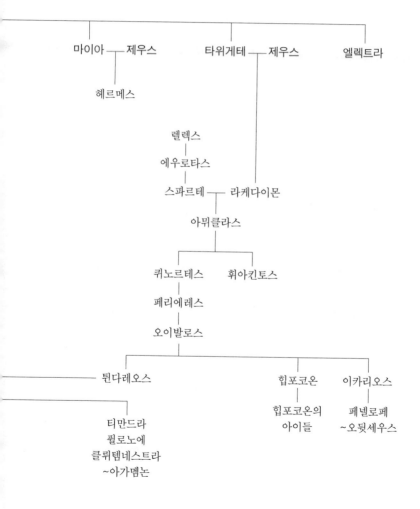

마이아 —— 제우스   타위게테 —— 제우스   엘렉트라

헤르메스

렐렉스
|
에우로타스
|
스파르테 —— 라케다이몬
|
아뮈클라스

퀴노르테스   휘아킨토스
|
페리에레스
|
오이발로스

—— 튄다레오스   힙포코온   이카리오스

힙포코온의   페넬로페
아이들   ~오뒷세우스

티만드라
퓔로노에
클뤼템네스트라
~아가멤논

트로이아 왕가

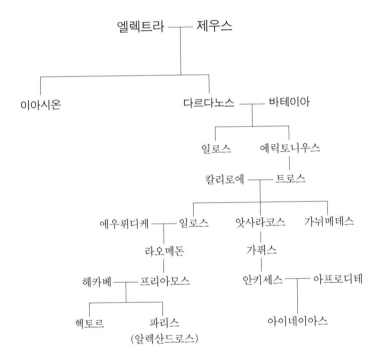

아소포스의 가계

아킬레우스와 아이아스 집안

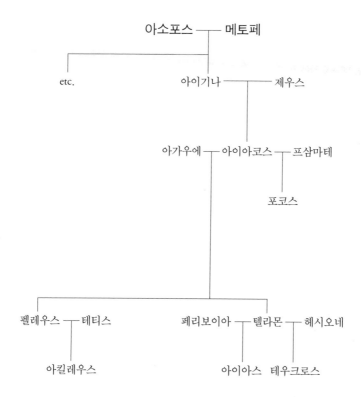

아테나이 왕가

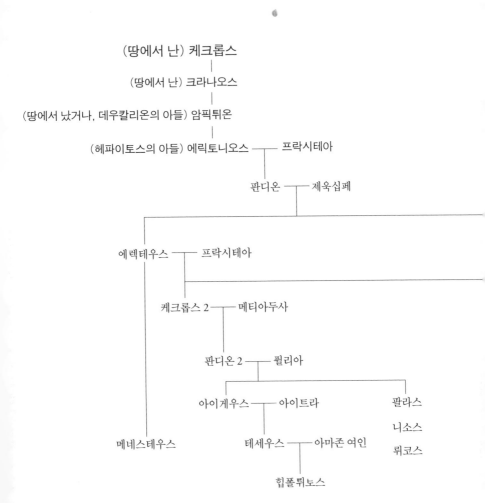

(땅에서 난) 케크롭스
|
(땅에서 난) 크라나오스
|
(땅에서 났거나, 데우칼리온의 아들) 암픽튀온
|
(헤파이토스의 아들) 에릭토니오스 ── 프락시테아

판디온 ── 제욱십페

에렉테우스 ── 프락시테아

케크롭스 2 ── 메티아두사

판디온 2 ── 퓔리아

아이게우스 ── 아이트라 ── 팔라스
니소스
뤼코스

메네스테우스 ── 테세우스 ── 아마존 여인

힙폴뤼토스

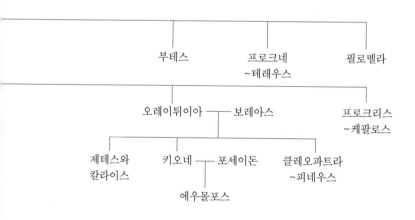

부테스   프로크네   필로멜라
~테레우스

오레이튀이아 —— 보레아스   프로크리스
~케팔로스

제테스와   키오네 —— 포세이돈   클레오파트라
칼라이스   ~피네우스

에우몰포스

펠롭스의 가계

아가멤논과 메넬라오스 가문

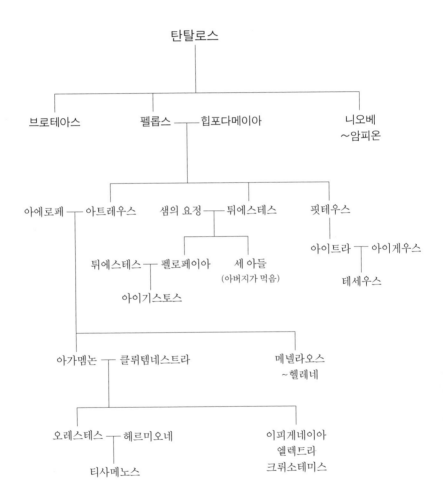

책머리에

1   내가 '희랍'이라고 부르는 나라를 대개 '그리스'라고들 한다. 요즘은 이 '희랍'이라는 말을 잘 쓰지 않아서, 젊은 세대라면 이 단어가 무슨 뜻인지 알지 못하는 경우가 종종 있고, 심지어 내게 희랍비극 수업을 들었던 학생 중 하나는 처음에 희랍이 어디 아랍권에 속한 나라인 줄 알았었다고 한다. 그런데도 내가 굳이 이 말을 고집하는 것은 '그리스'라는 말이 영어이기 때문이다.

      원래 이 단어는 라틴어 '그라이키아(Graecia)'에서 온 것인데, 처음에는 희랍 땅 중에서 이탈리아 반도에 가까운 곳, 그러니까 희랍 북서부를 가리키다가 나중에는 희랍 전체를 가리키게 된 것이다.

      희랍인들은 자신들의 나라를 '헬라스'라고 부르는데, 그것을 비슷한 음의 한자로 바꾼 것이 '희랍(希臘)'이다. 그런데 근래에 와서 영어가 최고라고들 생각해서인지 너도 나도 '그리스'라는 말을 사용하고 있다. 이것은 '독일'이라는 말을 버리고, 그 나라를 ('도이칠란트'도 아닌) '저머니'라고 부르자는 것과 마찬가지다. 따라서 나는 '희랍'이라는 말을 권한다.

2   그 밖에 주된 관심이 신화에 있지 않으면서도 많은 신화를 전하는 자료들도 있는데, 2세기 사람인 파우사니아스의 『희랍 안내서』 같은 것이 그렇다.

3   원래 희랍어 제목은 '비블리오테카'로서, '책 두는 곳', 아니면 '두루마리 두는 곳'이겠지만, 내용을 보면 거의 '이야기 보따리' 정도의 뜻이다. 여기서는 그냥 직역하여 '도서관'으로 하겠다.

4   표절이란 비난을 받기 전에, 위에 소개된 내용 대부분이 제임스 프레이저의 해설을 정리한 것이란 점을 밝혀야만 하겠다.

도서관 1권

1   원본에는 소제목이 붙어 있지 않지만, 이 번역본에서는 독자들의 편의를 위해 소제
    목들을 붙였다.

2   원래 복수(複數)형만 있는 말이지만, 일반인들이 복수라는 것을 모를 듯해서, '들'이
    란 말을 붙였다.

3   모두 뜻이 있는 이름들이다. 앞에서부터 대충 뜻을 말해보자면 다음과 같다. 빠른 파
    도의, 전망이 좋은, 빛나는 흐름의, 빠른 배의, 소금기 있는, 사랑받는, 안전한, 두루
    파도치는, 좋은 승리의, 어머니의, 좋은 항구의, 찬란한, 좋은 선물의, 선물을 주는,
    데려다주는, 젖 빛의, 곶의, 바다를 생각하는, 말처럼 빠른, 풀어 다스리는, 파도의,
    물가의, 짠 바다를 생각하는, 부딪는 미풍의, 잘 성취하는, 으뜸인, 숨기는, 모든 것
    을 보는, 이루는, 새로운 몫의, 말 같은 흐름의, 부드러운, 많은 흐름이 있는, 절로 흐
    르는, 달콤한, 제우스의, 섬의, 선물의, 잘 모이는, 모래의, 좋은 노래가 있는, 오랑
    캐꽃의, 능력 있는, 고래의, 항구의 등이다. (중요한 이름들은 아니니, 애써 하나씩 확인
    하거나 외울 필요는 없다.)

4   역시 원래 복수형만 있는데 '들'을 붙여 옮겼다.

5   보통 페르세포네는 데메테르의 딸로 알려져 있다. 뒤(1권 5장 1절)에 페르세포네가
    플루톤에게 납치되자 데메테르가 찾아 헤매는 장면이 소개되는데, 그 이유에 대해
    서 아폴로도로스는 아무 설명도 하지 않고 있다.

6   역시 모두 뜻이 있는 이름들이다. 앞에서부터, 아름다운 목소리의, 명성 높은, 노래
    하는, 잘 즐기는, 사랑받는, 춤을 즐기는, 천상의, 축제의, 찬가가 많은 등이다.

7   2권 6장 4절 참고.

8   위의 2장 2절 참고.

9   델포이에는 바위가 갈라진 곳이 있어서, 이곳에서 사람을 취하게 하는 가스가 올라
    왔고, 그 가스에 취한 상태에서 무녀가 신탁을 내렸다고 한다.

10 페레퀴데스라는 이름을 가진 신화 학자는 두 사람이 있다. 하나는 쉬로스 출신으로
    기원전 6세기 중반에 활동했던 사람인데, 신들의 탄생과 세계의 창조에 대해 썼던
    것으로 알려져 있다. 두 번째 사람은 아테나이 출신으로 기원전 5세기 중반에 활동

했던 사람이다. 그는 신화적이고 계보학적인 역사를 썼는데, 나중에는 전자와 혼동되었다 한다. 아폴로도로스가 모범으로 삼고 자주 이용하는 작가는 이 후자이다.

11 이 아이의 이름은 보통 케달리온으로 알려져 있다.

12 이 구절은, 아프로디테가 연적(戀敵)인 에오스에게 복수하기 위해, 혹은 앞으로는 에오스가 자신을 방해하지 못하도록 하기 위해 이런 영향력을 행사했다는 뜻인 듯하다. 아프로디테와 아레스는 많은 이야기에서 부부거나, 적어도 연인 관계로 되어 있다.

13 위(1권 3장 1절)에서는 페르세포네가 스튁스의 딸이라고 소개되었었는데, 여기서는 마치 그녀가 데메테르의 딸인 것처럼 되어 있다. 지금 이 구절들은 「호메로스의 찬가」 중에서 「데메테르 찬가」를 따른 것이다.

14 기원전 5세기 할리카르낫소스 사람으로 헤로도토스의 아저씨 또는 조카이며, 헤라클레스에 대한 열네 권짜리 서사시를 써서 좋은 평가를 받았었다 한다.

15 디오뉘소스와 그의 추종자들이 지니고 다니는 지팡이로서, 머리 부분이 솔방울로 장식되어 있다.

16 여기는 마치 그의 팔에 뱀이 돋아 있는 것처럼 되어 있는데, 보통은 그의 어깨에 뱀이 있는 것으로 되어 있다. 가령 헤시오도스의 『신들의 계보(신통기)』 824-825행. 어쩌면 '이것들에(ek touton)'를 '어깨에(ek ton omon)'로 읽어야 할지도 모르겠다.

17 희랍어로는 narthex, 라틴어 학명으로는 Ferula communis로서, 그 줄기를 박쿠스 숭배자들이 튀르소스로 사용하거나, 선생들이 지팡이로, 또 군사 훈련용 작대기로 사용했다고 한다.

18 로마의 건국 시조인 로물루스도 성을 쌓기 위해 둔덕을 쌓다가 쌍둥이 형제인 레무스가 그것을 뛰어넘자 그를 쳐 죽였다고 한다.

19 이들은 멜레아그로스의 외삼촌들이다. 모계 전통이 강한 사회에서는 일반적으로 조카들에 대한 외삼촌의 권리가 매우 크다.

20 테스티오스의 아들이다. 1권 7장 10절 참고.

21 테스티오스는 쿠레테스 사람들의 왕이었다. 이 부분의 내용은 『일리아스』 9권 529행 이하를 따른 것이다.

22 이 새들은 희랍어로 멜레아그리스(meleagris)라고 한다. 보통 '뿔닭'으로 되어 있는데, 학명은 Numida ptilorhyncha이다. 이 이야기는 오비디우스의 『변신 이야기』

8권 533행 이하에도 나온다.

23 페이산드로스는 기원전 7세기 또는 6세기 로도스의 카미로스 출신으로, 헤라클레스에 대한 서사시 중 가장 오래된 것을 썼던 사람이다.

24 오이네우스의 형제이다. 1권 7장 10절 참고.

25 위의 1권 7장 3절에서부터 먼저 아이올로스의 딸들과 그들의 자손들에 대하여 이야기했고, 여기서부터는 아이올로스의 일곱 아들과 그들의 자손들에 대해 다룬다.

26 9장 1절에서부터 계속되어 온 아이올로스의 아들들과 그 자손들 이야기의 연속이다.

27 오이디푸스의 두 아들이 왕권을 놓고 다툴 때, 그 두 아들 중 하나인 폴뤼네이케스를 편들어 일곱 명의 영웅이 테바이로 쳐들어갔으나, 이 원정은 실패하였고, 그로부터 10년 뒤에 그 일곱 영웅의 아들들이 다시 원정을 조직하여 이번에는 테바이를 함락시킨다. 이 두 번째 원정을 떠난 아들 세대 영웅들을 에피고노이라고 부른다. 그 내용은 3권 7장 2절에 나온다.

28 이야기는 이 장 11절로 돌아간다.

29 3권 6장 4절 참고.

30 아폴론은 자신의 아들 아스클레피오스가 제우스의 벼락에 죽자, 그 벼락을 만든 퀴클롭스들을 죽이고 벌로 아드메토스 집에 와서 종살이를 하게 된다. 그 자세한 사정은 3권 10장 4절 참고.

31 에우리피데스의 비극 「알케스티스」에는 헤라클레스가 죽음의 신과 싸워 알케스티스를 구해낸 것으로 되어 있다.

32 위의 1권 9장 8절 참고.

33 도도나는 희랍 북서부의 제우스의 성지로서, 유명한 신탁소가 있는 곳이다. 거기서는 참나무가 바람에 흔들리는 소리를 듣고 사제들이 그것을 해석하여 신탁을 내렸다고 한다.

34 기원전 5세기 폰토스의 헤라클레이아 출신으로서, 헤라클레스의 모험을 합리적 입장에서 다룬 작품을 썼으며, 아르고 호의 모험에 대한 긴 글을 남겨 아폴로니오스 로디오스의 『아르고 호 이야기』에 대한 고대 주석에 많이 인용된 작가이다.

35 사실은, 헤시오도스는 오퀴페테라고 부르고 있다. 『신들의 계보』 267행.

36 『아르고 호 이야기』 2권 284행 이하.

37 희랍어로 '토막 내다', '자르다'의 뜻인 temno에서 온 말이다.

38 이 섬에 실제로 있었던 물동이 나르기 경주의 연원에 대한 설명이다.

39 플루타르코스에 따르면 희랍의 장군 테미스토클레스도 이런 식으로 죽은 것으로 믿어졌다 한다. (「테미스토클레스」 31장)

40 아래의 「요약집」 1장 5절 이하 참고.

도서관 2권

41 1권 7장부터 이야기가 계속 이어졌었다.

42 아르고스인으로 페르시아 전쟁 이전에 살았었다고 한다. 그는 계보들을 모으고, 헤시오도스의 이야기에서 틀린 점들을 수정했었다 한다.

43 「책머리에」에서 언급했던 그 사람이다. 여기 이 사람의 의견이 인용됨으로 해서, 아폴로도로스가 기원전 2세기의 문법학자는 아니라는 것이 분명해졌다.

44 트라길로스 출신의 기원전 4세기 신화 작가. 비극 작품들에 기초해서 신화를 정리한 사람이다.

45 밀레토스 출신의 기원전 6세기 서사시 작가. 켄타우로스들과 싸운 아이기미오스라는 영웅에 대한 작품을 쓴 것으로 알려져 있다.

46 조금 전에 같은 이름이 나왔으므로, 학자들은 이 자리에 들어갈 이름이 클레오다메이아나 필로다메이아(Philodameia)가 아닐까 추정하고 있다. 그 근거는 파우사니아스의 『희랍 안내서』 4권 30장 2절인데, 그 구절도 프레이저는 필로다메이아(Phylodameia)로 읽는 것이 더 낫다고 본다.

47 트로이아 전쟁에 참가했던 영웅들이 집으로 돌아가는 길에 겪은 일을 기록한 옛 서사시로 지금은 전하지 않으며, 다만 프로클로스가 산문으로 요약한 것의 일부 단편만 전해지고 있다.

48 1권 9장 12절에 나온 내용을 좀 자세히 이야기한 것이다.

49 『일리아스』 16권 328행 이하.

50 『신들의 계보』 319행 이하.

51 헤시오도스의 작품이라고 전해오지만 위작(僞作)임이 거의 분명한 서사시이다.

52 〔 〕로 묶인 부분은 단어 설명으로 여백에 쓰였던 것이 필사 도중에 본문으로 섞여 들어간 것으로 보인다. 마지막 문장은 '자루(kibisis)'라는 말을 '들어있다(keisthai)'와 '옷(esthes)'으로 설명하려는 것이다.

53 1권 8장 2절에서는 '라리사'라고 표기되었었다.

54 〔 〕안의 말이 후대에 삽입된 설명구인지 아닌지는 학자들 사이에 논란이 있다.

55 위의 5절에 나왔듯이 스테넬로스는 알타이오스(암피트뤼온의 아버지), 그리고 엘렉트뤼온(알크메네의 아버지)의 형제이다. 따라서 그는 암피트뤼온의 삼촌이자, 처삼촌격이다. 사실은 이 부분에서 시간대가 잘 맞지 않는데, 지금 전쟁의 대상인 프테렐라오스의 아들들은, 페르세우스의 아들 메스토르가 낳은 딸 힙포토에(암피트뤼온의 사촌)의 증손자들이다.(메스토르-힙포토에-타피오스-프테렐라오스-그의 아들들) 그런데 그 아들들이 자기 고조할아버지와 형제인 엘렉트뤼온과, 혹은 자기들 증조할머니의 사촌인 암피트뤼온과 겨룬다는 것은 거의 있을 수 없는 일이다.

56 3권 15장 1절 참고.

57 니소스와 그의 딸 메가라에 대해서도 비슷한 내용의 이야기가 전해진다. 3권 15장 8절 참고.

58 1권 3장 2절에는 리노스와 오르페우스가 서로 형제 간으로서, 칼리오페와 오이아그로스 사이에서 태어난 것으로 되어 있다. 이들의 부모는 작가마다 달리 말하고 있다.

59 체체스의 「뤼코프론에 대한 주석」 50번에 따르면, 그는 형제를 죽이고는 크레테에서 도주하였다고 한다.

60 희랍에는 큰 인물이 죽으면 그를 작은 신으로 섬겼는데, 이런 '신'들을 영웅(heros)이라고 불렀다.

61 원래 아르카디아에서 발원하여 아카이아를 지나 바다로 흘러드는 강 이름이다.

62 케이론은 의약의 대가이다. 아킬레우스도 그에게서 약과 치료법에 대해 배웠다 한다.

63 1권 9장 16절의 아르고 호 영웅들의 명단에는 아우게아스로 표기되어 있다.

64 황금양털 가죽을 찾으러 떠났던 이아손 일행도 이 종족의 땅에 도착했었다. 1권 9장 20절.

65 아르고 호 영웅들에게 권투 시합을 청했다가 폴뤼데우케스에게 죽은 인물이다 1권

9장 20절.

66 이 개의 이름이 '오르트로스(Orthros)'라고 전하는 저자도 많이 있다. 가령 퀸투스 스뮈르나이우스의 『포스트호메리카』 6권 253행, 베르길리우스의 『아이네이스』 8권 300행에 대한 세르비우스의 주석 등이 그러하다.

67 스페인 남부에 있었던 페니키아 도시 압데라의 땅이다. 트라케에 있던 압데라와는 다른 곳이다.

68 로도스 섬의 중요한 도시이다.

69 이 여행은 지리적으로 매우 혼란스러운데, 일단 희랍 땅에서 북서부쪽으로 유럽 땅을 지나 시계 반대 방향으로 돌아 북아프리카와 이집트를 지나고, 다시 거기서 바다를 통해 로도스로 갔다가, 다시 소아시아와 아라비아를 지나, 아마도 이집트 남부로 가서는 인도양을 통해 좀 더 동쪽의 아시아에 상륙해서 북쪽으로 가서 카우카소스에 도달한 것으로 그리는 듯하다.

70 이것은 헤라클레스가 휘페르보레오이인들에게서 올리브나무의 가지를 가져다가 그것으로 만든 관(冠)을 올림피아 경기에서 상으로 준 것을 가리키는 듯하다. 이것은 한편으로 프로메테우스의 사슬을 대신한다는 의미가 있다. 관이나 반지에 그러한 의미를 부여한 많은 전거들이 남아 있다.

71 〈 〉부분은 아폴로도로스의 원문에 없는 것인데, 원문이 훼손되었다고 보고, 아폴로니오스 로디오스의 『아르고 호 이야기』의 4권 1396행 고대 주석에 나온 것을 옮긴 것이다. 이 주석의 문장도 읽는 방식이 학자마다 다른데, 여기서는 J. 프레이저를 따랐다.

72 페르세포네가 석류 씨를 먹었다고 증언하는 바람에 데메테르의 미움을 사서 바위 밑에 깔렸던 인물이다. 1권 5장 3절 참고.

73 에우리피데스의 「알케스티스」에서는 헤라클레스가 디오메데스의 말을 가지러 가는 길에 알케스티스를 구하는 것으로 되어 있다.

74 호메로스의 『오뒷세이아』 21권 23행 이하에는, 이피토스가 잃어버린 말을 찾으러 헤라클레스네 집에 갔다가 살해된 것으로 나와 있다. 거기서는 헤라클레스가 미친 것이 아니라, 말에 욕심이 나서 죽이는 것으로 되어 있다.

75 이 두 명의 악당은 흔히 도기 그림에, 헤라클레스가 지고 가는 긴 장대 양쪽에 머리

를 아래로 한 채 거꾸로 매달려서 잡혀 가는 것으로 나온다. 희랍어로 'kerkos'가 '꼬리'라는 뜻이기 때문에 이 케르코페스라는 이름은 '꼬리 달린 사람'이란 뜻이다. 제우스가 이들을 원숭이로 만들어버렸다는 이야기도 있다.

76 뤼디아 지방의 아울리스는 다른 전거에는 등장하지 않는다. 나중에 트로이아로 원정을 떠나는 희랍군이 모였던 곳은 희랍 본토의 아울리스이다.

77 아르고 호의 모험을 가리키는 말이다. 1권 9장 16절 이하 참고. 하지만 『아르고 호 이야기』1권 122행 이하에는, 아르고 호의 모험이 있었던 것은 헤라클레스가 에뤼만토스의 멧돼지 사냥을 막 마쳤을 때였으며, 그도 아르고 호에 승선했던 것으로 되어 있다.

78 희랍어로 priamai가 '사다'의 뜻이다.

79 1권 3장 5절에 한 번 나온 내용이다.

80 이 '거인과의 전쟁'에 대해서는 1권 6장 1절 이하 참고. 거기서는 지명이 '플레그라이'로 표기되었다.

81 이 전쟁에 대해서는 핀다로스의 「올륌피아 우승 축가」10번에서 다뤄지고 있다.

82 아우게이아스의 아들로서 2권 5장 5절에서 헤라클레스에게 유리한 증언을 했던 인물이다.

83 1권 9장 9절에 조금 자세히 나왔던 이야기이다.

84 알크메네의 형제, 즉 헤라클레스의 외삼촌이다. 2권 4장 6절 참고.

85 튄다레오스가 전에 힙포코온의 자식들에게 쫓겨났던 사정은 3권 10장 5절에 나온다.

86 다른 설에 따르면 아말테이아는 제우스에게 젖을 주던 염소의 이름이다. 칼리마코스의 「제우스 찬가」48행 이하 참고.

87 헤라클레스는 키타이론 산의 사자를 잡으러 가서, 테스피오스의 딸 쉰 명과 차례로 동침하여 쉰 명의 아들을 얻은 바 있다. 2권 4장 10절 참고.

88 헤라클레스는 다른 퀴크노스와 대결한 적이 있다. 그 퀴크노스도 아레스의 아들이긴 하지만 어머니가 퓌레네인 것으로 되어 있다. 2권 5장 11절 참고.

89 원문에는 '보이오티아로부터 집어던졌다.'라고 되어 있으나, 원문이 훼손된 것으로 보인다. 여기서는 J. 프레이저의 의견을 따랐다.

90 에우리피데스의 「헤라클레스의 자식들」928행 이하에서는, 에우뤼스테우스가 이올

라오스에게 잡혀와 알크메네의 지시에 따라 처형되고, 앗티케 땅에 묻힌다.

91 현재 전하는 원문대로 하자면, '헤라클레스의 군대를 이끌고 펠로폰네소스로 갔다' 가 되기 때문에 학자들은 여기 문장의 일부가 탈락하거나, 훼손되었다고 보고, 달리 고치려 한다. 여기서는 파버(Faber)라는 학자의 의견을 따랐다. 한편 J. 프레이저 는 이 부분에 많은 내용이 빠졌다고 보고 있는데, 헤라클레스의 자식들이 이스트모 스에서 펠로폰네소스인의 군대와 마주쳤으며, 거기서 테게아의 왕과 휠로스가 단독 대결을 벌여 휠로스가 죽었고, 헤라클레스의 자식들은 앗티케로 돌아가 이후 50년 간 귀환을 시도하지 않았다는 내용이 있었으리라 한다. 이 내용은 파우사니아스의 『희랍 안내서』 8권 5장 1절에 나온다.

92 이 사람은 휠로스의 아들인(『희랍 안내서』 3권 15장 10절) 클레오다이오스에게서 난 자식이다.(같은 책 2권 7장 6절)

93 클레오다이오스는 방금 죽었다고 보고된 아리스토마코스의 아버지이므로, 이 구절 이 맞는 것이라면 그다음 이야기는 죽은 아리스토마코스의 형제들 이야기여야 한 다. 그러나 뒤이어 나오는 테메노스, 아리스토데모스 등의 이름들은 아리스토마코 스의 아들들 것이다.(『희랍 안내서』 2권 18장 7절) 따라서 〔 〕안의 구절은 삭제하 거나, '아리스토마코스의'로 읽어야 한다.

94 여기서 '좁은 길목'이라는 것은 이들이 처음에 받았던 신탁에 들어 있던 것으로, 이 들은 이 말이 '지협'(이스트모스)을 가리키는 것으로 생각했었다. 이 신탁의 내용 은, 견유학파 철학자인 오이노마오스가 신탁을 비웃기 위해 쓴 책, 「신탁에 대하여」 에 전해지던 것을, 에우세비오스가 그의 「복음의 준비(Praeparatio Evangelii)」 5장 20절에 다시 인용하여 전한 것이다.

도서관 3권

95 2권 1장 4절에서 이어지는 내용이다. 이집트로 간 이오는 에파포스를 낳고, 에파포 스의 딸 리뷔에에게서 벨로스와 아게노르가 태어났는데, 우리 이야기는 벨로스를 따라갔었다.

96　『일리아스』6권 198행 이하.

97　위의 2권 5장 7절에는 이 황소를 헤라클레스가 잡아간 것으로 되어 있었다.

98　이 이야기는 3권 15장 7절 이하에 계속된다.

99　그렇지만 보통 아에로페와 결혼하여 아가멤논과 메넬라오스를 낳는 인물은 아트레
우스로 되어 있다. 「요약집」 2장 10절 참고.

100　미노스의 자식들에 대한 이야기의 계속이다. 글라우코스와 데우칼리온 모두 미노스
의 아들이다. 3권 1장 2절 참고.

101　그 소는 하루에 두 번, 또는 네 시간마다 색깔이 바뀌는데, 처음에는 흰색, 다음에는
붉은 색, 그다음에는 검은 색으로 변하였다고 한다. 휘기누스 『신화집』 136장 참고.

102　이 부분의 이야기는 위의 3권 1장 1절에 이어진다.

103　파우사니아스에 따르면 이 소는 양 옆구리에 보름달 모양의 흰 무늬가 있었다 한다.
『희랍 안내서』 9권 12장 1절.

104　1권 9장 2절에 짧게 언급된 이야기이다.

105　오뒷세우스가 나우시카아의 섬 앞에서 파선당하였을 때, 그를 도와준 것도 이 레우
코테아였다. 『오뒷세이아』 5권 333행 이하 참고.

106　장단단 육보격(dactylic hexameter)으로 되어 있는 이 구절들은 후대에 덧붙여진 것
으로 보인다.

107　이 구절은 문맥에 맞지 않으므로 삭제하거나, '인도인들과 싸우러 갔다가' 정도로 읽
어주어야 한다.

108　J. 프레이저는, 디오뉘소스가 티탄들에게 찢겼다는 이야기와 비슷하게, 이 왕도 찢
겨 죽었으리라고 추정한다.

109　이 이야기는 2권 2장 2절에 자세히 언급되었다.

110　아폴로도로스는 여기서 랍다코스도 펜테우스처럼 박코스 여신도들에게 찢겨 죽었
다고 암시하는 듯한데, 고대의 저자들에게서는 그런 보고가 발견되지 않는다.

111　눅테우스와 뤼코스를 가리킨다.

112　학자들은 이 플레귀아스가, 아레스의 아들로서 오르코메노스 왕이었던 사람을 가리
키는 것으로 보고 이 구절을 지우려 한다. 오르코메노스는 에우보이아가 아니라, 보
이오티아에 있었기 때문이다.

113 하이네(C. G. Heyne)라는 학자의 보충을 좇았다.

114 『일리아스』24권 602행 이하.

115 이들이 결혼한 사실은 1권 9장 9절에 나온다.

116 기원전 5세기 아르고스의 여성 시인. 합창시 단편 10여 편이 전해진다.

117 파우사니아스에 따르면 클로리스의 원래 이름이 멜리보이아였는데, 형제자매의 죽음을 목격하고 창백하게 되었다 하여 클로리스(창백한 여자)로 이름이 바뀌게 되었다 한다. 『희랍 안내서』2권 21장 9절 참고.

118 휘기누스에 따르면 암피온은 아폴론의 신전을 공격하다가 화살에 죽었다고 한다. 『신화집』9장. 한편 오비디우스에 따르면, 그는 슬픔에 겨워 스스로 칼로 찔러 죽었다 한다. 『변신 이야기』6권 271행 이하.

119 소포클레스의 비극 「오이디푸스 왕」775행에는 폴뤼보스의 아내가 메로페로 되어 있다. 세네카의 「오이디푸스」에서도 마찬가지이다.(272, 661, 802행)

120 '하나의 형태(morphe)를 가지면서'라고 되어 있는 전통도 있다.

121 카드모스가 하르모니아에게 주었던 것이다. 3권 4장 2절 참고.

122 1권 8장 5절에 나온 내용이다.

123 이 다툼과 아드라스토스가 받았던 신탁에 대해서는 에우리피데스의 비극 「포이니케 여인들」408행 이하, 그리고 「탄원자들」132행 이하에 묘사되어 있다. 고대 주석에 따르면, 튀데우스의 방패에는 칼뤼돈의 멧돼지가, 폴뤼네이케스의 방패에는 사자가 그려져 있었다고도 하고, 이들이 각각 멧돼지 가죽과 사자 가죽을 걸치고 있었다고 도 한다.

124 전해지는 원문에는 "그녀가 아드라스토스와 적대하게 되었을 때"로 되어 있는데, 많은 학자들이 원문이 훼손된 것으로 보고 여러 수정 제안을 내어놓았다. 여기서는 J. 프레이저의 의견을 좇았다. 에리퓔레는 암피아라오스의 아내이면서, 아드라스토스의 누이이다.(1권 9장 13절 참고)

125 1권 9장 13절에는 이 파르테노파이오스가 아드라스토스의 형제로 되어 있고, 따라서 그의 아버지는 탈라오스로 되어 있다.

126 1권 9장 17절에 나온 이야기이다. 렘노스 여인들이 자신들의 남편과 아버지들을 모두 죽이기로 했는데, 휩시퓔레만이 자기 아버지 토아스를 숨겼다.

127 테바이 포위 공격에 대해서는, 아이스퀼로스의 비극 「테바이를 공격하는 일곱 영
    웅」 375행 이하와, 에우리피데스의 비극 「포이니케 여인들」의 106행 이하, 그리고
    1090행 이하에 나오는데, 문 이름과 공격자 이름들은 조금씩 다르다.

128 용의 이빨이 땅에 뿌려져서 거기서 태어난 사람들이다. 3권 4장 1절에 나온 이야기
    이다.

129 아테나가 테이레시아스의 어머니인 카리클로와 친해서 어떤 기회에 옷을 벗었는데,
    그가 그것을 보았다는 말이다. 그 기회가 어떤 것이었는지는 여기 나오지 않는데, 몇
    몇 학자들은 이(〔……〕으로 표시된) 부분에 그 내용이 들어 있었다가 전수 과정에서
    빠졌다고 보고 있다. 한편 테이레시아스가 눈멀게 된 사정은, 칼리마코스의 「팔라스
    의 목욕에 바치는 찬가」 57-133행에 자세히 묘사되고 있다.

130 이 구절은 여러 고대 주석(스콜리아)에 되풀이되는 것으로, 이 자리에는 후대에 덧붙
    여진 것으로 보인다.

131 여러 학자들이, 이 구절은 나중에 덧붙여진 것이라고 보고 있다.

132 본문이 불확실해서 많은 학자가, '거기서 정화를 얻으리라.'는 뜻을 만들려고 많은
    제안들을 하고 있다.

133 아켈로오스는 강이면서 동시에 강의 신으로 여겨지고 있다.

134 지금은 사라진 「알크마이온」이라는 비극의 내용을 언급하는 것으로 여겨진다.

135 이 도시는 아이톨리아에 있는 것으로, 투퀴디데스의 『펠로폰네소스 전쟁사』 2권
    68장 3절에 따르면, 그 도시 설립자 암필로코스는 암피아라오스의 아들로서, 알크
    마이온의 형제이지 아들이 아닌 것으로 되어 있다. 암피아라오스의 아들 암필로코
    스는 앞의 3권 7장 2절에 이미 한 번 등장했었다.

136 2권 1장 1절에서 그랬다.

137 아들이 쉰 명이라 했으나, 이름은 마흔아홉 명만 나와 있다.

138 이 홍수에 대해서는 이미 1권 7장 2절에서 자세히 다뤄졌다.

139 기원전 8세기 후반의 코린토스 시인으로, 코린토스 역사를 다룬 「코린티아가」, 테바
    이 전설을 다룬 「에우로피아」, 그리고 「켄타우로마키아」, 「노스토이」 등의 작품이
    단편으로만 전해진다.

140 기원전 6세기 사모스 출신의 시인. 사모스와 희랍 다른 지역 전설과 관련된 계보들

을 육보격 시로 기록했다.

141 2권 2장 1절에는, 프로이토스와 결혼하는 스테네보이아가 이오바테스의 딸로 되어 있다.

142 이 이야기는 2권 7장 4절에서 한 번 나왔었다.

143 오비디우스의 『변신 이야기』 10권 644행 이하에 따르면 이 사과는 아프로디테가 퀴프로스의 타마소스 벌판에서 가져온 것으로 되어 있다. 그러나 다른 저자들은 이것이 헤스페리데스의 정원에서 왔다고 말한다.

144 「멜레아그로스」라는 비극에서 그랬다고 한다.

145 3권 6장 3절에 나온 내용이다.

146 암피온과 제토스에 대해서는 3권 5장 5절에서 다뤄졌었다.

147 다음의 내용은 「호메로스의 찬가」 중 네 번째 것인 「헤르메스 찬가」를 따른 것이다.

148 J. 프레이저는, 이것이 어린아이에게 부와 풍요를 주기 위해 고대 희랍에서 행해지던 관습이라고 설명한다. 비슷한 사례로 아기를 체에 눕히는 관습도 보고되고 있다. 한편 플루타르코스의 「이시스와 오시리스」 35장에 따르면, 디오뉘소스도 처음 태어나서 키에 눕혀졌다고 한다.

149 아크리시오스에 대해서는 2권 2장 1절 이하에서 다뤄졌다.

150 기원전 6세기 전반에 활동했던 서정 시인. 작품 모음이 스물여섯 권에 달했다고 하나, 지금 전해지는 것은 인용과 단편들뿐이다. 그의 작품들은 트로이아 전쟁과 관련된 것, 헤라클레스의 위업에 대한 것, 테바이 전설에 관한 것 등 원래 서사시의 영역인 것을 서정시로 옮긴 것이다.

151 저자가 일인칭을 사용하여 말을 하는 경우가 없기 때문에, 이 부분은 여백에 썼던 설명이 필사 과정 중에 본문으로 잘못 끼어 들어간 것으로 여겨진다.

152 이 문장에서 ( ) 안의 말은 역자가 문장을 이해 가능한 것으로 만들기 위해 덧붙인 것이다. 아폴로도로스는 페리에레스의 아버지가 아이올로스라는 설(1권 7장 3절, 1권 9장 5절)과, 퀴노르테스라는 설(3권 10장 3절)을 다 전하고 있는데, 이 문장에서는 두 가지가 섞여 있다. 1권 9장 5절에서는 아이올로스 설을 따르고 있긴 하지만, 다른 설도 소개는 했었다.

153 2권 7장 3절에서 다룬 내용이다.

154 조금 전 3권 10장 3절에 나온 내용이다.

155 이야기는 3권 10장 1절에서 이어진다.

156 유명한 고대의 팔라스 상(像)이다.

157 강의 신을 말하는 것으로 보인다. 이 강은 대개는 리뷔아에 있는 것으로 여겨지지만, 어떤 사람들은 보이오티아에 있는 작은 시내라고 하기도 한다.

158 제우스와 아테나의 방어 무기이면서, 동시에 상대에게 공포를 불러일으키는 것이기도 하다.

159 위의 3권 12장 1절에 나온 이야기이다.

160 아테(Ate)는 정신적으로 눈먼 상태를 말하며, 보통 '미망(迷妄)'이라고 옮긴다. 지금 이 구절은 누군가가, 『일리아스』 19권 86행 이하에 나오는 이야기와, 위에 나온 "프뤼기아 아테의 언덕"이라는 구절에 영향을 받아 잘못 써넣은 것으로 보인다. 『일리아스』 19권에는, 옛날 헤라클레스가 태어날 때 제우스가 어리석게도 그 사실을 누설하는 바람에, 헤라클레스가 에우뤼스테우스에게 종속되게 되었고, 제우스는 자신의 실수가 아테의 작용 탓이라고 생각해서 그녀를 올륌포스에서 지상으로 집어던졌다는 이야기가 나온다.

161 2권 6장 4절.

162 오비디우스의 『변신 이야기』 11권 749-795행에 따르면, 물속으로 뛰어드는 종류의 새(mergus, 754행)로 변했다고 한다.

163 이 구절은 이름 설명으로 나중에 끼어든 것으로 보인다. alexo는 '막다'이고, andros는 '남자'인데, alexo라는 말이 좀 구식 어휘이므로, 좀 더 친숙한 용어인 boetheo ('도와주다')로 바꾸어 설명해 놓은 것이다.

164 1권 9장 3절에 나온 이야기이다. 시쉬포스는 이 일 때문에 저승에서 돌을 굴려 올리는 벌을 받게 된다.

165 이것은, 나중에 아킬레우스와 함께 트로이아로 가게 되는 뮈르미돈(Myrmidon) 사람들의 칭호를 '개미(myrmex)'와 연결시킨 민간 어원설이다.

166 2권 6장 4절에 나온 이야기이다.

167 3권 9장 2절에 나온 이야기이다. 이아손에게 황금양털을 찾아오도록 했던 인물로 유명한 펠리아스는 아카스토스의 아버지이다.

168 위의 3권 13장 1절에서 폴뤼도라는 펠레우스의 딸로 소개되었었다. 물론 동명이인
    으로 볼 수도 있겠지만, 『일리아스』 16권 173-178행에도 펠레우스의 딸 폴뤼도라가
    메네스티오스를 낳았다고 되어 있는 것으로 보아, 이 부분에서는 아폴로도로스가
    실수를 한 것 같다.

169 휘기누스의 『신화집』 54장에 따르면, 프로메테우스는 이 충고 덕택에 풀려났다 한다.

170 아폴로니오스 로디오스의 『아르고 호 이야기』 4권 790행 이하에 나오는 내용이다.

171 이 말들은 『일리아스』 16권 148행 이하에 등장한다.

172 '아킬레우스'라는 이름의 맨 앞 A를 희랍어의 부정(否定) 접두어로 본 것이다.

173 일반적인 이야기는 오뒷세우스가 방물장수로 가장하고 찾아와 여러 물건들을 늘어
    놓았는데, 다른 여자들은 화장품이나 장신구, 옷감에 관심을 보인 반면, 아킬레우스
    는 무기에 관심을 보이는 바람에 들통이 났다는 것이다. 이 이야기는 오비디우스의
    『변신 이야기』 13권 162행 이하에 나온다. 그런데 지금 여기 소개된 판본은 휘기누
    스의 『신화집』 96장에 나오는 것으로, 오뒷세우스가 물건들을 늘어놓고 밖에서 나
    팔을 불게 하자, 아킬레우스가 전쟁이 난 줄 알고 무기를 집어 들었다고, 그래서 남
    자라는 것이 탄로났다는 이야기이다. 이와 비슷한 내용이 스타티우스의 「아킬레이
    스」 2권 167행 이하에도 나온다.

174 『일리아스』 9권 437행 이하에는, 포이닉스가 어머니의 사주를 받아 아버지의 첩을
    유혹하였고, 그로 인해 고향을 떠나게 되었다는 이야기가 나온다. 그 판본에는 그가
    눈멀게 되었다는 내용은 나오지 않는다.

175 파우사니아스의 『희랍 안내서』 1권 26장 5절에 따르면, 아크로폴리스의 에렉테이온
    안에 짠물 샘이 있었으며, 그것은 남풍이 불 때면 파도 소리를 냈다 한다. 헤로도토
    스의 『역사』 8권 55절에도 이 샘과 올리브나무에 대한 기록이 있다.

176 트리아시온 벌판은 엘레우시스가 있는 곳이다. 이 홍수에 대해서는, 로마 시대의 바
    로(Varro)가 이야기한 것이 아우구스티누스의 『신국론』 18권 9장에 전해지는데, 여
    기 나온 판본과는 내용이 약간 다르다. 당시에 판정을 했던 것은 신들이 아니라 아테
    나이 시민들이며, 그때는 여자도 남자와 동등하게 투표권이 있었는데, 여자들이 모
    두 아테나에게 표를 던지는 바람에 한 표 차이로 포세이돈이 졌다는 것이다. 그래서
    분노한 포세이돈이 홍수를 일으키자, 그의 분노를 누그러뜨리느라 여자들의 투표권

을 박탈하고, 아이들이 어머니의 이름을 따르는 것을 금지하였다고 한다.

177 다른 저자들은 대개 '아그라울로스(Agraulos)'가 아니라, '아글라우로스(Aglauros)'로 적고 있다.

178 1권 9장 4절에는, 에오스가 데려간 케팔로스는 데이온과 디오메데 사이에서 난 것으로 되어 있다.

179 3권 12장 3-4절에서는 에오스가 데려간, 일로스의 아들 티토노스가 소개되었었다.

180 헤시오도스의『신들의 계보』986행 이하에서는 파에톤이 케팔로스와 에오스 사이에서 난 것으로 되어 있다. 그러나 더 일반적으로는 파에톤의 아버지가 태양신으로 되어 있다. 가령 오비디우스의『변신 이야기』2권 19행 이하에서 그렇다.

181 1권 7장 2절에, 데우칼리온의 아들 암픽튀온이 크라나오스 다음에 앗티케를 다스렸다는 말이 나왔었다.

182 더 일반적인 이야기에 따르면 이 아기는 다리가 뱀으로 되어 있었다 한다. 휘기누스의『신화집』166장 참고. 그가 나중에 마차를 발명한 것도 그러한 하체를 숨기기 위해서라 한다. 한편 아예 이 아기가 뱀이었다는 얘기도 있는데(휘기누스의『별 이야기』2권 13장), 여자들이 바구니를 열자 이 뱀이 놀라 아크로폴리스로 달아나 거기서 아테나 여신의 보호를 받았으며, 나중에 아테나 상의 방패 밑에 새겨진 그 뱀이 바로 이것이라고 한다.(파우사니아스의『희랍 안내서』1권 24장 7절) 실제로 아크로폴리스의 에렉테이온에는 신성한 뱀이 있어서, 한 달에 한 번씩 꿀과자를 봉헌받았었는데, 페르시아 전쟁 때 이 꿀과자가 없어지지 않아, 아테나이인들이 피난하게 되었다 한다.(헤로도토스의『역사』8권 41장) 그리고 아리스토파네스의「뤼시스트라테」758행 이하에도 이 뱀에 대한 언급이 나온다.

183 에릭토니오스가 키워졌던 성역을 말하는 듯하다.

184 곡물 재배와 포도 재배가 처음 전파되었다는 뜻으로 보인다.

185 희랍인들은 대개 물과 술을 3 대 1로 섞어 마셨다.

186 〔 〕안의 구절들을 그대로 두면, 테레우스는 프로크네를 시골에 숨겨두고, 필로멜라에게 새 장가를 든 것이 되는데, 그 앞에 있는 '유혹했다'(ephtheire, 사실은 '몸을 망치다'에 가깝다.)와 뒤의 〔 〕에 나오는 '결혼하여 동침하였다'가 좀 어울리지 않는다. 더구나 혀를 자를 양이면 새로 결혼을 할 필요도 없었을 것이다. 몇몇 학자들의 제안

대로 ( ) 안의 내용을 삭제하면, 시골에 숨겨진 것은 유혹당한 후 혀가 잘린 필로멜라가 되고, 이것이 이야기 진행상 더 말끔하다.

187 아테나이에서 에렉테우스는 포세이돈과 동일시되었다. 그래서 아테나이인들은 포세이돈 에렉테우스에게 제사를 드렸다.

188 이 개는 테바이의 여우를 퇴치하는 데 사용되었었다. 2권 4장 7절 참고.

189 1권 9장 21절에 나온 이야기이다.

190 아폴로니오스 로디오스도 이 판본을 따르고 있는데, 이 두 형제는 펠리아스의 장례식 경기에 갔다 오다가 헤라클레스에게 죽었다 한다. 그들이 헤라클레스를 뮈시아에 두고 떠나자고 아르고 호 영웅들을 설득했기 때문에, 헤라클레스가 앙심을 품고 있었다는 것이다. 『아르고 호 이야기』 1권 1298행 이하 참고.

191 1권 9장 21절에서는 아르고 호 영웅들이 피네우스를 크게 도와준 것으로 되어 있다. 그것이 가장 일반적인 판본인데, 여기서는 다른 판본을 따르고 있다.

192 이 주변에는 너무 많은 판디온이 나와서 혼동을 주는데, 우선 에릭토니오스의 아들이자 에렉테우스의 아버지인 판디온이 나왔고(3권 14장 6절), 다음으로 피네우스의 아들로서 억울하게 눈멀게 되는 판디온이 있었고(3권 15장 3절), 에렉테우스의 아들인 케크롭스의 아들로서 아이게우스의 아버지가 되는 판디온이 여기 나온 것이다.

193 이와 비슷한 내용으로 프테렐라오스와 그의 딸 코마이토에 대한 이야기가 2권 4장 5절과 7절에 소개되었었다.

194 에렉테우스의 딸들도 비슷한 방법으로 제물로 바쳐졌었다. 3권 15장 4절 참고.

195 미노타우로스와 미궁에 대해서는 3권 1장 4절에 이미 나온 바 있다.

196 이 구절은 3권 1장 4절의 내용과 3권 15장 8절 내용을 되풀이하고 있어서, 후대의 덧붙임으로 여겨지고 있다.

요약집

1 이 부분은 아폴로도로스 『신화집』에서 일찍 사라져 버린 내용을 담고 있는 부분으로서, 1885년 바티칸 도서관에서 발견된 요약 사본과, 그 두 해 뒤에 예루살렘의 성 사

바스 수도원에서 발견된 사본의 내용을 J. 프레이저가 서로 보충하여 편집한 것이다. 프레이저의 희랍어 원문에는 어디까지가 어느 사본의 것이고, 또 어느 부분이 두 사본이 일치하는 내용인지가 표시되어 있으나, 이 번역본에서는 그 표시를 옮기지 않았다.

2 가장 널리 알려진 이름은 프로크루스테스이다. 플루타르코스의 「테세우스」 11장, 오비디우스의 『변신 이야기』 7권 438행 참고.

3 케오스 출신의 시인. 기원전 6세기 말에 활동을 시작하였으며, 페르시아 전쟁 이후에 죽었다. 모든 장르에 능통하여 많은 작품을 썼으나, 몇 개의 묘비명만 전해진다. 특히 페르시아 전쟁과 관련된 묘비명들이 유명하다.

4 데우칼리온은 미노스의 아들로서 미노스 다음에 크레테를 다스렸다. 파이드라는 그의 자매이다. 「도서관」 3권 1장 2절 참고.

5 에우리피데스는 이 사건을 다룬 비극을 두 편 썼었는데, 그중 나중 것으로 보이는 작품이 현재 온전하게 전해진다. 그 비극 「힙폴뤼토스」에서는 파이드라가 이렇게까지 나쁜 여자로 그려지지 않는다. 그녀는 비정상적인 사랑에 혼자 고민하다가 유모를 통해 뜻을 전한 후, 그것이 받아들여지지 않자, 수치심에 못 이겨 편지를 남기고 자살하는 것으로 되어 있다. 에우리피데스의 「힙폴뤼토스」 669행 이하.

6 이 부분의 내용은 아폴로도로스의 글을 그대로 인용한 것으로 보이는 제노비오스의 글(Cent. 5. 33.)에서 옮겨 보충한 것이다.

7 메네스테우스는 아테나이 왕가의 일원으로 그의 아버지는 페테오스이고, 할아버지는 오르네우스, 그 위는 에렉테우스이다. 플루타르코스 「테세우스」 32장과 파우사니아스 『희랍 안내서』 2권 25장 6절 참고.

8 「도서관」 2권 5장 12절에 나온 내용이다.

9 아킬레우스가 여장을 하고 숨어 있던 곳의 왕이다. 「도서관」 3권 13장 8절 참고.

10 탄탈로스가 받는 벌은 『오뒷세이아』 11권 582행 이하에도 소개되어 있는데, 거기는 매달린 바위는 나와 있지 않다.

11 문맥으로 보아 이 두 형제는 더 큰 기적을 보이는 쪽이 왕권을 차지하기로 합의했던 듯하다. 해가 진행 방향을 바꾼 이 사건은 플라톤의 「정치가」 268e 이하에, 주기적인 세계 순환의 변동으로 소개되고 있다.

12 이 부분은 사본에 없는 것인데, 아폴로도로스의 내용을 옮긴 것으로 보이는 체체스의 『킬리아데스』 1권 456-465행에서 다시 옮겨 보충한 것이다.

13 펠레우스와 테티스의 결혼식에 모든 신들이 초대받아 참석하였는데, 불화의 여신만 초대를 받지 못하자, 뒤늦게 잔치 자리에 나타나, '가장 아름다운 이에게'라고 쓰인 황금 사과를 던졌다 한다. 이렇게 아름다움의 대결에 불화의 여신이 개입되었다는 것은 지금은 없어진 옛 서사시 「퀴프리아」에 있었다고 전해지는데, 황금 사과가 던져졌다는 것은 루키아누스나 휘기누스 같은 후대 작가의 글에서야 나타난다.

14 에우리피데스의 비극 「헬레네」 31-51행에는 헤라가 가짜 헬레네를 만들어 트로이아로 보내고, 진짜는 이집트에 숨겨둔 것으로 되어 있다. 반면 같은 작가의 「엘렉트라」 1280행 이하에는 이 일을 한 것이 제우스로 되어 있다.

15 「도서관」 3권 10장 9절 참고.

16 여기서는 맥락을 알 수 없을 정도로 짧게 되어 있으나, 원래는 이 처녀들이 자신들의 특별한 능력으로 희랍군에게 식량을 대주기 위해 종군했었다는 이야기가 있다. 이들은 델로스의 왕이며 아폴론의 사제인 아니오스의 딸들로서, 전쟁이 10년이나 계속될 것을 예견한 아버지에 의해 희랍군과 함께 트로이아로 보내졌단다. 그러나 일이 너무 고되어서 도망을 쳤다가, 잡히게 되자 신들께 빌어 흰 비둘기로 변했다고 한다. 오비디우스의 『변신 이야기』 13권 650행 이하 참고.
이 오비디우스의 판본에는 이들이, 흙이 아니라, 무엇이든 만지기만 하면 기름과 곡물, 포도주를 만들 수 있었던 것으로 되어 있다. 이들의 이름은 각각 올리브 기름(엘라이스), 씨앗(스페르모), 포도주(오이노)라는 뜻이다.

17 이와 비슷한 목록으로, 『일리아스』 2권 494행 이하에 나오는 유명한 '배들의 목록'이 있고, 에우리피데스의 비극 「아울리스의 이피게네이아」 253행 이하에도 이런 목록이 있다. 물론 여기 나온 목록과 완전히 일치하는 것은 아니다. 『일리아스』에 나오는 목록은 원래부터 그 자리에 있던 것이 아니라, 나중에 보이오티아인들이 자기들의 명예를 높이려고 넣은 것으로 보는 학자들이 많은데, 그래도 그 내용은 대부분 오래전부터 전해졌던 것으로 보인다.

18 『일리아스』 24권 765행 이하에 보면, 헬레네가 고향을 떠난 지 20년이 되었다는 말이 나온다.

19 이와 비슷하게 이피클로스가, 병의 원인인 칼의 녹을 먹고 치유된 사례가 「도서관」 1권 9장 12절에 나왔다.

20 아이스퀼로스의 비극 「아가멤논」 104행 이하에는, 제우스가 희랍군을 위해 보낸 전조 자체가 여신의 분노를 일으킨 것으로 되어 있다. 그러나 소포클레스의 비극 「엘렉트라」 563행 이하에는 여기 나온 것과 비슷하게, 아가멤논이 사냥 후에 했던 말이 화근이 된 것으로 되어 있다.

21 소포클레스의 비극 「필록테테스」 263행 이하와 1326행 이하에는 크뤼세라는 섬에서, 같은 이름의 여신 제단 근처에서 뱀에 물린 것으로 되어 있다.

22 휘기누스의 『신화집』 104장에 따르면, 그녀는 밀랍으로 남편의 상을 만들어서 함께 지냈는데, 그녀의 아버지가 이를 알고 상을 빼앗아 불에 태우자 그 불속에 뛰어들어 함께 타 죽었다고 한다.

23 뤼카온은 다른 나라로 팔려갔다가 돌아오지만, 전장에 나갔다가 다시 아킬레우스에게 붙잡혀 죽는다. 『일리아스』 21권 34행 이하.

24 나중에 트로이아를 탈출하여 로마 건국 시조들의 조상이 된 이 영웅이 아킬레우스 앞에서 도망친 사건은 『일리아스』 20권 90행 이하에서도 언급되고 있다.

25 이곳은 헥토르의 아내인 안드로마케의 고향이다. 『일리아스』 6권 397행 이하.

26 이곳은 아킬레우스의 정부(情婦)이며, 아가멤논과 아킬레우스 사이의 분쟁 원인이 된 브리세이스의 고향이다. 『일리아스』 19권 60행, 291행 이하, 20권 92행, 191행 이하.

27 다음의 목록은 『일리아스』 2권 816행 이하에 나온 것과 유사하다.

27 다음의 목록은 『일리아스』 2권 816행 이하에 나온 것과 유사하다.

28 아가멤논이 차지하고 있던 아름다운 포로 크뤼세이스의 아버지, 제사장 크뤼세스가 찾아와 딸을 돌려 달라 하였으나, 아가멤논은 거절하였고, 이 제사장이 아폴론 신께 빌어 희랍군에게 질병이 돌았다. 아킬레우스가 이 사실을 밝히자, 아가멤논은 할 수 없이 처녀를 돌려보내며, 대신 아킬레우스에게 배당되어 있던 브리세이스를 빼앗아 갔다. 그러자 아킬레우스는 분노하여 출전을 거부한다. 『일리아스』 1권 1행 이하. 지금 이 부분에서는 몇 구절이 빠진 듯하다. 브리세이스는 크뤼세스의 딸이 아니기 때문이다. 이 뒤의 내용은 모두 『일리아스』를 요약한 것이다.

29 대결을 시작하기 전에, 이긴 쪽이 헬레네와 그녀에게 딸린 재산을 차지하자고 맹세하였는데, 알렉산드로스가 갑자기 사라져 그 대결의 결과를 아직 알 수 없는 순간에 판다로스가 화살을 날렸고, 그래서 전투가 재개되었다. 『일리아스』 4권 85행 이하.

30 체체스에 따르면 그는 그냥 조롱만 한 것이 아니라, 이 아름다운 아마존 여성의 눈을 후벼내기까지 했다 한다. 「뤼코프론에 대한 주석」 999 참고.

31 이 사건은 조금 짧은 판본으로 위의 1장 17절에 소개되었다. 앞에 나온 것은 성 사바스 수도원 사본이 있는 것이고, 지금 이 자리에 있는 것은 바티칸 사본에 있는 것이다. 두 사본의 필사자가 같은 이야기를 각기 다른 자리에 배치했던 것이다.

32 이 이야기는, 지금은 사라지고 프로클로스의 요약본만 전하는 옛 서사시 「아이티오피스」에 있었다는 내용이다. 안틸로코스는 파트로클로스 사후에 아킬레우스의 가장 친한 친구였는데, 아버지인 네스토르가 말이 부상당하는 바람에 위기에 처하자, 자신에게는 벅찬 상대인 멤논의 앞을 가로막았다가 죽임을 당한다. 그러자 아킬레우스는 멤논을 죽이면 그다음은 자신이 죽을 차례라는 것을 알면서도 멤논과 대결한다.

33 프로클로스의 「아이티오피스」 요약에 따르면, 테티스가 아들의 시신을 흰 섬(leuke nesos)으로 가져갔다고 한다. 그러나 『오뒷세이아』 24권 43행 이하에 따르면, 여기 나온 대로 아킬레우스의 시신을 화장하여 파트로클로스의 뼈와 섞어서 매장한 것으로 되어 있다.

34 아킬레우스가 나중에 메데이아와 살게 된다는 판본은 아폴로니오스 로디오스의 『아르고 호 이야기』 4권 810행 이하에 나온다. 그러나 이것은 호메로스에게는 알려지지 않았던 판본으로, 『오뒷세이아』 11권 471행 이하에서는 아킬레우스의 혼백이 여전히 저승의 수선화 피는 벌판을 방황하는 것으로 되어 있다.

35 『오뒷세이아』 11권 542행 이하에 따르면 이 판결은 트로이아인들과 아테나 여신이 한 것으로 되어 있다. 그렇지만 이 부분에 대한 고대 주석(스콜리아)에 따르면, 아가멤논이 트로이아 군 포로들에게 묻도록 했던 것으로 되어 있고, 역시 사라진 옛 서사시 「소 일리아스」의 요약본에 따르면, 정탐꾼을 파견하여 트로이아 사람들이 어떻게 말하는지 알아보게 했다고 한다. 한편 핀다로스의 「네메아 경기 우승 축가」 8번 26행에는 희랍군이 투표로 결정했다고 되어 있다.

36 네옵톨레모스가 에우뤼퓔로스를 죽인 것에 대해서는 『오뒷세이아』 11권 516행 이

하 참고. 에우뤼퓔로스의 어머니 아스튀오케는 처음에는 아들이 출전하는 것에 반대하였으나, 프리아모스가 그녀에게 황금의 포도나무를 선물로 보내자 아들이 떠나는 것을 허락하였다 한다.

37 지금은 사라지고 산문 요약의 일부만 전하는 이 서사시의 저자는 뮈틸레네 출신의 레스케스(Lesches)였다고 한다.

38 베르길리우스『아이네이스』2권 199행 이하에 따르면 이 뱀들은 라오코온 자신까지 죽인 것으로 되어 있다.

39 오뒷세우스와 메넬라오스는 전에 트로이아에 사절로 왔을 때, 안테노르에게 환대를 받았었다. 위의「요약집」3장 29절과『일리아스』3권 203행 이하 참고.

40 아이트라는 디오스쿠로이가 아테나이에 와서 헬레네를 도로 데려갈 때 함께 끌려갔었고(「도서관」3권 10장 7절,「요약집」1장 23절), 나중에 헬레네가 트로이아로 갈 때 함께 갔었다.(『일리아스』3권 144행)

41 아킬레우스의 무장을 놓고 다투다 죽은 텔라몬의 아들 아이아스와는 다른 사람이다. 이 사람은 오일레우스의 아들로 대개는 '작은 아이아스'라 불린다.

42 아스튀아낙스는 헥토르의 어린 아들이다. 이 사건은 에우리피데스의 비극「트로이아의 여인들」719행 이하, 1133행 이하와, 같은 작가의「안드로마케」8행 이하에서 언급되고 있다.

43 이 사건은 에우리피데스의 비극「헤카베」107행 이하, 218행 이하 등에서 다뤄지고 있다. 이 비극에서는 아킬레우스의 혼령이 나타나 이 처녀를 요구한 것으로 되어 있다.

44 이 이야기는 헤카베라는 이름이 헤카테 여신과 비슷한 데서 나온 것으로 추정된다. 이 여신은 개들을 데리고 다니는 것으로 되어 있는데, 헤카베도 헤카테 여신의 추종자라고 한다.

45 이 사건에 대해서는 3장 8절에서 이미 언급하였다.

46 뤼코메데스의 딸로서 아킬레우스에게 네옵톨레모스를 낳아준 데이다메이아에 대해서는「도서관」3권 13장 8절 참고.

47 에우리피데스의 비극「안드로마케」49-55행, 1086-1165행에 따르면, 네옵톨레모스는 델포이에 두 번 갔는데, 첫 번째는 여기 나온 것처럼 아폴론의 보상을 요구하러 갔던 것이고, 두 번째는 그러한 자신의 행동을 사과하러 갔던 것이다. 그는 이 두 번

째의 방문에서 죽게 되는데, 물론 오레스테스의 공격을 받긴 하지만, 델포이 사람들에 의해 죽는 것으로 되어 있다.

48 아킬레우스가 알렉산드로스와 아폴론이 쏜 화살에 죽었으므로(5장 3절), 그것을 보상하라는 것이다.

49 다음의 세 절은 체체스의 「뤼코프론에 대한 주석」에서 옮겨온 것이다. 이 구절들은 아폴로도로스의 책 내용을 빌린 것으로 보인다.

50 『일리아스』 4권 463행 이하.

51 이 글을 쓴 사람은, '나우아이토스'라는 강 이름을 '배'라는 뜻의 naus와 '불타다'라는 뜻의 aitho를 합친 말로 설명하고 있다.

52 그들의 지도자였던 아이아스가 아테나 상에 매달린 카산드라를 겁탈했었기 때문이다. 5장 22절 참고.

53 이 전쟁은 기원전 357년에서 346년까지 계속되었다 한다.

54 이 '불'이라는 단어는 사본 원문에 없던 것을, 에우리피데스의 비극 「타우리케의 이피게네이아」 626행을 보고 학자들이 채워 넣은 것이다.

55 에우리피데스에 따르면 이 목상은 아테나이로 간 것이 아니라, 앗티케의 할라이라는 곳으로 옮겨져 특별히 이것을 위해 세워진 신전에 모셔졌다 하며(「타우리케의 이피게네이아」 1446행 이하 참고), 타우로폴로스 아르테미스, 또는 브라우론의 아르테미스로 불렸다 한다.

56 이 부분은 사본 원문에 문제가 있어서 뷔켈러(F. Buecheler)라는 학자의 제안에 따라 번역하였다.

57 이 부분에 자기 부하들을 그 양들 밑에 묶어주었다는 내용이 빠진 듯하다.

58 『오뒷세이아』 10권 302행 이하에 보면, 이것은 뿌리는 검고 꽃은 우유 같은 약초로 되어 있다. 그러나 이후에 오뒷세우스가 이 식물을 어떤 식으로 사용하였는지는 나오지 않는다.

59 엘페노르는 잠을 자고 있다가 일행이 저승으로 떠날 준비하는 소리를 듣고 허둥지둥 쫓아 나오는데, 지붕 위라는 것을 잊고 뛰어나오다 그만 밑으로 떨어져 목이 부러지고 말았다. 오뒷세우스는 갈 길이 급해 그를 매장하지도 못하고 떠나는데, 저승에서 그의 혼백이 제일 먼저 그들에게 다가와, 장례 치러줄 것을 부탁한다. 『오뒷세이아』

10권 552행 이하, 11권 51행 이하 참고.

60 『오뒷세이아』에서는 세이렌들의 이름이나 숫자는 나오지 않지만, 둘을 지칭하는 형태(dual)가 쓰여, 이들의 숫자가 둘임이 암시되고 있다. 『오뒷세이아』 12권 52행, 167행.

61 『오뒷세이아』 7권 259행에는, 이 영웅이 칼륍소에게 7년간 머문 것으로 되어 있다.

62 위에서 쉰일곱 명이라 했으나, 이름이 나온 것은 쉰세 명뿐이다. 밑의 29절과 30절에도 실제로 나온 사람 이름 수가 앞에 언급된 숫자보다 적다.

63 〔 〕 안의 이름들은 위의 27절 초반에 나온 것과, 파랄로스 대신 페리알로스가 들어가 있다는 점만 다를 뿐, 이름도 순서도 같아서, 학자들의 의심을 받고 있다.

64 이 두 이름은 조금 전, 29절 초반에 같은 순서로 나왔다.

65 지금 여기서는 전체 구혼자의 숫자가 136명인 것으로 되어 있는데, 『오뒷세이아』 16권 245행 이하에 따르면 그 숫자는 108명이었던 것으로 되어 있다.

66 암피노모스는 구혼자 중 한 사람으로 페넬로페가 그의 말은 대체로 좋게 여겼던 것으로 되어 있다. 『오뒷세이아』 16권 394행 이하 참고.

찾아보기

더 읽을 책들

　대개 이런 책은 뒤에 해설이 붙어 있고, 거기 참고 문헌이 딸려 있다. 편집자도 내게 그런 것을 요구했지만, 앞에 얘기했던 대로 아폴로도로스란 사람에 대해 알려진 것이 전혀 없고, 이 책이 자료집의 성격이 강하기 때문에 그리 설명할 것이 없다.

　물론 아폴로도로스가 특정 신화를 어떻게 다뤘는지, 어떤 특징적인 표현을 사용했는지 등에 대해 본격적인 논의를 할 수는 있겠지만, 그러자면 나도 오래 준비를 해야 할 것이고 또 글이 너무 전문적인 것이 될 터이다. 그래서 대신 독자들께서 이 책과 함께 읽으면 좋을 책들을 소개하기로 했다.

　우선적으로 추천하고 싶은 책은, 앞의 옮긴이 서문에서 독자들이 최종적으로 읽어야 한다고 했던 희랍과 로마의 문학 작품들이다.

　로마 문학 중 가장 긴요한 것 둘을 꼽자면, 그 하나는 앞에 각주에서도 여러 번 인용한 베르길리우스의 『아이네이스』이고, 다른 것은 오비디우스의 『변신 이야기』이다.

　이 작품들은 되도록 라틴어에서 직접 옮긴 판본을 읽으시라 권고한다. 중역본들은 보통 행수 표시도 없고, 더러 표시가 있다 해도 행이 잘 안 맞고, 내용도 전혀 엉뚱하게 옮겨진 경우가 많다.

나는 특히 운문 형식을 살렸다는 점 때문에 라틴어 원전 번역을 권한다. 원래 이 작품들은 운문이지만, 사실 서양 사람들도 운문으로 잘 옮기질 않는다. 어차피 운문처럼 줄을 바꿔 봐야 원래의 시 맛을 살리기는 어렵기 때문이다. 하지만 산문으로 옮기더라도 쪽의 위나 아래에 몇 행에서 몇 행까지인지 표시해 두는 것이 보통이다. 인용하기 쉽게, 또 인용된 곳을 찾아보기 쉽게 하기 위해서다.

그런데 내가 운문으로 옮긴 것을 권하는 데는 좀 다른 이유가 있다. 번역자도 사람인지라 잘못하면 실수로 일부 내용을 빼먹을 수가 있기 때문이다. 곁에 행이 써 있으면 항상 행수와 내용을 맞춰야 하기 때문에 그런 실수가 줄어든다. 그러니까 번역의 신뢰성이라는 점에서 운문으로 옮겨진 것이 훨씬 믿음직하다.

그런데 라틴어와 현대어가 전혀 다르기 때문에 번역을 하다 보면 많은 보충 어구를 넣어야 할 때가 있고, 그래서 서양의 운문 번역들도 행수가 원래보다 늘어나는 경우가 있다. 그런 경우 번역본의 행수는 옆쪽에 쓰고, 원본의 행수는 위나 아래에 쓰는 방법을 취하게 된다.

그런데 우리나라에 나와 있는 판본들을 보면 대개는 산문으로 옮겨졌고, 원래 행수가 전혀 표시되지 않아서 도대체 내가 어디까지 와 있는지 알 수가 없으며, 설사 운문식으로 옮겨진 것이라 하더라도 원래의 행수가 아닌 현대어(가령, 영어) 번역의 행수만 표시되어 있는 경우가 왕왕 있다. (그래서 원래의 행수보다 훨씬 많은 행으로 옮겨진 것도 있다.) 라틴어 원전 번역은 그런 문제들을 벗어나 있다.

이 작품들 외에 라틴어에서 직접 옮겨진 것으로, 키케로의 작품들과 아우구스티누스의 작품 중 몇이 있긴 한데, 이것들은 철학이나 종교의 범주에 들어가는 것이라 여기서 추천하기에는 무리가 있다. 아직 원어 번역이 나오지 않은 것 중에, 중역으로라도 읽으려는 분을 위해서는 아풀레이우스의 『황금 당나귀』를 추천한다. 이것은 원래 산문이니 행을 표시하는 문제도 없다.

한편 희랍 문학 작품은 상당히 번역되어 있는데, 이것은 전적으로 천병희 선생의 공이다. 내가 추천하는 책은 모두 이분의 번역(그리고 — 조금 쑥스럽지만 — 강대진의 번역들)이다. 다른 번역들은 모두 중역이고 많은 오류들을 안고 있다. 예를 들면, 내가 처음으로 읽은 『일리아스』 번역본(출판사와 역자는 밝히지 않겠다.)에는 유명한 '배들의 목록'이 빠져 있었다.

이런 문제는 희랍 비극의 경우에 더 심각한데, 특히 합창

단의 노래는 서정시처럼 되어 있기 때문에 잘못 옮기면 아주 엉뚱한 것이 되기 쉽다. 요즘은 서양 사람들도 그렇게 잘 안 하지만, 옛날에는 시의 맛을 살린다고 합창단의 노래를 각운 (rhyme)을 맞춰 옮기기도 했었다. 그런데 원래 희랍어에 각운 이 없다 보니 원래 있던 단어는 빼고 없는 단어를 넣어 억지로 운을 맞추게 된다. 이것을 그대로 우리말로 옮기게 되면 당연 히 시 맛도 사라져 버리고, 공연히 내용만 원래 것과 달라지고 만다. 따라서 희랍어에서 옮긴 것이 아닌 번역은 추천할 수가 없다. 더구나 이런 중역본들은 시행을 전혀 표시하지 않아서 인용할 수도 없고, 다른 글에 인용된 것을 확인할 수도 없다.

책을 추천하겠노라 해놓고는, 선택하면 안 되는 것들만 얘기했는데, 희랍 신화에 관심 있는 사람에게 내가 추천하는 책들은 이렇다. 우선 서양 최초의 문학 작품인 『일리아스』와 『오뒷세이아』, 그리고 헬레니즘 서사시 『아르고 호 이야기』, 희랍의 3대 비극 작가들의 작품집인 『아이스퀼로스 비극』, 『소포클레스 비극』, 『에우리피데스 비극』, 또 희랍의 구희극 작품집인 『아리스토파네스 희극』이다.

이 밖에 신화에 관심 있는 분들이 꼭 보아야 하는 것이 헤 시오도스의 『신들의 계보』이다. 이 작품의 내용은 대체로 신들 이 어떻게 탄생했고, 올륌포스 신들의 통치권이 어떻게 확립 되었는지 하는 것이기 때문에 흔히 '신통기'라는 제목을 사용한다. '신통기(神統記)'의 '통(統)'으로 '혈통'과, '통치'를 모두 나타낼 수 있을 것 같아서 나도 전에는 이 제목을 사용했었다. 그런데 이 제목은 매번 한자를 병기해 주지 않으면 무슨 뜻인지 잘 알 수 없는 데다가, 점차 한자를 잘 모르는 세대가 나타나니 한자를 옆에 써넣어 봐야 별로 도움이 되지 않는다.

그래서 나도 (그리고 천병희 선생께서도) 요즘은 "신들의 계보"라는 제목을 쓰고 있는데, 이것은 한자를 병기하지 않아도 누구나 쉽게 알아들을 수 있는 제목이고, 또 한자와 함께 쓴 '신통기'보다는 글자 수가 하나 적으니 경제적이기도 하다. 물론 "신들의 탄생"이라고 해도 상관없지만, '계보' 쪽이 '탄생'보다는 좀 더 넓은 범위를 포괄할 수 있지 않나 하는 생각이다.

『신들의 계보』라는 책에는 「신들의 계보」 외에도 「일들과 날들」이란 작품이 함께 묶여 있다. 이 서사시의 내용은 대체로, 앞부분은 우리나라의 「농가월령가」처럼 언제 무슨 일을 하고 언제는 또 무슨 일을 하라는 내용으로 되어 있고, 뒷부분에는 어느 날은 길일(吉日)이니 무슨 일을 하고 어느 날은 흉일(凶日)이니 무슨 일을 하지 말라는 내용으로 되어 있다. 그래서 사실은 '농사법과 택일법' 정도가 가장 내용을 잘 보여주는 제목인데, 전통적인 제목을 좇아 "일들과 날들"이라고 하면 무난할 듯하다.

우리나라에서는 "노동과 나날"이란 제목이 그동안 가장

많이 쓰여왔는데, 아마도 그 제목이 왠지 평소에 힘들게 일을 하며 살아가다가 더러 즐기기도 하는 우리네 삶을 반영하는 것 같아서, 좀 낭만적인 느낌도 있고 해서 그런 것 같다.

그래도 이 정도면 좀 나은 편으로, 내가 이제까지 본 가장 우스운 번역은 "사업과 시대"였다. 하지만 이제는 좀 더 단순하고 내용에 맞는 제목을 사용하는 것이 옳겠다. 천병희 선생께서는 "일과 날"이라고 하셨는데, 이왕이면 전해지는 제목(ἔργἄ καί ἡμέραι)대로 복수(複數)를 살리는 것이 좋겠다.

그리고 앞에서 간혹 헤로도토스의 『역사』를 인용했는데, 희랍어 원전 번역으로는 천병희 역과 김봉철 역이 있으니 되도록 이 둘 중 하나로 읽으시라 권고한다. 중역본들은 대개 장절 구분을 넣지 않아서, 독자와 학자들이 서로 특정 구절을 지시하고 확인해 보기 어렵게 되어 있다.

아폴로도로스의 신화집은 쓸데없이 여러 묘사를 넣지 않은, 말하자면 '기름이 빠진' 신화집이다. 우리나라에 나와 있는 신화집들은 대개 필자들이 자신의 글솜씨를 과시하듯 너무 '자유롭게' 이야기를 윤색했는데, 사실 우리에게 필요한 것은 신화 수업 시간에 교재로 사용할 수 있는 '작은' 책이다. 따라서 나는 가능한 한 무겁지 않은 판본을 원한다. 이 판본이 적어도 그런 면에서는 강점이 있을 것이다.

고전 작품들에 대해서는 이만 하면 될 것이고, 이제부터 현대의 저작들에 대해 언급하겠다.

우선 이 책과 비슷하게 간단한 신화집으로, 대개 신화 수업 시간에 교재로 사용하는 토머스 불핀치의 『신화집』이 있다. 이 책은 원래 영문학을 하는 사람들을 위해 쓰인 것이다. 즉 현대의 독자들이 희랍, 로마의 신화를 소재로 한 영문학 작품들을 잘 이해할 수 있도록 꾸민 것으로, 중간중간 그런 영문학 작품들이 소개된다.

나도 적절한 교재가 없어서 이 책을 참고 도서 목록에 넣곤 하는데, 국내에 수많은 판본이 나와 있지만, 내가 확인하기로는 이윤기 역이 가장 낫다. 하지만 나로서는 이 책은 이제 수명이 다한 게 아닌가 싶다. 나온 지 이미 150년이 지난 데다가, 원래 영시를 읽는 사람들을 위해 시 속에 숨겨진 신화를 소개하자는 게 주된 목적이었기 때문이다. 그래서 그 이후에 나온 문학 작품에 대한 언급이 없고, 또 불핀치가 선택한 시가 꼭 좋은 것인지도 문제가 있다. 그뿐 아니라, 사실 불핀치 신화집은 오비디우스의 『변신 이야기』를 번안한 것이다. 원전이 있는데 굳이 거기 의지할 필요가 있을까? 나로서는 한국 독자에게는 차라리 ─ 죄송하지만 ─ 강대진의 『그리스 로마 신화』(지식서재, 2017)가 더 효용이 있다고 생각한다.

좀 더 본격적으로 신화를 공부하고 싶다는 분에게는 카를

케레니의 『그리스 신화』(장영란, 강훈 옮김, 궁리, 2002)를 추천
한다. 이 책은 학자들도 논문에 인용할 수 있는 책이다. 이 책
의 장점은 무엇보다도 전거(典據)가 잘 나와 있다는 점이다. 각
각의 내용에 주(註)를 붙여서 어떤 내용이 고대의 어떤 작품에
나와 있는지 모두 밝혀 놓았다.

　이런 책이 많이 나와야 대충 부정확하게 들은 이야기로
얘기를 꾸리는 일이 없어진다. 번역에 더러 틀린 점이 있는데,
그것은 나의 책 『잔혹한 책읽기』(작은이야기, 2004)에 거의 다
지적해 놓았으니 두 책을 함께 보면 좋을 것이다. 이 책은 원래
두 권으로 되어 있는 것인데, 아직 두 번째 부분은 번역이 나오
지 않고 있다. 어서 마저 나와서 고급 독자들에게 기쁨을 주기
를 기대한다.

　국내 저자가 쓴 신화집으로 내가 검토해 본 것 중에서는
이진성 교수(연세대)의 『그리스 신화의 이해』(아카넷, 2004)가
가장 나은 듯하다. 중간에는 희랍 신화의 내용이 간결하게 정
리되어 있고, 앞뒤는 '신화론'이라고 할 수 있는 내용으로 되어
있다. 신화들을 우리에게 전해주는 원전들이 어떤 것이 있는
지, 신화를 해석하는 관점들은 어떻게 변천하여 왔는지, 또 현
대의 신화 연구 동향은 어떠한지 상당히 자세히 나와 있다. 읽
어보면 누구나 알 수 있겠지만, 오랜 공부 끝에 나온 믿음직한
이론서이다.

뒷부분에는, 너무 불어권에 편중되어 있기는 하지만, 많은 참고 문헌이 나와 있다. 여기 소개되는 정도의 참고 문헌으로는 양이 차지 않는 독자에게 큰 도움이 될 것이다. 나로서는 이 책 중간의「신화집」부분이 따로 책으로 나왔더라면 교재로 사용했을 텐데 하는 아쉬움이 있는데, 그랬다면 조금 더 이론적인 앞뒤 부분을 묶어놓은 책은 팔기가 좀 더 어려웠을 터이니, 어느 쪽에나 어려움이 있다.

신화 사전으로는 국내에 두 가지가 나와 있다. 하나는 M. 그랜트와 J. 헤이즐의『그리스 로마 신화 사전』(김진욱 옮김, 범우사, 1993)이고, 다른 것은 같은 제목으로 된 피에르 그리말의 사전(최애리 책임번역, 열린책들, 2003)이다. 각기 장단점이 있는데, 앞의 것은 우선 책이 좀 작고 가벼워서 보기에 부담이 적고, 또 흑백이긴 하지만 그림이 상당히 들어 있어서 도움이 된다. 하지만 틀린 데가 꽤 있다는 것이 문제다.

뒤의 것은 학문적으로 인용할 수 있는 판본이다. 그래서 내용이 자세한 만큼 책이 크고 무거워 초심자에게는 조금 부담을 줄 수 있다. 그림이 안 들어갔다는 점도 조금 딱딱한 느낌을 줄지 모르겠다. 하지만 번역에 대해서는 완전히 마음을 놓아도 좋을 정도고, 모르긴 해도 아마 틀린 곳이 거의 없을 것이다. (옮긴이가 워낙 훌륭한 번역가인 데다가, 내가 감수 작업에 참여해서 약간 힘을 보탰다.) 이제 막 신화 공부를 시작하는 사람이라면 앞의 것을, 벌써 좀 공부가 되어 있다고 생각하는 사람, 또는 앞으로 좀 깊이 있게 신화를 공부하겠다 하는 사람은 뒤의 것을 선택하면 되겠다.

사실은 그리말의 신화 사전이 국내 출판될 때 출판사 쪽에서 원본에 있던 전거들을 신지 않기로 결정하는 바람에 이 책이 자료로서의 가치를 조금 잃었다. 하지만 이것이 큰 흠이 되지 않는 것은 원래 그리말 사전의 전거들이 좀 불편한 방식으로 들어가 있어서다.

앞서 얘기한 케레니의 책이 내용마다 주를 붙여 어느 내용이 어디 나오는지 밝힌 것과는 달리, 그리말의 사전은 전체 내용 밑에 모든 전거가 한꺼번에 나와 있어서, 독자는 자기가 확인하고자 하는 내용이 전체 설명 중 어디쯤 있는지 눈대중으로 보고, 전체 전거 중 대략 거기 맞을 만한 것이 무엇인지 추측해서 찾아보아야 한다. 기껏 찾았는데 거기 그 내용이 나오지 않으면 그 앞뒤로 다른 책을 찾아보아야 하니 보통 일이 아니다. 더구나 거기 언급된 책들은 거의 국내에 번역되지 않았고, 많은 경우 고전어든 서양현대어 번역이든 간에 아예 책 자체가 국내에 없어서 어려움이 더욱 크다. (이런 점에서 케레니의 책이 더욱더 소중한데, 아쉽게도 현재는 절판되었다. 책이 국내에 있는 것은 얼른 확인해 보면 될 것이고, 아예 책이 없는 것은 헛고생할 것 없이 얼른 외국에서 구하거나 아니면 처음부터 포기해서 시간이라도 절약할 수 있다.)

이 신화 사전의 다른 좋은 점으로, 저자 머리말에서 신화들을 전해주는 원전에 대해 꽤 소개하고 있다는 것도 꼽을 수 있다. 내가 앞에서 조금 설명한 것으로는 부족하다 싶은 사람들은 이 부분을 참고하시기 바란다. 또 역자께서 희랍어 표기 원칙을 밝혀놓은 부분도 이 분야에 관심 있는 독자에게 도움이 될 것이다. 어떤 원칙을 택하면 어떤 어려움이 생기는지 잘 설명해 놓았다.

신화를 이해하는 데 도움이 될 그림 자료들도 많이 있다. 그중에 내가 추천하는 것은 나이즐 스피비의 『그리스 미술』(양정무 옮김, 한길아트, 2001)과 토머스 H. 카펜터의 『고대 그리스의 미술과 신화』(김숙 옮김, 시공사, 1998)이다. 『그리스 미술』은 도판도 시원시원하고, 무엇보다도 많은 희랍의 문학 작품들이 소개되어 있어서 좋다.

『고대 그리스의 미술과 신화』는 도기 그림을 많이 소개하고 있는데, 아예 제목에 '신화'라는 말이 들어가 있는 만큼 그림 신화집처럼 이용할 수가 있다. 그림 자료의 양도 방대하여, 앞으로 혹시 다른 희랍 도기 그림에 대한 책이 나오지 않는 한, 어떤 그림을 가리켜 말할 일이 있으면 이 책에 나온 그림 번호로 해도 괜찮지 않을까 생각한다.

국내 저자의 것으로는 이주헌 님의『신화, 그림으로 읽기』(학고재, 2000)가 좋다. 그림이 풍부하고, 내용도 틀린 데가 거의 없는 훌륭한 책이다. (이것을 너무 약한 칭찬으로 생각하는 이가 없지 않을 텐데, 위에 언급한 나의 책을 한 번 훑어보면 이런 칭찬을 받기가 얼마나 어려운지 알 수 있을 것이다.)

신화에 대해 좀 더 깊이 있게 공부하겠다 하는 독자라면 도전해 볼 만한 묵직한 책이 두 종 있다. 하나는 김봉철 교수의『그리스 신화의 변천사』(도서출판 길, 2014)다. 올림포스의 첫 세대 신들에 대한 개념이 어떻게 변해왔는지, 고전 문헌을 섭렵하여 정리해 놓았다. 다른 하나는 세계적인 고전학자 그레고리 나지의『고대 그리스의 영웅들』(시그마북스, 2015)이다. 신화와 고전에 등장하는 영웅들을 여러 각도에서 분석했다. 플라톤이 그린 소크라테스까지 영웅에 넣어서 좀 특이한 관점을 보여준다.

위에 언급한 책들은 대체로 내가 대학의 신화 수업 시간에 추천하는 것들이고, 내가 검토해 본 한에 있어서 괜찮다 싶은 책들이었다. 사실 여기 소개한 것 못잖게 좋은 책들이 또 많이 있겠지만, 내가 게을러서 다 확인하지를 못했다. 여러 저자, 역자 분들은 용서하기 바란다.

서양의 책 중에 내가 추천하고 싶은 책으로는 제인 해리

슨(J. Harrison)의 『Prolegomena』와 『Themis』가 있다. 분량이 많은 데다가, 중간중간에 전문적인 내용도 많이 나오고 신화뿐 아니라 제의에 대한 언급들도 많아서, 어디서 연구비 지원이라도 받지 않는 한 국내 번역이 나올 가능성은 희박한데, 영어 읽기에 익숙한 독자들은 한번 구해 읽어볼 만하다. 보통 그냥 지나치기 쉬운 신화들의 깊은 의미에 대한 통찰력 있는 해석들이 많이 나온다.

여기까지 내가 독자들께 권해드릴 수 있는 가장 기본적인 책들을 꼽아보았다. 이중에 아마도 가장 읽기 어려운 것이 맨 처음에 추천한 희랍 문학 원전들일 것이다. 하지만 다른 모든 책들이 이 책들에서 파생되었다는 점을 생각한다면 우리가 결국 읽어야 하는 것은 이 책들이다.

그러니 아예 날마다 분량을 정해놓고 조금씩 읽어보길 권고한다. 내가 게을러서 미처 검토하지 못한 다른 책들은, 혹시 독자들의 호응이 좋아서 이 책이 다시 인쇄될 기회가 생기면 그때 가서 보충하기로 약속하면서 일단 여기서 글을 맺는다.

강대진

그리스 신화

1판 1쇄 찍음 2005년 12월 25일
1판 6쇄 펴냄 2010년 4월 26일
2판 1쇄 찍음 2022년 10월 10일
2판 1쇄 펴냄 2022년 10월 15일

지은이 아폴로도로스
옮긴이 강대진
발행인 박근섭, 박상준
펴낸곳 (주)민음사

출판등록 1966. 5. 19 (제 16-490호)
서울특별시 강남구 도산대로 1길 62 (신사동)
강남출판문화센터 5층 (우편번호 06027)
대표전화 02-515-2000
팩시밀리 02-515-2007
www.minumsa.com

978-89-374-7025-7 (94800)
978-89-374-7020-2 (세트)